4.80

D1720644

Vom Fluch des Sandes

Unzensierte Ausgabe
1. Auflage April 2021
Gestaltung: Joel Müseler
Illustrationen: Joel Müseler
Herstellung und Verlag:
BoD-Books on Demand, Norderstedt
ISBN 978-3-753-48209-5

E-Mail: joel.mueseler@gmail.com

Danke

Ich möchte Danke sagen. Danke! Dieses Buch musste nur ein paar Jahre reifen und ein paar Jahre mehr geschrieben werden, bis es nun endlich frisch gedruckt Leser wie dich und mich erreicht. Ich danke den öffentlichen Verkehrsmitteln, in denen ein großer Teil dieses Buches entstanden ist. Vielen Dank vor allem auch allen, die das Buch noch vor dem Druck ganz oder auch nur halb gelesen haben. Jetzt ist es fertig, jetzt könnt ihr es noch einmal lesen. Viel Spaß! Ich bin stolz, eine rohe, wundersame Sagenwelt wie diese geschaffen zu haben – und wo wir gerade dabei sind: Die Idee entsprang einem Traum über ein Meer aus Sand. Und aus diesem Traum wurde ein Buch.

SAMMELSURIUM DER ERSTEN WESEN

Diamtenkrebs · Riesenkraken · Wüstenwyrm · Drachling · Schlingqualle · Glühqualle · Glühflügler · Langhornflieger · Dickbauchflieger · Säbelzahnwolf · Kriecher · Einhorn · Hammerhorn · Dreihorn · Pelzflügler · Affling · Sandbär · Höhlenbär · Sandhai · Sandbeißer · Vielaugenflieger · Großaugenflieger · Springfuchs · Sonnenhund · Stromflossler · Vielflossler · Wasserfalter · Turmkrabbe · Blauhörnchen · Honighörnchen · Tausendschläfer · Dünenwal · Schlalangen · Ringelschlangen · Unpassangler · Unpassgrauen · Dornenkriecher · Schleimkriecher · Ekelflügler · Schwarzgelbflatter · Vielbeiner · Schimmerläuse · Schimmerfüßler · Hornkrabbler · Seidentänzer · Graubler · Wollbock · Sternenwanderer · Gelbbauchkröte · Greifenflieger · Seeräuber · Haarfüßler · Sandrosensegler

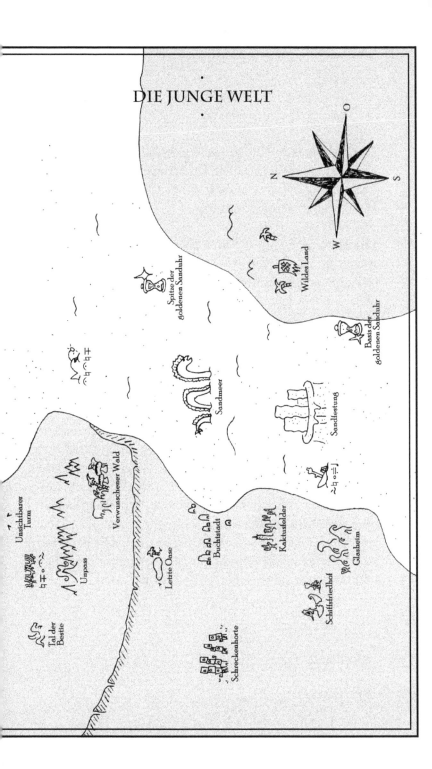

DIE JUNGE WELT

VÖLKER

Die Sandmaare: Ein menschenähnliches Volk mit heller Haut und dunklen Streifen. Ihre Augenfarben richten sich nach ihren Kräften, die sie in jungen Jahren selbst wählen. Ihre Heimat ist das Sandmeer.

Die Barbaren: Große, breit gebaute Menschen. Werden wegen ihren starken Muskeln auch oft Hünen genannt und sind so primitiv wie sie aussehen und riechen. Kommen aus dem kalten südosten und legen ihre Felle nur ab, wenn sie heißere Gebiete angreifen. Wie die Sandmaare haben sie ein Sterbealter von etwa 21.000 Zyklen oder auch 60 Erdrunden – ein jeder Zyklus bestimmt durch das Ende eines Tages, eine Erdrunde bestimmt durch eine Erdbahn um die Sonne.

Die Schrecken: Besitzen vier Arme und eine grüne, trockene Haut. Sie sind lang und dürr gebaut und sind mehr Zweibeiner als Insekten. Ihr Gesicht ist ebenfalls schmal. Ihre Ohren sind oben und unten spitz. Waren einst ein Seevolk und leben nun in der Steppe. Schrecken bekommen viele Kinder, altern aber auch sehr schnell. Die Heiligen ihres Volkes sind mächtige Schamanen. Die bevorzugten Waffen einer gewöhnlichen Schrecke sind Säbel, Beile und Kaktusschilde – selten auch Pistolen.

Die Golem: Uralte, riesige Wesen aus Gestein. Ein geheimnisvolles Volk. Die Golem haben Körper aus verschiedenen Erzen. Leben in den Tiefen von Fels und Erde. Sie formen mächtige Waffen aus Felswänden oder ihrem eigenen Leib.

Die Winz: Kosmische Wesen. Mehr ist nicht bekannt.

Die Totlosen: Wiederkehrer aus einer anderen Zeit.

PROLOG

Vor langer, beinahe unendlicher Zeit verlor ein Prinz den Kampf ums Überleben. Der rubinrote Golem stellte sich voller Mut und angeborenem Starrsinn einer ganzen Horde Diamantenkrebse. Ihre Scheren maßen mehr als seine doppelte Körperfülle. Und bei einem Golem, der nicht weniger breit als hoch und trotzdem ein Riese war, mochte dies etwas heißen. Mit Hammer und Axt, aus seinem eigenen Leib geformt, focht er den unerbittlichen Kampf. Eine Schale nach der anderen knackte. Die diamantene Haut der Krebse war jedoch unzerstörbar, genauso wie der Rubinkörper des trotzenden Golems.

Sie kämpften viele Sonnen- und Mondphasen lang – von den Unpasshöhlen, über den verwunschenen Wald, bis zu den schwarzen Klippen. Unzählige Krebse pflasterten bewusstlos geschlagen den Weg ihrer Schlacht. Bäume brachen unter den gewaltigen Pranken der Kämpfer wie trockenes Laub. Bis an den Abgrund einer Klippe getrieben, kämpfte der Golem zum Ende hin gegen das Muttertier. Die Gier auf das bevorstehende Mal ließ die gigantischen Augen der Krabbe blutrot funkeln. Sie schlug mit den Scheren nach dem Prinzen, dieser prügelte mit seinen Waffen auf das Tier ein. Ganze Felsen brachen unter ihrem Gewicht ab und stürzten in das tiefblaue Meer. Mit seiner Axt spaltete der Golem gerade das linke Auge des Tieres, als dieses ihn wutentbrannt packte und in die Tiefe warf. Diesen Kampf hatte niemand gewonnen. Das erhoffte Mahl der Diamantenkrebse blieb aus. Und der steinerne Prinz sank auf den Grund des Meeres.

Doch hier endet die Legende nicht. Ein Raunen hallte

durch die Täler und Wälder dieser Welt. Im Reich der Golem verbreiteten sich Stimmen sehr langsam. Als der König eines stürmischen Abends von dem Fall seines Sohnes erfuhr, setzte er alles daran, diesen zu bergen. Allerdings war auch das Wasser ein Todfeind seines Volkes. So bat der König von Fels und Erde die Wesen des Himmels um Hilfe: die Winz. Das einzige Volk, das noch älter und geheimnisvoller war, als die Golem selbst – magische Wesen, Verbündete der Sterne und des gesamten Kosmos'.

Die Winz stimmten jedoch nicht zu, einem Volk ihren Thronfolger zurückzubringen – sie stimmten aber zu, einem Vater seinen Sohn zurückzugeben. So versammelten sich die beiden Völker an der Meerenge. In einem Akt der reinsten Güte wirkten die Winz ihren Zauber. Der Grund des Meeres erhob sich. Die Regeln von Dichte und Gravitation galten für die kosmischen Kräfte nicht mehr. Und ein ganzer Ozean verschwand unter einer dünnen Wüste. Mit dem Sand fand auch der rubinrote Prinz den Weg an die Oberfläche. Er war gerettet. Golem und Winz lebten seither in engster Verbundenheit. Doch mit dem Grund des Meeres trat nicht minder das Böse als das Gute zum Vorschein. Sie hatten den Fluch des Sandes beschworen.

BLUT FÜR GOLD

Es war stechend heiß. Die Luft stank nach Schweiß, Metall und Verwesung. Ein Teppich aus Leichen breitete sich am Boden aus und bildete von Tausendflüglern umschwirrte Hindernisse, wie sie nur Berge von Toten hervorrufen konnten. Kein Kadaver ähnelte dem anderen. Zwar waren sie einst sehr ähnlich gewesen, aber nun waren sie entweder zerfleischt, zerstückelt oder in Fetzen gerissen worden und drängten die Wüste in dunkles Rot. Es waren die Überreste von Hünen, von großen, überallermaßen muskulösen Kriegern, die hier ihr Ende gefunden hatten. Sie waren nicht etwa den vielen Gefahren des Sandmeers zum Opfer gefallen, denn dieses war tückisch und durchaus tödlich für diejenigen, die den rechten Weg nicht kannten. Hier war der Sand leichter als das Wasser. Dicke Sandschichten machten das Sandmeer zwar passierbar, aber unter den dünneren Boden lauerten listige Geschöpfe, starke Unterwasserwirbel und hungrige Pflanzen. Man wurde von Meeresungeheuern verschlungen oder versank – abrupt, nicht langsam, wie andere Völker es von Treibsand erwartet hätten. Eben diesen Tücken hatten die Barbaren getrotzt, gierige Pflanzenarme zurückgeschlagen und Bestien der Tiefe bezwungen. Und schließlich sind sie doch gescheitert. Die Sandmaare hatten triumphiert!

Sand umwehte Vitaiins Füße, als sie durch das Meer aus Leichen schritt und sie untersuchte. Sie war einer der hiesigen Sandmaare und mit den restlichen Zauberern ihres Volkes maßgeblich für ihren Sieg verantwortlich. Weitere Sandmaare durchkämmten das Schlachtfeld auf der Suche nach Überlebenden – nicht etwa nach ihresgleichen, sie hatten dieses Mal dank Wasser, Sand und Wind keine Verluste erlitten. Jetzt galt es, die Leichen der Barbaren zu plündern und den Verletzten ein Ende zu bereiten.

»Ah!«

Ein tiefes Wehklagen riss Vitaiin aus ihrer Trance. Dann ein Gurgeln. Sie konnte ihre Schwester erspähen, die einem Verwundeten gerade die Kehle aufschlitzte. Lorreän waren Angst und Furcht gleich. Blut spritzte ihr ins Gesicht und sie genoss es. Denn obwohl sie die jüngere der beiden Schattenschwestern war, schmeckte Vergeltung ihr gut, während Vitaiin sie verabscheute. Sie hasste Gewalt, brachte es im Krieg noch nicht einmal übers Herz, zu töten. Und leider war Krieg allgegenwärtig.

Ein großer, üppiger Sandmaar trat an Vitaiins Seite. Es war Draggo, der Lichtbändiger und Hammerschwinger. Er breitete seinen langen Arm aus und legte ihn zärtlich um Vitaiin.

»Sorge dich nicht, Geliebte. Wir werden bald zurückkehren.«

In diesem Moment spürte Draggo eine Klinge in seinem Rücken. Er warf Vitaiin zur Seite und wirbelte herum. Sein Schuppenpanzer hatte ihn vor einer schlimmen Verletzung bewahrt. Doch wieder raste eine Axt auf ihn zu. Er parierte mit seiner Waffe, die er selbst Walrippe getauft hatte. Der mächtige, weiße Hammer schmetterte die Axt zur Seite. Dann setzte er mit einem Tritt nach und beförderte den Angreifer zurück auf den Boden. Der Barbar landete unsanft zwischen den Körperteilen und Gedärmen seiner Artgenossen. Draggo wollte ihm sogleich ein gütiges Ende bereiten, da tauchte Lorreän neben ihm aus den Schatten auf. Ihre Magie erlaubte es ihr, sich in den dunklen Schemen zu verstecken und diese in Windeseile zu durchqueren. Sie flüsterte ihm etwas ins Ohr.

»Warte. Lass es Vitaiin tun.«

Er blickte sie mit verworrener Miene an.

»Wieso?«

»Sie muss es lernen. Sie muss es lernen, oder es wird das nächste Mal sie treffen.«

Draggo gefiel der Gedanke nicht, musste aber zugeben, dass sie recht hatte. Schließlich nickte er und Lorreän wandte sich an ihre Schwester.

»Los Vitaiin, töte ihn.«

Sie erhielt keine Antwort. Vitaiin tastete immer noch nach dem Sand unter ihren Füßen. Die gelben und weißen Steinchen kitzelten ihre Zehen.

»Jetzt mach' schon, bring' ihn um«, drängte sie Lorreän erneut, als der Barbar wieder aufstand.

Der Wilde verstand nur wenig von den gehobenen Worten der Sandmaare, aber mit „töten“ und „umbringen“ kannte er sich aus. Er blickte zu Lorreän und Draggo, dann zu Vitaiin. Letztere griff er sofort an, da sie etwas abseits von den anderen stand.

Die Spuren einer langen Schlacht spiegelten sich in Vitaiins Antlitz wieder. Sie hob eine Hand und formte eine Wand aus Schatten. Der Barbar rannte dagegen, taumelte zurück und hieb dann mit der Axt auf das Konstrukt ein. Vitaiin lief eine Träne über die Wange. So viel Tod …

»Lass die Toten ruhen, nutze deine Trauer!«, forderte Lorreän von ihr, während Draggo erwartungsvoll hinter der Schwester seiner Versprochenen stand.

Vitaiin wusste, was Lorreän von ihr wollte. Ihr Herz brannte vor Frust und Wut. Aber es reichte nicht, um jemandem das Leben zu nehmen. Sie schüttelte nur ihren Kopf und merkte nicht, wie schwach ihre Magie nach der

Schlacht geworden war. Plötzlich zerteilte der Barbar ihren Schatten mit der Axt und machte einen großen Satz auf sie zu. Einmal wich Vitaiin aus, dann traf die Breitseite der Axt ihr Gesicht. Sie stürzte rücklings zu Boden und landete auf einer Leiche. Ihre Sinne waren betäubt. Rüstungsteile bohrten sich in ihren Rücken. Der Barbar hieb erneut nach ihr. Sie parierte mit einer schwachen Schattensense. Beim zweiten Schlag löste sich ihr Zauber von selbst auf und die Klinge raste ihr in erbarmungsloser Geschwindigkeit entgegen. Ein helles Licht nistete sich in ihr Blickfeld, wie es einen nur am Ende des Daseins erwartete. Doch dann wurde die grelle Erscheinung deutlicher. Vitaiin erkannte den Hammer aus Licht, der auf den Barbaren nieder raste und ihn zerquetschte. Vitaiin wurde von Blut und Gedärmen überschüttet.

Draggo senkte seinen Arm, mit dem er den Zauber gewirkt hatte, und warf Vitaiin einen zwiespaltigen Blick zu. Lorreän seufzte. Sie schubste ihn unsanft und murmelte dann etwas.

»Ich will doch nur ihr Bestes.«

Draggo kniff ihr zärtlich in die Schulter.

»Ich weiß.«

Dann eilte er zu Vitaiin und half ihr auf. Er versuchte ihr beim groben Reinigen ihrer Haare und der Schuppenrüstung zu helfen. Vitaiin sah Draggo an, aber wandte sich zu ihrer Schwester.

»Es tut mir leid.«

Lorreän schenkte ihr ein bedauerndes, aber verzeihendes Lächeln. Draggo streichelte ihre Wangen und sprach aus, wonach Vitaiin sich gesehnt hatte.

»Gehen wir zur Festung. Machen wir dich sauber.«

WILDER WÜSTENTANZ

»Los, komm Lorr, wir verpassen ja sonst alles!«

»Ich hasse diese Gelage, das weißt du doch.«

Lorreän trottete mürrisch hinter Vitaiin hinterher, die viel glücklicher als zuvor zwischen den Häusern aus Sand herumsprang. Sie hatten sich beide fein herausgeputzt und trugen lange, schimmernde Kleider aus feinen Schuppen. Außerdem hatte sie das magische Wasser in ihren Wannen wieder munter gemacht und den Schmutz der Schlacht weggespült.

Vitaiin trug ihr kurzes, schwarzes Haar mit einigen Flechtarbeiten hochgesteckt am Kopf, während Lorreän ihr langes Haar wie immer so trug, wie es eben fiel.

Ein schwach schimmernder Mond stand mit dafür umso helleren und klar strahlenden Sternen am Himmel. Die Himmelskörper warfen ihr sanftes Licht auf die Sandfestung. Mauern aus Sand, zwei mächtige Ringe und drei Türme zeichneten sich in dem Gebilde aus Sand ab. Hinzu kamen zahlreiche Sandhäuser, Stallungen sowie Fischergründe. Merkwürdige, sandfarbene Hunde streiften durch die Gassen. Dickbauchflieger schliefen hinter Zäunen aus Sand, und zweiköpfige Schlalangen trieben müde an der Wasseroberfläche der kleinen Teiche dazwischen. Es war ein rätselhafter Ort, an dem die Frage hauste, welche eigenartigen Wesen ihn wohl bewohnten?

Der Frage kürzeste Antwort ist natürlich, dass die Sandmeermenschen, die hier heimisch waren, ein magisches Volk sind. Sich selbst und Völker, die sie noch nicht einmal kannten, nannten sie Sandmaare. Jeder von ihnen besaß einzigartige Kräfte, die sie im Kindesalter wählten.

Welche Fähigkeiten ein Sandmaar entwickelte, hing davon ab, wie sehr und wie lang er sich etwas wünschte. Besaß ein Sandmaar als Kind etwa den Drang, fliegen zu können und hielt diesen Wunsch für längere Zeit aufrecht, so würde er zu einer glorreichen Sonnenphase auch fliegen können. Abstrakte Wünsche wurden hierbei häufig zu skurrilen, aber trotzdem nützlichen Fähigkeiten. Bremm, der berühmteste Architekt der Sandmaare, konnte zum Beispiel ganze Städte aus Sand entstehen lassen. Viruuf, der Narr, war hingegen dafür bekannt, anderen Leuten Blumen auf dem Kopf wachsen zu lassen.

Aus diesem Grund hatten es die Barbaren auch auf sie abgesehen. Nicht etwa, weil sie sich Blumen auf ihre Köpfe wünschten. Sondern weil sie nach Gold gierten. Seit vielen Erdrunden entführten sie die Kinder der Sandmaare, um sie zu brechen und ihren Wunsch nach dem seltenen Element auf sie zu übertragen. So erhofften sie sich, Goldmagier aus den Kindern zu machen, die alles und jeden in das genannte Edelmetall verwandeln konnten.

Herablassend nannten die Barbaren die Sandmaare *Tigerhäute*. Tatsächlich hatten die Sandmaare unter ihrer leichten Kluft helle Haut und dunkle Pigmentstörungen. Diese traten in Form von dünnen oder breiten Streifen auf, die sich über den ganzen Körper schlängelten. Durch ihre bunten Augen wirkte jeder von ihnen magisch. Ihre Pupillen leuchteten in allen Farbwelten der bekannten Lichtbrechung. Ihre Augenfarbe erhielten sie, ebenso wie ihre dunklen Streifen, beim Ausbruch ihrer Fähigkeiten.

Somit hatten Lorreän und Vitaiin schwarz getünchte Augen. Sogar ihr Augenweiß durchwuchsen schwarze, wabernde Nebelschleier. Verdienterweise wurden sie Schattenschwestern genannt. Und dank ihrer Gaben hatten sie ihrem Volk auch dieses mal dabei geholfen, den Angriff der Barbaren zu vereiteln.

Die Festungsanlage aus Sand wirkte beinahe ausgestorben, wäre da nicht das kräftige Licht gewesen, dass der mittlere Turm aus dem Inneren heraus entsandte. Ein spiritueller Klang gesellte sich hinzu, der sich in eine märchenhafte Musik verwandelte, wenn man sich dem Turm näherte.

Vitaiin konnte es kaum abwarten und trat als erste durch den großen Torbogen in den Festsaal. Hier fand wahrlich ein Fest statt, das seines gleichen suchte.

Musizierende Sandmaare hatten sich im Raum verteilt. Sie spielten auf Gerippen mit perlfarbenen Saiten, bliesen in Muscheln oder versteinerte Korallen, die beinahe größer als sie selbst waren, und ließen Glockenspiele aus Glas erklingen. Es war eine angenehme, rhythmische Musik, die von den Wänden reflektiert wurde und den Saal erfüllte. Sie untermalten magische Kunststücke, die jeder nach Belieben darbot. Bunte Irrlichter tanzten in der Luft, drehten sich im Kreis und verwandelten sich auf Geheiß eines Sandmaars in verglühende Funken. Wasserblasen hingen an der Decke, widersetzten sich der Schwerkraft und reflektierten das Licht der Öllampen. Sie zerplatzten plötzlich, wurden pulverisiert und rieselten in winzigen, kaum spürbaren Tropfen herab. Dann waren da noch violette Strudel, die um sich selbst rotierten und wie Portale Kaktusfrüchte hin und her jonglierten. Es war ein magischer Augenschmaus, zu dem sich mit jedem weiteren Sandkorn neue Zauber wie gebändigte Säureregen, wachsende Eiskristalle oder Beschwörungen aus der Geisterwelt dazugesellten.

Vitaiins Herz pulsierte vor Freude, ihre Euphorie ließ ihre Hände kribbeln und ihren Kopf vor Wärme erröten. Es wurde gespeist, gesungen und getanzt. Lorreän säuselte leise zu sich selbst Flüche, die ihre Kleidung und die frohlockenden Klänge des Festes straften. Als auch sie den Saal betrat, schwiegen die Sandmaare auf einmal. Sie musste sich ein weiteres Schimpfwort verkneifen und wenigstens versuchen, zu lächeln. Natürlich gelang es ihr nicht und sie starrte gruselig in die Menge. Alle Augen waren auf sie und ihre Schwester gerichtet. Lorreän konnte Draggo in der Menge erkennen, der sich von der vollen Tafel erhob und seinen Kelch erhob.

»Auf die Schattenschwestern!«

Das Trinkgebot hallte durch den Saal und wurde sofort erwidert.

»Auf die Schattenschwestern!«, stimmten alle mit ein.

Ihre ganze Sippschaft hatte wohl darauf gewartet. Und nun konnte das Fest erst richtig beginnen. Vitaiin machte eine typische Geste zum Dank und kreiste dazu langsam beide Hände. Lorreän schlenderte hingegen träge hinter ihr her und erwiderte das Gebot mit einem großzügigen Nicken, damit die Sandmaare sich zufrieden gaben. Dann wurde weiter getanzt, gescherzt und gelacht. Gesang mischte sich unter die Instrumente. Wenn Sandmaare die Gabe des Singens gewählt hatten, dann kam diese Kraft der von Sirenen gleich. Sie transportierte ganze Gemütszustände, hypnotisierte oder projizierte Bilder vor das innere Auge: Wunderschöne Bilder, wenn die Singenden den Besungenen wohl gesonnen waren.

Jetzt tanzte das Volk einen wilden Wüstentanz. Draggo forderte Vitaiin auf und sie tanzten mal eng umschlungen, mal ausschweifend gestikulierend zum Takt einer temporeichen Musik. Über ihnen huschten kleine Kometen aus Licht und winzige Schattenwesen durch den Raum. Vitaiin war glücklich, bemerkte aber Lorreän, die noch am Rand des Geschehens stand.

»Komm Lorr, tanz mit uns«, forderte sie ihre Schwester auf.

Lorreän wollte sich gerade überreden lassen, da bemerkte sie ihr altes Oberhaupt einsam und verlassen auf einem der Balkone. Also streckte sie ihrer Schwester nur die Zunge heraus und ging. Daraufhin lachte Vitaiin und tanzte noch wilder als zuvor.

»Was verschlägt unseren ehrenwerten Heerführer hierher, fernab des Festes?«

Lorreän betrat den Balkon und ging auf den Mann zu. Er antwortete ihr.

»Wenigstens du solltest dich vergnügen, Lorreän. Lass die Sorgen eines alten Mannes solche sein, die bald mit ihm begraben werden. Begraben von Sand, verschlungen von Wasser.«

»Meister Kromm, so etwas solltest du nicht sagen ...«

Als Schlüsselmeister war Kromm nicht nur der Heerführer und Sprecher ihres Volkes, sondern auch der Hüter einer heiligen Waffe. Er war ein kräftiger, aber fast greiser Mann. Seine silberne Iris war zum Horizont gerichtet. Und schließlich teilte er sein Anliegen doch.

»Ich bin es leid Lorreän. Die vielen Kriege ... Unsere Kinder werden immer in Gefahr sein. Diese Gier nach Reichtümern macht mich krank.«

Lorreän legte ihre Hand auf die großen, rauen Finger von Kromm.

Dieses Mal haben wir es geschafft, Meister Kromm. Wir hatten keine Verluste.«

»Dank deiner Schwester und dir.«

Kromm sah sie mit alten, weisen Augen an und sprach weiter.

»Wie viele Angriffe soll unser Volk noch ertragen?«

»Ich weiß, dass du deinen Sohn verloren hast. Auch wir haben Freunde verloren. Unsere Mutter starb. Kinder wurden entführt. Aber irgendwann können wir sie befreien. Wir müssen standhalten und kämpfen!«

Kromm wusste, ebenso wie Lorreän, dass zu viele Erdrunden vergangen waren. Die gestohlenen Kinder waren tot oder schlimmer noch, erwachsen und gebrochen. Trotzdem nahm Kromm Lorreäns Hand und versuchte es mit einem sanften Lächeln. Allerdings verstummte er. Und diese Stille bereitete Lorreän die größten Sorgen.

Plötzlich durchbrach die Stille ein schrilles Geräusch. Der Lärm des Festes wirkte noch weiter entfernt als zuvor und Kromm lauschte den seltsamen Lauten.

»Krah! Krah!«

Auf einem hohen Turm in Sichtweite von Vitaiin und Kromm landete ein aufgeregter Langhornflieger. Diese junge Vogelart hatte noch letzte Eigenschaften eines Reptils, wie spitze Reißzähne und drei lange Krallen an jedem Flügel. Mit seinem gelben Gefieder mit roten Flecken ähnelte er aber eher einem gefährlichen Paradiesvogel als einem schuppigen Sumpfwesen. Immerhin hatten seine Flügel eine Spannweite von sieben Fuß und waren damit so breit wie ein ausgewachsener Sandmaar hoch. Auf seiner kleinen Stirn wuchs ein langes, schmales Horn, welches am Ende bunte Blätter trug. Mit diesen lockte der Langhornflieger schmackhafte Insekten an.

Kromm kannte diesen Vogel gut. Seine lauten Rufe bedeuteten Gefahr. Lorreän ergriff das Wort.

»Warum kehrt der Späher schon zurück?«

»Er warnt seinen Besitzer.«

Kromm eilte davon, dicht gefolgt von Lorreän. Im Gerangel der Feier fiel ihre Hast niemandem auf – niemandem außer Vitaiin. Die ältere Schwester löste sich aus einem Tanzkreis und stieß zu ihnen.

»Wohin geht ihr?«

»Auf den Turm!«, antwortete ihr Lorreän knapp. Die Drei erklommen die schmale Wendeltreppe aus Sand und kamen schließlich an ihr Ziel.

Auf dem Turm angelangt blieb der langsame Sonnenaufgang nicht mehr außer Sichtweite. Auf den Zinnen hatte der Langhornflieger Platz genommen. Ein Sandmaar schien sich stumm mit dem Tier zu unterhalten. Seine Augenpaare und die des Langhornfliegers leuchteten gleichermaßen gelb. Kromm richtete sich an den Sandmaar.

»Warum ist dein Gefährte schon zurückgekehrt? Was hat er gesehen?«

Das gelbe Licht in ihren Augen erlosch. Der Sandmaar antwortete seinem Heerführer.

»Wir werden erneut angegriffen.«

»Eine dritte Welle von Barbaren? Es gab nie eine dritte Welle!«

»Ja und nein. Diese Barbaren sind anders. Sie tragen keine einfachen Felle und Tierschädel. Ihre Gewänder haben zwar die gleiche Form, sie sind aber hart und glänzend. Es ist eine goldene Armee.«

Die Sandmaare waren sprachlos. Die Siegesfeier fand ein jähes Ende.

DIE GOLDENE ARMEE

Die Sandhörner erklangen wieder. Es kehrte keine Ruhe im Volk der Sandmaare ein. Die Vorbereitungen auf die kommende Schlacht waren ebenso seicht wie die dünne Wüstenschicht über dem Meer. Die Sonne offenbarte ihr Antlitz. Der Schlaf war kurz. Zwischen den wogenden Dünen und Tälern erstrahlte die Sandfestung in ihrem hellen Gelb.

»Die goldene Armee!«, rief Kromm ermutigend zu seinen Soldaten. Die große Angst vor dem Feind verbarg er gut.

»Wir wissen alles über die Barbaren. Aber dieses Mal tragen sie goldene Rüstungen. Und laut unseren Spähern verbergen sich sogar schwer gerüstete Magier unter ihnen. Eure Sinne werden wahrscheinlich auf eine harte Probe gestellt. Doch ihre Gier nach Gold vernebelt auch ihnen die Sinne. Ihr Rüstung mag hart sein, aber unser Geist ist härter als das stärkste Metall! Bezieht eure Stellungen und entfacht Tod und Schrecken, wie ihr es immer getan habt. Wir hatten wenig Zeit uns vorzubereiten, aber haltet Stand, wie wir es immer getan haben. Unsere Gegner schimpften uns Mutanten, Aussätzige und Missgeburten. Aber nur weil sie unsere Kräfte fürchten. Für das Volk der Sandmaare! Für Wasser, Sand und Wind!«

Seine Truppen belohnten die Rede mit einem lauten Sprachchor.

»Für Wasser, Sand und Wind! Für Wasser, Sand und Wind!«

Gleichen Teils Frauen wie Männer, alles Soldaten der

Sandmaare, bezogen ihre Stellungen. Jeder Einzelne von ihnen besaß todbringende Magie. Ihre leichten Schuppenrüstungen waren vom letzten Kampf noch zerfetzt und zum Teil kaum mehr als Kleidung wahrzunehmen. Doch es war gut, dass die Sandmaare den Sand auf ihrer Haut spüren konnten. Er erinnerte jede Hautzelle an ihre Herkunft, ihre Geisteskraft und die Gegenwart ihrer Magie.

Die verschiedensten Waffen – aus Knochen gefertigt oder aus dem Eisen ihrer Feinde geschmiedet – und nackte Fäuste schossen in den Himmel. Der Schlüsselmeister Kromm zog seine Waffe ebenfalls. Er trug einen riesigen, weißen Schlüssel mit einem gezackten Ring, dessen Dornen tödlich in alle Richtungen starrten – es war die Schlagseite dieser Waffe. Am Schlüsselbart wurde sie geschwungen. Er legte den mittleren Teil des Schlüssels auf seiner zweiten Hand ab, dann schaute er einem goldenen Horizont entgegen. Vitaiin und Lorreän, die sich ebenfalls wieder in ihre Kriegskluften gehüllt hatten, blieben neben ihrem Meister stehen. Vitaiin wandte sich an ihren Heerführer.

»Meister Kromm, das ist kein gewöhnlicher Angriff. Das ist eine Invasion.«

Vitaiin wartete auf eine Reaktion, während Lorreän teilnahmslos in die Wüste starrte, bereit, so viele Feinde umzubringen wie möglich. Auch Kromm wandte seinen Blick nicht von der näher rückenden Bedrohung ab. Leise antwortete er ihr.

»Unser eigen Fleisch und Blut marschiert an ihrer Seite.«

»Sandmaare?«

»Goldmagier!«

»Deshalb tragen sie goldene Rüstungen. Deshalb passieren sie das Sandmeer so schnell.«

»Richtig, Vitaiin. Sie haben ihren Willen gebrochen.

Die Barbaren haben, was sie wollten. Gold!«

»Und was wollen sie noch? Geben die Wilden erst Ruhe, wenn sie uns ausgelöscht haben?«

Kromm dachte über ihre Frage nach. Von dunklen Absichten erleuchtet, betrachtete er auf einmal seine Waffe genauer.

»Der Schlüssel wird gewähren, das Gräuel der Welt bescheren«, flüsterte er leise und fuhr fort.

»Ich habe eine dunkle Befürchtung. Wenn die Barbaren es nicht mehr auf unsere Kinder abgesehen haben ... Wir wissen selbst nicht, was die Abgründe unseres Volks verbergen, aber ich denke, der Feind erwartet einen mächtigen Schatz, mächtiger als unser Geschlecht und unsere Gabe! Narren! Märchen! Ich trage diesen Schlüssel nicht umsonst als Waffe an meiner Seite. Das Geheimnis darf niemals gelüftet werden. Sie werden ihn mir aus meinen kalten, toten Händen reißen müssen.«

Kromm schloss seine Finger fester um die seltsame Waffe. Dann gab er den Schattenschwestern einen letzten Befehl und schickte sie fort.

»Ihr wisst, was ihr zu tun habt.«

Lorreän und Vitaiin nickten und bezogen ihre Stellungen an der Seite ihres Volks.

Nur Magier konnten diesem einzigartigen Volk gefährlich werden – Magier aus den eigenen Reihen. Keiner sonst kannte den Unterschied zwischen dem passierbaren Sandboden und den Tiefen des Sandmeeres so gut. Wie große Wellen im Wind wankten die Dünen auf dem Wasser hin und her. Dieses Mal konnte das Volk nicht darauf hoffen, dass die feindliche Armee an ihren Mauern zerschellte oder Opfer der riesigen Meeresungeheuer unter dem Sand wurde.

Aus der Ferne ließ sich beobachten, wie die Goldmagier die Truppen durch den Sand führten. Die Magier waren in schwere Plattenrüstungen gehüllt, die komplett vergoldet waren. Über ihren Gesichtern trugen die Magier, anders als die schwer bewaffneten Krieger in ihrer Mitte, glatte, goldene Masken, die ohne eine einzige Öffnung den ganzen Kopf umschlossen. Darüber hingen gelbe, tiefsitzende Stoffkapuzen. Den Kapuzen folgte ein gleichfarbiger Umhang. Er reichte bis zum Boden, direkt zu den gerüsteten Füßen. Mit ihren Armen wiesen die Gesichtslosen den Massen den Weg. Dennoch ließen sich einige fehlgeleitete Kreaturen ausmachen, die unter den Sand tauchten, dann von großen Rückenflossen überdeckt wurden und nicht wieder auftauchten.

Plötzlich stürmten die Barbaren und Goldmagier los. Erst jetzt erfolgte der tatsächliche Sturm auf die Festung. Einige Sandmaare auf den niedrigeren Türmen fingen sofort an, Magie zu wirken. Unter den langen Ärmeln ihrer funkelnden Roben aus Schuppen, Fischhäuten oder Schalentieren, schossen kaum wahrnehmbare Wirbel hervor. Sie beschworen einen Sandsturm. Bevor es jedoch anfing auf dem Feld zu toben, wurde einer der Zauberwirker von einem goldenen Blitz getroffen. Der Sandmaar erstarrte und fiel als vergoldete Statue in den Abgrund hinter den Mauern. Der Gegner war nun nah genug, damit das Gemetzel beginnen konnte und bot eine wachsende Menge an goldenen Zauberwirkern dar. Die Sandmaare in den oberen Türmen schleuderten jetzt abwechselnd tödliche Zauber auf den Feind und ihre verdorbenen Artgenossen. Ein Sandmaar beschwor eine schwarze, fließende Masse. Heiße Teergeschosse überzogen den ersten, bösen Blitzschützen, der kreischend niederging. Es flogen goldene Blitze der gleichfarbigen Armee in die Richtung, aus der viele verschiedene und schwer zu deutende Zauber beschützend entgegenwirkten. Der wirbelnde Sand verlangsamte das Fortschreiten der Fußsoldaten. Viele wurden vom Sand niedergerungen, aber die meisten bekamen brutale Zauberkräfte zu spüren: Ein Sandmaar ließ einige Köpfe explodieren, indem er sich nur stark genug konzentrierte, bevor auch ihn ein goldener Blitz traf und er erstarrt in seinem Turm stehen blieb. Die Sandmaare standen einer Übermacht gegenüber. Und die ersten Barbaren waren bereits an den Mauern.

Die Sandfestung hatte kein Tor, dass eingerissen werden konnte. Die beiden Abwehrringe waren ganz und gar aus Sand. Sie zu öffnen lag allein in der Macht der Sandbändiger. Trotzdem trugen die Barbaren einen Rammbock heran, während die Goldmagier ihnen Deckung gaben.

»Lasst den Rammbock nicht näher kommen!«, rief Kromm.

Der Sandsturm vor den Mauern fing an, immer kräftiger zu werden. Die Barbaren kamen kaum noch voran. Doch die wenigen Sandbändiger wurden nach und nach in Gold verwandelt. Ein anderer Sandmaar wehrte die goldenen Blitze ab, indem er violette Portale erzeugte und die Angriffe zurück auf ihre Feinde warf. Zu spät bemerkte er die näher kommende Gefahr. Ein Barbar meuchelte ihn von hinten. Einzelne Feinde hatten unauffällig die Mauerkronen erklommen. Sie passierten Treppen und Vorsprünge aus Gold, welche die Goldmagier geformt hatten. Zuerst wurde ein Großteil der Sandbändiger abgeschlachtet. Die vergoldeten Waffen schlitzten sie auf, verstümmelten oder enthaupteten sie. Die Sandmaare auf den höheren Verteidigungstürmen hatten mehr Glück, sofern sie nicht zu Gold erstarrten. Sie vereisten oder verbrannten ihre Gegner, vergifteten oder verfluchten sie. Wo ihre

Zauber auf die goldenen Blitze trafen, sickerte flüssiges Gold zu Boden. Schwerter trafen Äxte, Schilde parierten Morgensterne. Doch im Nahkampf waren die Sandmaare den Barbaren nicht gewachsen. Das bösartige Volk konterte stetig oder zerschmetterte sie mit ihren schweren Waffen.

Nachdem sich der Sandsturm gelegt hatte, kam auch der Rammbock gefährlich nah. Es war der riesige Stamm eines uralten Mammutbaums. Schnitzereien aller Art Dämonen zierten das Ungetüm. Der Rammbock hatte eine goldene Spitze, den Schädel einer gekreuzten Kreatur: die Mischung einer Echse und einer Barbarenfratze. Die nach außen gestreckten Zähne machten sich nun daran, den Sand vor sich zu verschlingen.

»Ixxora, der Rammbock!«

Kromm machte eine Sandmaarin gerade auf die nahende Gefahr und sein Vorhaben aufmerksam, während er noch einen Barbaren mit seinem Schlüssel zerquetschte. Dann murmelte er etwas in seinen Bart.

»Jetzt bin ich dran.«

Er schwang seine Waffe in einem Bogen über seinem Kopf und sprang von der Mauer. Ixxora reagierte sofort. Die Sandmaarin erzeugte einen starken Aufwind, der Kromms Fall bremste. Kurz vor seinem Aufprall wurde die Windbändigerin allerdings von einem goldenen Blitz getroffen und erstarrte.

Kromm stürzte schneller als geplant und fiel direkt auf einen Goldmagier. Die Barbaren hielten kurz inne. Der aufgewirbelte Sand raubte ihnen die Sicht. Als sich der Sand wieder legte, stand Kromm triumphierend auf einer zerbeulten Rüstung. Einer nahe stehenden Sandmaarin beraubt, legte sich sein Gesicht in tiefe Falten. Kromms Haut war hart wie Stahl und er hatte die Ausdauer eines ausgewachsenen Säbelzahnwolfes. Sofort gingen die Barbaren vor den Mauern auf ihn los, während auf den Zinnen Blut spritzte und Köpfe rollten. Ein Vogel stürzte sich auf die Angreifer und kam Kromm zur Hilfe. Es war der Langhornflieger, der seine Beute zerfleischte. Seine Augen leuchteten wieder hellgelb. Kromm nickte dem Tier anerkennend zu und stürmte los, um die Rammbockträger rechtzeitig zu erreichen. Vor ihm blieb einer der goldenen Magier stehen. Bevor dieser jedoch einen Zauber wirken konnte, schlug Kromm ihm seinen Schlüssel seitlich gegen den Kopf und enthauptete den Goldmagier. Der Kopf rollte über den Sand, der Helm löste sich. Kromm musste in die toten Augen eines gequälten Sandmaars blicken. Er musste die Sandfestung und sein Volk beschützen, auch wenn das bedeutete, seinen geblendeten Artgenossen den Garaus zumachen.

Die Feinde waren nah genug. Schlag um Schlag zertrümmerten sie die Mauern. Sie trugen den Rammbock zu acht. Einer von ihnen, der größte und stärkste, löste sich aus der Kette und stellte sich Kromm in den Weg. Er war beinahe doppelt so hoch und breit wie der Sandmaar.

Kromm und der riesige Barbar lieferten sich einen unerbittlichen Zweikampf. Mit einem monströsen Hammer hieb der Barbar nach Kromm, dieser parierte den Angriff mit seiner Schlüsselkeule. Kromm wurde an der rechten Schulter getroffen und wirbelte viele Fuß weit durch die Luft. Seiner magischen Haut verdankte er, dass nichts gebrochen war. Der Barbar stampfte auf ihn zu und hob seinen Hammer. Kromm wich mit einer Rolle am Boden aus und erwiderte den Schlag mit einem Hieb, welcher direkt in den Schritt des Barbaren zielte. Die Dornen stachen durch den Lendenschutz aus Gold. Doch der Barbar zeigte keinerlei Schmerz. Stattdessen holte er zum nächsten

Schlag aus. Es war Kromms Todesurteil. Doch eine Gruppe Steinbändiger hatte sich zusammengetan, um den Hünen zu versteinern. So blieb er mit ausgestreckter Waffe vor Kromm stehen und war besiegt. Der erste Mauerring war mittlerweile eingenommen. Die Zinnen waren gestürmt, die Mauer fast durchbrochen. Mit letzter Kraft richtete Kromm sich auf und rannte auf die restlichen Rammbockträger zu. Die Sandmaare auf den Türmen hielten ihm den Weg frei. Einige Barbaren wurden versteinert. Viele wurden Opfer von stickigem Gas oder Wahnsinn. Alles, was die Sandmaare aufbieten und beschwören konnten, half Kromm bei seinem Spurt. Er selbst zerschmetterte eine große Anzahl an Barbaren, die sich zwischen ihn und den Rammbock drängten. Sie konnten ihn nicht aufhalten. Um den Mammutbaum mit einem Schlag zu zerbrechen, holte er weit aus. Doch kurz bevor er seine Attacke landete, traf ihn ein goldener Blitz. Er konnte noch spüren, wie sich seine einzelnen Zellen verwandelten. Sie erstarrten und starben ab. Kromms letzter Gedanke ging an seinen Sohn, der einst in einem Krieg wie diesem verschwunden war. Eine Träne rollte über seine greisen Wangen und wurde im nächsten Moment zu Gold. Heroisch, mit erhobenem Schlüssel erstarrte er an Ort und Stelle. Der Untergang der Sandmaare war besiegelt.

SCHATTENSPIELE

Es genügte ein letzter Schlag des Rammbocks und die Mauer aus Sand brach zusammen. Siegessicher brüllten die Barbaren. Sie stürzten sich sofort auf den zerschlagenen Durchgang, aber dann fielen ihnen dahinter zwei Frauen auf, die ihnen entgegentraten. Die Barbaren stutzten, lachten dann jedoch über das kleine Aufgebot an Gegenwehr und griffen die Sandmaare an.

Vitaiin und Lorreän hatten sich auf Kromms Geheiß hinter der Mauer positioniert, um den Feind in größter Not gebührend zu empfangen. Vitaiin formte ihren ersten Abwehrzauber. Es war eine Schar an Schattenwesen, die auf der Stelle standen und den Eindringlingen wie eine Mauer aus unüberwindbaren Wächtern den Weg versperrte. Just in diesem Moment tauchte Lorreän in die Schattenkonstruktionen ihrer Schwester, um Schlag auf Schlag zwischen den schwarzen Wächtern aufzutauchen und ihre Knochendolche in ihren Gegnern zu versenken. Die Barbaren waren zerstreut und konnten sich gegen die Angriffe aus dem Hinterhalt kaum wehren. Vitaiin ließ die Schattenwesen weiter wachsen, bis sie über den Barbaren eine Kuppel mit Säulen formten. Lorreän verließ das beschworene Gefängnis und teleportierte sich neben die zerstörte Mauer, wo sie ihre Dolche in die Kehlen übriger Barbaren rammte. Sie warf eine ihrer Waffen, die ein feindliches Herz durchbohrte, tauchte in die Schatten und zog ihren Dolch wieder aus dem leblosen Körper. Vitaiin schloss die Kuppel, zerquetschte die Barbaren in einer schrumpfenden Kugel und beförderte sie zurück zu ihren Artgenossen hinter dem zerstörten Tor. Als sie die Kugel auflöste, war von ihnen nichts weiteres übrig, als blutige Rüstungen und herausgeplatzte Gedärme. Vitaiin schloss geschwind ihre Augen, da sie das Ausmaß ihres verheerenden Angriffs unterschätzt hatte.

Sie durfte sich nicht in ihren dunklen Gedanken verlieren. Also riskierte Vitaiin einen kurzen Blick durch die Mauer und machte Kromm ausfindig, der besiegt davor stand.

»Nein ... Meister ...«

Sie streckte eben eine Hand aus, um die Luft zwischen sich und Kromm zu spüren, als der klägliche Rest der Sandbändiger das Tor schloss und sie mit ihrer Schwester zurückblieb.

»Komm mit«, ertönte plötzlich eine Stimme hinter ihr.

Es war Lorreän, die sie umarmte und mit Vitaiin in einen Schatten tauchte. Nur wenig später fanden sie sich auf den Mauerzinnen wieder. Lorreän hatte Kromms Ableben ebenfalls bemerkt, blieb aber im Angesicht der tobenden Schlacht kalt und fokussiert. Vitaiin flossen Tränen über die Wangen, als sie das ganze Ausmaß der verheerenden Schlacht erblickte. Unzählige Sandmaare waren bereits gefallen. Sie musste ihrem Volk beistehen. Gemeinsam mit ihrer Schwester führte sie also einen Angriff durch, der die äußere Mauer von ihren Feinden säuberte. Während Schattenbarrikaden ihresgleichen schützten, tauchten Lorreäns Dolche dazwischen hervor und erleichterten den einen oder anderen Barbaren um das eine oder andere Körperteil. Doch in dem Gemetzel merkte niemand von ihnen, welches Ungetüm sich als nächstes von außen näherte.

Schwere Schritte bahnten sich ihren Weg durch das Schlachtengetümmel. Obwohl die wuchtigen Goldstiefel auf weichen Sand trafen, schepperte das Metall laut und mischte sich mit dem Todesklagen, das nie weit entfernt war. Der Barbar war noch größer und breiter als all seine Artgenossen. Jeder Sandmaar, der ihn erblickte, verfiel in Angst und Schrecken. Wie seine Mitstreiter auch, trug er zu Gold erstarrte Felle, aber davon eine wahnwitzig große Menge. Auf seinem dicken Kopf thronte ein halber Drachenschädel, dessen magische Schuppen ihn vor allerlei Angriffen schützten.

Zielstrebig und mit erhobener Axt bewegte sich der Hüne auf die goldene Statur von Kromm zu. Dabei trotzte er jedem Zauber, einige schlug er sogar mit der monströsen Waffe zurück.

»Tötet ihn! Tötet den Barbaren!«, schrie Lorreän plötzlich von einer der Mauern.

Einige Sandmaare hörten sie und konzentrierten ihre Giftgeschosse, Energiestrahlen und Plasmabälle, um den Feind zu stoppen. Aber Erfolg hatten sie keinen, der Barbar bewegte sich mit erschreckender Gelassenheit weiter. Lorreän glitt durch einen Schatten und stellte sich zu ihrer Schwester.

»Komm Vit, du musst mir helfen. Dieser Kerl ...«

Vitaiin beendete den Satz ihrer Schwester.

»... macht mir Angst.«

Sie wussten beide, dass der Barbar etwas Unheilvolles mit sich brachte. Vitaiin griff sofort Lorreäns Hände und im nächsten Augenblick tauchten sie in die Schatten der Magieangriffe über sich.

Wenige Sandkörner später lösten sich die Körper der Schattenschwestern aus dem schwarzen Versteck hinter dem Barbaren und sie fielen ihm gemeinsam in den Rücken. Die restlichen Sandmaare auf den Mauern stellten ihre Angriffsversuche ein. Stattdessen gaben sie den

Schattenschwestern nun Rückendeckung, indem sie die Angreifer um sie herum ausschalteten. Lorreän hieb mit ihren Knochendolchen nach dem Barbaren und rammte sie in seinen Nacken. Vitaiin blieb neben ihr in Stellung. Der Hüne blieb regungslos stehen. Ein kurzes Gefühl von Triumph machte sich bei den Schattenschwestern breit. Aber dann drehte der Barbar langsam seinen Kopf nach hinten und grinste. Es floss nicht einmal ein Tropfen Blut. Dann wirbelte er rasch herum und hieb mit seiner Axt nach Lorreän. Im letzten Moment tauchte diese in einen Schatten und wich aus. Jedoch steckten ihre Dolche weiterhin im breiten Nacken des Barbaren fest. Sie floh zu Vitaiin und bereitete sich für den Gegenangriff vor. Aber der Barbar lachte nur.

»Hahaha, ich Sar! Ihr mich nicht töten. Ich euch töten ganz leicht, aber ich keine Zeit für spielen!«

Er wandte sich wieder ab und führte seinen Marsch zur Mauer fort. Lorreän und Vitaiin mussten nur einen flüchtigen Blick wechseln, um zu wissen, was zu tun war.

»Du schaffst das Vit, angreifen statt abwehren, so wie wir es geübt haben.«

Vitaiin atmete tief ein. Sie wollte niemandem das Leben nehmen, doch wie so oft hatte sie keine andere Wahl. Sie bündelte ihre Kraft und ließ zwischen ihren Händen einen Schattenball entstehen. Lorreän berührte den schwarzen Wirbel, woraufhin sie darin verschwand. Als der Ball beinahe den Durchmesser eines Kriecherschädels erreicht hatte, schleuderte Vitaiin ihn auf den Barbaren Sar. Spitze Auswüchse und eine Kette mit Dornen begleiteten das Geschoss auf seinem Flug. Der Schattenball hatte Sar fast erreicht, als er sich seiner Körpermasse zum Trotze überraschend schnell drehte und die Schattenkugel parierte. Kurz zuvor hatte Lorreän es aber geschafft, aus den Schatten zu springen und kopfüber auf Sar zu stürzen. Sie streckte ihre Hände aus und riss ihre Dolche in einer Umdrehung aus seinem Nacken. Jetzt ging alles rasend schnell. Vitaiin straffte ihre Schattenkette und wirbelte sie in einem gigantischen Bogen um sich herum. Dabei ließ sie weitere morgensternähnliche Kugeln an Ketten entstehen und zielte mit allem, was sie aufbieten konnte, auf Sar. Währenddessen kam Lorreän hinter dem Barbaren auf die Füße und stach mit den Knochenklingen in rasender Folge zu.

Sar verzog das Gesicht. Allerdings blieb es nicht lange dabei. Die Schattenkugeln flogen auf ihn zu. Immer mehr Blut tropfte aus der wachsenden Anzahl seiner Wunden. Und doch drehte er sich den Umständen entsprechend gemächlich um, damit er Lorreän ins Gesicht starren konnte. Sie hörte nicht damit auf, ihre Dolche für sich sprechen zu lassen, nicht einmal, als sie den unheimlich bösen Blick des Barbaren erntete. Dann packte Sar sie mit beiden Armen, die Dolche blieben in seinem Bauch stecken. Er drehte sich um und erwartete gemeinsam mit Lorreän den Angriff ihrer Schwester. Lorreän konnte unter dem Druck der kräftigen Arme kaum noch atmen, geschweige denn ihre Kräfte einsetzen. Es war für Vitaiin unmöglich, schnell genug zu reagieren und sie traf beide mit voller Wucht. Die manifestierten Schatten hieben Sar und Lorreän von den Beinen. Kurz darauf landeten sie im Sand, um einige Schritt weit durch Blut und Dreck zu rollen.

»Ohnein ...«

Vitaiin wollte eben nach ihrer Schwester schen, da erhob sich Sar neben dieser, klopfte den Staub ab und trottete einfach weiter. Vitaiin spannte ihre Fäuste an, traute sich aber nicht, ein weiteres Mal anzugreifen. Erst als sich Sar ein Stück weit entfernt hatte, rannte Vitaiin zu ihrer Schwester.

»Lorreän, sag etwas. Lorr, komm zu dir!«

Vitaiin hatte sich zu ihr auf den Boden gesetzt und tippte ihr leicht auf die Wangen. Lorreän rührte sich nicht. Und schließlich konnte Vitaiin erkennen, was das Ziel des übermächtigen Hünen gewesen war.

Sar lachte erneut, als er die goldene Statur des besiegten Heerführers erreicht hatte. Er stellte sich vor Kromm und legte seine riesigen Pranken an die vergoldete Waffe. Mit einem einzigen Ruck brach Sar den monströsen Schlüssel mitsamt den erstarrten Händen ab, und hielt ihn schließlich triumphierend über seinen Kopf. Er ließ einen entsetzlich lauten Kriegsschrei über das Schlachtfeld hallen, woraufhin seine Verbündeten einstimmten und ihre kämpferischen Unternehmungen einstellten. Die Sandmaare waren verwirrt. Alle Blicke lagen auf Sar, der die Mauer aus Sand empor schielte und etwas in der zurückgebliebenen Sprache der Barbaren brüllte.

»Ich habe Schlüssel! Ich habe Waffe eures Häuptlings, ihr mir zuhören müsst!«

Ein leises Raunen und unsicheres Gemurmel ging durch die Reihen der Sandmaare. Dann öffneten die Sandbändiger plötzlich die Mauer und ließen Sar ohne Widerworte in die Festung. Vitaiin saß noch immer auf dem Schlachtfeld. Sie hielt den Kopf ihrer Schwester und schüttelte ihren Kopf, während ihr Herzschlag vor Angst, vor dem was nun geschehen mochte, beinahe aussetzte.

MACHT

Der riesige Schlüssel ruhte auf Sars Schulter. Mit einem breiten Grinsen blickte er in die Reihen der Sandmaare um sich herum. Kein einziges Anzeichen von Furcht blitzte in seinen Augen, war er doch ganz allein unter Feinden. Und trotzdem waren die Sandmaare es, die ihn fürchteten. Auf einmal durchzog eine silberne Wolke die Luft. Sie umwehte den Barbaren und manifestierte sich dann vor ihm. Es war ein älterer Sandmaar, nicht so alt und charismatisch wie es Kromm gewesen war, aber trotzdem lauschten die Sandmaare seinen Worten.

»Ich bin Bremm-Da Silbertanz. Wir ehren unsere Sitten, obgleich du kein Sandmaar bist. So sprich!«

Sar ließ sich erstaunlich viel Zeit. Er horchte nicht auf die Worte oder gar die Befehle von anderen. Daher genoss er es, Bremm-Da so lang in die Augen zu starren, bis dieser eingeschüchtert zurücktrat.

Am äußeren Tor passierte etwas. Ein einarmiger Sandbändiger öffnete es mit großer Mühe, um es kurz darauf wieder zu schließen. Vitaiin trug ihre bewusstlose Schwester herein, während der Kampfeslärm vor den Toren bis auf Weiteres erloschen war. Sie legte Lorreän vorsichtig ab und sofort eilte Hilfe herbei. Vitaiin blickte empor und musterte Sar zornig. Doch dieser interessierte sich kein bisschen für seine einstigen Gegner. Stattdessen nahm er den Schlüssel in die Hand und wandte Bremm-Da den Rücken zu. Er sprach in die Menge des ihm fast fremden Volks.

»Ihr Angst, ich schmecke. Ihr vor Furcht stinken, ich rieche. Aber ihr leben dürft, wenn ihr tut, was ich sagen!«

Er erntete gleichermaßen eingeschüchterte wie widerspenstige Blicke. Vitaiin bot ihm Letzteres dar und erhob sich.

»Wir müssen niemandem gehorchen, der keiner von uns ist. Verschwinde, verschwinde und …«

Vitaiin hatte es nicht einmal gemerkt, aber sie war wütend auf Sar zugewankt und wurde nun von Bremm-Da aufgehalten. Er sah sie traurig an und schüttelte seinen Kopf. Sar lachte.

»Hahaha, das wohl nicht ganz richtig meine Liebe. Wir genug Sandmaare gefangen, wir genug gefoltert. Wir euer wichtigstes Gesetz kennen. Und auch euer größtes Geheimnis.«

Jetzt weiteten sich Vitaiins Augen. Kromm hatte nicht vielen von der Legende des Schlüssels erzählt. Aber sie wusste genug, um eben diese zu fürchten. Sar fuhr fort.

»Also hier mein Geschenk an euch. Ihr zeigen mir Weg unter Festung. Und das schon alles ist, für das wir euch leben lassen.«

Wieder flüsterten die Sandmaare untereinander und diskutierten. Für die meisten von ihnen klang der Vorschlag mehr als vernünftig, wussten sie selbst doch weniger über ihr Geheimnis, als der Fremde in ihrer Mitte. Bremm-Da nickte, dazu bereit, die Interessen seines Volks an Kromms Stelle zu vertreten. Vitaiin griff nach seinem Arm.

»Nicht!«

Bremm-Da blickte unterwürfig auf den Sand unter seinen Füßen.

»Dabii!«, rief er leise in die Menge.

Ein kleines Mädchen tapste hervor und stellte sich neben ihn.

»Ja, Vater?«

»Kümmere dich um Vitaiins Schwester, ja? Dein Vater ist bald wieder zurück.«

Das Mädchen nickte und watschelte sofort zu Lorreän.

»Begleite uns, Vitaiin. Du weißt mehr über das Tor zum Abgrund als jeder andere hier.«

»Deshalb sollten wir nicht ...«

»Los!«, brüllte Sar dazwischen. »Wir gehen jetzt, sonst wir lassen Blut fließen! Viel Blut!«

Bremm-Da eilte zu dem Barbaren. Dieser klopfte ihm so stark auf die Schulter, dass er beinahe zusammenbrach.

»Welche Richtung?«

Wieder zeigte Sar seine gelben und braunen Zähne hinter einem unheimlichen Grinsen. Bremm-Da ging voraus. Und Vitaiin blieb nichts anderes übrig, als ihnen zu folgen. Sie warf einen letzten Blick zu Lorreän zurück und konnte Bremm-Das Tochter ausmachen, die sich bereits um sie kümmerte.

Mit überaus schnellen Schritten bahnten sich Bremm-Da, Sar und Vitaiin ihren Weg durch die Siedlung aus Sand. Sie erreichten nach kurzer Zeit einen Höhleneingang, der zwischen einigen Häusern zu finden war.

»Du zuerst!«, befahl Sar dem älteren Sandmaar.

Um die Höhle machte das Volk ansonsten einen großen Bogen. Nur neugierige und naseweise Kinder verirrten sich ab und zu in die Gänge unter der Festung. Doch ein zweites Mal gab es nie.

Bremm-Da entzündete zunächst nur eine Fackel, dann eine zweite. Eine davon reichte er Vitaiin. Sie zuckte abrupt zurück und zitterte mit einem Mal am ganzen Körper.

»Oh, das tut mir leid, Vitaiin. Ich vergaß ...«

Wieder ermüdete Sar die Trödelei der Sandmaare. Er riss Bremm-Da eine der Fackeln aus der Hand.

»Los!«, zischte der ungehobelte Wilde.

Bremm-Da gehorchte auf der Stelle und verschwand im Höhlenhals, dicht gefolgt von Sar. Vitaiin brauchte noch einen Moment, um sich von der Begegnung mit den Flammen zu erholen. Es hatte einen Grund, warum sie nichts auf der Welt so sehr fürchtete, wie Feuer. Aber bevor das Licht von der Höhle ganz verschluckt wurde, sputete sie sich und schloss rasch auf.

Sie bewegten sich durch Kanäle aus Sand, die nicht fremdartiger hätten sein können. Und doch wirkten sie natürlich, als wären sie einst von monströsen Sandwürmern gegraben worden. Hier und da tropfte salziges Wasser von der Decke oder floss in Rinnsalen an den Wänden entlang. Auch der Boden war an der einen oder anderen Stelle sehr feucht, sodass die Schritte der seltsamen Gruppe meist hörbar durch die Gänge hallten.

Letztendlich traten sie an ein Tor. Es war viele Schritt breit und noch mehr Schritte hoch. Auch dieses wirkte fremd, noch eigenartiger als die runden Gänge aus Sand um sie herum. Eine rote, massive Tür stand zwischen ihnen und dem, was darin verborgen lag.

Ein weißes Schloss hatte sich in das Tor gebrannt. Es funkelte im Schein der Fackeln in allen Farben des Regenbogens. Wahrlich, es war gleichermaßen überwältigend wie ehrfurchtgebietend. Sars tiefe Stimme ließ die Höhlenwände vibrieren.

»Alles also wahr, hier die Macht, von der so lang alle geredet.«

Seine Augen leuchteten vor Gier. Vitaiin hielt sich im Hintergrund, weit hinter den Flammen der Fackeln. Bremm-Da wollte eben einen Schritt zurückgehen, als Sar ihn packte und mit einer Hand vor das rote Tor stellte.

»Du.«

Sar hielt ihm den Schlüssel hin.

»Ich verstehe nicht?«

»Du öffnen!«

Bremm-Da schluckte, als Sar die Waffe losließ und sie ihn beinahe auf den Boden hinunterzog. Er sah zu Vitaiin und flüsterte ihr etwas zu.

»Bitte kümmere dich um Dabii, obgleich was nun passieren mag.«

Sar brauchte nur noch einmal böse zu schnauben und Bremm-Da machte sich daran, den Schlüssel zu benutzen. Vitaiin hätte etwas unternommen, hätte das Feuer der Fackeln sie nicht weiterhin gelähmt und sie auf Abstand gehalten. Mit großer Mühe hob Bremm-Da die vergoldete, schwere Waffe an. Er musste sich weit nach oben strecken, um an das hohe Schloss zu gelangen. Auch er wusste nur aus Erzählungen, wie ein Schloss funktionierte, da Sandmaare seit jeher keine Türen benutzten. Dementsprechend ungeschickt stellte er sich an. Ebenso wenig half ihm seine Angst vor Sar hinter sich und vor dem dunklen Mysterium, das vor ihm lauerte. Er zitterte fürchterlich. Dann gelang es ihm schließlich. Der Schlüsselbart drehte sich. Altertümliche Mechaniken setzten sich in Gang. Steinerne Laute hallten durch den Tunnel, ein Klacken, ein Knarren, wieder ein Klacken. Dann verstummte das Schloss, der Schlüssel ließ sich nicht mehr bewegen. Das Tor war offen.

Sar gebot Bremm-Da mit einem Nicken, das Tor aufzustemmen. Es bewegte sich fast lautlos. Erst einen Spalt weit, dann bewegte es sich von selbst und wurde vom Inneren heraus aufgeschleudert. Der Schwung war so heftig, dass das rote Tor aus den Angeln gehoben wurde und auf Sar zuflog. Der Barbar duckte sich im letzten Augenblick und das Tor blieb hinter ihm in einer Wand aus Sand stecken. Wasser rann aus der Stelle des Einschlags, es sprudelte der Gruppe immer schneller entgegen. Aber das war nicht das Schlimmste. Erst jetzt bemerkten Sar und Vitaiin, dass Bremm-Da von etwas gepackt wurde. Eine schwarze Masse bewegte sich hinter dem Portal. Sie quoll hervor, hob Bremm-Da in die Luft und verschluckte ihn schließlich mit einer einzigen Bewegung. Vitaiin wollte gerade nach vorn preschen, da war es bereits zu spät. Und immer mehr der schwarzen Substanz trat aus dem Raum aus. Sar wiederholte immer wieder ein einziges Wort.

»Macht! Macht! Macht!«

Dann wurde auch er von der Finsternis verzehrt. Die letzte Fackel erlosch und ließ Vitaiin in absoluter Schwärze zurück. Die Wände fingen an zu beben. Sand rieselte von der Decke. Wasser flutete laut hörbar den Tunnel. Und zwischen alle dem krabbelte etwas noch Düsteres als die Dunkelheit selbst auf sie zu. Die Schattenschwester bemühte sich, unter dem Beben auf den Beinen zu bleiben. Etwas berührte sie, etwas kroch um sie herum, etwas packte sie. Vitaiin wirbelte herum und rannte, sie rannte um ihr Leben, während sie ebenso wenig vor wie hinter sich erkennen konnte.

Irgendwie schaffte es Vitaiin den Tunneln in den Eingeweiden der Sandfestung zu entfliehen. Doch was sie an der Oberfläche vorfand, ließ die Geschehnisse unter dem Sand wie einen Besuch in der Honigschöpferei erscheinen. Ein heilloses Chaos war ausgebrochen. Familien flohen aus ihren Häusern, die eines nach dem anderen in sich selbst zusammenstürzten. Barbaren waren bereits auf die Mauer geklettert, um Sandmaare kaltblütig abzuschlachten oder dem zu entfliehen, was dahinter passierte. Die Völker stellten sich sogar gegen ihres Gleichen, nur um dem Beben und aufsteigenden Wassergysiren zu entkommen.

Vitaiin wollte sich gerade durch die Gassen schlagen, um Lorreän und Dabii zu suchen, da geschah es! Keiner konnte seinen Blick von dem abwenden, was sich nun seinen Weg ans Licht bahnte. Der Boden vor der äußeren Mauer brach auf und sogleich schoss eine gottgleich große Hand durch den Sand. Sie kam aus dem Schlund der unheilichsten Gefilde, wie sie nicht einmal in den schlimmsten Träumen erdacht wurden. Schwarze Finger verschluckten das Licht der Sonne, bevor sie auf ihre Opfer nieder rasten. Die Hand zerschmetterte fast hundert Männer und Frauen. Sie hatten keine Chance. Nun zog ein schwarzer, dichter Nebel auf. Er verhüllte ihre Schemen und machte die emporsteigende Kreatur beinahe unerkenntlich. Als sich der schwarze Rauch ausdehnte, schrien die Sandmaare ebenso wie die Barbaren und Magier der goldenen Armee auf. Die Schwärze verätzte ihre Haut, dann ihre Rüstung und sie fielen in sich zusammen. Die Kreatur zog sich weiter aus ihrem Loch unter dem Sand. Sie ragte aber nicht weiter in die Höhe, sondern verbreitete den schwarzen Nebel vor sich. Pranken und Schweife formten sich stellenweise aus dem Dunkel und schlugen um sich. Der Nebel überzog die Völker mit Tod und Verderben. Dann kroch er weiter ins Innere der Festung sowie über die Mauern, wo weitere Barbaren ihre Leben ließen.

Vitaiin schluckte schwer. Diesen Angriff hätte niemand überleben können, hatte sie doch ihre Schwester im Zentrum des Grauens zurückgelassen! Plötzlich spürte sie eine schwere Hand auf ihrer Schulter. Sie erschrak und machte sich für einen Angriff bereit. Aber als sie sich umdrehte, fielen Lasten von mehreren Tonnen von ihrem Herzen.

»Lorr ... Wasser, Sand und Wind sei Dank. Du lebst!«

Ihre Schwester stützte sich erschöpft auf sie, vor Kraftlosigkeit kaum im Stande zu sprechen. Ein kleiner Kopf kam hinter ihr zum Vorschein. Es war das Mädchen Dabii, das am ganzen Leib zitterte und Tränen in den Augen hatte, obwohl sie noch nicht einmal wusste, dass eben ihr Vater gestorben war. Vitaiin half Lorreän und nahm Dabiis winzige Hand.

»Wir müssen fliehen, sofort!«

Keine Wiederworte, sie alle hatten nur ein Ziel: überleben!

Immer wieder stürzten Häuser auf sie nieder oder schwarze, kleine Kometen regneten herab, die ihren Ursprung bei dem aufbäumenden, finsteren Wesen hinter ihnen hatten. Vitaiin sah Lorreän hoffnungsvoll an, aber diese war zu erschöpft, um ihre Kräfte zu gebrauchen. Es war also an Vitaiin, sie mit Schattenblockaden vor den herabstürzenden Objekten zu schützen. Entsetzliche Todesschreie erfüllten das Gebiet hinter ihnen – so entsetzlich, dass sie es nicht wagten, sich auch nur ein einziges Mal umzudrehen. Sie hatten den Westen der Sandfestung angesteuert, die Himmelsrichtung, die am weitesten von dem Übel und den Barbaren entfernt war. Als sie den äußeren Ring erreichten, hielt Vitaiin inne. Es war mit einem Mal still geworden, trügerisch, markerschütternd ... Nur noch der Geruch von verdorbenem Fleisch und aufgewühlter Staub lagen in der trüben Luft. Dann machten die drei Sandmaare einen schweren Fehler. Sie drehten sich langsam um. Und der Anblick ließ das Blut in ihren Adern gefrieren. Niemand war mehr am Leben. Ihre Heimat war von einem schwarzen, glatten Kokon überzogen worden, dessen Oberfläche sich in ihre Richtung ausdehnte und auch vor den Leichen keinen Halt machte ... Schlimmer noch ... Jeder Tote, egal ob Sandmaar oder Barbar, der von der schleichenden Schwärze überzogen wurde, regte sich auf einmal wieder. Die Leichen erhoben sich, standen langsam auf und trotteten mit leeren, aber hungrigen Blicken in ihre Richtung. Es war grauenvoll.

Dabii wollte ihren alten Freunden, Vertrauten und Verwandten eben noch entgegentreten, da packte sie Vitaiin am Arm. Als Dabii sie ansah, brach das Mädchen in Tränen aus und schluchzte. Sie hatten keine Zeit mehr. Vitaiin umarmte Dabii und ließ sie dann rasch auf ihren Rücken steigen. Sie wandten sich wieder der Mauer zu, wo Vitaiin Treppen aus Schatten formte, die sie erklimmen konnten. Die wandelnden Leichen, und allem voran die schwarze Substanz, hatten sie fast eingeholt, als sie die Festung im letzten Augenblick verließen und ihr Heil in den ewigen Weiten des Sandmeers suchten. Die Ära der Sandmaare war vorüber.

DURST

Der Horizont brannte. Wellen der Hitze verschleierten das Ende der Welt. Starke Böen warfen sie hin und her, die niemals eine milde Brise, sondern viel mehr flammende Peitschen waren. Und jeder Hieb trieb noch mehr Sand in die offenen Poren und vertrockneten Augen. Jeder Schritt konnte der letzte sein. Das Meer unter dem magischen Sand war noch listenreicher als gefährlich. Die Dünen wankten wie eine stürmische See vor und zurück. Direkt unter ihren Füßen verbargen sich monströse Meeresungeheuer, wie der gigantische Wüstenwyrm oder winzige Schlingmaulquallen, die nicht minder hungrig waren. Eines dieser Ungetüme hatte ihre Witterung bereits aufgenommen. Eine blutrot gedornte Schwanzflosse durchzog den Sandspiegel, darauf lauernd, sein wohl verdientes Festmahl einzunehmen. Doch der Wüstenwyrm war nur eines von vielen großen Übeln, die sie auf ihrem endlosen Weg erwarteten.

Dann war da noch der Durst – von jener Sorte eines geschwungenen Schwertes oder abgefeuerten Pfeils – tödlich! Vitaiin, Lorreän und Dabii wanderten nun schon lange auf ihrem Heimatboden in eine ihnen unbekannte Richtung. Mehr und mehr erwies sich ihr alter Freund und Verbündeter, der Sand, als Feind und Verräter. Wenn er damit wenigstens allein gewesen wäre …

Wie zu erwarten war, erschlafften die Glieder des kleinen Mädchens nach kurzer Zeit. Sie fiel zu Boden. Regungslos, wie toter Stein, blieb sie dort liegen. Bis hierhin war Dabii stärker gewesen als alle Sandmaare glückseligkeit ihrer Generation. Vitaiin hatte diesen Augenblick gefürchtet. Immer wieder war sie jedoch aufs Neue froh darüber gewesen, dass sich Dabii noch auf den Beinen halten konnte. Die erschöpfte Schattenschwester packte das halbtote Kind und lief weiter – immer weiter, ihre Schwester im einen Arm, und das Mädchen auf dem anderen. Ihr körperliches Leid näherte sich dem seelischen. Beinahe sehnte sie den herausgezögerten Angriff ihres Jägers herbei. Ihre Sinne waren immer noch scharf genug, um einen lauernden Wüstenwyrm unter Sand und Wasser zu bemerken. Die graubraunen Schuppen tarnten die Geschöpfe zwar, doch konnten sie ihre hohen Schwanzflossen und die roten Stacheln am ganzen Körper verraten. Es waren flache, giftige Fische, die sich bei ihrem Angriff zu einer Kugel aufblähten und ihr Jagdgut mit ihrem riesigen Maul am Stück verschlangen. Dieser Wüstenwyrm spielte noch mit seiner Beute.

Vitaiin wollte gerade auf die Knie gehen und ihr Schicksal akzeptieren, als sie in der Ferne eine Luftspiegelung sah. Was sollte es sonst sein? So weit im Westen gab es nichts außer Sand. Ein großer, dunkler Mast tanzte in den horizontalen Wellen der Hitze. Dieser schwarze Strich, aus der Entfernung war es kaum mehr, veranlasste Vitaiin ein letztes Mal weiterzugehen. Also zwang sie ihre schmerzenden Beine einen Schritt nach dem anderen zu machen. Während der ersten Schritte wurde der Strich immer höher und breiter. Doch plötzlich verschwand er wieder – tatsächlich nur eine Luftspiegelung. Ihre Zeit war gekommen. Wenn sie Glück hatten und Dabii überhaupt noch am Leben war, würde sie der Wüstenwyrm fressen, bevor sie verdursteten. Mit den beiden letzten Überlebenden in den Armen sank Vitaiin auf die Knie. Und tatsächlich grub sich vor ihnen eine spitze Schwanzflosse aus dem Sand. Mit gieriger Eile raste die Bestie auf die drei

Sandmaare zu. Schon war sie nah genug und sprang mit aufgerissenem Maul aus dem Sandbad. Der Wüstenwyrm schoss durch die Luft. Vitaiin und Lorreän schlossen ihre Augen. Die Ungeheuer dieser Welt würden ihr Tod sein.

Ein ohrenbetäubender Knall erklang. Die Schattenschwestern rissen die Lieder erschrocken auf. Die spitzen Zähne der Bestie schnitten schon leicht in Vitaiins Fleisch. Das Maul konnte jeder Zeit zuschnappen. Also regten sie sich nicht. Doch dann bemerkte Vitaiin den Geruch von Kohle und Schwefel. Rauch stieg aus dem Fischleib empor. Der Körper war durchlöchert – der Wüstenwyrm war tot.

Neben ihnen zog ebenfalls ein feiner Faden Qualm auf. Dieser kam aus einer Mündung. Zu spät bemerkten sie ihren Retter, als dieser einen nach dem anderen mit einem Schlag ins Reich der Träume schickte.

SCHRECKEN

Vitaiin kam wieder zu sich. Der Schwefelgeruch war fort. Dafür stank es nun nach Fisch. Es war dunkel, angenehm dunkel. Ihre Sicht war noch verschwommen. Langsam wurde das Bild klarer. Zuerst erkannte sie Lorreän, dann Dabii. Beide lagen bewusstlos neben ihr.

»Se leben. Glab ech.«

Weiterhin in einem unscharfen Schleier gefangen, bemerkte Vitaiin das vierte Geschöpf im Raum.

»We vele Arme sehste?«

Die Schattenschwester erschrak. Es waren vier – womöglich Folgen ihrer traumatischen Reise oder dem harten Schlag auf ihren Kopf. Dieser schmerzte immer noch.

»We vele, na?«

Das Wesen war näher gekommen und klopfte mit einem harten Gegenstand auf ihren Kopf, was ihre Schmerzen nur verschlimmerte.

»He?«

»Vier. Ich sehe vier.«

Vitaiins Sichtfeld wurde wieder scharf.

»Get, get. Er set am Leben end necht verreckt oder total derch geballert.«

Vitaiins Augen hatten sie nicht getäuscht. Es konnte sich nur um eine neue Art von Monster handeln. Es hatte vier lange, dürre Arme. Auch das Gesicht war lang und schmal. Die Ohren waren nach oben und nach unten hin spitz. Kopfhaar und Bart bestanden nur aus wild verteilten, hellen Stoppeln. Es hörte nicht auf zu grinsen und zeigte seine scharfen, fauligen Zähne. Am unbedeckten Leib war es grün und hatte viele dünne Härchen. Das

Wesen hockte vor ihr und die spitzen Knie ragten bis zu den Schultern empor. Zwischen den langen Gliedmaßen wirkte der kurze Torso verloren. Die Kreatur trug lediglich dünne Lederriemen und einen breiten Gürtel mit zahlreichen Taschen sowie drei weiteren Waffen. Mit der vierten schlug es nochmal auf ihren Kopf. Vitaiin protestierte.

»Hör auf damit! Was ist das eigentlich? Ein Zauberstab?«

»He, hehe. Wetzeg. Des send mene Scheßesen.«

»Was?«

»Pestelen eben. Pang Pang.«

Vitaiin verstand ihn immer noch nicht. Es lag nicht etwa an seiner merkwürdigen Aussprache. Sondern daran, dass sie solche Waffen noch nie gesehen hatte. Es waren lange, aus dunklem Holz geformte Rohre mit goldenen Verzierungen am Griff. Vitaiin widmete sich aber rasch wieder ihrem Wohl und dem ihrer Kameradinnen. Ihr Durst schien gelindert zu sein. Hatte das Wesen sie womöglich gerettet? Vollkommen selbstlos?

»Was bist du?«

»We was? He, necht so frech Frelen. Anderersets …«

Das Wesen hörte auf, die Pistolenmündung in ihre Richtung wippen zu lassen und hob damit ihr Kinn.

»De best en Sandmaar. Ganz selten be ens. Ech kenn nar enen.«

Die Kreatur streckte die Pistole in den vierten Halfter und sprang auf. Sie richtete sich zu voller Größe auf, welche beachtlich war. Drei Arme streckte sie aus, um noch beeindruckender zu wirken. Den vierten legte sie auf die Brust und verbeugte sich.

»Ech ben Krosanť de Lente. Mene Verwandtschaft nennt sech de Schrecken. End des her est men Scheff.«

Krosanť präsentierte stolz das morsche Wrack, das

ihnen noch Schutz vor Wind und Sonne bot. Plötzlich schnellte er vorwärts und stoppte erst, als sein Gesicht unmittelbar vor dem der Sandmaarin war.

»Ech ben Perat. End jetzt de.«

»Ich bin Vitaiin. Mein Volk scheinst du zu kennen. Es wurde aber ausgelöscht. Die Finsternis ...«

»Get, get. Wer send de anderen beden?«

Die Schrecke unterbrach sie forsch. Den Kerl schien ihre apokalyptische Geschichte nicht zu interessieren. Der Gedanke an die letzten ihrer Art trieb jedoch Tränen in Vitaiins Augen. Sie antwortete ihm schluchzend.

»Das ist Lorreän, meine Schwester. Und das Mädchen heißt Dabii. Sie ist nun das letzte Kind der Sandmaare. Danke, dass du sie gerettet hast.«

»He, ken Grand seelech za werden. Sklaven verkaft man am besten lebend.«

Krosanť zwinkerte ihr zu. Dann flößte er ihr, Lorreän und Dabii einen letzten Schluck schmutziges Wasser ein. Lorreän kam daraufhin wieder zu sich. Sie beurteilte die Situation in Windeseile und versuchte, in einem Schatten zu verschwinden. Tatsächlich färbte sich ihre Haut kurz schwarz, doch der Zauber verflüchtigte sich ebenso schnell, wie sie ihn zu beschwören versucht hatte.

»Was war denn das?«, fragte Krosanť neugierig.

Aber Lorreän antwortete ihm nicht. Sie war immer noch zu erschöpft. Auf ihre Kräfte konnten die Schattenschwestern bisweilen nicht zählen. Also mussten sie die kommende Schmach über sich ergehen lassen.

»Naja, Hexen oder necht, Schamanenzaber hen oder her, wer werden sehen, was er wert sed.«

Der vierarmige Pirat schnappte Dabii und zog Lorreän sowie Vitaiin an ihren Fesseln auf die Beine. Ein weiterer Marsch durch die trockene Ödnis stand ihnen bevor.

Im Gegensatz zu ihrem vorigen Irrweg war die Strecke zu ihrem nächsten Ziel beinahe kurz. Die Schrecke trieb die beiden Sandmaare vor sich her und trug Dabii zwischen seinen beiden rechten Armen neben dem dürren Bauch. Nicht einmal das Mädchen bekam noch einen weiteren Schluck zu trinken. Aber keine der beiden Schattenschwestern bettelte oder wechselte ein Wort mit ihrem Retter. Das gab Krosanť jedoch keinen Grund, nicht selbst etwas zu erzählen. Somit redete er unaufhörlich von Riesenkraken und Seeschlangen aus einer längst vergessenen Zeit, bis sie endlich ein Dorf erreichten.

»He, wer send da. Wellkommen en Glashem.«

Der Anblick war bemerkenswert. Nach langen Stegen aus Holz blieb der Boden hart und fest. Hier begann die Steppe. Sie betraten einen breiten Weg, umzingelt von zwei langen Häuserreihen. So etwas hatten die Sandmaare noch nie gesehen. Alle Häuser waren aus Glas geblasen. Sie waren rund und endeten oben in einer Glocke mit gebogenem Zipfel. In die meisten Glasbauten konnte man direkt hinein blicken. Sie waren leer.

Die Stille von Glasheim übertrug sich auf die gesprächige Schrecke. Krosanť kannte dieses Dorf gut. Dieser Ort konnte einem wirklich die Sprache verschlagen. Ihn bekümmerten aber die leeren Gassen und Häuser.

»Egenarteg ...«

Seine sonst viel zu gesprächige Zunge legte eine Pause ein. Die Schrecke zog die Sandmaare nun etwas hastiger hinter sich her, die ihre Chance derweil ergriffen und die Gegend ganz genau musterten. Trotz der Dürre grünte es hier und dort erstaunlich viel. Jedes Glashaus hatte seinen eigenen Garten mit allen Arten von herkömmlichen, extravaganten und sogar magischen Kakteen. Sie trugen riesige Stacheln, bunte Blüten oder dichten Flaum. Die größten Kakteen waren fast doppelt so hoch wie die Schrecke. Als Krosanť die neugierigen Blicke bemerkte, konnte er sich einen Kommentar nicht verkneifen.

»Er fendet de Kakteen wohl schön. Aber des send se necht. Wenn man se necht ensperrt, wachsen se eberall end peksen oder vergeften dech.«

Jetzt lief er neben den beiden Sandmaaren. Mit einer Pistole pikste Krosanť in Vitaiins Seite, um sie und ihre Schwester vor sich herzutreiben.

»Freher est her alles gewachsen. Als das Dorf noch ene Stadt war, ene große Hafenstadt. End das alles war Meer. Ken Sandmeer. En rechteges, as Wasser.«

Ohne dass sich Lorreän oder Vitaiin umdrehten und ihn sahen, zeigte er auf die Wüste hinter ihnen. Ein Indiz für Krosants Ausschweifungen war der große Steg, über den sie gekommen waren. Aber Schiffe, wie das des Piraten, hatten sie keine mehr gesehen – und genau genommen kannten Lorreän und Vitaiin weder den Begriff dafür, noch etwas Vergleichbares.

»Das waren Zeten. Necht, dass ech se erlebt hätt. Aber mene Vorfahren schon. Set dem verflechten Sand est her nechts mehr los. Aber so lese we hete ...«

Die Schrecke ging in die Hocke und betrachtete die wenigen Sträucher am Rand des großen Weges. Sie bewegten sich kaum, obwohl der Wind immer stärker blies. Plötzlich hörten sie fröhliche Musik. Die Schrecke sprang auf.

»Naja, fast nechts los.«

Krosanť setzte Dabii auf den Boden und rüttelte ein

wenig an ihr. Lorreän und Vitaiin sahen sich verblüfft aber erleichtert an, als das Mädchen langsam die Augen öffnete und wieder selbst Halt auf ihren eigenen Beinen fand.

»Petzen wer dech mal heras.«

Die Schrecke blieb in der Hocke und spuckte in alle vier Hände. Sie strich damit durch Dabiis hellbraunes, langes Haar. Dann klopfte Krosanť den Staub von ihren Klamotten. Erst als Dabii realisierte, was eben mit ihr geschah, versuchte sie sich zu wehren und wich ängstlich zurück.

»Necht zappeln Klenes, so werd's necht besser.«

Es war für Krosanť ein Leichtes, sie mit nur einer Hand im Zaum zu halten. Kurz darauf löste er sich aus seiner Hocke und scheuchte die Sandmaare zu einem großen Gebäude mit verdreckten Scheiben. Die Wände aus Glas waren hier so trüb, dass keiner durch die graue Fassade blicken konnte. Ein Schild hing über dem Eingang. Darauf stand der Name einer schmutzigen Spelunke geschrieben.

GASTHAUS ZUR RAUEN BRISE

Die gläsernen Saloontüren wippten schwerfällig, als sie die Taverne betraten. Krosant' war immer dicht hinter ihnen. Die drei Sandmaare befanden sich in einer ungewohnten Umgebung. Die Wände waren grau, die Luft stickig, der Untergrund erdig und fest. Die Fassade aus Glas war direkt in die trockene Erde eingelassen. Das Gasthaus war bodenlos. Für ihre nackten Füße fühlte sich dieser Boden hart und unangenehm an. Sie gehörten nicht hierher – genauso wie der Mann, der sie lässig empfing.

Beinahe alle Tische in der Taverne waren leer. Hinter dem Tresen stand eine Schrecke mit elegantem Schnauzer. Vor dem Tresen musizierte eine andere Schrecke mit allen vier Händen an einem merkwürdigen Akkordion. Am mittleren Tisch saßen zwei Personen. Eine Frau – regungslos, grün und mit der Statur eines gestreckten Sandmaars. Ihre lederne Unterwäsche wurde lediglich von einem einzigen Wolfspelz verdeckt. Dann war da noch ein Mann. Er wippte gleichzeitig mit einem Fuß, dirigierte mit einer Hand und trank aus einem hohen Krug eine klare, gelbgrüne Flüssigkeit. Er schien gut gelaunt und angeheitert zu sein. Außerdem war er nichts Geringeres, als ein waschechter Sandmaar – sehr gut gebaut, mit kräftigen, dunklen Streifen auf der hellen Haut und einer Lederrüstung mit einem eisernen Schulterpanzer. Außerdem trug er eine dunkelbraune Augenklappe.

»Lunte, du alter Seehund. Was treibt dich heute nach Glasheim? Hast du mir was mitgebracht?«

Krosant', der sich einst seinen Titel „die Lunte" redlich

verdient hat, quetschte sich an seinen Gefangenen vorbei und entleerte seine Beutel.

»De hast secherlech enen Bleck af mene Begleter geworfen. Aber zaerst zar wertvollen Ware.«

Die Frau im Wolfspelz blieb immer noch regungslos sitzen. Die Musik dudelte fröhlich weiter und der Sandmaar beugte sich grinsend nach vorn. Er war neugierig.

»Dann zeig mal her.«

Krosanť präsentierte eine beachtliche Auswahl an Muscheln, die wie Edelsteine funkelten. Er präsentierte ebenso glänzende Fischschuppen und etlichen Kram, wie Goldknöpfe oder verrosteten Schmuck, was wahrscheinlich alles gestohlen war. Vorsichtig kramte er eine letzte Kostbarkeit hervor, zumindest behandelte er das Glas voller Sand und Wasser sehr bedacht.

»Das est etwas ganz Kostbares. Sehste das?«

Auch Vitaiin wurde nun aufmerksam. Der Sandmaar nahm das Glas, drehte es einige Male um und warf es schließlich in die Luft, um es im letzten Moment wieder aufzufangen.

»He, vorsecht.«

»Wieso, was soll das sein?«

»Na der Sand. Er est schwerer als das Wasser, sehste doch. Sand as der alten Zet.«

»Das ist ein schlechter Trick.«

»Ne, ne. Ken Treck.«

»Doch genau das ist es, Lunte. Dreck und schmutziges Wasser. Und der Rest ist auch nur Plunder. Glasheim ist leer gefegt. Ich kann nichts davon gebrauchen.«

Der Sandmaar schob die Ware mit samt dem Glas von sich weg. Dann stand er auf, behielt den halbvollen Krug aber weiterhin in der Hand. Er ging auf die kleine Sandmaarin zu.

»Was menste met leergefegt? De Gesterstadt da dre-ßen?«

Er ignorierte die Schrecke und bot Dabii einen Schluck aus seinem Glas an.

»Trink etwas.«

Der Durst überwältigte Dabii. Bevor Vitaiin oder Lor-reän reagieren konnten, schnappte sich das Mädchen den riesigen Krug mit beiden Händen und nahm einen großen Schluck. Diesen spie sie allerdings gleich wieder aus. Ihr Mund brannte von dem hochprozentigen Alkohol. Der Sandmaar lachte. Vitaiin nahm Dabii den Krug aus der Hand und schüttete den restlichen Inhalt mitten in das Gesicht des Fremden. Sein Lachen stoppte abrupt. Dann schüttelte der Sandmaar seinen Kopf und ließ seine Lip-pen albern vibrieren, um sein Gesicht und das mittellange, blonde Haar zu trocknen. Nun viel Vitaiin das graue Auge auf, das sie amüsiert anstarrte.

»Pu, das war erfrischend. Ich kenne dich. Ich kenne euch beide, Schattenschwestern. Kennt ihr auch mich noch?«

»Noch nie gesehen«, erwiderte Lorreän nun engstirnig.

»Natürlich nicht. Es ist lange her. Mein Name ist Krixxo. Rieselt der Sand jetzt?«

Vitaiin starrte ihn mit offenem Mund an und antwor-tete zuerst.

»Du sollst der Sohn von Kromm sein? Nein, das glaube ich dir nicht. Sein Sohn ist ...«

»Verschwunden? Das ist nicht ganz richtig. Ich hatte nur keine Lust mehr auf die ständigen Schlachten. Also habe ich mein Geschick selbst in die Hand genommen und bin abgehauen.«

»Du Feigling! Du hast dein Volk im Stich gelassen!«

Vitaiin war außer sich, während Lorreän desinteressiert

die Taverne musterte.

»Ich habe gelebt! Und wie ist es euch ergangen?«

Vitaiin schwieg. Sie dachte an die Worte ihres alten Meisters Kromm. Dann tat es Dabii ihrem Vorbild gleich und trat Krixxo mit ihrer ganzen Kraft gegen sein Schienbein. Krixxo regte sich nicht. Stattdessen plumpste Dabii zurück und hielt sich ihren schmerzenden Fuß fest. Der Sandmaar senkte seinen Kopf, um den zornigen Blick des Kindes zu sehen.

»Haha, herrlich diese Mädchen.«

»Stehen necht zam Verkaf.«

»Was?«

Krixxo fuhr zu Krosanť herum. Die Schrecke steckte ihr kostbares Glas wieder ein und verschränkte alle vier Arme.

»Erst nachdem de mehr erzählt hast, was her los est?«

»Ich werde dir überhaupt nichts erzählen.«

Krixxo winkte der Barschrecke für ein zweites Glas Kaktusschnaps zu. Dann lächelte er das merkwürdige Quartett an.

»Ich werde es euch zeigen.«

Als sie quer durch Glasheim getrottet waren, erreichten sie einen schaurigen Ort. Es war ein uralter Schiffsfriedhof. Im Gegensatz zu den geschwungenen Häusern aus Glas wirkte dieser düster und trist. Er fügte sich nicht recht ins Bild. Die ortsfremden Sandmaare fühlten sich, als beträten sie von der einen Schwelle zur nächsten eine andere Welt – auf ein Neues. Immerhin kamen ihnen die heruntergekommenen Konstruktionen von Krosanťs Schiff bekannt vor. Doch hier regierte der Verfall, der viel weiter fortgeschritten war.

»Des est ensere helege Stätte«, erklärte der Pirat Dabii,

Vitaiin und Lorreän.

»De Scheffe send necht de enzegen Lechen her. Her rehen ensere Toten. Vele, vele Tote. Freher gab es Seebestattengen. Aber hete legen de Toten en Löchern.«

Es dämmerte bereits. Krixxo war vorausgegangen, dicht gefolgt von Krosanť und seinen Gefangenen. Den Schluss bildete die grüne Frau, welche sie alle zwischen ihr und dem Sandmaar einschloss. Die beiden Schrecken aus dem Gasthaus zur Rauen Brise waren dort geblieben.

Während Krosanť immer weiter sprach, reichte die grüne Frau Dabii unauffällig einen Trinkschlauch. Das Mädchen nahm ihn zunächst zögernd, dann jedoch dankbar an.

Sie waren nun mitten auf dem Friedhof. An einem dunkelbraunen Rumpf in der Ferne zappelte etwas Schwarzes. Sie gingen direkt darauf zu. Unterbewusst suchte Dabii die Nähe der grünen Frau, eingeschüchtert und umzingelt von vermoderten Schiffsleichen und schwarzen Löchern. Erst jetzt wurden die merkwürdigen Gräber sichtbar. Es waren offene Gruben. Über ihnen waren Glasscheiben eingelassen, die diverse Überreste bedeckten. So wurden die Schrecken begraben. Das Volk lebte in Glasheim in größter Offenheit. Und auch bei ihren Toten machten sie hierbei keine Ausnahme. Im Moment waren die Überreste der Verstorbenen allerdings nicht zu sehen. Schwarze Schleier verdeckten die Sicht. Vitaiin und Lorreän wurden von einer düsteren Vorahnung erfüllt. Sie wollten sich gerade gegen ihre Marschrichtung stellen, als die grüne Frau sie weiter vorantrieb. Aber auch Krosanť bekam es mit der Angst zu tun.

»Be den verflechten Seelen.«

»Warte nur ab, Lunte.«

Sie nutzten die schmalen Wege zwischen den Gräbern und näherten sich einem Lebewesen. Es war eine schwarze Schrecke. Nur ihre Kontur und die vielen Gliedmaßen ließen noch auf ihre Abstammung schließen. Ihr ganzer Leib war von einer schwarzen, harten Substanz bedeckt. Augen, Mund, sogar die Kleidung waren versteinert und zu einem einzigen Wesen verschmolzen.

Als die Truppe nah genug war, streckte die schwarze Schrecke alle Arme nach ihnen aus und klapperte mit den Zähnen. Sie konnte sich aber nicht fortbewegen. Mitten in ihrem Kopf steckte ein Schwert. Nur ein Stück der Klinge und der Griff waren noch zu sehen, das restliche Metall ging direkt durch den Kopf bis in das modernde Holz der Schiffsleiche dahinter. Die Beine der Schrecke zappelten gut drei Fuß hoch in der Luft.

Die Sandmaare hatten solch eine schwarze Kreatur schon einmal gesehen. Der Anblick brachte Vitaiins Herz zum Rasen, Dabii konnte nicht einmal hinsehen und Lorreän versuchte, das Unheil mit einem raschen Blick zu untersuchen. Sie war sich sicher.

»Das ist die dunkle Macht.«

Krixxo musterte die zweite Schattenschwester überrascht.

»Ich hätte gesagt, das ist ein Totloser, vor dem alle in Glasheim bei seinem Begräbnis geflohen sind. Aber nennen wir es gerne die dunkle Macht.«

Er nahm einen großen Schluck aus seinem Trinkschlauch, in welchem alles nur kein Wasser war, und näherte sich dem Totlosen.

Vitaiin wurde leicht hysterisch.

»Nein, du verstehst das nicht, wir müssen hier weg. Sofort!«

»Ech geb dem Frelen necht gern recht. Aber se hat recht.«

»Ich hole mir nur meine Waffe zurück. Windbrecher

ist wohl mehr wert, als eure Leben es gerade sind. Aber das Vieh ist harmlos.«

Lorreän warf Krixxo einen herablassenden Blick zu und bedachte ihn mit einigen sarkastischen Worten:

»Windbrecher? Was für ein geistreicher Name für ein Schwert.«

Krixxo ignorierte sie und streichelte zärtlich den Griff der Waffe, während die totlose Schrecke versuchte, ihn zu Fassen zu kriegen.

»Nicht böse sein Windbrecher, sie meint es nicht so.«

Er wich den vier Händen aus und zog das Schwert aus dem Kopf der Kreatur. Unsanft krachte diese vorwärts auf den Boden und blieb liegen. Jetzt säuberte er vorsichtig die silberne Klinge und sprach weiter mit seinem Schwert.

»Nein, ich habe dich mehr vermisst. Nein, ich habe dich vermisst. Ach du ...«

Die anderen interessierten sich gar nicht mehr für die Albernheiten des Sandmaars. Alle samt steckten ihre Köpfe über dem Totlosen zusammen. Krixxo gesellte sich erst dazu, als er fertig war. Nur Dabii zog es fort von der Gruppe – in die Nähe eines leeren Erdlochs mit einem zersplitterten Glasdeckel, neben welchem die schwarzen Gräber lagen.

Krosanť sprach als erstes.

»Est der jetzt tot?«

»Hast du gesehen, was eben noch in seinem Schädel gesteckt hat?«, erwiderte Krixxo forsch.

»He men Leber, necht so frech.«

Blitzschnell schoss die schwarze Schrecke wieder hoch, um die Lebenden anzugreifen. Krixxo war überrascht, aber dennoch schneller. Mit einem sauberen Schnitt trennte er den Kopf von dem Körper des Totlosen.

»Das kam ... unerwartet.«

Die Gruppe erhielt einen einmaligen Blick auf das Innenleben des unheimlichen Wesens. Die Innereien bestanden immer noch aus verwesendem Fleisch und Knochen. Dunkles Blut verklebte die hellen Stellen. Der Einblick in den Totlosen zeigte auf, dass die schwarze Haut nur eine dünne, feste Schicht um seinen Leib war – beinahe wie eine Schale aus Stein. Im nächsten Moment schloss sich diese wieder und versiegelte den durchtrennten Hals. Der Totlose regte sich wieder. Ziellos krabbelte der kopflose Körper am Boden entlang, während der Kopf immer noch nach ihnen schnappte. Vitaiin mahnte die Gruppe ein letztes Mal.

»Es breitet sich aus. Habt ihr die Gräber nicht gesehen?«

»De send alle schwarz. Kommen de Totlosen eber ens?«

»Ja, wie in unserer Heimat. Ich schätze, je älter die Leiche ist, desto länger braucht sie, um wieder aufzuerstehen. Aber sie kommen alle wieder.«

Die grüne Frau ging tief in die Hocke und wickelte den losen Kopf in ein Tuch. Dieses schnürte sie zu und band es um ihre Hüfte. Der Kopf darin bewegte sich noch immer. Die anderen sahen sie irritiert an. Doch bevor einer fragen konnte, vernahmen sie einen hohen Angstschrei. Die Frau, die Schrecke und die Sandmaare wirbelten herum. Es war Dabii. Splitter flogen durch die Luft. Ein Totloser erhob sich direkt vor dem kleinen Mädchen aus seinem Grab. Doch hier endete der Schrecken noch nicht. Ein Glasgrab nach dem anderen wurde zertrümmert. Unzählige Hände und Splitter schossen gen Himmel. Sie waren umzingelt.

DIE TOTLOSEN

Lorreän reagierte als erstes. Ihre Kräfte waren immer noch erschöpft. Also zog sie eine von Krosant's Waffen. Um Dabii zu retten, handelte die Schattenschwester blitzschnell und intuitiv. Aus der Pistole glitt die Bleikugel und fand ihr Ziel. Lorreän hatte dem nahen Totlosen direkt ins Gesicht geschossen.

»Dabii komm her«, rief Vitaiin besorgt.

Mit einem großen Loch im Schädel taumelte der Totlose zurück. Er blieb stehen. Dabii rannte los und schon wankte ihr das Wesen mit der qualmenden Wunde hinterher.

»He, men Scheßesen!«

Krosant schnappte sich seine Pistole und zog gleichzeitig seine anderen drei Schießeisen.

»Aber geter Schess.«

Die anderen nahmen ebenfalls ihre Kampfhaltungen ein.

»Wer hätte damit gerechnet?«, spaßte Krixxo und hob sein Schwert.

Vitaiin sah ihn ernst an, nicht wissend, wie viel Ironie in Krixxos Äußerung mitschwang.

»Und was machen wir jetzt, Krixxo?«, fragte sie ihn.

»Wir schlagen eine Bresche, bevor alle toten Schrecken aus ihren Gräber kriechen.«

»Ech ben beret.«

Krixxo nickte der grünen Frau zu. Diese zog ihre Waffen: ein langer, krummer Stab und ein grüner Schild mit einer Reihe gespickter Zähne. Den Schild gab sie Vitaiin. Lorreän ging vorerst leer aus, was der kriegerischen

Sandmaarin deutlich missfiel. Die grüne Frau musterte sie. Als sie sich nach einem tiefen Blick in ihre Augen sicher war, dass die Fremde auf ihrer Seite kämpfen würde, gab sie Lorreän ein kleines Beil, das an ihrer Hüfte hing. Dann sprach sie – zum ersten Mal – direkt zu den drei Sandmaaren.

»Bleibt direkt hinter mir.«

Ihre Stimme klang unheimlich – wie ein Flüstern, aber nicht leise, sondern ansteigend, grollend, beinahe als käme sie aus den Eingeweiden einer ihnen verborgenen Geisterwelt. Plötzlich holte die Frau mit ihrem Stab aus. Dabii und Vitaiin duckten sich, als die Waffe auf sie zuschnellte. Sie traf einen Totlosen direkt hinter ihnen. Der Stab hinterließ beim Aufschlag kleine, grelle Blitze und ein Donnergrollen. Die schwarze Schrecke wurde viele Fuß weit in die Ferne geschleudert. Dabii und Vitaiin weiteten ihre Augen. Doch zum Staunen blieb keine Zeit. Die ersten Totlosen griffen bereits an. Lorreän hielt das Beil bereits weit über sich, bereit zuzuschlagen. Sie war die erste, die ausscherte und auf die Totlosen einschlug.

»Zurück in die Reihe, Lorr!«, forderte ihre Schwester sie auf. Doch Lorreän war bereits vom Kampfesrausch übermannt und wurde von der Rache an ihren Peinigern nur noch mehr angetrieben. Vitaiin suchte Hilfe bei ihren anderen Begleitern.

»In welche Richtung laufen wir?«

Sie wandte sich an alle gleichzeitig. Krixxo antwortete ihr.

»Zur Bar zurück. Ihr mögt vielleicht schlecht über mich denken. Aber meinen Lieblingsbarmann lasse ich nicht zurück.«

»Los!«

Die grüne Frau brüllte. Krixxo lief voran. Mit seinem

langen, schmalen Schwert zerteilte er alles, was sich ihnen in den Weg stellte. Erst jetzt fiel Vitaiin die merkwürdige Form der Klinge auf. Sie war zwar kerzengerade, nur hatte sie vorne und hinten zwei lange Zacken, in entgegengesetzte Richtungen gewandt. Und im nächsten Moment wurde ihr auch klar, warum.

Krixxo schleuderte sein Schwert um die eigene Achse. Es flog wirbelnd nach vorn. Seine Hände streckte er nach links und rechts aus und sendete zu beiden Seiten Windimpulse aus, welche die Totlosen von den Beinen fegten. Sie liefen weiter und Lorreän kümmerte sich um die Feinde hinter ihnen. Krixxo streckte seine Arme wieder nach vorn und konzentrierte sich auf sein Schwert, das lange durch die Luft segeln konnte, ohne an Höhe zu verlieren. Eine kleine Windhose fing darunter an, zu tanzen. Das Schwert kreiste in entgegengesetzter Richtung. Die Zacken sorgten für den nötigen Auftrieb und es durchschnitt alles auf seinem Weg. Nun wussten die Sandmaare, warum die Waffe Windbrecher hieß. Krixxo war ein Windbändiger.

Krosanť war dicht hinter ihm. Er feuerte gleichzeitig aus allen vier Pistolen und verfehlte fast kein Ziel. Der Pirat stoppte die Totlosen schon aus großer Distanz.

Die grüne Frau schloss Dabii und Vitaiin eng in ihre Reihe ein und schützte sie, so gut sie konnte, mit stürmischen Kräften. Vitaiin sparte sich noch ihre letzte Kraft und wehrte die nahen Gegner mit dem Schild ab. Die Zähne des Schildes bohrten sich durch die schwarze Steinschale der Totlosen und ein zusätzlicher Stoß hebelte sie von ihren Beinen. Vitaiin hatte noch immer nicht die Absicht, andere zu verletzen. Sie wollte nicht verstehen, dass ihre Feinde nicht nur bösartig, sondern auch nicht mehr am Leben waren. Sie schaffte es lediglich, die Totlosen von sich fernzuhalten. Die grüne Frau erledigte den Rest. Schlag um Schlag beförderte sie die schwarzen Schrecken mit ihrem Gewitterstab zurück in die gegnerischen Reihen. Die Blitze fauchten, die Schläge donnerten. Doch es wurden immer mehr. Die Auferstehung der Totlosen hatte gerade erst begonnen. Nur die ersten von ihnen waren aus ihren Gräbern geklettert. Dutzende weitere folgten. Weitere Hauben aus Glas zersplitterten von innen heraus und verteilten immer mehr Scherben auf dem Friedhof. Feine Glaspartikel spickten die Atmosphäre – größere funkelten im Abendrot, silberner Staub zerkratzte Atemwege und Augenlider. Ihr Vordringen wurde erschwert. Die Gruppe wurde immer langsamer.

»Es send za vele.«

»Und sie stehen immer wieder auf.«

Krixxo hustete. Krosant̓ schob zwei seiner Pistolen zurück in die Halfter, während er mit den anderen beiden immer noch wie verrückt um sich ballerte. Mit seinem zweiten Paar Hände fischte er eine runde, tonfarbene Kugel aus seinen Taschen. In der anderen Hand hielt er auf einmal ein kleines Gerät, das Funken versprühte. Im nächsten Moment brannte ein Teil der Kugel – die Lunte!

Er warf die Bombe in die größte Ansammlung von Totlosen. Kurz darauf explodierte sie. Dunkle Körperteile flogen durch die Luft.

»Nicht schlecht, Lunte.«

»Wenegstens stehen de necht mehr af. Aber es send emmernoch za vele.«

»Haltet euch fest!«

Krixxo flog auf einmal hoch in die Luft, wo er sein Schwert fing und gleich wieder auf den Boden zuraste. Die folgende Druckwelle fegte wie ein Tsunami aus

Wind über die schwarzen Schrecken hinweg. Ein kurzer Augenblick der Stille kehrte ein. Die anderen hatten sich im letzten Moment zusammengerafft und waren mit Mühe und Not auf den Beinen geblieben. Erst jetzt wich Lorreän stark schnaubend zurück und lauschte den Worten des Sandmaars.

»Sputet euch, ich brauche einen Schnaps!«

Krixxo eilte voran. Die anderen folgten ihm. Langsam regten sich die Totlosen wieder.

Endlich hatten sie den Schiffsfriedhof hinter sich gebracht und die gläserne Taverne erreicht. Die schwarzen Schrecken waren ihnen allerdings dicht auf den Fersen.

»In dem Glashaus sind wir bestimmt sicher, gute Idee Krixxo.«

Jetzt, wo sie vor der Bar standen, stellte Vitaiin seinen Plan infrage.

»Ich habe nicht gesagt, dass ich uns rette. Ich hatte nur Angst um meinen Barmann und etwas Durst.«

Zögernd betrat die Gruppe die Taverne. Als Krosanť an Krixxo vorbeiging, kommentierte er den Zank.

»Das Frelen hat weder recht.«

Schon als die Silhouette des Sandmaars vor der gläsernen Taverne erkenntlich war, füllte die Barschrecke einen Krug Kaktusschnaps auf. Die andere Schrecke erhob sich bei ihrem Eintreffen und musterte die Gruppe. Sie waren erschöpft, schweißgebadet und Glasscherben und Reste ihrer Feinde hingen an ihnen wie Blut an einem Neugeborenen.

Die Bedrohung ließ nicht lange auf sich warten. Die ersten schwarzen Hände klopften von außen an die durchsichtigen Wände. Gelassen krallte sich Krixxo seinen Krug und setzte sich wieder auf seinen Stammplatz. Er überschlug seine Beine und trank einen großen Schluck, während die vielgliedrigen Ungeheuer immer lauter gegen die Wände schlugen. Krixxo war die Ruhe selbst.

»Die Häuser von Glasheim sind um einiges robuster, als die dünnen Grabdeckel. Sie halten sehr viel aus.«

Krixxo lallte und sprach weiter.

»Hauptsache, sie finden die Tür nicht.«

Er hickste und deutete auf den Eingang.

»Verflucht, helft mir.«

Vitaiin war die erste und warf sich an die Schwingtüren. Krosanť war der nächste. Erst jetzt fiel Vitaiin auf, dass jemand von ihnen fehlte. Wo war Lorreän? Wo war ihre Schwester?

»Habt ihr meine Schwester gesehen?«, fragte sie hysterisch in die Runde.

Außer dass sich jeder irritiert umsah, erntete sie keine Reaktion auf ihre Frage. Sie starrte in die angestrengten Augen des Piraten, der mit ihr die Schwingtüren zuhielt. Er vermutete, was sie vorhatte und schüttelte ganz schnell seinen Kopf.

»Das solltest de necht machen, glab mer.«

Natürlich hörte sie nicht auf den Fremden. Sie ließ von den Türen ab, woraufhin sie aufschwangen und die ersten Totlosen in die Taverne stürmten. Vitaiin vernahm noch einen letzten Fluch von Krixxo, bevor sie den Schild der grünen Frau anhob, sich duckte und ihren zierlichen Körper nach draußen presste.

Ein Beil raste wiederholte Male durch die Luft, gefolgt von schwarzen Armen, Beinen und Köpfen. Es war nicht schwer, Lorreän in dem Getümmel zu finden. Aber Vitaiin hatte große Probleme damit, sich ihren Weg durch die Horde von Totlosen zu bahnen. Das Adrenalin wirkte sich jedoch positiv auf ihre Kräfte aus. Schwarze Blitze knisterten bereits wieder zwischen ihren Fingern, während sie ihre Gegner noch mit dem Schild davon schob oder unter ihnen hinweg tauchte.

»Sterbt, ihr seelenlosen Ungeheuer! Kriecht zurück in eure Löcher!«

Endlich erreichte Vitaiin Lorreän, die ihre Feinde lautstark verfluchte und wieder ihrer Rage verfallen war. Mit ihrem Schild schlug Vitaiin rasch einen Angreifer zurück und stellte sich Rücken an Rücken zu ihrer Schwester.

»Wir müssen weg hier!«

Lorreän schenkte den Worten ihrer Schwester nur wenig Beachtung.

»Hilf mit lieber, diese Saat zu vernichten.«

»Aber ...«

Vitaiin blieb nichts anderes übrig, als sich an der Seite ihrer Schwester zu verteidigen. Während Lorreän das kleine Beil überraschend geschickt nutzte, blockte Vitaiin die Angriffe der Totlosen nur ab. Sie waren umzingelt.

Plötzlich pulsierte eine schwarze Aura um Vitaiin. Ihre Notreserve war bereit. Schon formte sie massive Pfähle aus Schatten um sich herum, welche den Totlosen zunächst Einhalt geboten. Aber es waren zu viele. Auf einmal schrie eine der Schwestern laut auf.

»Ah!«

»Lorr, was bei ...«

Vitaiin drehte sich zu ihrer Schwester um, bereute ihre Entscheidung aber im selben Moment. Eine totlose Schrecke packte sie von hinten und schloss alle vier Arme um ihren Leib. Sie drückte zu. Doch ihre Schwester hatte das größere Übel erfahren. Zwei Totlose hatten sich in ihrem Fleisch verbissen und ließen nicht von ihr ab. Als Lorreän die Notlage ihrer Schwester vernahm, half sie nicht sich selbst, sondern warf ihr Beil in Vitaiins Richtung. Diese sah die Waffe auf sich zurasen und schloss ihre Augen. Als sie ihre Lider wieder öffnete, steckte das Beil im Schädel des Totlosen neben ihr, der seine Umklammerung löste und nach hinten fiel. Vitaiin war frei. Aber ihre Schwester wurde bereits von etlichen schwarzen Händen in die Reihen der Totlosen geschliffen.

»Töte sie Vit, töte sie!«, schrie Lorreän, während sie immer mehr schwarze Gliedmaßen verdeckten.

Vitaiin formte ihre Hände zu Schalen. Sie versuchte, ihre Kräfte darin zu bündeln. Langsam sammelte sich schwarze Energie darin. Doch sie zögerte. Eine Träne floss ihr über die Wange. Von Trauer, Erschöpfung und ihrem Gewissen übermannt, flüsterte sie etwas.

»Ich ... Ich kann nicht ...«

Dann lösten sich die schwachen Schatten in ihren Händen auf. Nur noch Lorreäns Kopf war zu sehen, als diese brüllte:

»Nutze deine Trauer! Töte ...«

Dann legte sich eine schwarze Hand auf ihren Mund. Lorreän verstummte. Sie wurde gänzlich von den vielen dunklen Leibern um sich herum verschluckt. Vitaiin machte eben einen Schritt nach vorn, um ihrer Schwester doch noch zur Hilfe zu eilen, da packte sie wieder etwas von hinten. Sie wehrte sich und zappelte wie verrückt. Aber sie hatte keine Chance. Ein einziger Ruck hebelte sie von den Beinen und zog sie zurück.

SCHATTENSCHWESTERN

Sie wurden von ihrem Volk aus einem bestimmten Grund Schattenschwestern genannt. Wie bei allen Sandmaaren entwickelten sich auch ihre Fähigkeiten schon in jungen Jahren. Die Schattenschwestern hatten ihre Kräfte jedoch nicht aus Ehrgeiz und Wohlwollen entwickelt, sondern zu ihrem eigenen Schutz. Vitaiin und Lorreän erinnerten sich noch heute gerne an ihre Mutter, die alle fliegenden Geschöpfe, die nicht größer als Tausendflügler waren, tanzen lassen konnte und von Sandrosenseglern sogar regelmäßig Honig geschenkt bekam. Das ganze Haus duftete zu dieser Zeit nach dem süßen Nektar. Und sie vermissten es beide, ihrer Mutter einfach nur in die zitronengelben Augen zu blicken, während sie traumhafte Lieder für sie sang. Umso schmerzhafter war dagegen ihre Erinnerung an ihren Vater. Ihre Mutter war zu früh von ihnen gegangen und hinterließ eine klaffende Wunde in ihren Herzen. Ihr Vater, der das Feuer beherrschte, ließ seinen Kummer an Lorreän und Vitaiin aus. An wenigen Sonnenphasen trugen die Kinder sogar schreckliche Verbrennungen durch seinen Zorn davon. Vitaiin war die Ältere der zwei Schwestern und bekam ihre Fähigkeiten zuerst. Ihr Wunsch war es, ihre kleine Schwester und sich vor den Flammen zu schützen. Ihre Geschwisterliebe war elementar. Und wo Feuer war, war auch Schatten. Als die Zeit gekommen war, erhob sich durch ihren Willen eine Schattengestalt, geformt aus den Flammenzungen eines Brandes. Dieses Wesen konnte das Feuer abhalten und Vitaiin sowie ihre Schwester vor ihrem Vater beschützen.

Zu dieser Sonnenphase verfärbten sich auch Vitaiins Pupillen und ihre Augen wurden tiefschwarz. Doch Vitaiin war nicht immer zur Stelle und ihre kleine Schwester erfuhr gebündeltes Leid. Dann verschwand Lorreän. Ihre Angst vor dem Feuer und der Schatten ihrer Schwester hatte ihr beigebracht, sich in den schwarzen Schemen zu verstecken. Und auch ihre Augen färbten sich, durch dunkle Nebelschleier verhüllt, schwarz.

Ihr Vater war machtlos geworden. Kurz darauf starb er an einem gebrochenen Herzen. Mit dem Alter wurden die Schwestern weiser und reifer. Doch niemals würden sie die blutroten Augen ihres Vaters aus früheren Sonnen- und Mondphasen vergessen. Später stellte sich heraus, wie nützlich ihre Fähigkeiten der Kriegsführung waren. Nach mehreren erfolgreichen Missionen unter Kromms Kommando, in denen sie ihre Fähigkeiten weiter ausbauen konnten, wuchsen sie zu starken Kriegerinnen heran. Niemand konnte ahnen, wie sich die Geschichte der Sandmaare von da an entwickelte ...

EINE LEGENDE

»He, das schent langsam zar Gewohnhet za werden. Haste von mer getremt?«

Als Vitaiin wieder ihre Augen öffnete, war es still. Und wieder hockte der Pirat vor ihr. Die Schattenschwester sah sich um. Sie war im Gasthaus zur rauen Brise. Die Mondphase war eingekehrt – unschwer durch das dunkelblau getünchte Glas zu erkennen. Sie war Schweiß gebadet, hatten sie doch bis eben noch grausame Träume von einem verworrenen Gespinst aus jüngsten und ältesten Geschehnissen geplagt.

»Was ist passiert?«

»Pang, af enmal warste weg. Hattest wohl ene Schwächeattacke.«

»Wie bin ich hierher ...«

Vitaiin musste ihre Frage nicht einmal beenden, als Krosant' zu Krixxo nickte.

»Er est necht so ebel, we de vellecht denkst. Est da ras gerannt, ganz allen. End kam met der zareck.«

Vitaiin fiel plötzlich ein, was geschehen war. Ihr war auf einmal alles andere egal. Sie interessierte nur noch eine einzige Frage, dessen Antwort sie mehr als alles andere fürchtete.

»Wo ist Lorreän?«

Krosant' blickte traurig zu Boden. Er sagte nichts.

»Wo ist meine Schwester?«, brüllte Vitaiin ihn nun an.

»Es tet mer led, se hat es necht geschafft.«

Die Welt um Vitaiin verschwamm. Sie drehte sich und wurde immer dunkler. Ihre Atmung wurde schneller. Ihr Herz setzte aus. Dann schlug es wieder, nur um kurz darauf herausgerissen und von einer kosmischen Kraft zerdrückt zu werden. Vitaiin starrte in die Leere. Ohne die geringste Kontrolle über ihren eigenen Geist und ohne jegliche Emotion glitten ihr in monotoner Folge Wörter über die Lippen.

»Wo ist Dabii? Wo sind die Monster?«

Wie auf ihr Stichwort verließ das Mädchen die Gesellschaft der grünen Frau und kniete sich vor Vitaiin. Eingetrocknete Tränen zeichneten Dabiis Gesicht. Sie nahm ihre Hand.

»Wer hat sich um dich gekümmert?«

Dabii sah zur grünen Frau. Vitaiin drückte die kleinen Hände etwas stärker an sich. Sie war zwar wieder bei Kräften, doch ihre Kraft fehlte ihr dennoch gänzlich. Jemand hatte ihr ein feuchtes Tuch auf die Stirn gelegt. Alles drehte sich. Ihre Augen brannten ebenso wie ihre Seele, die sich vor Kummer mal heiß anfühlte und mal zitterte. Krosant' meldete sich zu Wort.

»Da est de Klene. End de Totlosen send alle weg. Frede, Frede, Kakteenkechen.«

Er zeigte seine spitzen, gelben Zähne und versuchte, wenigstens etwas zu lächeln. Aber Vitaiin war ganz bestimmt nicht für irgendeine Art von positiver Reaktion aufgelegt. Auch ihr letzter Lebensfunken war erloschen, ein letzter Verlust, der sie gebrochen hat. Und dennoch machte sie weiter, suchte einen Gedanken, der sie etwas anderes fühlen ließ als Schmerz – selbst wenn es nur Wut und Rache waren.

»Wo sind die Totlosen hin?«

Sie wollte sich schon wieder aufrichten.

»Raheg, Raheg. De hast ene ganze Phase geschlafen.«

Vitaiin richtete sich trotzdem auf.

»Wo sind sie hin? Was habt ihr getan?«

»He, wer haben gar nechts getan, naja fast nechts. Als Krexxo dech rengebracht hat, haben wer ens alle gegen de Ter geworfen. Sogar de Klene hat geholfen. End ensere Frenden her ...«, er deutete auf die grüne Frau am Tisch, »... hat de Ter versperrt. Hat das Glas enfach met ehrem Hokespokes - wesch! – verschmolzen. De Totlosen hatten dann kene Lest mehr end send zam Sand gelafen. Emmer weter, bes se weg waren. Also ... alles get.«

»Nein, gar nichts ist gut!«

Vitaiin war nun voller Zorn.

»Meine Schwester ist tot! Unser ganzes Volk wurde ausgelöscht! Und wer weiß, was als nächstes kommt!«

Sie war völlig außer sich. Hatte sie nicht zuvor die ganze Aufmerksamkeit von allen Anwesenden der Taverne besessen, so hatte sie diese jetzt ganz gewiss.

»Was menst de damet?«, fragte Krosanť vorsichtig.

»Sie sammeln sich. Sie gehen alle zur Sandfestung. Dann überziehen sie alles und jeden mit Schwärze.«

Vitaiins Vermutung klang düster aber bestimmt. Jetzt mischte sich Krixxo ein, der sich gemütlich von seinem Stuhl erhob und wie immer einen halbleeren Krug Kaktusschnaps hielt.

»Wieso so melodramatisch, Schattenschwester? Warum soll denn gleich die ganze verdammte Welt untergehen?«

»Weil ich es gesehen habe«, zischte Vitaiin zurück und fuhr fort:

»Weil ich recht habe. Das Böse zieht nicht ohne Grund ab. Und wegen dir wären wir alle fast gestorben! Wegen dir ist meine Schwester ...«

»Fast, meine Liebe, nur fast. Und ohne mich wärst du ganz sicher auch gestorben.«

Krixxo trank einen Schluck und wandte sich von der

Gruppe ab. Dann setzte er sich wieder an seinen Stammplatz, wo mittlerweile auch wieder die grüne Frau Platz genommen hatte.

»End na?«

Vitaiin schenkte ihre Aufmerksamkeit wieder Krosanť. Sie musste nachdenken. Dann fiel ihr eine Geschichte ein – die erste Legende.

»Krosanť, wo ist das Glas mit dem schweren Sand?«

»He, en Kende. Aber ech glab necht, dass de der das lesten kannst.«

»Hol es einfach raus, bitte.«

»Hm, schon get. Her.«

Lunte kramte das Glas hervor und gab es Vitaiin. Die Sandmaarin stand auf und stellte es auf den Tisch vor Krixxo und die grüne Frau.

»Windbändiger, du kennst die Legende.«

Auch Krosanť und Dabii gesellten sich zu ihnen an den Tisch. Krixxo antwortete Vitaiin gleichgültig.

»Es gibt viele Legenden. Und jetzt?«

»Ich meine die Legende des verfluchten Sandes.«

Alle, bis auf Krixxo, wurden hellhörig.

»Krosanť, du sagtest, einst war hier überall Wasser. Alles was gelb und trocken ist, war blau, grün und saftig. Du könntest recht haben.«

»Naterlech habe ech recht. Ech habe emmer recht.«

»Bei uns gibt es eine Legende. Eine Geschichte, in welcher der Sand und unsere Heimat unter einem Meer begraben lagen.«

Vitaiin zeigte auf das Wasserglas mit dem Bodensatz aus Sand.

»Es ist unsere erste Legende – die Legende unserer Schöpfung. Es gab einst magische Wesen, die Golem und Winz genannt wurden. Die Legende besagt, dass die

Winz den Grund des Meeres angehoben haben, um einen Golem zu retten.«

Krixxo unterbrach sie:

»Worauf willst du hinaus?«

»Wenn wir die Winz finden und sich die dunkle Macht in unserer Festung sammelt, haben wir eine Chance. Wir versenken das Böse mitsamt dem Land der Sandmaare.«

Krosanť klatschte aufgeregt mit allen vier Händen.

»Wer holen das Wasser zareck. Der Perat est dabe!«

Dabii und die grüne Frau schwiegen wieder. Hinter ihnen wischte die bärtige Barschrecke ihren Tresen und die andere musizierte weiter. Krixxo machte keinen Hehl aus seinem Pessimismus.

»Du hast eine schwachsinnige Vermutung und eine beschissene Legende. Schlangenpisse, wenn's nach mir geht.«

»Es ist unsere einzige Hoffnung. Stell dich nicht blind.«

»Ich habe nur ein Auge und sehe weitaus mehr als du. Wer kennt die Golem? Wer hat die Winz schon einmal gesehen? In welche Richtung möchtest du gehen?«

Die Frage traf Vitaiin schwer. Es wurde still. Sogar der Akkordionspieler machte jetzt eine Pause und steckte sich eine Pfeife an. Ein Zirpen unterstrich die peinliche Stille.

»Tet mer led.«

Krosanť entschuldigte sich auf liebenswerte Weise für seinen unerwarteten Laut. Dann setzte Krixxo wieder an.

»Ich kenne den Weg – ich allein bin soweit gegangen. Und was hat es mir gebracht?«

Krixxo stand auf und hob seine Augenklappe an. Darunter war ein rotes, zerstörtes Auge, umringt von totem Narbengewebe.

»Bis das Ende kommt, bleibe ich hier. Barmann, noch einen Schnaps!«

Die Schrecken tranken ihren Schnaps krugweise. Sie konnten ihn auch vertragen. Aber dem Sandmaar stieg der starke Alkohol zu Kopf. Das ihm dieser auch mehr schmerzen konnte, als nach einem Vollrausch, bewies ihm seine eigene Begleiterin. Die grüne Frau schlug einmal kräftig mit ihrem Stab auf seinen dicken Schädel.

»Wir brechen in der Frühe auf. Du kannst deine Gefährtin alleine ziehen lassen oder du begleitest die Unternehmung.«

Krixxo verschränkte die Arme und fing an zu schmollen. Er schwieg. Die grüne Frau stand auf und verbeugte sich höflich in alter Schamanen-Manier.

»Es ist an der Zeit, mich vorzustellen. Man nennt mich Okrhe. Meine Mutter war eine weise Schamanin unserer Sippe und vererbte mir die Gabe der Weitsicht. Und ihr, meine teuerste Vitaiin, scid unser Schicksal.«

Okrhe sprach, im Gegenteil zu ihrem Begleiter Krixxo, nur dann, wenn sie etwas Wichtiges zu sagen hatte.

»He, das est en Prachtweb, was«, merkte Krosanť an.

»Wir sollten den Mond nutzen, um uns auszuruhen. Unsere Quest wird mühsam und gefährlich.«

Nun mischten sich die anderen beiden Schrecken ein.

»Mester Krexxo, was machen wer?«

Krixxo bestrafte alle mit seinem sturen Schweigen. Okrhe wandte sich statt diesem an sie.

»Euch kommt eine andere, wichtige Aufgabe zuteil.«

Sie nahm den Beutel mit dem losen Kopf und warf ihn auf den Tresen. Vertrocknetes Blut quoll aus der Halswunde und verschmutzte die polierte Glasbar.

»Was soll'n das?«

»Ihr müsst die anderen Schreckenhorte warnen. Nehmt den Kopf mit. Erzählt ihnen von den Totlosen, falls es nicht schon zu spät ist. Und so es die Altbestien wollen, sputet euch und berichtet ihnen von unserer Mission.«

Fragend blickten die beiden Schrecken zu ihrem Arbeitgeber Krixxo. Dieser zuckte mit den Schultern. Sie sahen Okrhe an und nickten.

Als die neuen Gefährten schlafen gingen, wussten sie nicht, wer ihnen kurz zuvor noch zugehört hatte. Durch die Ohren des abgetrennten Schreckenhauptes hatte ihr Vorhaben den größten Feind der jungen Welt erreicht.

DIE DUNKLE MACHT

Der Mond verblasste im Morgenblau. Schwarze Heere pilgerten zur Sandfeste – Heere von totlosen Schrecken und Barbaren. Sie drängten von Ost und West auf ihr Ziel zu. Und es war nur ein Bruchteil der Toten dieser Lande. Die dunkle Macht warf ihren giftigen Schleier über die junge Welt. Unsichtbar verbreitete sich das Übel in einem Kreis um das Zentrum seiner Macht – nicht schneller als springende Ringelschlangen, aber mit der Boshaftigkeit einer jeden bekannten und unbekannten Unterwelt. Inmitten all des Grauens erwartete die Manifestation des Bösen seine Soldaten.

Mit Körper, Kleidung und allem, was fest mit ihrem Leib verwachsen war, waren die Totlosen zu schwarzen, unförmigen Wesen verschmolzen. Nur die Ausgeburt des Bösen selbst war noch hässlicher und gespenstischer als dessen Gefolge. Schwarze Auswüchse ragten aus seinem brachialen Antlitz – mal spitz, wie riesige Dornen, mal geschwungen, wie nach außen gekehrte Rippen. Ähnlich der leichten Versteinerung der Totlosen, umhüllte ihn harter Fels. Sars Ziel, eine Macht zu befreien, die ihres Gleichen nie finden würde, hatte der Barbar erreicht. Doch weder er, noch anderes Leben, sollten von dieser Macht profitieren. Das Böse forderte jetzt die Regentschaft der Toten ein.

Die unförmigen Lippen des Dämons bewegten sich. In einer dunklen Sprache richtete er sich an eine kleine Auswahl seines neuen Volkes. Ein halbes Dutzend Totloser stand in einer Reihe aufgestellt vor ihm – es waren schwarze Sandmaare.

»Naz Darg Agul tazan eos.«.

Sein Name und sein Leib waren Vorboten der Vernichtung. Seine Untertanen sollten ihn Darg Agul schreien.

»Az werdez oxi wazzal.«

Ein helles Licht erstrahlte. Darg Agul erklärte seinen Untertanen, was die Ohren einer toten Schrecke aufgeschnappt hatten. Es ging um eine Mission, eine Gefahr für ihn und seine todbringende Sippe. Also hatte er die stärksten Sandmaare her zitiert. Allesamt waren schwarz und teilweise mit ihren Waffen und Rüstungen verwachsen. Hinter ihrem angsteinflößenden Aussehen waren jedoch ihre Fähigkeiten die eigentliche Gefahr. Diese begleiteten sie im Leben wie im Tode.

»Lut ench azzar.«

Lauft und tötet sie alle. Mitten unter ihnen stand eine Frau, die eben erst die Festung erreicht hatte. Ihre totlosen Augen hingen, wie die von allen, an den Lippen ihres Herrschers. Sie musste ihm gehorchen. Dann stürmten die Totlosen davon, vorneweg die Frau, welche in dem ersten Schatten der Sonnenphase verschwand. Darg Agul grinste hämisch.

»Lut ench zitari«, flüsterte er.

Lauf und töte deine Schwester.

AUFBRUCH

·

Als die merkwürdig zusammengewürfelte Truppe wieder bei vollen Kräften war, wurde es Zeit für den Aufbruch. Sie plünderten alle Vorräte der gläsernen Taverne – Wasser und Wegzehrung. Dann waren sie marschbereit. Doch Vitaiin fehlte noch eine Kleinigkeit. Krosant' hatte seine Pistolen, Krixxo hatte sein Schwert, und Okrhe ihren Blitzstab sowie den Kaktusschild. Die Schattenschwester wollte eine Waffe.

»Habt ihr eine Waffenkammer in Glasheim?«

Während sich die anderen ihre Taschen überwarfen und die Riemen festzogen, gab ihr derjenige eine Antwort, von dem sie keine erbeten hätte. Krixxo meldete sich zu Wort.

»Die Schattenschwester will eine Waffe? Wozu? Zaubere dir ein Schattenschwert.«

»Große Formzauber kosten viel Kraft. Das würdest du wissen, Windbändiger, wenn deine Zauber etwas stärker wären.«

»Du weißt nichts über meine Kräfte!«

»Weil sie mir egal sind, wie unser Volk dir egal war.«

Vitaiin dachte natürlich nicht nur an die anderen Sandmaare, sondern allem voran an ihre Schwester. Immer noch blutete ihr Herz. Das einzige, was sie nicht sofort in die Knie zwang und in tiefste Trauer verfallen ließ, war der Gedanke an Gerechtigkeit, beinahe sogar an so etwas wie Rache! Nach einem kurzen, unangenehmen Schweigen fuhr sie fort.

»Habt ihr nun eine Kammer oder nicht?«

Die beiden Sandmaaare konnten sich in Windeseile in

Rage sprechen. Krixxo verließ unerwartet flott seine Taverne.

»Scheiß doch in die Ecke«, flüsterte der Sandmaar. »Auf, Schattenschwester. Komm mit!«

Vitaiin sah ihm verblüfft hinterher. Sie stopfte schnell den letzten Wasserschlauch in ihre Tasche und folgte ihm.

»Wir treffen uns dort, Okrhe«, verabschiedete sich Krixxo knapp.

Während die anderen beiden Schrecken noch die Bar leerräumten, bemerkte Okrhe plötzlich, wer sie beobachtete. Krosanť schmachtete sie schon seit einer Weile an. Als sie ihn sah, erwiderte er ihren skeptischen Blick mit wippenden Augenbrauen.

»Na, we wär's met ens beden?«

Okrhe schüttelte verdutzt den Kopf und widmete sich wieder ihrem Gepäck. Krosanť konnte seinen Blick nicht von der grünen Frau abwenden. Doch auf einmal zupfte etwas an deren Wolfspelz. Okrhe blickte an sich herunter und sah Dabii, die sie besorgt anblickte. Krosanť versuchte, sie aufzumuntern.

»Kene Angst Klene. Dene Frenden est nar enen Bombenwerf weg. Wer send glech weder be denen.«

Währenddessen liefen Krixxo und Vitaiin durch Glasheim.

»Ich lass Dabii nur ungern allein.«

»Heul nicht rum, bei Okrhe ist sie sicher.«

Vitaiin sah nur wütend zu Boden, während sie Krixxo weiterhin folgte. Eine Frage brannte auf ihrer Zunge.

»Was ist Okrhe eigentlich für ein Wesen?«

Krixxo wich der Frage aus:

»Wir sind da.«

Sie stoppten bei einem runden Häuschen. Der Kaktusgarten darum war größer, als der kleine Glasbau selbst.

Und anders, als bei den übrigen Häusern, waren die transparenten Wände von innen mit roten Vorhängen verdeckt.

»Das ist Balsars Waffenkuppel. Hereinspaziert, heute geht alles aufs Haus.«

Krixxo und Vitaiin betraten die kleine Glaskuppel. Es war gerade einmal genug Platz für eine Theke, ein Regal und einen Haufen Waffen. Alles war aus Glas oder verschieden farbigem Kaktusholz gebaut. Wie zu erwarten, war der Besitzer nicht zu Gegend. Ohne weitere Worte machte sich Vitaiin über den Waffenberg her. Sie kramte einfache Beile und Säbel hervor oder merkwürdige Waffen wie langgezogene Pistolen sowie Harpunen für vier Hände. Sie schmiss all dies hinter sich. Trotz all des Krachs meldete sich Krixxo auf einmal zu ihrer Frage zurück.

»Es gibt so vieles außerhalb der Sandfestung. Und du musst nur wissen, dass du dankbar sein solltest, dass Orkhe dir helfen möchte.«

»Ich mein ja nur. Sie sieht nicht wie eine Schrecke aus und spricht fast wie wir. Oder unterscheiden sich die Frauen der Schrecken so sehr von den Männern?«

»Hast du endlich eine Waffe gefunden? Die anderen warten bestimmt schon vor der Kuppel.«

Vitaiin stand auf. Sie hatte einen dreiachsigen Bogen mit zusammenlaufenden Sehnen in der Hand.

»Was ist das?«

»Eine Schreckenschleuder. Wird mit drei Armen gehalten. Die Schrecken spannen einen Pfeil und er fliegt durch die Mulde bis hinter den Horizont.«

Krixxo machte ein surrendes Geräusch und eine passende Armbewegung.

»Und was ist das?«

Vitaiin hielt einen langen Bogen mit drei Sehnen in der Hand.

»Ein Dreifeuerbogen. Eine Sehne ist oben, eine Sehne unten und eine an beiden Enden. So können drei Pfeile auf einmal verschossen werden. Die Schrecken sind sehr gute Schützen.«

»Was sind Pfeile?«

Krixxo starrte in Vitaiins leeres Gesicht.

»Genug Nettigkeiten für heute. Du willst einen Bogen? Nimm den!«

Krixxo ging einen Schritt auf sie zu und griff über sie. An der Wand hing ein verzierter Kurzbogen aus veredeltem Kaktusholz. Er war dunkelgrün, weiße Schnitzereien im Holz zeigten uralte Szenen von Seefahrern und Meeresungeheuern. Er ähnelte dem Dreifeuerbogen, nur war dieser hier kürzer und hatte nur eine Sehne. Krixxo drückte Vitaiin die Waffe in die Hand und fuhr fort.

»Du willst Pfeile? Hier hast du Pfeile.«

Er drückte ihr einen Köcher mit ähnlichen, erstaunlicherweise passenden Schnitzereien in die andere Hand. Vitaiin war überfordert.

»Und was macht man damit?«

Krixxo verdrehte die Augen, oder zumindest das eine, das ihm geblieben war. Er nahm ihr den Köcher wieder aus der Hand und stülpte ihn mit dem Riemen um Vitaiins Schulter. Dann bewegte er die Sandmaarin wie eine Marionette.

»Halte den Bogen vor dich.«

Er stand jetzt hinter ihr. Krixxo packte ihre Bogenhand und streckte sie von ihnen weg.

»Nimm jetzt einen Pfeil und lege ihn an Bogen und Sehne.«

Er drückte ihr einen Pfeil in die Hand und navigierte ihren Arm.

»Jetzt spannst du den Pfeil. Sobald die Spitze auf dein

Ziel zeigt, lässt du los.«

Beim Spannen drückte er seinen Körper an ihren. Sie errötete. Kurz darauf stürmte Krosanť herein.

»He, was tartelt ehr da rem?«

Beide ließen die Sehne gleichzeitig los und der Pfeil schoss durch den Raum. Deckung suchend warfen sich die anderen auf den Boden. Krixxo fiel bei diesem Versuch über den hinteren Waffenhaufen und verschwand dahinter.

»Ich habe nur eine neue Waffe ausprobiert«, verteidigte sich Vitaiin. Krosanť musterte Vitaiin von oben bis unten.

»Aha, so sah das as.«

Sein Blick wanderte zu dem kleinen Regal.

»Oh, was est denn das. Glasbomben und Denamet. Das nehmen wer met.«

Krosanť steckte die neuen Errungenschaften in seine Beutel und einen großen Sack.

»Jetzt geht noch jeder Pepe, dann gehen wer los.«

Er verließ Balsars Waffenkuppel so schnell, wie er gekommen war. Vitaiin betrachtete ihren neuen Bogen. Als sich Krixxo gerade wieder aufrichtete, lächelte Vitaiin ihr entzückt an. Es war ein Lächeln, das Hoffnung und verloren geglaubte Leichtigkeit ausstrahlte. Sie band sich Köcher und Bogen auf den Rücken, hob im Hinausgehen noch einen Säbel auf, schnürte ihn um die Hüfte und folgte Krosanť. Krixxo saß auf dem Boden hinter dem kleinen Waffenberg. Etwas stach ihn in den Hintern. Vorsichtig zog er einen kleinen Dolch unter sich hervor. Er war offensichtlich genervt und munterte sich mit den Gedanken an den nächsten Schnaps etwas auf.

»Das wird ein Spaß.«

DAS TOTE LAND

Die Reise ging gen Norden. Viele Steinwürfe lang marschierten sie auf totem Land. In Steinwürfen schätzten sie alle größeren Entfernungen, die nicht mehr in Fuß gemessen wurden. Zu ihrer Rechten behielten sie immer das Sandmeer in den Augen, welches parallel zur Steppe Richtung Norden verlief.

Die beiden Schrecken aus der Bar hatten sich schon verabschiedet und ihren Weg gen Westen eingeschlagen. Mit dem Kopf des Totlosen nahmen sie den Wettlauf mit der dunklen Macht auf, um die Horte der Schrecken zu warnen.

»Wie viele Festungen von euch liegen im Westen?« fragte Vitaiin Krosant́.

»Kene Festengen, Frelen. Horte haben wer. Ver klene end zwe große. Alle bes af enen legen em Westen.«

»Und warum sprecht ihr unsere Sprache?«

»Oh, das war wohl Gleck. Gerade mal ene Handvoll en Glashem kann ere Sprache. Enser leber Krexxo da vorn es necht so enfrendlech, we er emmer tet. En paar von ens hat er eneges eber de Sandmaare gelehrt.«

»Also wusstet ihr auch von den Kriegen und den Barbaren?«

Zum ersten Mal fehlten Krosant́ die Worte und er blickte peinlich berührt zu Boden.

»Warum habt ihr uns nicht geholfen?«

»Vor der Frage hatte ech etwas Angst. De messt wessen, wer Schrecken send necht das metegste Volk. Vor velen Erdrenden hat Krexxo de selbe Frage gestellt. End er hat se emmer weder gestellt. Aber de Schrecken hatten za vel Schess. Das Blet der Seefahrer end Peraten fleßt schon set langer Zet necht mehr en mener Seppe. Deshalb est Krexxo hete der, der er est. Er mag nechts end nemanden mehr, bes af Okrhe. End wer mag de necht?«

Plötzlich abgelenkt starrte Krosant' auf den entzückenden Hintern von Okrhe. Dieser wippte beim Gehen hin und her. Er konnte sich ein aufgeregtes Zirpen nicht verkneifen. Okrhe drehte sich daraufhin um und konnte Krosant's gierigen Blick ausmachen. Sie schüttelte den Kopf und beschleunigte ihren Gang. Vitaiin verdrehte die Augen. Dabei viel ihr ein eigenartiger Kaktus ins Blickfeld. Sie hatten auf ihrem Weg viele vereinzelte Kakteen gesehen. Umso weiter sie in den Norden kamen, umso dichter wurde die Vegetation. Dieser Kaktus trug eine riesige, rote Blüte auf dem Kopf. Obwohl er fast einen Steinwurf in der Ferne lag, vernahm Vitaiin den angenehmen Geruch der Pflanze. Krosant' hatte die Verfolgung von Okrhe aufgenommen und Vitaiin am Ende der Gruppe allein gelassen. Von dem Duft gebannt schlug diese den Weg zu dem Kaktus ein. Er roch so gut und zunehmend intensiver. Dabii bemerkte als erste, dass Vitaiin ihre Reihe verlassen hatte und zog Okrhe am Wolfspelz. Vitaiin wollte nur ihre Nase in die rote Blüte stecken und ihre Nüstern mit dem Geruch füllen. Sie bemerkte aber nicht die gigantischen Stacheln, die ihr im Weg waren. Wie lange Speere zeigten sie in alle Richtungen und erdolchten alles, was ihnen zu nahe kam. Vitaiin hatte ihre Augen geschlossen, um sich völlig auf ihren Geruchssinn zu konzentrieren. Sie war nur noch wenige Fuß von dem ersten Stachel entfernt, dann zwei Fuß, ein Fuß. Ein Stachel war direkt vor ihrem Kopf, ein anderer zeigte auf ihr Herz und viele weitere waren überall verteilt. Sie hatte beinahe die Quelle des Geruchs erreicht – nur noch einen Schritt ...

Es traf sie wie ein Schlag. Schmerzerfüllt öffnete sie ihre Augen. Dann vernahm sie plötzlich die tödlichen Waffen der Pflanze, die sie verschont hatten. Vitaiin saß auf dem harten Boden vor dem Kaktus.

»Augen auf, Schattenschwester.«

Die Gruppe eilte zu ihr. Krixxo hatte ihr einen Windschlag verpasst und sie in Sicherheit katapultiert. Dabii war die Erste und schloss Vitaiin in ihre kleinen Arme. Krosanť half ihr auf.

»Ech hab doch gesagt, de peksen.«

Krixxo warnte sie.

»Vorsicht jetzt. Einige Kakteen hier ernähren sich vom Blut ihrer Opfer.«

Er zeigte auf den Kaktus mit der roten Blüte, dessen Stacheln ebenso durstige Rüssel waren.

»Die Schrecken fällen die Kakteen zwar, aber so weit von Glasheim entfernt werden es immer mehr. Wir rasten.« Wie auf ihr Stichwort ließ sich Dabii fallen und legte sich erschöpft hin. Krosanť tat es dem Mädchen gleich und verschränkte alle vier Arme hinter seinem Kopf, um Okrhe weiter anzuschmachten. Krixxo warf der Schamanin sein Schwert zu. Dieses wirbelte in der Luft, bis es Okrhe mit einer Hand fing. Ohne Worte verstand sie Krixxo und nickte. Die Schamanin legte ihr Gepäck und ihre Waffen ab und machte sich daran, den gefährlichen Kaktus zu fällen, um ihn auszuweiden.

Als sich Vitaiin gerade zu den anderen setzen wollte, kam ihr Krixxo in die Quere.

»Du nicht.«

Immernoch leicht in Trance von den hypnotisierenden Pollen, sah sie Krixxo verwundert an.

»Du musst schießen lernen.«

Einige Sandkörner später war der Kaktus gefällt und Vitaiin sowie Krixxo hatten einen Übungsplatz gewählt. Keiner bemerkte den Langhornflieger, der über ihnen seine Kreise zog. Die Schattenschwester nahm ihren neuen Bogen. Krixxo stellte sich wie ein Lehrmeister in ihre Nähe und diktierte.

»Wie man einen Bogen spannt weißt du. Zielen und treffen ist aber sehr schwer. Nimm einen Pfeil.«

Vitaiin streckte ihre Hand nach hinten und griff nach den Pfeilen in dem verzierten Köcher. Sie bekam eine grüne Feder zu fassen und zog das Geschoss heraus. Dann hob sie den Bogen von sich weg und spannte die Sehne, als sei sie im Umgang mit dieser Waffe geübt.

»Worauf soll ich schießen?«

Mit ihrer bewährt frechen sowie entzückenden Art drehte sie ihren Kopf fragend zu Krixxo. Dieser nickte anerkennend. Er ließ seinen Blick über das tote Land schweifen. Einen halben Steinwurf entfernt stand ein bleicher Kaktus. Er ließ seinen Blick weiter schweifen. Ein Kaktus folgte nach einem Steinwurf, ein weiterer nach zwei, und so weiter.

»Auf den Kaktus dort.«

Er deutete auf ein dürres Etwas, gut vier Steinwürfe entfernt. Die Entfernung war so groß, man konnte das Ziel kaum sehen. Ohne Murren setzte Vitaiin zum Schuss an. Der Pfeil glitt von der Sehne und surrte durch die Luft. Zwei Steinwürfe später steckte er im Boden. Krixxo kicherte wie ein schadenfrohes Bürschchen.

»Das war wohl nichts.«

Vitaiin ließ sich diesen Hohn nicht gefallen. Sie drehte sich um 90 Grad und zielte auf den kichernden Sandmaar. Ein Schatten in ihrer hinteren Hand schlängelte sich durch die Luft und bildete am Bogen eine Spitze.

Sie formte einen Schattenpfeil.

»Hey, sachte, Schattenschwester. Du könntest wen verletzen.«

Beschwichtigend senkte Krixxo seine Hände. Doch Vitaiin achtete nur auf ihr Ziel und schoss. Der Pfeil flog direkt auf Krixxo zu. Dieser war so überrascht, dass er keinerlei Reaktion zeigen konnte. Kurz bevor der Pfeil ihn allerdings traf, flog er einen unnatürlichen Bogen. Das Geschoss änderte wie von Zauberhand die Richtung und traf einen Kaktus zu ihrer Rechten. Kurz darauf verpuffte der Schatten. Krixxo war beeindruckt, zeigte es aber nicht.

»Also an deiner Kraft und Körperspannung müssen wir noch arbeiten. Die ist lausig.«

Vitaiin wiegte den grünen Bogen in ihrer Hand. Auf kurzer Distanz war sie mit dieser Waffe unschlagbar. Aber auch wenn sie es sich selbst nicht eingestehen wollte, Krixxo hatte recht. Egal, ob normaler oder magischer Pfeil, an der Distanz mussten sie noch arbeiten. Außerdem hatte sie sich diese Waffe herausgesucht, um ihre Schattenkräfte zu sparen. Also fuhren sie mit dem Training fort.

Währenddessen füllte Okrhe etwas Kaktuswasser ab und setzte sich mit einem Stück der Kaktusschale neben Dabii, die Vitaiin und Krixxo nicht aus den Augen gelassen hatte. Krosant' war indessen für große Kapitänsschrecken hinter einem anderen Kaktus verschwunden. Okrhe hockte nun im Schneidersitz. Sie zückte einen Dolch und bearbeitete das grüne Werkstück.

»Kaum einer deines Volkes ist noch übrig«, stellte die Schamanin fest, während sie weiter schnitzte.

»Deshalb gebrauchst du keinerlei Worte mehr. Du hast ein Schweigegelübde abgelegt. Dein Weg muss wahrlich steinig und finster gewesen sein.«

Dabii wandte ihren Blick unsicher von den anderen

Sandmaaren ab und sah auf den Boden.

»Doch ich sehe auch das Licht, das für dich erloschen aber tief in dir noch da ist. Du bist stärker, als es dir vielleicht scheinen mag. In diesem kleinen Körper schlummert die stärkste Seele von uns allen.«

Okrhe stupste Dabii mit dem Ellbogen und lächelte sie freundlich an.

»Ich rede gerne mit dir. Du hörst zu. Das sehe ich in deinen Augen, selbst wenn du sie abwendest.«

Erst jetzt sah Dabii Okrhe an.

»Bist du im klaren darüber, was ein Schamane ist?«

Dabii schüttelte ihren Kopf.

»Bei meinem Volk sind Schamanen Heilige. Wir sind keine Zauberer wie das Geschlecht der Deinen. Ihr haltet einen Gedanken fest und webt Magie mit dem bloßen Geiste. Wir bitten die Geister der Natur um Hilfe. Und wenn ein Schamane wahre Stärke besitzt, erhört ihn die Natur. Aber die Geister sind launisch. Ein Schamane wählt jedes Wort mit Bedacht oder schweigt. Beinahe so wie du.«

Okrhe schaffte es, ein kleines Lächeln auf Dabiis Gesicht zu zaubern. Neugierig betrachtete das Mädchen die Schnitzerei, die langsam Form annahm. Sie ähnelte einem Talisman, nur, dass das Schmuckstück eine grausame Fratze mit feinen Runen und anderen Verzierungen schmückte.

»Möchtest du wissen, was das ist?«

Dabii nickte.

»Dann schließen wir einen Pakt. Ich sage dir, was ich geschnitzt habe, und du gibst deinen Worten Klang, um mir zu sagen, warum du keine Streifen hast.«

Dabii war sich über diesen Umstand im Klaren. Sie fieberte auf den Tag zu, an dem sie ihre Streifen, ihre wahren Augenfarben und ihre Fähigkeiten bekommen sollte. Sie wusste aber nicht, dass Okrhe über ihre Weisheit hinaus nichts über die Entwicklung der Sandmaare wusste. Krixxo hatte nie ein Wort darüber verloren. Dabii nickte wieder.

»Das meine Liebe, ist ein Totem«, entgegnete Okrhe knapp.

»Jetzt du.«

Dabii war überrascht und alles andere als zufrieden gestellt. Sie konnte mit dieser Antwort nichts anfangen. Also blieb sie ihre Antwort schuldig. Stattdessen deutete sie nur auf Krixxo in der Ferne und wartete auf Okrhes Reaktion.

»Krixxo hat mir einst alles über die Sandmaare erzählt, zumindest hatte ich das gedacht. Dann seid ihr auf den Plan getreten. Er wird mir nicht verraten, warum du keine Streifen hast.«

Dabii verschränkte ihre Arme.

»Und du wohl auch nicht.«

Okrhe beendete ihre Arbeit und steckte das Totem in ihre Taschen. Hinter einem Kaktus verabschiedete sich Krosantʼ gerade von seinem großen Geschäft und gesellte sich wieder zu ihnen. Doch Okrhes Blick schweifte zu Vitaiin, die ihre Schattenpfeile formte und immer weiter schoss. Okrhe war sehr klug, sie kam schnell selbst darauf, warum das Kind keine Streifen hatte. Dabii hatte noch keine Fähigkeiten. Unauffällig betrachtete Okrhe ihre grüne Haut und dachte darüber nach. Doch während sie ihren scharfen Sinnen eine Pause genehmigte, bemerkte weder die Schamanin, noch ein anderes Gruppenmitglied, dass sie bereits beobachtet wurden.

DIE KAKTUSFELDER

Nach einer kurzen Wegzehrung und etwas Training war ein Wort der Warnung angebracht.

»Wir erreichen bald die Kaktusfelder. Die Kakteen wachsen dort so dicht, dass wir auf jeden Schritt achten müssen.«

Krixxo wandte sich an Vitaiin.

»Und lasst euch nicht hypnotisieren oder vom Weg weglocken.«

»Warum gehen wir nicht über das Sandmeer? Es führt in die gleiche Richtung«, fragte Vitaiin.

»Der Sand ist hier sehr dünn und das Wasser zu tief. Bevor ich in diesem Brei schwimme, lasse ich mich lieber von einem Kaktus aufspießen.«

»Da ist wohl wieder jemand nüchtern.«

Krixxo ignorierte Vitaiins Kommentar und setzte stattdessen seinen Trinkschlauch an, grummelte und nahm einen Schluck. Dann ging er voran.

Steinwurf um Steinwurf rückten die Wüstenpflanzen den Gefährten mehr auf die Pelle. Und ehe sie sich versahen, standen sie in einem Wald aus Kakteen. Hier war die gleiche Pflanzendichte wie in den Gärten von Glasheim – nur wild und in großem Ausmaß wuchernd. Viele Kakteen waren grün, einige rot, gelb, blau oder sogar weiß. Mal waren die Stacheln lang und spitz und man musste sich um sie herum schlängeln. Mal waren sie kurz, mal geringelt , mal bedeckte einen Kaktus ein weicher Flaum, der sich beinahe angenehm weich anfühlte. Teilweise hatten sich größere Insekten oder Reptilien in dem Gewirr verfangen und ihr Leben gelassen. Diese Kakteen waren Fleischfresser und Bluttrinker. Ab und zu gesellten sich auch riesige Spinnen dazu und webten ihre Netze zwischen Kaktus und Stachel. Es war ihr Lebensraum, ihr Terretorium und ihr Jagdrevier. Egal ob klebrige Netze oder lockende Blüten, das ganze Ökosystem hatte sich auf das Fallenstellen spezialisiert. Die Kaktusfelder waren ein Labyrinth des Todes. Doch Krixxo kannte den Weg.

»Bleibt dicht hinter mir«, befahl der grimmige Sandmaar.

»Za Befehl, Chef.«

Krosants Kommentar folgte kurz darauf ein gequältes »Atsch.« Und damit ging es die nächsten Steinwürfe lang weiter.

»Atsch ... Atsch ... Atsch, atsch.«

Der Pirat bewegte sich wegen seiner Größe und seiner zahlreichen Gliedmaßen weniger geschickt durch das Pflanzengewirr. Er nahm so einige Stacheln und die eine oder andere Spinnwebe mit.

»Atsch, verflecht!«

Dabii hatte es dieses Mal am leichtesten. Sie machte sich ein Spiel daraus, sich zwischendurch zu ducken und den Spuren ihrer Begleiter zu folgen. Zugewachsene Passagen zerkleinerte Krixxo mit seinem Schwert. Um sich abzulenken, erzählte Krosant wieder eine seiner Geschichten.

»Es derfte necht so lange sen, dann send wer en Bechtstadt.«

Er meinte Buchtstadt. Mittlerweile hatte sich Vitaiin an die gesprächige Schrecke und deren Dialekt gewöhnt.

»Bechtstadt est wenderschön. Se war ensere größte Stadt, de enzege Stadt em Norden. Kene Schrecke, de nach Bechtstadt kam, est weder gegangen. Aber warem ach. Wer nach Bechtstadt kam, bleb en Bechtstadt.

Zamendest freher. Necht alle Städte haben sich so get gemacht we Glashem. Wegen der Treckenhet eber dem Meer send nar noch Raenen ebreg. End de große Becht est ...«

Krack – Krosanť wurde unterbrochen. Ein lautes Knacken in ihrer Nähe ließ sie alle aufhorchen. Dabiis Spiel fand ein jähes Ende und sie bekam es mit der Angst zu tun.

»Das ist nur ein Tier«, merkte Krixxo an und wollte gerade weitergehen, als plötzlich ein Flugwesen vom Himmel stürzte.

Im letzten Moment duckte Krixxo sich unter dem Sturzflug hinweg und entkam damit um Haaresbreite dem langen Horn. Das Tier schoss sofort wieder empor und stürzte erneut auf die Gruppe zu. Krosanť, Okrhe und Vitaiin duckten sich, wie Krixxo zuvor. Doch das Flugwesen packte die Kleinste der Gruppe und flog mit ihr in einem weiten Bogen davon. Vitaiin hatte den Langhornflieger bereits wiedererkannt.

»Dabii!«, rief sie dem Mädchen hinterher, das sich in den Fängen der Bestie sah, aber mutig wehrte. Vitaiin zückte ihren Bogen und spannte ihn mit aller Kraft. Der Schattenpfeil lag bereits auf der Sehne, als Krixxo dazwischen sprang.

»Halt! Dieser Schuss kann kaum gelingen, glaub' mir. Es könnte Schlimmeres passieren.«

Der Langhornflieger hatte tatsächlich schnell an enormer Höhe und Entfernung gewonnen. Und unter ihm lauerten noch immer die gefährlichen Kakteen.

»Ich kümmere mich darum, Schattenschwester«, flüsterte er.

Windböen zogen auf. Mit einem Satz sprang Krixxo in einen der starken Wirbel und hob ab. Vitaiin blickte ihm besorgt hinterher. Sie hatte keine Zeit, sich lange Sorgen zu machen. Im Augenwinkel bemerkte sie einen huschenden Schatten. Sie regte sich kein Stück und flüsterte zu ihren beiden übrigen Gefährten.

»Sie haben uns gefunden.«

»He, wer denn?«, fragte Krosanť.

Vitaiin spürte die Anwesenheit einer vertrauten Seele. Ein Dolch löste sich aus den Schatten einer Kaktuspflanze und zielte auf ihren Nacken. Krosanť zog im letzten Moment einen Revolver und schoss. Bevor der Dolch Vitaiin auch nur kratzte, verschwand die Klinge wieder in den Schatten. Die Kugel zerfetzte den Kaktus dahinter. Vitaiin war sich nun sicher. Sie hatte Angst, um sich, jeden ihrer Gefährten und alles, was auf dem Spiel stand. Und trotzdem zischte sie die Schrecke an.

»Das ist meine Schwester!«

»Gerngeschehen, Frelen.«

Krosanť drehte die Pistole zweimal in seiner Hand und steckte sie zurück in einen der vier Halfter.

»Wir müssen hier weg, folgt mir.«

Vitaiin setzte sich an die Spitze der Gruppe und formte mit ihren Händen einen Zauber. Schatten bewegten sich vom Boden und den Pflanzen hinweg und sammelten sich vor ihr, wo sie zu einer einzigen Masse zusammenflossen. Vitaiin formte einen Schattengiganten. Im nächsten Moment schickte sie ihn los und er zermalmte das Kaktusfeld vor ihnen. Dann rannten die Drei dem Schattenwesen hinterher.

Viele Steinwürfe weit oben in der Luft genoss Dabii einen fantastischen Ausblick. Sie konnte bis Glasheim zurückblicken, sah das volle Ausmaß der Kaktusfelder und konnte einen Blick auf das werfen, was ihnen noch bevorstand. Vor ihnen sah sie Buchtstadt. Merkwürdige Häuser reihten sich zu Hunderten um eine riesige Bucht aus Sand. Die Gebäude waren weder aus Sand, noch aus Glas. Sie waren größtenteils grün oder in ähnlichen Farben vertreten, wie das Feld aus Kakteen unter ihr. Und obwohl es eine Geisterstadt war und vieles in Ruinen lag, war Buchtstadt eine Augenweide. Leider fiel es Dabii schwer, den Anblick zu diesen Gegebenheiten zu genießen. Fänge, halb Klauen, halb Reptilienkrallen, umschlossen ihr linkes Bein und sie starrte kopfüber in die todbringende Tiefe. Jeden Augenblick rechnete Dabii damit, dass der Langhornflieger sie losließ. Aber dann fasste sie neue Hoffnung. Zuerst spürte sie den plötzlichen Richtungswechsel des Windes. Ein starker Aufwind blies ihr ins Gesicht. Als nächstes wirbelte ein Körper durch die Luft. Krixxo raste auf sie zu. Allerdings schoss er an ihr und ihrem Entführer vorbei. Dabii versuchte, ihm hinterher zu sehen. Doch die Schwingen des Vogels verdeckten den Himmel. Beinahe über dem Langhornflieger angelangt, breitete Krixxo seine Arme aus und spannte die ledernen Flughäute unter seinen Achseln. So fiel er nicht steil in den Abgrund, sondern glitt kurz über dem Tier in der Luft und näherte sich. Sein Schwert ließ er vorerst dort, wo es war. Mit einer Bewegung aus dem Handgelenk beschwor Krixxo eine Vakuumblase um den Kopf des Langhornfliegers. Die schnelle Atmung des Tieres kam sofort ins Stocken. Während es um Atem rang, tauchte Krixxo unter den Flügeln hinweg, drehte sich auf den Rücken und löste Dabii ohne Widerstand aus den Fängen ihres fliegenden Räubers. Dem Tode nahe, hörten die Augen des Langhornfliegers auf, gelb zu leuchten. Trotz allem wollte Dabii dem Tier dieses Schicksal ersparen und bat Krixxo mit einem mitleiderregenden Wimpernschlag um die Erlösung des Vogels. Krixxo hob die Vakuumblase mit einem einzigen Fingerschnipsen auf und der freie

Langhornflieger suchte das Weite. Die beiden Sandmaare befanden sich nach einem kurzen Ritt durch die Luft im freien Fall auf Buchtstadt. Krixxo öffnete plötzlich seine Arme. Dabii löste sich aus seiner Umklammerung und schrie, bis sie bemerkte, dass Krixxo ihre Hände hielt und sie langsamer wurden. Sie lagen waagerecht in der Luft und kreisten im freien Fall. Wieder blies der Wind von unten. Und anstatt immer schneller zu werden, bremste sie der stärker werdende Auftrieb. Dabii blickte in Krixxos markantes Gesicht, auf seine Augenklappe und in das graue Auge. Hätte sie nur auch solche Kräfte gehabt, hätte sie ihr Volk und vor allem ihre Eltern vielleicht ebenfalls retten können. Mit diesen Gedanken bürdete sich das Mädchen eine Schuld auf, die sie mitnichten traf. Trotzdem wünschte sie sich nichts sehnlicher, als den Tod zu besiegen und das Leben zu bewahren, so wie Krixxo ihres bewahrt hatte. Der eigensinnige Sandmaar war erstaunt, dass er statt Angst, Sorgen in dem jungen Antlitz erkannte. Es fiel ihm schwer, aber zur Abwechslung versuchte er es mit ein paar netten Worten.

»Mach die Augen zu. Alles wird gut.«

Sicher glitten sie zu Boden und verschwanden zwischen den Häuserreihen von Buchtstadt.

Vitaiin, Krosanť und Okrhe rannten immer noch durch das Kaktusfeld. Vor ihnen wütete ein Schatten, der alles niederwalzte, was ihm in die Quere kam. Und hinter ihnen lauerte ein Schatten, der jeden meuchelte, dem er in die Quere kam. Zum Glück war einer der Schatten auf ihrer Seite und pflasterte ihnen den Weg mit zerstampften Kaktusleichen. Nach wenigen Steinwürfen auf der Flucht nahmen ihnen die Wüstenpflanzen immer noch die Sicht. Sie konnten nicht ahnen, dass sie direkt auf die erste

Häuserwand von Buchtstadt zuliefen. Das Kaktusfeld endete abrupt mit einer angrenzenden Wand. Aber das Schattenwesen rannte unbekümmert weiter, sodass das Holz zerschellte. Das Monster verpuffte nach dem Einschlag. Die drei Gefährten folgten und standen auf einmal im Inneren eines Hauses – oder genau genommen zwischen dessen dreieinhalb verbliebenen Wänden. Vitaiin reagierte als erstes. Sie sammelte alle Schatten der Wände, der rustikalen Einrichtung und ihrer Begleiter. Ihre tote Schwester konnte sich überall verstecken und Vitaiin konnte die Schatten nicht verschwinden lassen. Aber sie konnte diese festigen und mit ihnen das Loch in der Wand stopfen.

»Meine Schwester wird uns erst einmal keine Probleme bereiten können.«

Krosanť sackte erschöpft zusammen. Sie waren alle völlig außer Atem. Okrhe lehnte sich an eine Wand und beobachtete den schwarzen Fleck sowie den hellen Raum. Ohne dessen Schatten wirkte dieser unnatürlich, seltsam und ein wenig unbehaglich. Vitaiin lief auf und ab. Okrhe schenkte ihr ein paar beruhigende Worte.

»Sei unbesorgt. Sie sind wohlauf. Das spüre ich.«

Vitaiin atmete tief durch und kam zur Ruhe.

»Wir müssen sie finden.«

»Se send her en Bechtstadt. Ech hab se necht as den Agen verloren.«

Okrhe und Vitaiin sahen ihn verblüfft an.

»Elenagen eben. Da stant ehr, was?«

»Dann gehen wir, los!«

Vitaiin atmete so schwer wie eine Horde wilder Hammerhörner auf der Flucht vor einem natürlichen Feind.

»Wir rasten zuerst. Wenn uns die Kraft verlässt, kommen wir nicht weit.«

Okrhe hatte wie immer recht. Vitaiin wusste, dass dies kein Vorschlag, sondern eine Notwendigkeit war. Somit glitt auch sie an einer Wand zu Boden, um sich schnell von ihrer Flucht zu erholen. Der grüne Holzboden war morsch und unbequem, doch fürs Erste reichte er aus. Gleich würden sie Buchtstadt erkunden und erfahren, wer dort draußen noch auf sie lauerte.

BUCHTSTADT

»Sie werden zum Rand der großen Bucht gehen«, stellte Krixxo fest.

Der ruppige Sandmaar und Dabii waren wohlauf und machten sich auf den Weg, ihre Gefährten zu finden. Dabii sah immer noch fasziniert an den schiefen Häusern empor, an welchen die Zeit nicht spurlos vorübergegangen war. Das Holz färbte sich braun und war porös und rissig. Pilze hatten sich dort angesiedelt, wo zerfallenes Holz Schatten bot. Winzige Kakteen sicherten sich die wenigen Sonnenplätze zwischen den schmalen Gassen. Erst spät bemerkte Dabii, dass sie langsamer geworden und Krixxo bereits weit voraus gegangen war. Eilig hopste sie dem Sandmaar hinterher. Dann klammerte sie sich an seine rechte Hand und drückte sich an ihn.

»Was zum ... Was soll das?«

Krixxo zog seine Hand zurück. Dabii sah ihn mit großen, erwartungsvollen Augen an.

»Was gibt's da zu glubschen? Auf jetzt, kein Grund Händchen zu halten.«

Dabii war traurig. Dann zog sie energisch an Krixxos Lederrüstung.

»Was denn jetzt?«

Dabii öffnete ihren Mund, streckte die Zunge heraus und zeigte darauf.

»Du hast Durst?«

Sie nickte. Krixxo betrachtete seinen Trinkschlauch, in welchem er seinen Alkohol bedächtig rationierte.

»Hm ...«

Dann ging er zu einer Gruppe kleiner Kugelkakteen

und zog einen Kaktus trotz seiner Stacheln und ohne mit einer Wimper zu zucken heraus.

»Mach die Hände auf.«

Dabii formte eine Schale. Krixxo zerquetschte die grüne Kugel und eine klare Flüssigkeit tropfte in Dabiis Hände.

»Die kleinen Runden sind die saftigsten.«

Dabii betrachtete gierig den wachsenden Inhalt in ihrer Hand.

»Leider sind die meisten davon giftig.«

Dabiis Mimik änderte sich abrupt und sie sah das Kaktuswasser skeptisch an. Dann nahm Krixxo die grüne Kugel und ließ den Rest in seinen Mund tropfen. Er schmiss die zerquetschte Schale fort und schmatzte.

»Ohne das Risiko schmeckt es nur halb so gut, glaub mir.«

Er drehte sich um und ging weiter. Dabii überlegte noch kurz. Sie hatte noch keine guten Erfahrungen mit dem Trinken gemacht, das ihr der Sandmaar angeboten hatte. Sie trank dennoch. Und sie schlürfte und leckte ihre ganze Handfläche trocken. Krixxo hörte das Schlürfen und grinste. Dann fand Dabii wieder den Anschluss und griff erneut seine Hand. Krixxos Begeisterung hielt sich in Grenzen. Aber er ließ die Berührung zu und zusammen gingen die beiden weiter durch die verlassenen Ruinen von Buchtstadt. Doch hinter der nächsten Ecke lauerte bereits die nächste Gefahr.

»Sie werden zur großen Bucht gehen.«

Okrhe hatte Buchtstadt nur einmal besucht, aber sie kannte Krixxo gut. Vitaiin ließ ihre Schattenbarriere los und die schwarzen Silhouetten glitten zu ihrem Ursprung zurück. Sie richteten ihre Waffen auf das Loch in der Wand, das sie selbst beim Einbruch in das Haus geschlagen hatten. Stab, Bogen und Pistolen starrten so lang auf den Riss in der Wand, bis Vitaiin Entwarnung gab. Schließlich verließen sie das Haus auf einem anderen Weg. Sie gingen durch eine Holztür und Vitaiin betrachtete die ungewohnte Pforte mit größter Neugier.

»Was ist das für eine Zauberei, erst Portale aus Glas und nun dies. Ich kenne nur ein Tor aus Stein, hinter dem das Grauen hauste.«

Sie wippte mit der Tür. Krosant' musste lachen.

»Ganz normale Schanere mene Gete, haha. Be ech geht wohl jeder en end es, we es ehm gefällt?«

Tatsächlich benutzten die Sandmaare nur magische Tore aus Sand oder hingen verzierte Tücher an offene Eingänge.

»Ihr müsst wahrlich weise Tüftler und Magier haben, wenn ihr so etwas schaffen könnt.«

»De besten, naterlech. Aber das est ja noch gar nechts.«

Okrhe musste sich nur räuspern und sofort hingen sich die beiden an ihre Fersen. Die Schamanin ging voran. Sie waren sehr vorsichtig und inspizierten jeden Schatten. Vitaiin verschaffte ihrer Gruppe einen Vorteil, indem sie ihre Hände ausstreckte und alle Schatten in ihrer Sichtweite verbannte. Wie schwarze Geister flüchteten die Schatten um sie herum und suchten an hohen Wänden oder in tiefen Gängen das Weite. Wie immer war Krosant' der erste, der ein neues Gesprächsthema suchte.

»Wenn das Wasser zareck est, werd de alte Peratenstadt weder Leben.«

Rührselig strich er mit seinen beiden rechten Händen über die Mauer.

»Das werd en Fest. End dann zehen ech end mene Seße ebers Meer.«

Ohne Zweifel meinte er Okrhe, die ihn nicht einmal beachtete. Vitaiin musste sein Schwelgen leider beenden.

»Psst, Ruhe jetzt. Lorreän lauert immer noch irgendwo. Und wir wissen nicht, wer oder wie viele noch von meinem Volk geschickt wurden.«

Sie sprach sehr leise. Vitaiin konnte nicht ahnen, dass es bereits zu spät war. Ihre Verfolger hatten sie aufgespürt. Plötzlich verdunkelte sich die Gasse vor ihnen. Eine dunkle Farbe überzog die Holzwände der Häuser und kroch wie ein wachsender Schatten in ihre Richtung. Die Sandmaarin konnte aber fühlen, dass es etwas anderes war. Das Holz färbte sich hier dunkelbraun und dort dunkelgrün. Zunächst vernahmen sie den modrigen Geruch, bis er sich in entsetzlichen Gestank verwandelte. Die Wände verwesten. Und die Verwesung setzte sich fort, bis sie zu ihrer Linken und Rechten vorbeizog und die Gefährten umzingelt waren.

»Was est das far ene Hexere?«

Fasziniert und gebannt streckte Krosanť seine Finger nach dem verfaulten Holz aus. Vitaiin griff blitzschnell die Hand der Schrecke und hielt sie zurück.

»Nicht anfassen!«

Wie auf ihr Kommando begann die Wand anzuschwellen. Eine Blase in der Größe eines Vielaugenfliegers löste sich von der Wand. Und kurz darauf zeigte sich, wie passend der Vergleich tatsächlich war. Sie blähte sich auf und wuchs. Auf einmal bildeten sich weitere Blasen auf der glatten Oberfläche. Das erste Geschwür platzte und darunter kam ein gierig starrendes Auge zum Vorschein. Vitaiin reagierte schnell. Sie hatte bereits einen Pfeil gezogen und steckte ihn in das weißgelbe Organ. Die grüne Blase darunter platzte sofort. Grüner Schleim spritzte aus dem Inneren, um sich über ihnen zu ergießen. Die offene Blase hinterließ ein verätztes Loch in der Holzwand. Dann merkten sie, wie sich der Schleim durch ihre Kleidung fraß und auf der Haut brannte. Hastig wischten sie über Arme und Beine, um die ätzende Flüssigkeit abzustreifen. Okrhe wandte sich an Vitaiin.

»Verwesung, Fäulnis, Säure. Welch Hexenmeister beherrscht solch grausame Magie?«

»Das wirst du gleich sehen.«

Vitaiin trat neben sie und musterte die Gasse. Sie sah nur die verweste Wand, da die gerade Gasse einen Steinwurf weiter endete und rechts abbog. Dann vibrierten die Wände. In der Ferne bildeten sich weitere Blasen. Immer mehr unzählige Augen bildeten sich auf den Halbkugeln. Viele Male überstieg die Menge an Augen die Anzahl der Finger an beiden oder allen vier Händen. Dann halbierten sich die Blasen und präsentierten messerscharfe Zähne, die hungrig schnappten, während die Augen in alle Richtungen glotzten. Erst jetzt wuchsen den Kreaturen winzige Arme und Beine. Dann standen sie waagerecht an den gegenüberliegenden Häusern und richteten alle Augen auf das Trio. Krosanť trat einen Schritt zurück.

»Ech hoffe, de Pestbelen wollen nar spelen.«

Er bereute es, einen Laut von sich gegeben zu haben. Denn die vieläugigen Kreaturen rannten los und klapperten mit den Zähen.

Der Pirat machte Anstalten umzudrehen, um einen anderen Weg oder immerhin was Weite zu suchen. Doch Okrhe hielt ihn auf und packte ihn.

»Unser Gegner und unsere Gefährten liegen vor uns. Wir lassen uns nicht von unserem Weg abbringen.«

Krosanť lächelte sie an und zückte die Waffen, damit seine Angebetete kein allzu schlechtes Bild von ihm hatte. Vitaiin ging in die Hocke und zog ihren Bogen.

Sie beherrschte die Waffenkunst noch nicht gut genug. Deshalb steckte sie den Pfeil zurück in den Köcher und formte einen Schattenpfeil. Diesen legte sie an und ließ ihn von der Sehne gleiten. Er traf das erste Ungeheuer, welches wie sein Vorgänger platzte, grüne Säure versprühte und ein Loch in der Wand zurückließ. Die anderen Monster folgten jedoch dicht dahinter und es wurden stetig mehr. Es war eine Horde kleiner, gemeiner Pestbeulen.

Die Schattenschwester formte drei weitere Pfeile und schoss alle gleichzeitig ab. Sie schlängelten sich durch die Luft und fanden gelenkt von Vitaiins Kräften ihre Ziele. Sie stand auf und lief auf die Pestbeulen zu, während sie einen Pfeil nach dem anderen verschoss. Krosanť tat es ihr gleich und schoss aus allen Rohren. Okrhe analysierte die Lage. Die Horden wuchsen und wuchsen trotz des hohen Verschleißes. Aber Krosanť und Vitaiin schafften sich Platz. Die Pestbeulen kamen nicht an sie heran, dafür wuchs ihre Zahl, bis sie die Gasse sogar bis zu den Dächern hin füllten. Es mussten Tausende sein.

»Weiter!«, rief Vitaiin.

»Se est verreckt!«

Krosanť erschoss eine Pestbeule vor sich, die wieder platzte und den grünen Schleim auf dem Piraten verteilte.

»Wahnsenneg!«

Er schüttelte die Säure ab, zielte mit den anderen drei Pistolen und erschoss drei Pestbeulen gleichzeitig.

»Total derchgeknallt!«

Krosanť sah Okrhe an. Diese ging der Sandmaarin ohne Worte hinterher.

»De ach?«

Zu seiner Linken erschoss er zwei Pestbeulen und zu seiner Rechten zwei weitere. Okrhe ging voraus und schützte sie alle mit ihrem Schild vor dem Säureregen.

Krosanť legte sich für die Schamanin besonders ins Zeug.

»Dann send wer wohl alle verreckt.«

Eine Pestbeule nach der anderen platzte unter dem Beschuss, aber es wurden nicht weniger. Dieses Mal kamen sie näher – zu nah. Das vorderste Monster fauchte und öffnete sein Maul, bereitwillig zu töten. Doch Okrhe war zur Stelle. Als die Pestbeule ihre grüne Zunge ausstreckte und von der Wand sprang, parierte Okrhe und spießte sie mit den Zacken auf dem Kaktusschild auf. Sie hatten das Ende der Gasse erreicht. Leider war die Gasse zu ihrer Rechten ebenfalls bis ans Oberste mit Pestbeulen gefüllt. Und das Gebäude zu ihrer Linken war mit dem folgenden Haus verbunden. Die Wände hinter ihnen waren durchlöchert und würden jeden Moment zusammenstürzen. Es gab kein Zurück. Die Monster waren nun über und beinahe neben ihnen. Okrhe schüttelte den Kadaver ab und streckte das kugelrunde Ende ihres Stabes empor. Als alle Pestbeulen auf sie herabstürzten entfesselte die Schamanin Blitze, die von ihrem Stabende in alle Richtungen schossen. Viele kleine Blitze ließen zuerst die vielen Augen der Kreaturen platzen, bis die größeren die Pestbeulen dann explodieren ließen. Ein grüner Schwall Säure regnete auf sie herab. Sie waren von dem ätzenden, grünen Schleim umgeben.

Als die Säure sie traf, floss sie in hohem Bogen über sie hinweg. Vitaiin hatte eine Schattensphäre geformt, die den Schleim abfließen ließ. Endlich standen sie dem Zauberwirker gegenüber.

»Was est das far en klener Scheßer?«

Krosanť verlieh seiner Verwunderung Ausdruck. Es war ein schwarzer, totloser Sandmaar. Er war noch ein Kind. Sogar Okrhe stutzte.

»Er ist nicht viel größer als Dabii und beherrscht solch

dunkle Magie?«

»Dunkle Zeiten rufen dunkle Wünsche hervor«, antwortete Vitaiin knapp. Der Junge machte sich daran, seinen nächsten Zauber zu wirken. Er rieb seine Hände und erzeugte zwischen ihnen einen grün leuchtenden Ball. Doch bevor er seinen Zauber wirken konnte, flog eine reflektierende Kugel über die Köpfe von Okrhe und Vitaiin hinweg. Es war eine Glasbombe. Krosanť hatte sie geworfen, um ihrem totlosen Gegner einen kurzen Prozess zu machen. Es kümmerte die Schrecke nicht, dass er noch ein Kind war, tot war tot. Die Bombe explodierte und verteilte ihre Splitter im Zielgebiet. Eine dünne Rauchschwade war alles, was übrig blieb.

»Hab ech ehn erwescht?«

Sie traten näher heran. Doch es waren keine Überbleibsel zu sehen. Keiner hatte den huschenden Schatten bemerkt, der den totlosen Jungen aufgenommen hatte. Vitaiin kam jedoch schnell auf des Rätsels Lösung. Und als nächstes meldete sich Okrhe zu Wort.

»Wir sind angekommen.«

Sie deutete auf einen hellen Spalt am Ende einer Gasse. Mit eilenden Schritten traten sie aus den Schatten und erreichten die große Bucht. Der Lehmboden wich einer großen Wölbung mit wogendem Sand. Das Sandmeer im Osten war ihnen nie fern geblieben. Zahlreiche Stege unterschiedlichster Größen ragten wenige Schritte über dem Sand ins Meer. Von der Bucht aus konnte man die große Stadt in vollem Umfang betrachten. Viele Steinwürfe weit reihten sich die krummen Holzhäuser aneinander und kreisten die Bucht ein. Aber ihre Augen weiteten sich erst, als sie ein bekanntes Gesicht wiedersahen. Es war Dabii, die auf einem der größeren Stege auf sie wartete.

Vitaiin rannte sofort auf sie zu und schloss sie in die

Arme. Als Okrhe und Krosant zu ihnen stießen, wirkte Okrhe besorgt.

»Wo ist Krixxo?«

Dabii blickte über Vitaiins Arme und sah Okrhe mit großen, sorgvollen Augen an. Als Vitaiin ihr etwas Luft ließ, sah Dabii zurück zur Stadt. Strahlen aus blauem Feuer schossen hinter den Häusern empor. Vitaiin schüttelte es an den Gedanken an Feuer am ganzen Leib. Ihnen war sofort klar, dass Krixxo dort in einen Kampf verwickelt war. Okrhe wollte diesem gerade zur Hilfe eilen, als der Boden unter ihnen vibrierte. Einige Stellen, die mit Holzdielen ausgelegt waren, fingen an zu klappern. Das Sandmeer hinter ihnen geriet in Wallungen.

»Send das weder de verflechten Pestbelen?«

Okrhe stoppte und sah über ihre Schulter. Vitaiin war in die Hocke gegangen und hatte bereits eine Hand an ihren Bogen gelegt.

»Nein, das ist etwas Größeres.«

Es folgte ein nie dagewesenes Gräuel. Ein Körper verdrängte den Sand und schoss aus dem Wasser darunter. Zuerst zerschellten die Stege. Dann richtete sich das Wesen zu seiner vollen Monstrosität auf. Es war ein Tiefseedrachling – über einen Steinwurf hoch, mit Schuppen so groß und dick wie Turmschilde und bösartigen Augen, die gelb leuchteten. Es lebten noch Tiere der alten Zeit in der jungen Welt – dieser Drachling war eines von ihnen, eine Drachenart, die mit null bis vier Flügeln vorkommen kann und meist größer und hässlicher ist, als ihre Artgenossen. Dieser Drachling, mit gleich drei ungleichförmigen Flügeln auf dem Rücken – zwei breiten und einem mickrigen, der zu vernachlässigen war – stand unter dem Bann eines totlosen Sandmaars. Er nahm tief Luft und entfesselte ein Brüllen aus den tiefsten Tiefen, das die Gefährten beinahe von den Beinen fegte. Krosant's klapprige Gliedmaßen erzitterten vor allen anderen.

»Ohje, ohje. Das est necht mehr wetzeg. Ech ben dann mal weg.«

Von der Panik übermannt, rannte er in die Stadt zurück. Die Frauen waren auf sich allein gestellt. Und schon ging der Drachling zum Angriff über. Mit seiner Klaue am Flügelende schlug das Geschöpf nach Dabii und Vitaiin. Im letzten Moment konnte Vitaiin Dabii packen und sich mit ihr auf den Boden werfen. Die Pranke sauste über sie hinweg. Schnell waren die beiden wieder auf den Beinen. Vitaiin zückte ihren Bogen und nahm Dabii hinter sich in Deckung. Okrhe trat mit gezogenen Waffen neben sie. Der nächste Angriff ließ nicht lange auf sich warten. Der Tiefseedrachling schnappte nach den drei Leckerbissen. Sie wichen nach links und rechts aus und das hungrige Maul biss ins Leere. Okrhe packte ihren Stab am Ende und schlug mit der dicken Spitze auf dessen Kopf. Blitze zischten über die feuchten Schuppen und ließen das Tier aufschreien. Vitaiin schoss mehrere Schattenpfeile, die alle an den Schuppen des Monsters abprallten und sich daraufhin auflösten. Der Drachling holte wieder tief Luft, doch dieses Mal atmete er durch seine zweite Lunge, um über sie den schwarzen Tod zu bringen. Er spie ätzende Tinte auf seine Widersacher. Okrhe warf sich schützend vor ihre Begleiter. Ihr Schild wehrte den Strahl ab und ließ die schwarze Masse an ihnen vorbei strömen. Nur wenige, verirrte Tropfen zersetzten die Rüstungsteile, die sie trafen. Als der Strahl nachließ und langsam verendete, sahen sich die Drei an. Schwarze Tinte tropfte von Okrhes Schild und zischte. Bis auf ein paar Löcher in der Bekleidung waren aber alle wohlauf. Nun schlugen sie zurück. Noch bevor der Drachling sein Maul zurückziehen konnte, bewegte Vitaiin ihre Arme und formte einen Maulkorb aus Schatten, um die Lippen des Tieres zu versiegeln. Es wehrte sich, doch entkam der Fessel nicht. Okrhe steckte ihren Stab in den Boden und streckte ihre Arme gen Himmel. Mit den Worten »Vi, bizz, blazza« beschwor sie dunkle Wolken herauf. Der Himmel zog in Windeseile zu. Blitze tanzten vor dem grauen Hintergrund. Doch die Vorbereitung für den verheerenden Angriff nahm zu viel Zeit in Anspruch. Ein mächtiger Schlag mit der Drachenkralle folgte überraschend schnell. Im letzten Moment hob Okrhe ihren Schild. Doch es zerschellte und Okrhe wurde fort geschleudert. Ebenso schnell wie die Wolken aufgezogen waren, verschwanden sie wieder. Dabii und Vitaiin sahen ihr schockiert hinterher. Der Tiefseedrachling baute sich erneut auf. Er erhob sich gänzlich aus dem Wasser und bohrte seine Krallen in den Lehmboden vor sich. So kroch er immer weiter auf sie zu. Vitaiin nahm sich Okrhe als Beispiel. Aus ihren Händen schoss sie eine Salve mächtiger Schattenblitze. Der Drachling lief allerdings unbeirrt weiter. Dann folgte ein Donnergrollen. Aber die Schamanin war bewusstlos. Auch der Tiefseedrachling hatte das Grollen nicht verursacht. Es hatte seinen Ursprung im Rücken der Gefährten, es kam aus der Stadt. Über ihnen surrte eine riesige Kugel hinweg. Sie traf den Drachling und schleuderte ihn zurück ins Sandmeer.

»He! Kener vergreft sech an mener Zekenftegen!«

Krosanť saß zwischen einigen Häusern auf einer großen, qualmenden Kanone. Der Drachling wurde hart getroffen, schrie entsetzlich und versank unter dem Sand. Er trieb zurück in die ewigen Tiefen, aus denen er gekommen war.

»Du hast dir deinen Namen redlich verdient, Lunte.«

Aus einer anderen Gasse humpelte Krixxo hervor. Er

hatte zahlreiche Verbrennungen erlitten, war aber wohlauf. Als er Orkhe am Boden liegen sah, wurde er trotz Verletzungen schneller.

»Was ist passiert?«

Dabii und Vitaiin knieten bereits neben der Schamanin. Krixxo tat es ihnen gleich. Und auch Krosanť stieg von seiner Kanone ab, um zu ihnen zu eilen. Vitaiin antwortete Krixxo.

»Sie wurde schwer getroffen. Okrhe braucht einen Heiler.«

Krixxo richtete sich vorsichtig auf.

»Wir müssen sie zuerst in Sicherheit bringen. Lunte, du hilfst mir. Schattenschwester, hör mir zu. Es gibt hier weit und breit keinen Heiler, nur Okrhe besitzt einige Kenntnisse. Wir müssen sie aufwecken. Zwischen den Häusern wachsen Pilze. Du und Dabii sucht nach einer gezackten, roten Art. Sie sehen aus wie kleine Sonnen und wachsen im Dunkeln. Schleicht euch, wir haben keine Zeit zu verlieren.«

Krixxo und Krosanť trugen Okrhe vorsichtig von der freien Fläche weg und suchten sich ein Haus. Währenddessen suchten Dabii und Vitaiin nach den Pilzen, ständig darauf bedacht, leise und unbemerkt zu bleiben. Sie fanden braune Pilze, gelbe Pilze, schwarze Pilze – alle waren rund. Die sonnenähnlichen Pilze waren nirgends zu sehen. Als Dabii um eine Häuserecke schlich, erschrak sie. Sie wich zurück. In der Gasse hockte ein schwarzer Sandmaar. Er regte sich nicht. Wie er, waren auch seine Robe und seine Waffe von der schwarzen, harten Essenz überzogen. Sein Schwert lag neben ihm. Es war lang und gezackt. An den Konturen war ersichtlich, dass es aus einem großen Knochen gefertigt war, der nun den Kern der schwarzen Masse bilden musste. Vorsichtig spickelte das Mädchen nochmal um die Ecke. Sie bemerkte einen Riss im Stein, in welchem Pilze wuchsen, die rot leuchteten. Sie wollte gerade Vitaiin holen, als hinter ihr ein großer Mann erschien. Beim Umdrehen lief sie fast gegen ihn. Sofort umschlangen sie seine breiten Arme und zogen sie zur Seite.

»Habt ihr die Pilze gefunden?«

Es war Krixxo. Dabii nickte und deutete um die Ecke. Krixxo sah sich um.

»Ah, du hast meinen Gegner gefunden. Keine Angst, der steht nicht mehr auf.«

Krixxo bemerkte die roten Pilze ebenfalls. Er wollte gerade darauf zugehen, als jemand um die gegenüberliegende Ecke bog. Es waren vier schwarze Sandmaare, zwei Männer, ein Kind und eine Frau, die zweite Schattenschwester Lorreän. Krixxo machte einen Satz zurück und drückte sich und Dabii mit dem Rücken an die Wand. Er legte seinen Finger auf die Lippen und symbolisierte Dabii damit das Gebot zur Stille.

Der Junge und einer der Sandmaare trugen ebenfalls erstarrte Roben. Der Kleine trug keine Waffe, der Mann hingegen hielt eine Sense, die einst ebenfalls aus Knochen gearbeitet und nun schwarz überzogen war. Der andere Mann trug wie die Schattenschwester enge Kleidung, aber keine Dolche sondern einen Speer mit sich. Außerdem waren seine Augen die einzigen, die keine schwarzen Löcher waren, sondern gelb leuchteten.

Krixxo kannte die meisten von ihnen aus früheren Zeiten – sie hatten schon damals als die gefährlichsten Zauberer der Sandmaare gegollten.

Die böse Schattenschwester trat an den Sandmaar am Boden heran. Teile ihrer steinernen, schwarzen Haut lösten sich und gingen auf den Besiegten über. Dessen Wunden schlossen sich und er regenerierte, obwohl ihm Krixxo übel zugesetzt hatte. Dann stand der Totlose wieder auf, als wäre nie etwas geschehen. Er griff sein Schwert, welches kurz darauf blaue Flammen fing. Bevor die totlosen Sandmaare ihren Streifzug jedoch fortsetzen konnten, griff sich Krixxo ein Stück vermorschtes Holz und warf es hoch. Ein Windzug schleuderte das Holz weit in die andere Richtung, wo es laut aufprallte. Die Totlosen nahmen sofort die Witterung auf. Sie teilten sich in zwei Richtungen auf, um der Quelle des Geräusches auf den Grund zu gehen. Der Totlose mit dem Schwert hielt noch einen Moment inne und warf einen Blick über die Schulter, wo Krixxo um die Ecke spähte. Im letzten Augenblick konnte dieser seinen Kopf zurückziehen und sich verstecken. Das blaue Feuer auf der Klinge knisterte leise. Es schien zu flüstern. Doch dann wandte sich auch dieser Feind ab und verschwand in den Gassen von Buchtstadt.

»Diese verdammten Totlosen.«

Krixxo fluchte im Stillen. Dann stieß Vitaiin zu ihnen.

»Was ist passiert?«

»Nichts. Auf, da vorn sind die Pilze.«

Ohne ein weiteres Wort brach Krixxo auf, um die Pilze zu pflücken. Dann eilten sie der Verletzten zur Hilfe.

DIE AZURWURZEL

Krosanť hockte betrübt neben seiner Angebeteten. Aufmerksam bewachte er die Schamanin. Dann krachten die Türen auf und er sprang kampfbereit auf die Beine. Doch er steckte seine vier Pistolen wieder erleichtert ein, als er bemerkte, wer hereingestürmt kam. Es waren seine Gefährten, vorneweg Krixxo. Der Sandmaar hatte die sonnenähnlichen Pilze in den Händen und rieb sie nun aneinander. Dann beugte er sich zu Okrhe herab und hielt ihr die Hände vors Gesicht. Dabii und Vitaiin stellten sich neben Krosanť. Okrhe atmete den roten Pilzstaub schwach ein. Schon nach der ersten Brise riss sie die Augen auf und schoss mit ihrem Oberkörper empor. Sie war wach und atmete rasend schnell, was sie dem kratzenden Staub verdankte. Aber sie beruhigte sich schnell, was die Schmerzen ihrer Verletzung in ihre Gedanken zurücktrieb. Sofort griff sie sich an die Rippen und stöhnte. Krixxo stützte und tröstete sie fürsorglich.

»Alles wird gut, Okrhe. Du musst uns nur helfen. Wie können wir dich heilen?«

Okrhe sah ihn mit ihren großen, braunen Augen an. Es verstrich ein kurzer Moment, der zunächst keine Hoffnung wagen ließ. Viele Gedanken strichen durch Okrhes Geist, schließlich antwortete sie:

»Es existiert eine Wurzel. Die Schamanen nennen sie Azurwurzel. Der Sage nach ist zu vermuten, dass der Verzehr dieser Wurzel innere Verletzungen heilen kann.«

»Ich bringe dir diese Wurzel. Wo wächst sie?«

»Sie ist Teil einer verzauberten Flora. Einem Reich, das lange keine Schrecke mehr betreten hat. Doch du solltest dich daran erinnern. Unser Pfad führt uns direkt hindurch. Durch den verwunschenen Wald.«

Zum ersten Mal wurden Züge der Angst auf Krixxos Antlitz erkennbar. Bis zu ihrer Ankunft wollte er den Ort scheinbar verdrängen. Dann wurde er wieder eisern und zeigte sich entschlossen.

»Du musst mir nur sagen, wie dieses Kraut aussieht.«

»Kein Kraut, eine Blume sprießt aus der Azurwurzel. Ihre magische Blüte leuchtet blau. Ihr erkennt sie, wenn ihr sie seht.«

Krixxo streichelte die Hand der Schamanin. Vitaiin wusste die innige Geste nicht recht zu deuten.

»Wir brechen sofort auf. Helft mir, sie zu tragen.«

»Halt!«, Okrhe hielt seine Hand fest. Dann hustete sie Blut.

»Jede Bewegung würde mich innerlich zerreißen. Lasst mich hier.«

»Ich lasse dich nicht zurück. Die Totlosen ...«

Okrhe unterbrach ihn.

»Die Totlosen werden mich nicht finden. Umso wichtiger ist es, dass ihr zusammen geht. Und zwar ihr alle. Sie werden Jagd auf euch machen.«

Krixxo gefiel dieser Vorschlag nicht im Geringsten. Sie hatte jedoch recht, wie immer. Ihm blieb keine andere Wahl.

»Der verwunschene Wald liegt auf unserem Weg. Ich werde umkehren, sobald ich die Wurzel habe.«

Er wollte eben aufbrechen, als Okrhe ihn erneut zurückhielt.

»Ihr seid zu schwach. Du bist verletzt. Ihr braucht all eure Kräfte, um Buchtstadt hinter euch zu lassen. Lass deine Wunden genesen.«

Die Schamanen der Schrecken kannten viele Zauber,

doch nicht jeder Schamane kannte sie alle. Eine wirklich starke Heilung auszusprechen war Okrhe nie gelungen. Aber sie versuchte es trotzdem und legte Krixxo ihre Hand auf.

»Vi, lavo.«

Sie hauchte die Silben langsam und klar aus. Die Stelle unter ihrer Hand fing an, hellgrün zu leuchten. Als sie fortfuhr, verschloss sich die erste Wunde langsam. Bei der nächsten Wunde trat ein lautes Zischen auf. Krixxo zuckte zurück.

»Ah, verdammte ...«

»Entschuldige bitte. Der Segen der Erde ist mir noch fern.«

»Ist schon gut.«

Immerhin war ihr eine Linderung gelungen. Krixxo legte sich erschöpft neben Okrhe. Er sorgte sich.

»Wir lassen all unsere Vorräte hier.«

Aber stets war Okrhe anderer Meinung.

»Es ist Schamanen ein leichtes, mehrere Sonnen und Monde ohne Verpflegung auszukommen. Das weißt du. Erinnere dich, Erdrunde um Erdrunde saßt du bei mir, als ich meditierte.«

»Doch du bist schwer verletzt. Wir werden nur kurz ruhen. Und in der Nacht brechen wir sofort auf. «

Bevor Okrhe ein letztes Mal widersprechen konnte, legte Krixxo einen Finger auf ihre Lippen.

»Das kannst du mir nicht ausreden. Und jetzt schlaf.«

Krixxo streichelte sie zärtlich und verließ sie für einen kurzen Moment. Er schlich zur Tür und spähte nach ihren Feinden. Währenddessen flüsterte Okrhe etwas, das nur Vitaiin verstehen konnte.

»Komm, nähere dich Schattenschwester.«

Vitaiin beugte sich zu der Verletzten hinunter. Okrhe

hielt etwas in ihren Händen. Sie hatte es seit dem Angriff des Tiefseedrachlings nicht losgelassen. Vitaiin blickte herab. Als sich die grüne Hand öffnete, offenbarte sie einen großen Zahn – den Zahn der Bestie.

»Nimm ihn. Er wird euch Glück bringen, dir und Krixxo.«

Vitaiin nickte. Ihr kam es vor, als nehme sie das Geschenk einer Sterbenden entgegen. Dann gesellte sich Krixxo wieder zu ihnen und Vitaiin wich unauffällig zurück. Es war an der Zeit, in die Traumwelt zu gleiten und sich von dem anstrengenden Kampf zu erholen.

Die Gefährten legten sich nebeneinander auf die Dielen und versuchten, keinen einzigen Laut von sich zu geben. Die meisten Augen schlossen sich sofort. Nur Krixxo sah Okrhe immer noch besorgt an. Als würde Okrhe die Blicke ihres Gegenüber spüren, öffnete sie ihre Augen wieder. Sie flüsterte ihm etwas zu.

»Bitte versprich mir etwas. Das Wichtigste ist und bleibt unsere Aufgabe. Bring Vitaiin zu den Unsterblichen. Das ist das Einzige, was zählt.«

Krixxo wandte seinen Blick nicht ab. Aber er schwieg. Dann schloss auch er die Augen und schlief ein.

DER SENSENMANN

Dabii wachte schweißgebadet auf. Sie hatte schlecht geträumt und war völlig außer Atem. Doch der Horror endete mit ihrem Erwachen noch nicht. Sie sah sich in dem kleinen Haus um. Und sie war völlig allein. Jetzt hatte sie furchtbare Angst. Dabii traute sich nicht, sich zu regen oder einen Mucks von sich zu geben. Also drückte sie sich fester an ihren Schlafplatz und hoffte, dass sich zumindest einer ihrer Gefährten bald von alleine zeigte. Dann knarrte das Holz, draußen vor der Tür erklangen laute Schritte. War es ein Freund oder ein Todfeind? Dabii zitterte am ganzen Leib. Die Tür schwang langsam auf und quietschte entsetzlich. Dahinter stand – niemand. Im schwachen Licht des Mondes löste sich ein dicker Nebel aus der Dunkelheit und trat gemächlich ein, als wäre er ein geladener Gast. Er füllte den Raum und kreiste Dabii ein. Sie wollte ihre Augen schließen, doch sie gehorchten ihr nicht mehr. Der Nebel vor ihr stieg empor und bildete zwei lebensgroße Schemen. Wie ein aufrecht getretener Rechen stand Dabii sofort auf beiden Beinen. Sie wischte sich eine Träne aus dem Gesicht. Denn die Gestalten zeigten ihre beiden Eltern. Sie rannte auf den Nebel zu und wollte sie in ihre Arme schließen. Doch Dabii umarmte nur die dicke Luft und das Trugbild teilte sich, um wieder zu verblassen. Draußen vor dem Eingang erschienen ihre Eltern erneut. Sofort rannte Dabii ihnen hinterher.

»Halt ein, Dabii!«

Das Mädchen zuckte zusammen, als sie hinter ihrem Rücken die markante Stimme vernahm. Vorsichtig drehte sie sich um. Es war Okrhe. Sie war wohl aufgewacht und hielt ihren

Stab sowie den alten Schild in den Händen.

»Lug und Trug! Das ist alles mitnichten real. Dreh dich nicht um.«

Dabiis Sehnsucht nach ihren Eltern war zu groß. Sie wollte einen letzten Blick zur Tür werfen und sie ein letztes Mal sehen. Dabii ignorierte die Warnung. Sie drehte sich nochmal und blickte wieder vor sich. Sie erschrak fürchterlich. Statt ihrer Eltern stand ein schwarzer Sensenmann direkt vor ihr und streckte seine Hand nach ihr aus. Aber Okrhe war schneller. Die Schamanin war herangenaht und zerschlug die Geistergestalt mit ihren Waffen. Der Sensenmann löste sich in Rauch auf.

»Hör mich an.«

Okrhe ging in die Knie und legte tröstend einen Arm auf die Schulter des Mädchens.

»Das ist nur ein Traum. Der schwarze Sandmaar versucht zu erfahren, wo wir sind. Wir werden die anderen warnen müssen.«

Dabii blickte die grüne Frau fragend an.

»Schließe einfach deine Augen. Öffne sie, wenn ich es dir deute.«

Die junge Sandmaarin tat wie ihr geheißen. Eine letzte Träne kullerte über ihre Wangen. Der Traum stand der Realität in nichts nach. Kurz darauf umwehte sie ein eisiger Wind. Es war kälter als zur Zeit des dunkelsten Mondes.

»Öffne sie.«

Das grelle Licht überraschte Dabii. Sie wurde geblendet. Die Sonne brannte vom Himmel. Heftiger Lärm mischte sich zu der Masse an Reizen. Sie standen mitten auf einem Schlachtfeld. Unter ihnen war das Sandmeer. Sandmaare kämpften gegen Barbaren. Direkt neben ihnen formte jemand einen Eissturm und spie anschließend mit der linken Hand Feuer. Jetzt wurde es wärmer – sogar unerträglich heiß. Okrhe nahm Dabii zur Seite. Die Schlacht war in vollem Gange.

»Ich kenne diesen Traum. Wir müssen Krixxo finden. Bleib in Deckung.«

Die beiden Fronten der Heere trafen aufeinander. Dieser Narbe einer Schlacht folgten sie. Leichen, von Barbaren wie von Sandmaaren reich an Zahl, pflasterten ihren Weg. Der Anblick verstörte Dabii. Zauber, Knochen- und Eisenwaffen surrten an ihnen vorbei. Das Mädchen wusste weder, wo sie hinschauen, noch was sie denken, ob sie weinen oder schreien sollte und viel schlimmer noch: Was passieren würde, wenn sie hier starben.

Auch Krixxo kämpfte an vorderster Front. Seine Kameraden und Freunde wurden abgeschlachtet, obwohl die Barbaren bereits in der Unterzahl waren und sie die Schlacht verloren. Sie kämpften bis zum bitteren Ende. Krixxo schwang ein weißes Schwert, das aus einem großen Fischknochen geformt war. Er führte es mit stetig sinkender Moral, die unter dem sinnlosen Blutvergießen stark litt. Plötzlich zerschellte das Knochenschwert beim Parieren einer breiten Eisenklinge. Krixxo stand seinem Feind jetzt unbewaffnet gegenüber. Er wich dem zweiten Hieb mit einem Barbarenschwert aus und entwaffnete seinen Gegner, um mit dem Eisen dessen Schädel zu spalten. Blutverschmiert betrachtete er die grob geschmiedete Klinge und die Mordlust der Barbaren. Es war der Tag, an dem sich der Windbändiger entschied, zu verschwinden.

Okrhe und Dabii hatten den Windböen schleudernden und Schwert schwingenden Sandmaar fast erreicht. Aber der schaurige Sensenmann zeigte sich bereits in den eigenen Reihen, als der Sandmaar, der er einst war. Er flüsterte Krixxo etwas ins Ohr, lockte ihn zur Flucht und Krixxo wollte folgen. Dieser Albtraum kannte schließlich nur ein Ende. Doch Okrhes Stimme ließ ihn aufhorchen. Sie gehörte in eine andere, erfreulichere Epoche. Krixxo wusste sofort, dass er träumte. Immer noch mit dem Zeigefinger lockend, wartete der Sensenmann auf seine Beute. Aber diese blieb ihm ein zweites Mal verwehrt. Krixxo schwang sein Schwert und zerteilte die Illusion. Ein einziges Augenzwinkern transportierte die Drei in die nächste Traumwelt.

Auf einmal standen sie auf hartem Boden. Aber er schwankte. Es war Holz. Eine allzu bekannte Stimme rief den Traumwandlern etwas zu.

»He, was wollt ehr en menem Tram?«

Es war Krosanť, die Lunte. Er stand an einem mächtigen Steuerrad und navigierte ein Schiff. Sie waren mitten auf dem Meer. Die Vorstellungskraft der Schrecke hatte einen ganzen Ozean geschaffen. Das Schiff hatte große Ähnlichkeit mit dem Wrack, in dem der Pirat noch vor kurzem gehaust hatte. Nur war es prächtiger, überholt und in der Mitte triumphierte ein dicker Mast mit einer Piratenflagge. Darauf waren ein Schreckenschädel und vier gekreuzte Pistolen abgebildet. Okrhe hatte sich die Führung durch die Träume der anderen aufgebürdet und ergriff daher als Erste das Wort.

»Du bist im Bilde, dass du träumst?«

»Naterlech, na klar. End jetzt est der Tram perfekt. Komm ans Deck, Seße. Ech zeg der we man lenkt.«

Er versuchte wieder, verführerisch mit den Augenbrauen zu wippen. Plötzlich raste ein riesiger Tentakel herab und umschlang das Schiff.

»Oh, jetzt kommt men Leblengstel. An de Kanonen Männer. Wer werden angegreffen. Es est enser alter Frend, der Kraken!«

Seine beachtliche Crew, bestehend aus verschiedensten

Schreckenpiraten, wuselte über das Deck. Schließlich erhob sich das Ungetüm weiter aus dem Wasser. Alle acht Arme peitschten jetzt wild um sich und attackierten das Schiff. Einige Piraten wurden ins Wasser geschleudert. Die ersten Kanonen feuerten. Der Kraken wich aber nicht zurück. Das Schiff neigte sich gefährlich weit Richtung Backbord. Der Wind peitschte, das Wasser sprudelte und überall war Chaos. Eine Schrecke kam ins Straucheln und fiel auf Krixxo. Zu seinem Unglück wurde Krixxo von dessen Säbel getroffen. Die Klinge hinterließ eine klaffende Wunde.

»Ah, vertrottelter Vierarm.«

Zornig holte Krixxo zu einem Tritt aus und beförderte den Pirat selbst von Bord. Krosant' mische sich ein.

»He, das est necht echt. Ken Grand asfallend za werden.«

Krixxo drückte seine Hand auf die blutende Wunde am Arm.

»Das hat sich aber verdammt echt angefühlt.«

Okrhe sah sich die Wunde genauer an. Sie war echt. Ein Wort der Warnung war angebracht.

»Solange wir im Bann des Sensenmannes wandeln, ist alles echt. Wir schweben in größter Gefahr.«

Als Okrhe begriff, dass es sich bei dem Traum von Krosant' um keinen Albtraum handelte, musste sie agieren. Der verrückte Pirat hatte zu viel Spaß daran, wusste er doch, dass sie alle heimgesucht wurden.

»Dafür haben wir keine Zeit«, flüsterte Okrhe und legte ihren Stab auf eine der Tentakeln. Sie streckte ihre andere Hand aus und sah zum Himmel. Ein Blitz kam aus dem Nichts, durchströmte sie und floss über ihren Stab auf die nassen Schuppen des Kraken und ins Meer. Das gesamte Wasser stand unter Strom. Die Tentakeln des

Kraken zappelten kurz, dann erschlafften die Muskeln und die Gliedmaßen rutschen vom Schiff.

»He, de best wohl ene Spelverderberen.«

»Schweig. Sage mir nur, hat deinen Traum kein fremder Sandmaar gekreuzt? Ein Totloser mit einer Sense?«

»Naja, jetzt wo de es erwähnst ... Da war ener. Der hat necht her her gepasst. Ech hab ehn sofort erschossen end eber de Planke geworfen.«

Die Schrecke überraschte Okrhe immer wieder. Doch wusste sie, dass der Spuk noch nicht vorüber war.

»Dann hat er bereits unsere Begleiterin erreicht. Wir dürfen keine Zeit verlieren. Schließt die Augen.«

Alle gehorchten der Schamanin, allem voran Krosant, der ihr ohnehin verfallen war und aufs Wort folgte. Es wurde still.

Dabii merkte nicht, dass sie ihre Augen bereits geöffnet hatte. Es war so dunkel, dass nur Schwärze sie umgab. Dann knisterten kleine Blitze neben ihr und züngelten sich um Okrhes Stab. Sie leuchteten nur schwach, doch es reichte, um wenige Fuß weit zu sehen. Dennoch blieben die nahen Gefährten das Einzige, was Sie an diesem Ort sehen konnten. Boden, Himmel und Horizont waren nach wie vor schwarz, als stünden sie in der Leere des alles verschlingenden Nichts.

Okrhe ging voraus, Krixxo hielt mit ihr Schritt und Dabii sowie Krosant versteckten sich hinter ihnen. Einige Sanduhren lang irrten sie im Dunkeln, bis endlich eine weit entfernte Stimme erklang.

»Wir haben versagt.«

Sie konnten die Worte kaum hören. Also suchten sie nach der Quelle des weiblichen Schluchzens. Beinahe lief Krixxo gegen ein schwarzes Objekt. Okrhe hielt ihren Schild vor ihn und leuchtete ihm. Sogar Krixxo erschrak, als er das versteinerte Wesen mit dem weit aufgerissenen Maul sah. Es war ein erstarrter Sandmaar. Mehrere Statuen von Sandmaaren und Schrecken folgten. Sie häuften sich vor ihnen wie ein dichter werdender Wald.

»Alles ist verloren.«

Das Klagelied wurde lauter. Vitaiin musste direkt vor ihnen sein. Und tatsächlich – als Okrhe den Licht bringenden Stab ausstreckte, fanden sie die Sandmaarin kniend am Boden. Sie sah ihre Gefährten mit Tränen überströmt an. Unter ihr, am Boden, lag eine versteinerte Frau. Es war ihre Schwester.

»Wir haben versagt.«

Dann geschah alles rasend schnell. Vitaiin schlug ihre Arme auf und ließ sich nach vorne auf ihre Schwester fallen. Krixxo war der Erste, der reagierte. Er bekam ihren Arm zu fassen. Doch der Boden unter der Schattenschwester verschwand und sie fiel ins Dunkel. Krixxo hielt sie fest, aber die Wunde aus der Traumwelt schmerzte ihn. Die Last wurde größer. Etwas zog Vitaiin in die Tiefe – der Sensenmann! Er hatte ihre Beine gepackt und sie wehrte sich nicht. Krixxos Kraft war an ihren Grenzen. Er wurde in die Knie gezwungen. Okrhe ließ ihre Waffen fallen und griff Krixxos anderen Arm. Kleine Funken blitzten über den Boden, als Okrhes Stab fiel. Auch die Schamanin rutschte langsam über den Boden. Krosant' packte sie. Sogar Dabii schloss sich der Kette an. Mittlerweile hatten Vitaiins Augen die von Krixxo gefunden.

»Alles ist verloren.«

Krixxo biss die Zähne zusammen und spannte seine Muskeln an.

»Wir kämpfen bis zum Schluss, das ist es, was die Schattenschwester sagen würde, die ich kennengelernt habe.«

Gerührt sah Vitaiin ihn an. Sie schüttelte sich und nickte. Neue Entschlossenheit erreichte ihr gebrochenes Herz. Also reichte sie Krixxo ihren zweiten Arm. Mit vereinten Kräften hielten sie der Macht des Sensenmanns stand. Allerdings reichte es lediglich dafür, den Sog auszugleichen. Der Totlose war bereits zu stark. Und auf einmal begann das Loch im Boden, sich langsam zu schließen. Es drohte, Vitaiin zu halbieren. Okrhe flüsterte Krixxo etwas ins Ohr und ergriff die Initiative. Sie löste sich plötzlich aus der Kette. Geradeso bekam Krosanť Krixxo zu fassen und sie wurden langsam in die Tiefe gezogen. Okrhe griff ihren Stab sowie den Schild, sprang kopfüber an Vitaiin vorbei und attackierte den Sensenmann. Völlig überrumpelt ließ er Vitaiins Fuß los und fiel, von Okrhe direkt getroffen, in seinen eigenen Schlund.

Von der Last befreit, wurde Vitaiin mit einem Ruck aus dem Loch gerissen und alle anderen fielen rückwärts auf den Boden. Der Sturz riss sie aus dem Traum. Sie kamen auf den morschen Holzfliesen der Hütte auf. Wie zuvor in der Reihe aufgestellt, blieben sie am Boden verteilt in Richtung Tür liegen. Vittain lag direkt neben dem Eingang, welchen sie beinahe geöffnet hätte, um das Böse hereinzubitten. Krixxo hielt ihre Hand noch immer fest. Krosanť und Dabii windeten sich und sammelten noch ihre Gedanken. Nur Okrhe lag immer noch auf ihrem Schlafplatz und ruhte. Krixxo ließ Vitaiin los und rutschte über den Boden zu der Schamanin.

»Was ist passiert?«, fragte ihn Vitaiin schläfrig. Krixxo sah sie wutentbrannt an.

»Du bist passiert, Schattenschwester. Okrhe hat dich schon wieder gerettet und einen Preis dafür gezahlt. Sie hält den Totlosen in deiner Traumwelt fest und ihr fehlt die Kraft, um ihn zu bezwingen. Wir brauchen die verdammte Wurzel!«

Ohne ein weiteres Wort küsste Krixxo die Schamanin auf die Stirn, packte seine Sachen und verließ das Haus. Er ging nicht laut und polternd, wie seiner Stimmung entsprechend, sondern leise und mit Bedacht. Er wusste, dass er sein Temperament zügeln und auf der Hut sein musste. Die ersten Sonnenstrahlen durchdrangen Fenster- und Wandspalten. Kaum erholt, rappelten sich die anderen auf, um ihm geschwind zu folgen und Buchtstadt endlich zu verlassen. Auch ihnen fiel es schwer, Okrhe allein zurückzulassen, welche schwer verletzt war und immer noch gegen den Sensenmann kämpfte.

DIE LETZTE OASE

Im schnellen Marschschritt hatten sie die schiefen Hütten hinter sich gelassen und viele Steinwürfe durch ödes Land zurückgelegt. Eine Sonne war vergangen. Der Mond zeigte sich bereits in seiner vollen Pracht. Es war ein großer Vollmond, der zum Greifen nah schien. Begleitet wurde die kosmische Erscheinung von tierischem Geheul, das aus allen Richtungen zu den Gefährten drang. Abermillionen Sterne blitzten am Himmel auf. Das Leuchten ließ es nur schwerlich zu, darüber hinaus an andere Dinge und schon gar nicht an etwas Böses zu denken.

Vitaiin hatte Dabii ein kleines Stück getragen, aber Krosanť beobachtete die Mühen der Schattenschwester und nahm ihr das Kind ab. Er setzte Dabii auf seine Schultern, wo sie es sich gemütlich machte und einen majestätischen Ausblick genoss. Außerdem steuerte sie den Piraten gerissen zwischen Vitaiin und Krixxo, um die beiden Streitlustigen eine Weile voneinander zu trennen. Der Sandmaar würdigte seiner Gleichgesinnten keines Blickes mehr, was Vitaiin näher ging, als sie erwartet hätte. Krixxo ging stets voraus und sprach, wenn er sprach, ohne sich umzudrehen.

»Wenn der Mond am höchsten steht, müssen wir das Wasser erreicht haben.«

Er ging schneller und ohne murren folgten die anderen ihm. Krosanť konnte sich einen Kommentar jedoch nicht verkneifen.

»Oh, de Wölfe plärren. Ech mag kene Wölfe, de peksen zwar necht, aber de beßen.«

Insgeheim waren alle froh darüber, dass die üppige

Kaktusvegetation wieder nachgelassen hatte und sich hier und dort andere Pflanzen und Tiere der Steppe zeigten. Da waren Büsche mit spitzen Blättern, die im zunehmenden Mondlicht gelb leuchteten. Außerdem begegneten ihnen einige Wüstenblumen, die sich bereits geschlossen oder zum Anbeginn des Mondes weit geöffnet hatten, um die Energie der Sterne zu absorbieren. Einige, winzige Flugwesen flatterten zwischen den Blumen hin und her, um sie zu bestäuben. Sie hatten lange Rüssel und glühende Hinterteile. Im Land der Schrecken waren sie als Störenfriede bekannt, was ihrer Schönheit aber nicht gerecht wurde. Das meiste andere Getier blieb im Schutz der Dunkelheit oder in kleinen Lehmhöhlen verborgen.

Nach einigen weiteren Steinwürfen gen Norden, wurde ihnen ein magischer Anblick zuteil. Hier wuchsen die ersten Palmen, dicht aneinander gereiht und um einen schimmernden Teich aufgestellt. Die exotischen Bäume hatten rote Blätter, die wie große Bluttropfen aus den Kronen sprossen. Sterne und Mond spiegelten sich in dem dunklen Wasser dazwischen.

»Die letzte Oase. Hier werden wir rasten und kurz schlafen«, diktierte ihnen Krixxo.

Vitaiin nahm Dabii von Krosant's Schultern und eilte mit ihr und der Schrecke zum Wasser. Da ihre Wasservorräte zuneige gegangen waren, steckten sie die Köpfe gleich ganz in den Teich und tranken. Nur Krixxo näherte sich ohne Hast. Zunächst legte er den jämmerlichen Rest ihrer Vorräte ab, nur Schnaps war noch reichlich übrig. Dann stellte er sich in das Wasser, wusch sich den Dreck aus dem Gesicht und trank. Das kühle Nass linderte ihre Erschöpfung und wirkte heilend. Für einen kurzen Moment ließ die Oase ihre Sorgen vergessen und umsorgte sie mit ihrer Geborgenheit. Zu spät bemerkten sie die nahende Gefahr.

Ein herausforderndes Knurren ließ sie gleichzeitig die Köpfe heben. Ein Rudel wilder Säbelzahnwölfe hatte sich leise herangeschlichen. Sie standen am anderen Ende des Ufers, welches höchstens einen halben Steinwurf entfernt lag. Auch die Wölfe hatten sich dort versammelt, um ihren Durst zu stillen. Sie schienen aber nicht gewillt, ihre Quelle mit den Abenteurern zu teilen.

Jetzt pirschten sich die Tiere langsam von beiden Seiten, um das Wasser herum, an. Krixxo behielt das Alphatier im Auge. Der Wolf war größer als die anderen Tiere seiner Sippe und als einziger hatte er weißes Fell.

»Sie sind hier. Wir haben Glück.«

Krixxos Gefährten sahen ihn entgeistert an. Vitaiin war entsetzt, aber flüsterte, um das Rudel nicht aufzuscheuchen.

»Du wusstest von diesen Tieren und ihrer Trinkstelle?«

Krixxo nickte nur und antwortete lediglich mit einem weiteren, kurzen Befehl.

»Bleibt ruhig und geht langsam zurück. Der Alpha verteidigt nur sein Revier. Ich werde ihn herausfordern.«

Ihnen blieb keine andere Wahl, als auf Krixxo zu hören. Dabii, die zwar wieder bei halben Kräften aber todmüde war, klammerte sich ängstlich an Vitaiin. Auch Krosant' stellten sich die Nackenhaare auf, und davon hatte er reichlich. Krixxo zog vorsichtig sein Schwert und deutete damit auf den weißen Säbelzahnwolf auf der anderen Seite des Wassers. Das Tier fletschte die Zähne und knurrte angsteinflößend. Die restlichen Wölfe stoppten abrupt. Sie beobachteten ihren Anführer. Dieser ging direkt auf Krixxo zu und watete durch das seichte Wasser. Große aber gleichmäßige Wellen brachen die spiegelnden Sterne auf der Oberfläche. Die Entfernung zwischen den beiden Alpha-Männchen schrumpfte. Krixxo tat es dem weißen Wolf gleich und ging durch das kalte Wasser. Kühler Mondwind gesellte sich dazu und ließ all die Wärme aus seinem Körper weichen. Einen Schritt nach dem anderen, eine Pfote nach der nächsten, kamen sie sich immer näher. Das Wasser wurde tiefer, daher begannen sie in die entgegengesetzte Richtung zu kreisen. Es dauerte nicht lang, da hatte Krixxo die ersten Wölfe in seinem Rücken, die jedoch nur leise und angespannt knurrten. Der Alpha beschleunigte seinen Gang, er eröffnete die Jagd. Krixxo blieb stehen und erwartete sein Kommen. Dann war es soweit. Aus nächster Nähe wirkte der Säbelzahnwolf riesenhaft. Er reichte Krixxo bis über die Brust. Seine Säbelzähne durchstrichen das Wasser zu seinen Füßen. Er rannte schnell und fließend wie der Wind. Im nächsten Moment sprang der Wolf aus dem Wasser und schnellte mit ausgestreckten Klauen auf Krixxo zu. Wassertropfen glitzerten in der Luft und bereiteten sich darauf vor, sich rot zu färben. Krixxo nahm seine Abwehrhaltung ein. Er hob den Schwertgriff, aber senkte die Klinge. Dann drehte er sich einmal um die eigene Achse. Dabei holte er aus und hieb nach dem Tier. Er führte den Schlag jedoch zu früh aus. Seine Klinge prallte waagerecht auf die Säbelzähne, die den Schlag problemlos parierten. Krixxo taumelte im Kreis. Er versuchte wieder, eine feste Haltung einzunehmen. Einen gestreckten Schlag, etwa von oben, wollte er nicht wagen, da ein solcher seine Deckung geöffnet und ihn für das schnelle Tier verwundbar gemacht hätte. Der Alphawolf schnappte nach ihm. Die Säbelzähne stachen immer wieder wie zwei Zwillingsklingen auf Krixxo ein. Er blockte die Angriffe mit seinem Schwert und positionierte sich neu, sodass seine Gefährten in seinem Rücken standen und das Tier das tiefe Wasser in seinem hatte. Dann setzte er nach, brüllte das Biest an und hieb mit dem Schwert wild in der Luft. Das drängte den Alpha zwar ins tiefere Wasser, aber er witterte seine Chance. Bevor sein Bauchfell das Wasser berührte, machte der Wolf einen großen Satz nach vorn. Kurz nach einem Seitenschlag von Krixxo flog das Tier auf die offene Deckung zu. Doch damit hatte der Sandmaar gerechnet. Mit dem Schwung des Schlages drehte er sich wieder zur Seite. Er landete den gleichen Schlag wie zuvor, ebenfalls zu früh. Die Säbelzähne parierten erneut.

Dieses Mal hebelte die Wucht sein Schwert aus der Hand. Es flog vor dem Wolf ins Wasser. Krixxos Waffe war fort. Er stand mit nichts weiter bewaffnet als seinen bloßen Fäusten, hinter dem Wolf. Dabii drückte sich fester an Vitaiin. Um Krixxo beizustehen, zog Krosanť eine seiner Waffen, auch wenn er im Dunkeln nur schwer zielen konnte. Doch plötzlich fletschten die anderen Wölfe des Rudels bedrohlich die Zähne. Es waren zu viele. Krixxo streckte seine Hand aus und signalisierte Krosanť, die Pistole wieder einzustecken. Daraufhin verebbte auch das Knurren. Der Alpha hatte sich seither nicht bewegt und lag im Wasser. Vorsichtig watete Krixxo durch den Teich der Oase. Er ging auf das weiße Ungetüm zu und bückte sich langsam.

»Nicht!«, wollte Vitaiin rufen, flüsterte es aber aus Angst. Krixxo steckte seine Hände in das Wasser und hob den Kopf des Wolfes an. Die Zähne hatten das Schwert zwar pariert, aber dieses Mal hatte Krixxo seine Klinge so gedreht, dass die vordere, abgehende Zacke direkt zum Kopf gezeigt hatte. Das Schwert steckte im Rachen des weißen Säbelzahnwolfes. Und wieder einmal war er dankbar für das Schwert, das extra für seine Windkräfte aus dem Eisen seines alten Feindes geschmiedet worden war.

Der Alpha war besiegt. Als das Rudel vom Tod ihres

Leitwolfes Kenntnis nahm, richteten sich die Wölfe auf und erwiesen ihm die letzte Ehre. Ein gemeinschaftliches Heulen erklang unter dem Schein des Vollmondes. Düster drang es durch Mark und Bein. Als das Wolfsgeheul verklungen war, sahen die Tiere zu Krixxo. Er erwiderte jeden einzelnen Blick mit entschlossener Miene. Den anderen lief immer noch der Angstschweiß den Rücken hinunter. Die Wölfe traten gesammelt ans Wasser und taten, weswegen sie gekommen waren. Sie tranken. Krixxo zog sein Schwert aus dem Leichnam, streichelte über die Klinge und verwahrte sie vorsichtig. Dann winkte er Krosanť heran.

»Hilf mir hier mal.«

Da die Tiere darauf nicht reagierten, deutete dies auf Entwarnung hin. Krosanť gesellte sich mit klapprigen Beinen zu ihm ins kühle Nass.

»Ech hoffe, das wars. End jetzt best de der Alpha, oder was?«

»Ich glaube kaum. Sie trinken und verschwinden wieder. Wir müssen den Wolf aus dem Wasser ziehen.«

Krosanť half ihm dabei. Selbst mit vereinten Kräften war das Schleppen des Tieres äußerst mühselig. Als sie endlich wieder trockenen Boden erreichten, wandte sich Vitaiin an ihn.

»Warum hast du deine Kräfte nicht eingesetzt?«

Krixxo streichelte über das, vom Mondschein beleuchtete weiße Fell.

»Das wäre diesem Tier gegenüber nicht würdig gewesen.«

Daraufhin zog er ein Messer und schlitzte den Wolf sauber auf, um ihn auszuweiden.

»Und das schon?«

Vitaiin verstand einfach nicht, was in dem Dickschädel

des Sandmaars vor sich ging. Und dieser ignorierte ihre Worte nur.

»Jetzt macht ein Feuer. Wir werden essen und schlafen.«

Insgeheim dachte Krixxo beim Anblick des prächtigen Säbelzahnwolfes an Okrhe und ihren Fellumhang und vermisste sie.

DIE SCHWARZEN KLIPPEN

Zur Sonnenzeit zeichnete sich wieder strahlend blauer Himmel über dem rotgelben Lehmboden ab. Gestärkt von etwas Schlaf, gutem Essen und klarem Wasser brach eine schöne, neue Sonnenphase an – zumindest hatte es kurz den Anschein, als Vitaiin erwachte und sich streckte. Leider blieben ihr die Gedanken an die Realität und an die Bürde ihrer Mission nicht erspart. Krixxo war der Einzige, der bereits wach war. Er beendete gerade seine Gerberarbeiten an dem gestern erbeuteten Wolfspelz. Das Handwerk hatte er von seinem Vater gelernt und in Zusammenarbeit mit einigen Schrecken perfektioniert.

»Wir brechen auf. Wecke die anderen, Schattenschwester.«

Krixxo sprach immer noch über seinen Rücken hinweg und ohne jede Freundlichkeit. Vitaiin war seine schroffe Miene Leid. Sie ließ das Mädchen und den Piraten noch einen Moment schlafen. Dann stapfte sie zu Krixxo unter den Schatten einer roten Palme und stellte ihn zur Rede.

»Ich habe vielleicht kein Bild davon, wie nahe du Okrhe stehst, aber es erschwert auch mein Herz, dass wir sie zurücklassen mussten. Wie bist du nur so geworden Krixxo?«

Zum ersten Mal, nach langem, sprach sie ihn mit seinem Namen an. Aber Krixxo betrachtete nur sein bearbeitetes, großes Fell und rollte es für den Transport zusammen. Er schnappte seine aufgefüllten Vorräte und richtete sich auf. Eine Gegenfrage ließ nicht lang auf sich warten.

»Wie lernt ein Junge die Gabe der Verwesung?«

Er ahnte die Antwort bereits, wollte sie aber aus Vitaiins Mund hören.

»Du meinst den totlosen Jungen, der uns in Buchtstadt angegriffen hat? Das ist ... Ich meine, das war Grillin. Er wollte seine Kräfte aber nicht, um den Tod über unsere Feinde zu bringen, falls du das denkst?«

Krixxo schwieg und ließ Vitaiin weiter sprechen.

»Der Junge wollte totes Fleisch lebendig machen. Er wollte seine Eltern zurückbringen. Aber nur wenige, die den Wunsch haben zu heilen, können dann auch heilen. Er lässt etwas solange vergehen, bis etwas Neues daraus entsteht. Das ist aus seinem Wunsch geworden.«

»Und wie sind seine Eltern gestorben?«, hakte er nach.

Jetzt schwieg Vitaiin. Sie wusste, worauf Krixxo hinaus wollte.

»Aha!«, stellte er knapp fest und Vitaiin versuchte das Gespräch in eine andere Richtung zu lenken.

»Wann hast du den Jungen eigentlich gesehen?«

»Ich sah ihn nur kurz. Lunte hat mir von ihm erzählt.«

Kurz schwiegen beide. Dann fuhr Krixxo fort.

»Wir haben es mit den stärksten Fähigkeiten zu tun, die unser Volk je hatte. Ich habe mit Triir gekämpft. Er war einmal mein Freund. Ich musste ihn umbringen. Ich schlug ihm den verdammten Kopf ab. Und danach sah ich ihm zu, wie er ihn einfach wieder aufsetzte und weiterlief. Aber sein Wunsch war der gleiche, wie der des Kindes. Es hört nie auf, Verluste, Wünsche, mehr Verluste.«

»Triir beschwört blaues Feuer und Wesen aus der Geisterwelt. Vielleicht hast du recht. Nur wenige haben noch Wünsche fernab des Krieges, wie der Tierbändiger Berrg oder der Traumwandler Urrwik. Auch meine Schwester nicht, die wahrscheinlich die Gefährlichste von allen ist.«

Krixxo warf einen Blick zurück nach Buchtstadt. Vitaiin stellte sich neben ihn und versuchte es mit einem einfühlsameren Tonfall.

»Für meine Schwester ist es vielleicht zu spät. Aber Okrhe werden wir retten. Und dann retten wir alle, die noch eine Zukunft haben. Aber wir müssen zusammenhalten.«

Krixxo atmete tief durch. Er gab nicht zu, dass ihm die Worte und die Anwesenheit der Sandmaarin gut taten, aber so war es. Doch er war, was er war oder zumindest das, was die Zeit aus ihm gemacht hatte.

»Wecke die anderen. Sofort!«

Vitaiins Fürsorge musste auf kalten Stein getroffen sein. Im Handumdrehen war sie wieder gereizt.

»Das ist unglaublich, du riesengroßer ...«

Krixxo hielt ihr den Mund zu und unterbrach den Schwall an Schimpfereien, der folgen sollte. Mit der anderen Hand zeigte er auf den Horizont hinter Vitaiin. Und sie sah, dass es anders war, als sie dachte. Vier schwarze Punkte traten zwischen Himmel und Boden aus den Unschärfen der Ferne. Vitaiins Augen weiteten sich. Sie verstand sofort.

»Steht auf, steht sofort auf!«

Dabii und Krosanť wurden aus ihrem festen Schlaf gerissen. Sie sahen sich irritiert und schläfrig um. Aber nach den folgenden zwei Worten waren auch sie hellwach.

»Sie kommen!«

Viele Steinwürfe entfernt hatten die schwarzen Sandmaare ihre Witterung aufgenommen. Auch sie waren nur noch zu viert, da der Sensenmann Urrwik mit der Schamanin im Reich der Träume konfrontiert war. Ihre totlosen Körper strichen wie leere, ziellose Hüllen über das Land. Das einzige Ziel, das sie verfolgten, war der Wille ihres Schöpfers. Und dieser sah seine Beute direkt vor sich. Die schwarzen Sandmaare rannten los.

Der Rest des bereits zubereiteten Wolfbratens wurde Teil des Proviants und die Wasserschläuche wurden geschwind aufgefüllt. Die Gefährten beeilten sich und flohen mit dem neuen, aber lebensnotwendigen Ballast. Krixxo eilte wie immer voran. Die anderen folgten ihm so schnell sie konnten. Doch der Abstand zu ihren Verfolgern wurde immer kleiner. Krixxo beschleunigte und Krosantʼ nahm Dabii wieder auf seine Schultern. Hier und dort wuchs eine Palme, deren blutrote Blätter sie hämisch anstarrten. Doch nichts bot ihnen Deckung oder Schatten vor der stechenden Sonne. Die Hitze und die schnelle Marschgeschwindigkeit machten ihnen bald zu schaffen. Sie kamen an die Grenzen ihrer Ausdauer, welche die schwarzen Sandmaare nach ihrem Ableben nicht mehr kannten.

Vitaiin war die Erste, die außer Atem war. Hechelnd stützte sie sich auf ihren Knien ab und versuchte die anderen mit ihren erschöpften Worten zu erreichen, bevor die Distanz zu groß war.

»Halt! Ich kann nicht mehr.«

Krosantʼ drehte sich mit Dabii auf den Schultern um und pfiff Krixxo hinterher. Dieser wartete ungeduldig, bis die anderen aufgeholt hatten. Vitaiin sprach mit ihren letzten Kräften.

»Wir müssen uns ihnen entgegenstellen.«

»Oh, schlechte Edee, Frelen. Wer send erschepft, wer send enterlegen, end wer stenken. Letzteres könnte en Vortel sen, aber derch end derch haben wer kene Chance.«

Jetzt meldete sich Krixxo zu Wort.

»Reiß dich zusammen. Es ist nur noch ein kleines Stück.«

Er zeigte auf eine dünne, schwarze Linie am Horizont. Dann bot Krixxo ihr seinen Trinkschlauch an. Vitaiin wusste nicht, was dort hinten in der Ferne auf sie wartete.

Aber sie biss die Zähne zusammen, nickte neuen Mutes und nahm einen kräftigen Schluck Kaktusschnaps.

Sie rannten, zwar wurden sie stetig langsamer, aber keiner gab auf. Krosanť musste Dabii nun absetzen. Sie war jedoch nicht so erschöpft wie die anderen und konnte das Tempo auch mit ihren kurzen Beinen halten. Das zeigte aber auch, wie langsam sie mittlerweile waren. Die schwarzen Sandmaare waren nun zum Greifen nah. Waren sie vorher nur schwarze Punkte gewesen, so waren sie jetzt Berge, die beinahe ihren Schatten auf sie warfen. Direkt vor ihnen tat sich aber ein anderes Hindernis auf. Es waren schwarze Klippen, so weit und hoch das Auge reichte: das Ende ihres Weges. Nur noch wenige Fuß trennte sie von ihren Verfolgern, die anfingen, ihre todbringenden Zauber zu wirken. Vitaiin konnte bereits in die tiefschwarzen Augen ihrer Schwester blicken.

»Was soll das Windbändiger, du hast uns in eine Falle geführt.«

Krixxo entgegnete dem nichts. Stattdessen breitete er das Wolfsfell aus und sprach zur ganzen Gruppe.

»Auf, jeder packt ein Ende. Haltet euch gut fest, egal was passiert.«

Dabii und Krosanť gehorchten sofort. Nur Vitaiin zögerte. Aber dann schnellte ein blauer Feuerball auf sie zu und verfehlte sie nur um Haaresbreite. Der Ball traf den schwarzen Stein hinter ihnen. Das blaue Feuer erlöschte und schien zu schreien.

»Los!«, brüllte Krixxo Vitaiin an.

Sofort griff sie die vierte Ecke. Krixxo hob seinen rechten Arm und wirbelte ihn durch die Luft. Das weiße Wolfsfell wölbte sich. Mit einem mächtigen Ruck erhob es sich über ihren Köpfen und zog an ihren Armen. Auch Krixxo hielt sich nun mit beiden Händen fest. Er hatte einen Aufwind geschaffen, der so stark blies, dass sie abhoben. Das makellose Fell fing den Wind ab und trug sie empor. Vitaiin konnte sehen, wie ihre Schwester vorneweg auf sie zu rannte. Sie hatte beide Dolche gezückt und hieb nach ihren Füßen. Doch der Schlag ging ins Leere. Die schwarzen Sandmaare sammelten sich unter ihren Füßen. Es war noch nicht vorüber. Der kleine Junge formte einen grün leuchtenden Ball in den Händen. Der Sandmaar mit dem gezackten Schwert formte einen weiteren, blauen Feuerball. Verwesung und Geisterfeuer sollten sie treffen.

Krixxo wandte sich an Krosanť, der direkt vor ihm am anderen Ende des fliegendes Fells baumelte und ebenfalls in die Tiefe starrte.

»Lunte, du bist dran.«

Die Schrecke sah den Sandmaar an, dieser nickte wiederum zu den schwarzen Klippen.

»Ae, ae, Käpt'n.«

Krosanť salutierte bestätigend mit seiner vierten Hand. Während er sich mit den anderen beiden Händen weiterhin festhielt, kramte er mit Hand drei und vier schnell eine Tonbombe hervor. Er entzündete sie mit seinem Funkengeber. Das explosive Geschoss ließ er aber nicht auf ihre Feinde fallen, sondern schleuderte es auf die schwarze Klippe neben ihnen. Sie flogen nur knapp über die Explosion hinweg, die ganze Felsen löste und auf die totlosen Sandmaare herabregnen ließ. Kurz darauf wurden sie von schwarzem Geröll begraben.

Schweren Herzens blickte Vitaiin herab und beäugte das verheerende Ausmaß der Tonbombe. Sie atmete tief durch und sah nach Dabii, die mit ihrem geringen Gewicht kaum Probleme hatte, sich an dem Fellzipfel festzuhalten. Einige Sanduhren vergingen, bis sie das Ende der schwarzen Klippen erreichten. Sie überblickten jetzt die ganze Steppe, die Weiten des Sandmeeres und die Wegpunkte, die sie bis passiert hatten.

Krixxo rang mit der Erschöpfung, die der Einsatz seiner Kräfte und das Gewicht seiner Waffe hervorriefen. Es fiel ihm zunehmend schwerer, sich festzuhalten. Die Anstrengung war ihm ins Gesicht geschrieben. Vitaiin sorgte sich um ihn.

»Lass dein Schwert fallen, sonst stürzen wir ab.«

Krixxo sah sie verständnislos an.

»Hast du Ogerkot im Hirn? Bevor ich mein Schwert fallen lasse, lasse ich lieber ...«

Mitten im Satz rutschte er ab. Der Aufwind stockte und der Höhenflug verwandelte sich in einen tiefen Fall. Während des Sturzes bekam Vitaiin Krixxo zu fassen. Dieser konzentrierte sich nur auf den Wind und überließ den Rest Vitaiin. Mit einem letzten, starken Windstoß katapultierte der Sandmaar sie über die Klippen. Die Gefährten fielen auf überraschend grünes Land.

Vitaiin zupfte sich Gras aus dem Mund. Sie wusste nicht, ob sie sauer oder dankbar sein sollte, ob sie Krixxos Sturheit tadeln oder ihn fragen sollte, wo sie waren. Sie entschied sich für Letzteres.

»Was ist das für ein merkwürdiger Boden?«

Zwischen den Zähnen zupfte sie ein letztes Büschel Gras heraus. Krixxo erkundigte sich erst um das Wohlergehen seines Schwertes. Erst danach sah er nach seinen Gefährten. Dabii war wohlauf. Vitaiin sah ihn wie immer vorwurfsvoll an. Krixxo stellte ihr eine Gegenfrage.

»Was das ist? Viel wichtiger ist doch: Wo ist Lunte?«

DER VERWUNSCHENE WALD

In einem Baum raschelte es.

»Mer geht es get. Macht ech kene Sorgen. Ech ben glech da.«

Krosanť kämpfte sich durch das Blätterdach eines jungen Laubbaumes. Er war direkt auf der Baumkrone gelandet und kletterte nun von Ast zu Ast, bis er schließlich mit einem Sprung am Boden ankam. Nur noch kurz Laub und Äste von der Kleidung geklopft, fertig.

»Oke, der Perat est wohlaf. Hört af za helen.«

Ein Blick vor sich geworfen reichte, um zu sehen, dass sich schon jetzt keiner mehr für sein Wohlbefinden interessierte. Die drei Sandmaare hatten keine Anstalten gemacht, nach ihm zu suchen. Stattdessen lagen sie im weichen Gras und sammelten neue Energie.

Krosanť gesellte sich zu ihnen an den Rand der Klippe. Krixxo hänselte ihn.

»Du hast aber lange gebraucht.«

Sie hatten Krosanť bereits aus größerer Entfernung plappern hören. Die Schrecke machte ein beleidigtes Gesicht. Doch dieses verflog, als Dabii aufstand, um ihn einmal kräftig zu umarmen.

»Oke, oke. Der Klenen vergeb' ech. Aber ech bede werde ech em Age behalten. End das her ... Das est also der Wald as den denklen Geschechten?«

Die Sandmaare lagen weiterhin im Gras und sahen sich um. Neugierig sahen alle zu Krixxo und erwarteten eine Antwort. Doch dieser hatte ein wohlverdientes Nickerchen eingelegt. Der Wind wehte kühle Luft zu ihnen, das Grün erfüllte sie mit wohltuender Frische. Vitaiin spielte mit dem Drachenzahn in ihrer Tasche. Sie holte ihn heraus und wog ihn in der Hand. Er erinnerte sie an die Gefahren, die auf sie lauerten und an Okrhes Worte. Hoffentlich brachte der Zahn ihnen wirklich Glück. Erst jetzt bemerkte sie ein schmales Band, das durch das Kauinstrument gefädelt war. Ihr war es zuvor nicht aufgefallen. Wie auch immer Okrhe verletzt und schwer angeschlagen die Zeit dafür gefunden hatte, den Zahn zu präparieren. Doch das Band aus braunem Leder passte genau um ihren Hals. Und so legte sie den Drachenzahn wie eine Kette um. Dann wandte Vitaiin sich an den Piraten.

»Krosanť, würdest du bitte die erste Wache übernehmen?«

Sie glaubte nicht daran, dass die Gefahr vorüber oder ihre Schwester für immer fort war. Der Pirat zögerte kurz. Aber dann nickte er.

»Wenn de so nett fragst, oke. Aber merk der mene Worte.«

Er tat noch so, als wäre er eingeschnappt, war es aber im gleichen Atemzug nicht mehr. Demonstrativ drehte er sich von ihnen weg. Vitaiin grinste dankbar. Dabii legte sich unter Vitaiins Arm und zusammen ruhten sie sich kurz aus, während die Sonne hoch oben am Himmel stand.

Vitaiin traf plötzlich ein Schlag. Erschrocken wachte sie auf und atmete einen salzigen Duft ein. Ein Stück Fleisch lag auf ihr.

»Iss. Das ist das letzte Wolfsfleisch.«

Krixxo stand mit dem gebratenen Fleisch vom Vormond vor ihr und aß. Krosanť war ebenfalls eingenickt. Er schlief zusammengerollt und am Daumen nuckelnd zur Klippe gedreht. Krixxo warf auch ein Stück nach ihm und weckte dann Dabii, die sich für das Fleisch mit gierigem

Schmatzen bedankte. Die Sonne war nur wenig gewandert.

»Wie lange haben wir geschlafen?«, erkundigte sich Vitaiin.

»Lang genug«, antwortete Krixxo knapp. Es konnte nur ein kurzer Moment gewesen sein. Aber es hatte gereicht, um etwas Kraft zu sammeln. Vitaiin wollte nun mehr wissen.

»Keine Überraschungen ab jetzt. Ich möchte von dir wissen, wie weit es noch ist und was uns in diesem Gestrüpp dort erwartet.«

Sie deutete auf das wuchernde Grün vor ihnen.

»Das, meine allerteuerste Vitaiin, ist der verwunschene Wald. Und hier finden wir die Azurwurzel. Das ist erst einmal alles, was zählt. Und alles, was dich kümmern sollte.«

Vitaiin ignorierte den Umstand, dass Krixxo sie endlich bei ihrem Namen genannt hatte und bohrte tiefer.

»Aber wie lange brauchen wir noch? Jedes Sandkorn, das verstreicht, lässt mehr Totlose aus ihren Gräbern kriechen.«

Krixxo beruhigte sie auf seine Art.

»Zuerst helft ihr mir, die Wurzel zu finden. Dann wirst du sehen, wie nah du deinem Ziel bist.«

Er lächelte sie schief an. Ebenso schief lächelte sie zurück.

»Und wo wächst diese Azurwurzel?«

»Ich habe diese Wurzel noch nie gesehen.«

Vitaiin fiel die Kinnlade bis zum Boden. Doch Krixxo fuhr fort.

»Aber Okrhe sagte mir, dass die Blumen dieser Pflanze zur Mondzeit blau leuchten. Wir werden also in den Wald gehen und sobald die Sonne untergeht, teilen wir uns auf.«

Jetzt mischte sich Krosanť ein.

»Aftelen he, das hört sech aber gefährlich an.«

»Unsere Schattenschwester hier hat es selbst gesagt: Uns läuft die Zeit davon. Also esst, trinkt und stärkt euch. Wir werden diese Wurzel um jeden Preis finden.«

»Est ja get, est ja get. Aber ech geh met der Klenen end pass af se af. Secher est secher.«

»Passt du auf sie auf oder passt sie eher auf dich auf, Lunte?«

Krosanť fühlte sich ertappt und wurde rot.

»He, hehe, wetzeg. Enser Krexxo est en wahrer Keck.«

Einige Sanduhren später brachen sie auf und schritten durch das Geäst des verwunschenen Waldes. Sie warfen keinen Blick mehr zurück – weder in die Tiefe, noch in die Weite des toten Landes. Der verwunschene Wald hatte seinen Namen redlich verdient. Zwar kannten Dabii und Vitaiin keine anderen Wälder, aber sie bemerkten trotzdem die Magie, die in jedem Blatt, jedem Halm, jeder Rinde oder Blüte schlummerte. Der Wald war erfüllt von Leben. Es waren nicht nur die glitzernden Blumen, die riesenhaften Pilze oder die Bäume mit ihren getarnten Türchen und Fensterchen – es waren auch die Waldbewohner, die umher schwirrten, krabbelten und kriechten. Schließlich dämmerte es und das raschelnde Blätterwerk wurde ruhig. Sie erreichten eine große Lichtung. Es war an der Zeit, sich aufzuteilen.

»Ich muss ein paar Fackeln bauen, bevor es richtig dunkel wird«, stellte Krixxo fest.

Also motivierte er wieder seine Gefährten mit Befehlen, damit sie ihm Rinde von einem speziellen Baum brachten.

»Die Blätter der Feuerbirke sind so rot, wie die der

Palmen, die wir gesehen haben. Und die Rinde ist weiß. Diese brauchen wir. Bringt mir auch etwas Harz, die klebrige Masse findet ihr hinter der Rinde.«

Vitaiin hatte für diese Aufgabe Krixxos Dolch bekommen. Dabii und Krosanť sammelten das Holz auf. Sein Schwert gab Krixxo nicht aus der Hand. Er selbst sammelte junge Stöcke und spaltete sie oben in einem Kreuz. Es wurde immer dunkler und Krixxo scheinbar nervös. Er kratzte sich zunehmend häufig an der Augenklappe. Vitaiin überraschte ihn von hinten und er zuckte fürchterlich zusammen.

»Eigenartig, so etwas bringt dich aus der Ruhe?«

Sie brachten ihm die Rinde, wie gewünscht durchdrängt mit klebrigem Harz.

»Warum hat das so lange gedauert?«

Ohne ein weiteres Wort schnappte Krixxo nach der Rinde und stopfte sie zwischen die Kerben des ersten Stockes. Die Holzspannung und das Harz hielten die Rinde zwischen dem geteilten Stock zusammen. Die erste Fackel bekam Dabii.

»Genau so stopft ihr jetzt eure Stöcke voll.«

Er gab Krosanť und Vitaiin einen Stock und setzte sich an seine eigene Fackel. Er verbarg es gut und es war kaum zu merken, aber er zitterte am ganzen Körper. Mit zunehmender Dunkelheit wurde er Rindenstück für Rindenstück hastiger. Plötzlich fühlte er eine andere Hand auf seiner. Überrascht blickte er in Vitaiins Gesicht, die das Knirschen des Holzes und die eingekehrte Stille unterbrach.

»Wir schaffen es rechtzeitig. Du brauchst keine Angst zu haben.«

Krixxo erübrigte ein winziges Lächeln, damit Vitaiin weiterarbeitete. Es waren nicht die Gedanken an Okrhe, die ihn derart aus dem Konzept brachten.

»Erster!«, rief Krosanť in die Runde. Auch seine Fackel war bereit. Vitaiin wunderte sich, dass der sonst immer sehr forsche Krixxo nichts erwiderte. Also witzelte sie selbst etwas.

»Kein Wunder Krosanť, du hast vier Hände.«

»Sprecht da etwa der Ned?«

Krixxo war ebenfalls fertig und erhob sich aus dem kleinen Sitzkreis. Ein Knacken ertönte aus dem Wald. Die Sonne war untergegangen und neues Leben erwachte in der Dunkelheit.

»Trödel nicht herum, Schattenschwester.«

Beleidigt stand Vitaiin auf.

»Ist ja gut, ich bin auch fertig.«

»Das wurde aber auch Zeit. So, jetzt legt alle die dicken Enden übereinander.«

Krixxo nahm seinen Trinkschlauch und öffnete ihn mit seinem Mund.

»Typisch …«, Vitaiin verdrehte die Augen. Doch Krixxo goss seinen Schnaps über den obersten Fackelkopf. Die anderen waren sprachlos. Bis jetzt hatten sie nicht erlebt, dass Krixxo seinen Schnaps in solchen Maßen geteilt oder verschwendet hatte.

»Lunte, dein Funkengeber.«

Wie aufs Wort zog Krosanť seinen Funkengeber aus einer Tasche und reichte ihn Krixxo. Dieser hielt ihn an die unterste Fackel und entzündete sie. Das Feuer breitete sich nach oben hinaus. Krixxo vernahm wieder ein Knacken im Unterholz. Er spürte, wie etwas näher kam. Als seine, die oberste Fackel, gerade entflammte, fuhr er herum. Das Feuer zischte durch die Luft. Hinter ihm war … nichts. Die anderen sahen sich peinlich berührt an.

Mittlerweile war es dunkel – mehr als das – so schön

der Wald bei Sonnenschein auch war, bei Nacht schluckte er jedes Licht. Das Feuer war die einzige Lichtquelle der Truppe und weit reichte es nicht.

»Oke, sechen wer de blaen Blemen, bevor enser Käpt'n her derchdreht.«

Auch Krosant́ kaschierte seine Angst. Krixxo nahm den letzten Schluck Kaktusschnaps aus seinem Schlauch.

»Ja, los jetzt. Und eines noch: Passt auf eure Fackeln auf. Lasst sie nicht erlöschen.«

Daraufhin trennten sie sich und gingen in den finsteren, finsteren Wald.

Bereits nach den ersten Schritten beim Verlassen der Lichtung, machte sich in Vitaiin das Gefühl breit, völlig allein zu sein. Der Wald schloss sich hinter ihr wie der Deckel eines Sarges und die Dunkelheit empfing sie mit langen, schwarzen Schattenarmen. Tatsächlich war es aber das Licht spendende Feuer, das ihr in diesem Moment am meisten Furcht bereitete. Sie hielt die Fackel so weit wie möglich von sich fern. Die Schatten waren bisher immer auf ihrer Seite gewesen, vom Feuer konnte sie das nicht behaupten. Und doch schritt sie immer tiefer in den verwunschenen Wald und schien ihre Einstellung zu überdenken. Ohne das Feuer hätte sie nicht einen Fuß weit sehen können. Viel sah sie nicht, aber immerhin reichte es für den nächsten Schritt oder zum nächsten Baum. Außer Gras und Gestrüpp sah sie jedoch nichts. Es war leise. Zu leise. Sie fühlte sich beobachtet – von den unterschiedlichen Fratzen der Bäume, die von Stamm zu Stamm entsetzlicher wurden – von den Ästen, die wie lange Finger nach ihren Haaren grabschten – und von dem Ungewissen, das direkt neben ihr im Gras lauern konnte, ohne dass sie es sah. Das Gefühl war schlimmer als im offenen Sandmeer zu schwimmen und nicht zu wissen, welche Wesen unter den eigenen Füßen trieben.

Sie ging weiter, immer tiefer und immer beherzter, das Richtige zu tun. Beharrlich suchte sie nach dem blauen Leuchten und würde jeder Gefahr trotzen, die hinter der nächsten Pflanze hervorspringen konnte. Ihre Mission war ihr wichtig. Doch sie musste überrascht feststellen, dass ihr ihre Freunde wichtiger waren – sogar Krixxo. Dann erschrak sie. Die nächste Fratze starrte entstellt auf sie herab. Der Baumstamm wurde undeutlich. In der Dunkelheit ähnelte das Gesicht dem ihres Vaters. Ein kühler Wind zog auf und blies das Fackelfeuer in ihre Richtung. Vitaiin rannte von ihrer eigenen Panik erfasst los. Wo war diese verdammte Blume?

»Verdammt!«

Krixxo war tiefer in den Wald vorgedrungen, als irgendeiner seiner Kameraden.

»Verflucht!«

Er lief keine Umwege. Büsche und dicke Äste zerschlug er mit seinem Schwert. Die leuchtenden Blumen konnten immerhin überall sein.

»Schlangenpisse!«

Er lief schnell, hütete sein Feuer aber wie seinen letzten Augapfel. Er erinnerte sich an seine letzte Reise im verwunschenen Wald und kratzte sich unter der Augenklappe.

»Wyrmkacke!«

Hinter jedem Busch, jedem Baum und jeder eigentümlichen Pflanze, hinter welcher die blauen Blumen nicht wuchsen, fluchte er. Und das waren einige.

»Bärenstunk!«

Krixxo behielt alles in seinem kurzen Sichtfeld genau

im Auge. Mit dem Feuer fühlte er sich halbwegs sicher. Hoffentlich hielten die anderen sich ebenfalls an seinen Rat. Und hoffentlich hatte einer von ihnen mehr Erfolg bei der Suche, als der ruppige Windbändiger selbst.

»Mest. Da geht man enmal em de Ecke, end man hat ene Fackel weneger.«

Krosanť betrachtete seine Fackel. Das Feuer war erloschen, die Rinde fort. Die Ursache dafür war eine Mischung aus angeborenem Ungeschick und der Hast, dank derer er die Fackel zwar als Erster gebaut hatte, die Sorgfalt dafür aber zu Wünschen übrig gelassen hatte.

Dabii lief neben ihm und hielt das andere Feuer. Seit den letzten Steinwürfen umgab sie ein eigenartiger Klang. Es war ein Schmatzen, das aus allen Richtungen kam, mal weit entfernt und leise, mal nah und schaurig laut. Doch immer wenn sie sich einem Geräusch näherten, verstummte es und vor ihnen lag nichts außer Wald und Schwärze.

Auch sie waren bereits weit gekommen, aber ebenfalls erfolglos geblieben. Krosanť grübelte über sein Missgeschick, sofern es ein solches gewesen war. Weit und breit war keine leuchtende Blume zu sehen. In leichte Rage geraten, merkte Krosanť nicht, dass ihn seine Füße immer schneller trugen. Und plötzlich wurde es dunkel um ihn. Der Pirat hatte Dabii aus Versehen abgehängt und war nun ganz allein. Wie konnte er so weit kommen, ohne bis zur eigenen Nasenspitze zu sehen? Und warum leuchtete nirgendwo das Feuer? Das arme Mädchen, es war ganz allein dort draußen. Doch die größte Panik ereilte Krosanť, der sich ziellos im Kreis drehte und nach Dabii rief.

»Klene! He, Klene!«

Endlich, ein einsamer, roter Lichtpunkt näherte sich aus der Ferne.

»Pe, so en Gleck.«

Er wurde größer.

»Her, her ben ech, Klene. Kene Angst.«

Angst hatte Krosant' selbst genug. Er traute sich keinen Schritt weit zu gehen, da er nicht wusste, was vor ihm war. Er ließ das Licht auf sich zukommen und winkte mit allen Armen, obwohl dieses Unterfangen in der Finsternis sinnlos war. Auf einmal teilte sich das rote Licht jedoch. Nun waren es zwei Lichter.

»He, wen von enserer Besatzeng hast de denn da gefenden?«

Krosant's erste Vermutung wurde schnell getrübt, als ein drittes Licht, ein viertes und ein fünftes auftauchten. In Windeseile offenbarten sich ringsherum immer mehr rote Lichter. Er war umzingelt von leuchtenden Punkten, die wie kleine Irrlichter in der Luft schwebten. Und ein jedes wurde immer größer. Sie kamen näher.

»Ah, Mama!«, schrie er entsetzt und klammerte sich an einen Baum. Krosant' konzentrierte sich auf das größte der Lichter, welches langsam den Wald um sich herum erhellte. Jetzt konnte er den ganzen Wald sehen – rot erleuchtet gierte dieser nach Blut. Denn Krosant' erkannte endlich die Wesen, die sich näherten. Sie hatten dürre, graue Glieder, ein knochiges, Zähne fletschendes Gesicht, rotglühende Flügel und sie waren weniger als zwei Fuß groß.

»Feen?«

In dem Moment, in dem Krosant' seine rhetorische Frage stellte, fiel ihn das erste fliegende Wesen an. Es biss und riss das Schreckenfleisch von seinen Knochen. Er schüttelte sich und wimmelte es ab. Schon hatte er eine Pistole gezogen und schoss. Es war ein Treffer. Die Fee explodierte, ihr graues Blut brannte wie Säure auf seiner Haut. Die Kreaturen der Nacht häuften sich und fielen jetzt gemeinsam über Krosant' her. Einige Weitere erschoss er, doch es waren zu viele. Sie zerfetzten seine Haut, sie schlürften sein Blut und sie schmatzten. Es war das Schmatzen, das Dabii und er zuvor gehört hatten. Das Schmatzen von gierigen, fleischfressenden Feen. Und es hörte nicht auf. Dabei nahmen sie erst ihre Vorspeise zu sich. Sie arbeiteten sich vor, bis zu den delikaten Teilen wie Zunge, Innereien und ihrer Leibspeise, den Augen.

Als Krosant' den letzten Schuss abgab, war sein Leib komplett von leuchtenden Flügeln bedeckt. Die bösen Feen ergötzten sich an ihrem Festmahl.

ABSCHIED

Dabii hatte die Schüsse gehört und war ihnen gefolgt, bis sie die Anhäufung der schmatzenden Bestien erreichte. Das Mädchen nahm ihren ganzen Mut zusammen und rannte auf die roten Lichter zu. Sie fuchtelte mit ihrer Fackel und schrie wie ein wildes Tier. Die Feen wurden aufgescheucht. Zwar fauchten sie giftig, trauten sich aber nicht in die Nähe des Feuers. Die Feen flogen an ihr vorbei und unternahmen noch einen Versuch, das Feuer mit ihren Flügeln zu schwächen. Doch als die Eine oder Andere zu nah an das Feuer kam, welches ihre Flügel schon auf großer Distanz in Asche verwandelte, gaben sie auf. Als Dabii sich den Weg zu Krosanť durchgekämpft hatte, floh auch die letzte, böse Fee. Aber was Dabii vorfand, war nicht die Schrecke, die sie zuvor in der Dunkelheit des Waldes verloren hatte. Es war ein Wrack ihrer selbst. Ein geschundener, halb aufgegessener Körper, der mühsam nach Atem rang.

Dabii weinte und hielt eine seiner vier Hände, als Vitaiin und anschließend Krixxo sie fanden. Sie kamen beide in der Hoffnung, dass die Beiden die blaue Wurzel gefunden hatten. Stattdessen wurde alles noch schlimmer. Als Krixxo hinter den Bäumen hervorkam, war er zunächst gut gelaunt.

»Habt ihr die Wurzel?«

Doch dann leuchtete er mit der Fackel vor sich und sah Krosanť auf dem Waldboden – liegend und keuchend, wie ein krepierender Sonnenhund.

»Nein, das darf nicht sein. Ich hatte euch gesagt, bleibt beim Feuer.«

»Das ist jetzt nicht mehr wichtig«, flüsterte Vitaiin.

»Nicht mehr wichtig?«, erwiderte Krixxo lautstark und fuhr fort. »Ich bin durch den halben Wald gerannt, als ich die Schüsse gehört habe. Ich dachte, ihr hättet die Wurzel gefunden und wir könnten Okrhe retten. Aber ich habe umsonst umgedreht und hätte weiter suchen können.«

»Krosant́ wurde angegriffen, Krixxo! Ich weiß nicht wovon oder von wem, aber du hast es uns verschwiegen. Und jetzt ist noch einer von uns halbtot. Und dich kümmert es nicht? Du hättest weiter suchen können? Was bist du nur für ein Sandmaar?«

»Ich habe euch gesagt, was ihr wissen musstet. Für Lunte können wir nichts mehr tun, wir brauchen aber immer noch die Wurzel für Okrhe.«

Vitaiin betrachtete ihn boshaft.

»Diese Azurwurzel gibt es doch gar nicht. Wir haben hinter jeden Baum geblickt und jeden Stein umgedreht.«

»Was sagst du da?«

»Okrhe wusste wohl, dass du sie nie allein gelassen hättest. Aber sie ist sehr viel klüger als du. Deshalb hat sie uns fortgeschickt.«

Nun lief Krixxo rot an. Er war auf alles und jeden wütend, obwohl Vitaiins Worte Sinn ergaben. Ein stürmischer Wind zog auf und ließ den düsteren Wald aufgeschreckt rascheln.

»Wie kannst du es wagen, sie ist meine ...«

»Hört auf!«, ertönte es plötzlich überraschend laut aus einer kleinen Kehle. Dabii hatte gesprochen. Im nächsten Moment begann sie taghell zu leuchten. Streifen aus reinem Licht bildeten sich auf ihrer Haut und blendeten ihre Gefährten. Auch Krosant́ schloss nun seine Augen.

Wo die Lichter langsam wieder erloschen, zeichneten sich schwarze Streifen ab, welche die helle Haut teilten.

Sie wirkten wie eingebrannte Flecken, nur gleichmäßiger und schöner. Die leuchtenden Streifen fuhren weiter über ihren Körper und das Licht sammelte sich zuletzt zwischen Dabiis und Krosant's Händen. Dann zuckte die Schrecke. Das Licht zwischen ihnen leuchtete immer heller und färbte sich dann violett. Der verletzte Körper regenerierte sich. Krosant's schwacher Atem beschleunigte sich rasend und seine Wunden schlossen sich. Als auch die Letzte versiegelt war, atmete die Schrecke mit einem tiefen Seufzer den Tod aus, den sie überwunden hatte. Krosant' war geheilt und das Licht zwischen ihm und der kleinen Sandmaarin erlosch. Dabii fiel erschöpft in das Gras. Vitaiin war sofort zur Stelle und richtete das Mädchen auf, um sich fürsorglich hinter sie zu setzen. Dabii betrachtete erstaunt ihr Werk. Vitaiin streichelte sie und sprach leise mit ihr.

»Was hast du dir gewünscht?«

Alle Augen waren auf die Kleine gerichtet, die seit langer Zeit wieder gesprochen hatte.

»Ich wollte nur, dass ihr aufhört zu streiten.«

Eine ganze Weile dachte jeder für sich über die Worte des Mädchens nach. Heute würde niemand mehr erklären können, was genau passiert ist und was Dabiis Wunsch wirklich ausgelöst hatte. In einem war sich die Gruppe aber einig: Etwas erholsamer Schlaf würde ihnen guttun. Es dauerte nicht lang, da hatten sie schweigsam und schnell ein Nachtlager hergerichtet. Dabii sowie Krosant' schliefen sofort ein. Krixxo hatte die drei übrigen Fackeln um sie herum in den Boden gesteckt, die nach der ganzen Zeit keinerlei Anstalten machten, zu erlöschen. Nach Dabiis überraschenden und belehrenden Worten hatten sich Vitaiin und Krixxo pausenlos angeschwiegen und sich nicht getraut, dem anderen ins Gesicht zu blicken. Vitaiin dachte nach und Krixxo starrte ins Feuer. Plötzlich fielen Vitaiin Krixxos letzte Worte wieder ein. Aber sie wollte ihn noch nicht darauf ansprechen. Und tatsächlich war es Krixxo, der den ersten Schritt machte.

»Tut ... tut mir ... ach Ogerkot. Tut mir leid.«

Jetzt sah Vitaiin ihn an.

»Ich bin erleichtert.«

»Na das will ich auch hoffen, sowas hörst du kein zweites Mal von mir.«

»Nein, nicht deswegen. Ich weiß nicht über was ich mich mehr freuen soll. Dass Dabii heilen kann oder dass sie endlich gesprochen hat.«

»Ja, ein richtiger Hoffnungsschimmer die Kleine.«

Vitaiin sah ihn vorwurfsvoll an, als ob alles wieder von vorne begann. Doch Krixxo klärte sie über seinen ironischen Unterton auf.

»Nein wirklich. Die Kleine hat sich genau das Richtige gewünscht. Das ist eine mächtige Fähigkeit. Die Meisten in ihrem Alter sind blauäugig und wünschen sich nur sehr stark zu sein oder fliegen zu können.«

Letzteres bezog sich auf ihn.

»Und viele von ihnen bleiben blauäugig«, stichelte Vitaiin.

»Über Nacht wohl zum Kobold geworden, was.«

Krixxo grinste frech zurück und fuhr fort.

»Die Kleine wollte, dass wir aufhören zu streiten. Das werde ich beherzigen. Nicht nur, weil sie Lunte gerettet hat. Sondern weil wir jetzt endlich umdrehen können, um Okrhe zu retten.«

Es wurde still. Vitaiin sammelte etwas Mut für ihre Antwort.

»Wir können nicht umkehren.«

»Was? Ist das noch ein schlechter Scherz?«

»Wir verlieren zu viel Zeit, wenn wir zurückgehen.«

»Das ist dein ernst! Du willst Okrhe einfach sterben lassen!«

»Das habe ich nicht gesagt.«

»Du redest wirr, geh doch weiter und rette, was auch immer noch übrig ist. Ich nehme Dabii mit und rette Okrhe.«

»Nein«, Vitaiin klang sehr entschlossen und setzte wieder an.

»Hör mir zu. Du weißt, dass sie die Azurwurzel erfunden hat, damit wir weitergehen. Sie möchte mehr als alle Anderen, dass wir – nein, dass du diesem Pfad folgst.«

»Das höre ich mir nicht länger an. Ich gehe, jetzt sofort.«

Vitaiin hielt Krixxo beim Aufstehen fest.

»Ich brauche dich, nur du kennst den Weg.«

Sie sah ihm tief in die Augen und sprach weiter.

»Krosanť wird gehen.«

Krixxo blieb neben der Schattenschwester stehen.

»Okrhe bedeutet mir alles!«

»Und Dabii wird sie heilen. Aber du musst mit mir weitergehen. Bitte, wenn du nicht auf mich hören willst, dann höre auf Okrhe.«

Krixxo setzte sich wieder und dachte nach.

»Das gefällt mir nicht.«

»Ich möchte auch nicht, dass wir uns trennen. Aber es gibt keinen anderen Weg.«

»Du verstehst es nicht, ich werde sie kein Sandkorn länger alleine lassen. Sie ist meine Tochter!«

Vitaiin fehlten die Worte. Sie sah Krixxo zu, wie er sich auf einmal von ihr abwandte und ebenfalls ungewohnt leise wurde. Dann legte er sich hin und dachte nach.

Vitaiin rutschte von dem Baumstamm, auf dem sie gesessen hatten und blieb auf dem Boden liegen. Ihre Unterhaltung hatte ein wundersames Ende gefunden. Vitaiin blieb lange wach und fieberte über Krixxos Worte und die Entscheidung, die er ohne sie fällen konnte. In jedem Fall war es an der Zeit, Abschied zu nehmen. Ihre Lider wurden immer schwerer, dann fielen ihre Augen zu. Die Schattenschwester glitt in einen unruhigen Schlaf und eine aufgewühlte Traumwelt.

DAS LIED DER ERSTEN

Es wurde endlich hell. Die Fackeln mit der beeindruckenden Rinde brannten immer noch. Als Vitaiin erwachte, konnte sie ihren Augen nicht trauen. Krixxo war fort, Dabii ebenso. Erschrocken sprang sie auf und weckte Krosanť. Doch bevor sie ein Wort sagen konnte, erschienen Krixxo und Dabii hinter einem Baum.

»Sieh mal, wir haben Wasser gesammelt«, sang Dabii fröhlich. Krixxo löschte die Fackeln.

»Die brauchen wir noch.«

»Wieso?«, fragte Vitaiin vorsichtig.

»Wegen diesen Biestern natürlich.«

»Nein, nicht die Fackeln. Wieso bist du aufgebrochen?«

»Nun, ich habe es mir anders überlegt. Nicht, weil du oder meine Tochter es von mir verlangt oder die Welt sonst untergeht. Sondern wegen dem Wunsch der Kleinen. Sie ist vielleicht klüger als wir alle zusammen. Ich möchte, dass sie eine Zukunft hat.«

Dabii hüpfte auf Krosanť und lächelte ihn an.

»Komm, wir gehen Okrhe retten.«

Natürlich war Krosanť sofort einverstanden. Vitaiin musste ihm zwar versprechen, dass er dabei sein würde, wenn das Meer zurückkommt, aber Okrhes Retter zu sein, lockte ihn. Also nahm er Dabii an die Hand und verabschiedete sich – für's Erste. Sie gingen zurück in den Süden und Krixxo wandte sich gen Norden. Vitaiin blieb noch einen Moment stehen und blickte Dabii von Sorgen erfüllt hinterher. Bevor sie Krixxo wieder folgte, merkte sie nicht, dass der Sandmaar ihren Blick zurück teilte.

161

Allesamt hofften, dass der Abschied nicht von langer Dauer sein würde. Kurz bevor Dabii hinter den ersten Bäumen verschwand, konnte Vitaiin ihre zarte Stimme noch einmal hören. Das Mädchen stimmte ein altes Kinderlied an, dessen Strophen Vitaiin noch lange nach ihrem Abschied verfolgten.

Es war einmal
Ein kleiner Wicht
Der tanzte in
Dem Sonnenlicht

Tag ein Tag aus
Da war er dort
Und fühlte sich
Wie ein kleiner Lord

Dann kam etwas
Es war sehr groß
Es sah herab
Und sah ihn kaum

Der Fuß so breit
Wie der Wicht ja hoch
Ein Arm so lang
Wie ein Baum steil kroch

Es war einmal
Ein großer Ries
Der tanzte auf
Der weiten Wies

Tag ein Tag aus
Da war er dort
Und fühlte sich
Wie ein großer Lord

Dann kam etwas
Es war sehr klein
Es sah herauf
Und sah ihn staun

Der Kopf so groß
Wie ein Löchlein fein
Ein Bein so kurz
Wie eine Perle klein

Es war einmal
Ein kleiner Wicht
Er hatte Angst
Versteckte sich

Es war einmal
Ein großer Ries
Er hatte Angst
Versteckte sich

Tag ein Tag aus
So verging die Zeit
Bis ein erster sprach
Es tat ihm leid

So klein du bist
Dein Tanz ist toll
Ich möchte lern'
Ich bin kein Troll

So groß du bist
Dein Tanz ist toll
Ich möchte lern'
Ich bin kein Knoll

Es war einmal
Ein guter Freund
Der tanzte auf
Der gleichen Wies

Tag ein Tag aus
Wurden sie zur Schar
Da der Ries jawohl
Ein Golem war

Tag ein Tag aus
Lebten Sie zusamm'
Da der Wicht jawohl
Ein Winz ja war

DAS LETZTE EINHORN

Dabii und Krosanť waren einige Steinwürfe durch den verwunschenen Wald gegangen und Dabii pausierte wieder einmal auf den Schultern des Piraten. Jetzt, da sie wieder sprach, durchlöcherte sie Krosanť mit Fragen, die er sehr gerne ausführlich und schmückend beantwortete. Während sie an Riesenpilzen, Mammutbäumen, Zauberblumen und bunten Gräsern vorbei gingen, sprachen sie über allerlei Vergangenes oder Beeindruckendes. Krosanť war der geborene Geschichtenerzähler, sah man von seinem schwierigen Dialekt und den bisweilen eindeutigen Übertreibungen ab. Aber Dabii glaubte ihm alles und quetschte ihn so sehr aus, dass er gar nicht anders konnte, als vieles dazu zu erfinden. Krosanť sprach gerade über riesige Echsen, die vor nicht all zu langer Zeit die Welt mit den Schrecken teilten, als er innehielt.

»Oh ne, das est schlecht.«

»Was, was ist denn?«

Die Sonne stand bereits tief und die Mondsichel zeigte sich schon am Himmel.

»De Sonne est fast vorbe. Wer hätten längst as dem Wald draßen sen sollen.«

»Haben wir uns verlaufen?«

»So werde ech das necht nennen. Aber ... ja.«

Krosanť setzte Dabii ab und sah sich um.

»De Bäme spelen en Spel met ens.«

Er zeigte auf die Stämme vor ihnen.

»Das Moos wächst en alle Rechtengen, als hätten se sech absechtlech gedreht. Get, get, wenn es necht af Krexxos Art geht, machen wer es halt eben af mene.

Hoffentlech hat ens der Wald necht za tef ens Ennere gelockt.«

Als sich Krixxo umdrehte, merkte er, dass er wieder alleine war.

»Ne, necht schon weder. Desmal est das aber necht mene Scheld. Klene! He Klene! Wer messen weter.«

Ein wenig entfernt tapste Dabii gut gelaunt und ohne Sorgen durch den Wald. Sie hatte etwas gesehen, dass sie unbedingt von Nahem betrachten musste. Es war so rein und wunderbar gewesen. Krosanť hatte vermutlich darüber gesprochen, daher schätzte sie, dass sie ein Enhorn verfolgte und ein Teil des Wesens blieb immer in ihrem Sichtfeld. Es strahlte hell und weiß, hatte vier dünne Beine, kräftige Waden und eine prächtige Mähne. Das Tier graste nun. An dessen Stirn wuchs ein langes, gewundenes Horn. Dabii war sich jetzt sicher, dass Krosanť versucht hatte, Einhorn zu sagen. Sie fühlte sich von einer ruhigen, friedfertigen Aura erfüllt, die immer stärker wurde, je näher sie dem Tier kam. Das Einhorn fraß unbekümmert weiter, bis Dabii plötzlich auf einen Ast trat, der laut knackte. Das Tier schreckte auf und erstarrte. Es starrte das Mädchen an und schnaubte durch die Nüstern. Nun wartete das Einhorn auf die nächste Regung. Dabii konnte nicht anders, als weiter auf die magische Kreatur zuzugehen. Und das Einhorn ließ sie näher kommen. Dann beugte es sein Haupt und richtete das Horn auf Dabii, die beinahe bedenkenlos hineinlief. Aber das Einhorn machte einen Schritt an ihr vorbei und streifte zart ihre Schultern. Dabii bewegte sich nun langsam und vorsichtig und legte ihre Hände auf den weichen Hals. Sie streichelte das Einhorn und für einen Moment waren alle Ängste und Sorgen vergessen. Doch sie verlor nur einen Gedanken an das Hier und Jetzt und Traurigkeit überkam sie. Dabii schloss ihre Arme um den Nacken des Einhorns und ließ ihren längst überflüssigen Tränen freien Lauf. Es tat ihr gut, sich auszuweinen. Sie klammerte sich immer fester an das Tier, welches ihr zunächst verständnisvoll zur Seite stand, dann aber lauthals wieherte.

»Es tut mir leid«, schluchzte Dabii, die sich für ihre feste Umklammerung entschuldigte. Für die Reaktion des Einhorns gab es allerdings einen anderen Grund und es wieherte immer lauter, obwohl Dabii ihre Umarmung lockerte. Verängstigt ließ das Mädchen das Tier schließlich ganz los und sah es mit verschwommenen Augen an. Sie konnte nicht viel sehen, aber das was sie sah, ließ sie schaudern. Das feine, weiße Fell wurde lang und färbte sich braun. Es wuchs und wuchs, während dem Einhorn zudem monströse Schneidezähne wuchsen und sich das Horn spaltete, um in alle Richtungen zu wuchern. Das Tier stellte sich auf die Hinterbeine und wieherte ein letztes Mal. Dann begann es zu fiepsen, wurde immer leiser und schließlich gaben dessen Beine nach. Das Einhorn fiel zur Seite und verendete in einem letzten Todeskampf gegen die schreckliche Verwandlung. Es hatte keine Chance.

Dabii rieb sich die Augen. Sie war sich nicht im geringsten darüber im Klaren, von welchem furchtbaren Ereignis sie eben Zeuge geworden war. Instinktiv wendete sie sich von dem schauderhaft zugerichteten Kadaver ab und suchte ihr Heil in der Flucht. Weitere Tränen versperrten ihre Sicht und sie schlug im Rennen Äste und fliegendes Getier aus dem Weg. Dann rannte sie gegen einen Körper und fiel um.

»He Klene. De hast mer aber enen Schrecken engejagt.«

Krosanť war zur Stelle und wollte ihr aufhelfen. Dabii zuckte vor der Berührung zurück und stand alleine auf.

»Was est denn passert?«

Sie schwieg.

»Was est los? Was hat der jetzt weder de Sprache verschlagen?«

Er konnte ihr keine Worte entlocken, entschied aber, seinen Monolog zu einem besseren Zeitpunkt fortzuführen. Der Himmel färbte sich bereits rot und der Wald wurde dunkler.

»We dem ach se. Ech habe mech nach der Sonne gerechtet. Ech weß, wo wer lang messen. End zwar schnell.«

Er griff nochmal nach ihrer Hand, um sie zu ziehen, aber sie wich erneut zurück.

»Oke, we de menst. Aber komm jetzt.«

Krosanť eilte voraus und Dabii rannte ihm nach einer kurzen Verschnaufpause nach.

»Warte auf mich!«

Keiner von ihnen hatte das kleine Tier unter dem Stechblütenbusch bemerkt, dass sie seit längerer Zeit beobachtet hatte. Es war ein niedliches Blauhörnchen mit gelb leuchtenden Augen.

SCHIMMERFALL

Mittlerweile war der Himmel von Mond und Sternen erfüllt, die sich von ihrer schönsten Seite zeigten. Die Dunkelheit offenbarte das ganze Sammelsurium an Himmelskörpern, das der Kosmos zu bieten hat. Vitaiin und Krixxo hatten ein ganzes Stück Weg zurückgelegt und beiden zeigte sich ein Gemütszustand, der fast in Vergessenheit geraten war. Sie waren fröhlich und ergötzten sich an kleinen Dingen, wie etwa Fackeln, die sie in Sicherheit wogen, dem weichen Waldboden, den majestätischen Bäumen und Pflanzen oder dem erleuchteten Himmel. Und zum ersten Mal wechselten sie Worte des Wohlwollens und der Vertrautheit. Vitaiin lachte.

»Das glaube ich dir nicht.«

Krixxo grinste und hielt dagegen.

»Und wenn ich es dir doch sage, genauso ist es passiert. Lunte war das schlimmste Schreckenkind von allen. Schlimmer als seine 16 Geschwister zusammen. Er hatte nur Unfug im Kopf, schon im Lebenszyklus von einer Erdrunde, da wäre ein Sandmaar etwa fünf gewesen. Er krabbelte noch lange auf allen Sechsen herum und wuselte immer durch meine Bar. Einmal habe ich ihn dabei erwischt, wie er an einem Kaktusschnaps genippt hat. Bevor ich ihn schnappen konnte, hing er am Deckenleuchter und führte sich auf wie ein wilder Affling.«

»Ein Affling?«

»Ein verrücktes, lautes Tier, zum Glück haben wir noch keinen gesehen. Lunte hing einen ganzen Mond lang dort oben und hielt uns zum Narren, bis die Wirkung des Schnapses endlich nachließ und er in meine Arme fiel.

Dieser Mond war für ihn sehr spaßig gewesen, doch seit dem Sonnenaufgang danach rührt er keinen Schnaps mehr an. Dass er einmal mit mir arbeiten sollte, war wohl vorbestimmt. Und nur eine Erdrunde später kam Okrhe auf die Welt.«

Krixxos Euphorie ließ wieder nach und er wurde leiser. Jetzt war es für Vitaiin an der Zeit, mehr über Krixxos Tochter zu erfahren.

»Okrhe ist also halb Schrecke, halb Sandmaar?«

»Ja, das ist sie.«

»Aber sie ist doch nicht viel jünger als wir.«

»Ich habe es doch vorhin bereits gesagt. Schrecken altern sehr viel schneller als Sandmaare. Sie werden nicht sehr alt, höchstens 20 Erdrunden, bekommen aber auch viel mehr Nachwuchs. Okrhes Mutter und mir war nur ein Kind vergönnt gewesen. Ihr Name war Lakrhé. Und sie wurde sehr alt für eine Schrecke. Wie meine Tochter gesagt hat, war sie ebenfalls eine Schamanin. Der ganze Hort kam zu ihrem Begräbnis.«

»Das tut mir leid.«

»Es ist der natürliche Lauf. Ich werde sogar meine Tochter überdauern. Sie ist schon 10, die Hälfte ihres Lebens hat sie also schon hinter sich.«

»Sie ist fast so jung wie Dabii?«

»Verrückt, was …«

»Und sie hat keine Kräfte bekommen?«

»Hat sie Streifen? Die Magie ihrer Mutter durchfließt sie. Sie braucht keine Kräfte.«

»Ich dachte nur, weil sie zur Hälfte eine von uns ist …«

»Das ist egal. Sie hat keine Kräfte und sie wird auch nichts darüber erfahren.«

Vitaiin musste einen wunden Punkt getroffen haben. Nach einer kurzen, schweigsamen Pause, versuchte sie, das

Thema zu wechseln.

»Woher nimmst du eigentlich all die Namen? Also Affling, oder Bucht ... Die Schrecken können Is und Us nicht sprechen, sie müssen andere Namen haben.«

An Krixxos Gesichtsausdruck konnte sie erkennen, dass sie wieder ein erfreulicheres Thema gefunden hatte.

»Das sind meine freien Übersetzungen, ebenso wie jeder Hort und jeder Ort der Schrecken.«

Er schien stolz darauf zu sein.

»Ich wünsche mir das für die Sandmaare, was auch ich erleben durfte. Das musst du mir glauben.«

Krixxo sah Vitaiin nun ernst an. Sie war überrascht. Mit diesem einen Satz änderte Krixxo ihre Meinung über ihn komplett. Dann weitete sie ihre Augen.

»Was bei Wasser, Sand und Wind?«

»Ja, kaum zu glauben, dass sowas aus meinem Mund kommt. Ich versteh' schon. Vergiss, was ich gesagt habe.«

Doch Vitaiin blickte an Krixxo vorbei.

»Nein, nicht das. Hinter dir.«

Sie blieben stehen. Alles um sie herum, dass nicht vom Schein des Feuers beleuchtet wurde, war entweder grau oder schwarz. Nur wenige Tiere und Pflanzen leuchteten selbst oder spiegelten das weiße Licht von Mond und Sternen wider. Doch dort war noch ein anderes Licht. Krixxo drehte sich geschwind um. Hinter einem Weidenvorhang zeigte sich ein schwacher, bläulicher Schimmer. Der Baum versuchte, das Licht zu verbergen.Doch einmal in Augenschein genommen, gab es nichts, was interessanter war. Vitaiin ging an Krixxo vorbei und hob den Weidenast an.

»Das musst du dir ansehen.«

Mit einem weiteren Schritt verschwand Vitaiin hinter dem Baum und verdeckte den blauen Schimmer. Krixxo folgte ihr vorsichtig. Und als auch er den Weidenvorhang passierte, war das Staunen groß. Es war, als wären sie durch ein Portal in eine andere Welt vorgedrungen. Vor ihnen erstreckte sich ein großer Wasserfall, der in einer runden Quelle mündete. Das Tosen war ihnen vorher nicht aufgefallen, drang nun jedoch nah und doch unnahbar an sie heran. Der Mond spiegelte sich auf dem Wasser, welches ihn aber nicht weiß, sondern hellblau reflektierte. Das kosmische Licht erhellte diesen Ort. Sonne und Mond blieben vergessen und der Platz erschien ihnen zeitlos. Vitaiin stand neben dem Wasser.

»Es ist traumhaft.«

»Ich kenne diesen Ort nicht. Das ist eigenartig.«

»Nicht alles auf dieser Welt ist böse oder schlecht, Krixxo.«

»Aber das meiste und eigentlich alles in diesem verfluchten Wald.«

Krixxo verschränkte die Arme.

»Dieses eine Mal, denke ich, ist es kein Fluch, sondern ein Segen. Ich für meinen Teil fühle mich schmutzig und möchte ein Bad nehmen. Und du, mein Lieber, stinkst entsetzlich.«

Vitaiin drehte sich wieder zum Wasser. Sie legte ihre Schulterpanzer ab und öffnete die Laschen ihres Schuppengewands. Sie ließ die leichte Rüstung von ihren Schultern gleiten. Langsam entblößte Vitaiin ihren Oberkörper, dann ihre Hüfte. Schließlich strich sie die Kleidung über ihre Beine und sie glitt zu Boden. Nun war sie nackt. Vitaiin stieg aus ihrem Klamottenkreis am Boden und streckte einen Zeh in das schimmernde Wasser. Es war überaus kühl, trotzdem lief sie langsam hinein. Das Wasser blieb lange seicht, sodass Krixxo ihr aufmerksam hinterhersehen konnte. Sie hatte sich nämlich überaus geschickt entkleidet, damit dem Sandmaar einzig und allein ein

Blick auf ihre Hinterseite vergönnt war. Aber auch diese war äußerst entzückend. Eine Weile stand er nur da und blickte ihr hinterher. Schließlich tauchte Vitaiin gänzlich unter Wasser. Der Wasserfall schäumte ganz in der Nähe die glatte Oberfläche auf. Vom Mondschein beschienene, weiße Perlen tanzten auf der blauen Quelle. Dann wurde Krixxo ungeduldig. Vitaiin war nicht wieder aufgetaucht.

Sofort streifte er seinen eisernen Schulterpanzer ab und warf sein geliebtes Schwert zur Seite. Dann rannte er in das Wasser. Auf halber Höhe in der Quelle versunken, blieb Krixxo stehen. Vitaiin war wieder aufgetaucht. Sie strich sich durch das nasse Haar und bemerkte Krixxo, der durchnässt im Wasser stand.

»Nein, so geht das nicht. Deine Klamotten solltest du erst danach waschen. Aber immerhin hast du eingesehen, dass du stinkst.«

Jetzt wrang sie ihre Haare aus. Krixxo grummelte. Aber da er nun schon nass war, zog er Hose, Stoff- und Kettenhemd aus und warf alles an das Ufer. Daraufhin ließ er sich vorwärts ins Wasser fallen und schwamm zu Vitaiin. Diese lächelte ihn verzückt an.

»Und, wie bösartig schätzt du das Wasser jetzt ein?«

»Es hält sich in Grenzen.«

Sie standen sich gegenüber. Krixxo hatte nicht gedacht, dass er einer Frau, und auch noch einer seiner Volkes, noch einmal so nahe kommen würde. Vitaiin ergötzte sich an seinen Muskeln und der starken Brust. Beide schwiegen, als sich ihre Blicke trafen.

Krixxo machte den ersten Schritt. Er ging entschlossen auf sie zu und packte ihren nackten Körper, um sie zu küssen. Vitaiin rang mit seiner animalischen Anziehungskraft und ihrem Gewissen, sowie allem, was sie über ihn wusste.

Beinahe übermannte sie die leidenschaftliche Berührung. Doch dann entschied sie sich dagegen. Bevor sich ihre Lippen innig umeinander schlossen, drehte sie sich weg und sprach plötzlich über etwas völlig Anderes.

»Wie heißt dieser Ort eigentlich?«

Krixxos Kuss traf die Luft. Er blieb wie erstarrt stehen. Dann brummte er wie ein hungriger Bär, dem ein schlüpfriger Fisch durch die Pranken geglitten war.

»Was?«

Er rührte sich wieder und atmete schwer aus. Seufzend antwortete er ihr.

»Du hast die Quelle entdeckt. Du darfst ihr einen Namen geben. «

Vitaiin hatte sich nicht getraut, Krixxo noch einmal ins Gesicht zu blicken. Stattdessen beobachtete sie den Wasserfall und dachte nach. Ein langes, peinliches Sandkorn später, fand sie ein paar Worte.

»Schimmerfall. Das ist ein schöner Name.«

Und sie konnte seinen warmen Atem in ihrem Nacken spüren, der langsam näher kam.

PELZFLÜGLERLEIN KOMME

»He, afstehen klener Tasendschläfer. Vor ens wartet ene schwarze Kleppe.«

Krosanť pikste Dabii mit einem Stock, der vom Feuerholz übrig war. Dabii drehte sich einige Male um, bis sie sich schließlich doch wecken ließ. Ein Pelzflügler saß auf ihrer Nase. Als sie ihre Augen öffnete, kitzelte sie sein weicher Flaum. Sie rümpfte ihre Nase und der Käfer flog davon. Er blieb aber noch in ihrer Nähe und schwirrte um sie herum.

Die Sonne ging gerade auf. Sie färbte den Horizont orange und den Himmel rot. Tau lag noch auf dem Gras und zeigte, wie kühl es hier oben werden konnte. Dabii fror etwas, obwohl sie sich in ihre Kluft gewickelt hatte. Neben ihnen führten die schwarzen Klippen in die unendliche Tiefe. Sie hatten es rechtzeitig aus dem verwunschenen Wald geschafft und an dessen Rand genächtigt.

»Na, get geschlafen? Beret za sprengen?«

Krosanť war derjenige der Beiden, der sich am häufigsten wie ein kleines Kind aufführte und sich wie ein solches auf dies und das freute. Er sprang aufgeregt auf und ab. Dabii rieb sich die müden Augen und streckte sich.

»Ich hab Hunger.«

»Gegessen werd af dem Weg. Nehm den Met zesammen end komm her reber.«

Er winkte sie mit seinen beiden Rechten zu sich an den Rand der Klippe. In den beiden linken Händen hielt Krosanť den weißen Wolfspelz, den Krixxo ihm mitgegeben hatte. Zögerlich näherte sich Dabii der Schrecke und dem Abgrund.

»De brachst kene Angst za haben. Der Pelz werd ens tragen.«

Dabii fürchtete sich aber nicht vor dem Fall, sondern vor der Berührung.

»Wer werden das Gewecht vertelen messen. Also hänge ech mech met allen ver Armen an de Enden. End de hängst dech an mech. Los geht das.«

Krosanť griff den Pelz wie angekündigt. Doch Dabii ließ auf sich warten.

»Na komm, Klene. Wer haben kene Zet za verleren.«

Dabii schüttelte den Kopf. Krosanť warf den Wolfspelz zur Seite und lief verärgert auf sie zu.

»Das recht mer jetzt langsam met der.«

Dann wollte er sie packen, doch sie wich aus.

»Was est met der los Dabee? De erzählst mer jetzt, was en dem Wald passert est.«

Eine Träne kullerte über Dabiis Wange. Der Pelzflügler hatte sich mittlerweile auf ihre Schulter gesetzt und putzte sich. Dabii schluchzte.

»Ich kann gar nicht heilen. Ich weiß nicht, was ich kann.«

Ihre Worte trafen Krosanť hart. Er ging vor ihr in die Hocke.

»Bette was?«

»Da im Wald, da war ein Einhorn. Ich wollte es nur streicheln, dann verwandelte es sich in ein Monster und …«

»End was?«

»Und starb!«

Mehr Tränen flossen über Dabiis zierliche Wangen. Krosanť war erschüttert. Noch nie hatte er ein Einhorn gesehen. Sie galten seit vielen Erdrunden als ausgestorben. Aber schon immer waren sie für die Schrecken heilige

Geschöpf gewesen, deren Anblick, und auch nur der Anblick, lediglich den weisesten Schamanen vorbehalten war. Trotzdem versuchte er, sie zu ermutigen.

»Das messen necht dene Kräfte gewesen sen. Noch ne habe ech gehört, dass sech en Enhorn strecheln lässt.«

»Doch. Ich habe es gespürt. Ich war das.«

Krosant' grübelte. Ihm fiel der Pelzflügler auf Dabiis Schulter auf.

»Dann denk jetzt an etwas Schönes. Berehre den klenen Pelzflegler da. End hab' kene Angst. Ech ben da.«

Dabii sah die kleine Pelzkugel mit den winzigen Flügeln in ihrem Augenwinkel. Sie traute sich nicht.

»Lächle Klene. Den Lächeln est das schönste von Allen. Glab mer.«

Ihre Tränen hatten nachgelassen. Einer ihrer Mundwinkel zuckte kurz nach oben. Dann streckte sie ihren Zeigefinger aus und führte ihn langsam zu dem Wesen. Dabii dachte an Krosant's Worte. Sie rief die Zeit vor dem Fall der Sandmaare in ihre Erinnerung. Als sie mit Freunden und Tieren herumtollte. Sie wünschte sich in diese Zeit zurück.

Plötzlich knisterte es zwischen ihrem Finger und dem Pelzflügler, kurz, bevor sie ihn berührte. Ein violetter Blitz traf den Käfer, der daraufhin von Dabiis Schulter fiel. Die beiden sahen dem braunen Pelzknäuel erschrocken hinterher. Er blieb auf der Erde liegen und regte sich nicht. Dabiis Hoffnung verließ sie.

»Was ist das für ein Fluch? Ich will diese Fähigkeiten nicht.«

Krosant' fehlten die Worte. Doch dann konnten sie ein leises Brummen hören. Die kleinen Flügel des Pelzflüglers flatterten wahnsinnig schnell. Auf einmal blähte sich der Käfer auf. Von einem Sandkorn zum nächsten wuchs das murmelgroße Geschöpf und wurde so groß wie ein kleiner Kopf. Der braune Ball lag eine Weile zwischen ihnen und versuchte, mit den zu klein geratenen Flügeln abzuheben. Dabii versuchte, das Tier zu streicheln. Es war weich und flauschig. Nichts Weiteres geschah. Schließlich schaffte es der Pelzflügler sogar, abzuheben und setzte sich erneut auf Dabiis Schulter. Allerdings fand er dort keinen Platz mehr und kugelte mehrere Male hinunter. Dabii lächelte. Und Krosanť sprach als Erster.

»Ech weß necht gena, was passert est, aber böse war das necht.«

Der Pelzflügler gab auf und setzte sich erschöpft auf Dabiis Kopf. Krosanť sah sich den Käfer genauer an. Er sah weder Augen noch Mund. Alles, bis auf die Flügel, war von braunem Pelz verdeckt. Krosanť streckte einen seiner zwanzig Finger nach ihm aus. Plötzlich halbierte sich die Kugel und schnappte mit einem riesigen Maul nach ihm. Krosanť zuckte zurück. Erst als Dabii den Käfer auf ihrem Kopf streichelte, entspannte sich das Tier wieder.

»Ich werde ihn Schnapp nennen.«

»Schnapp? Get. De kannst also Lebewesen verändern. Aber sehst de, de kannst se ach berehren.«

Dabii streichelte den Pelzflügler noch immer.

»Du hast wohl recht.«

Dann ließ sie sich von Krosanť hochziehen. Der Pelzflügler war auf ihrem Kopf eingeschlafen. Er atmete laut ein und aus.

»Jetzt, wo wer mehr wessen, können wer ja sprengen.«

Er breitete den weißen Wolfspelz erneut aus und Dabii umarmte ihn so fest sie konnte. Krosanť wollte gerade ihren Kopf tätscheln, da bemerkte er das Brummen von Schnapp, wenn er ihm zu nahe kam.

»En nettes Terchen haben wer da.«

Er lächelte schief und zeigte dabei seine spitzen Zähne.

»So, best de beret?«

Dabii nickte und flüsterte etwas.

»Okrhe, wir kommen.«

Und mit einem Satz sprang Krosanť samt Anhängsel von der Klippe.

DER DUNKLE BUND

Die Sandfestung hatte sich bisweilen sehr verändert. Wie ein schwarzer Dorn erhob sie sich aus dem Sandmeer und streckte ihre Zinnen bedrohlich hoch gen Himmel. Totlose Schrecken aus dem Westen und Barbaren aus dem Osten trafen ununterbrochen ein und vergrößerten das Heer des dunklen Herrschers. Inmitten der schwarzen Schar regte sich aber auch Leben. Es waren weiße Flecken auf dunklem Boden. Einer von ihnen war überaus erzürnt.

»Nein! Uns Macht versprochen wurde! Aber wir keine Macht hier. Wir kämpfen!«

Der Barbar stand vor dem Thron, hinter ihm hatte sich ein kläglicher Rest seiner Krieger versammelt, die zwischen den Totlosen der drei Völker standen. Sie fürchteten sich nicht und wichen vor keinem Augenkontakt zurück, wobei die Totlosen ohnehin ziellos in alle Richtungen starrten. Sie trugen die bekannten, vergoldeten Felle und Köpfe von Gletscherbisons, Eislöwen oder Schneetigern. Der vorderste von ihnen hatte seinen Helm nie abgelegt, den Schädel einer Tundraechse, die bei ihnen und den Sandmaaren auch als weißer Drache bekannt war. Es war Sar, der frühere Häuptling und Anführer der goldenen Armee. Er und ein Bruchteil seines Gefolges hatten tatsächlich überlebt, oder waren von dem Grauen zumindest verschont worden. Niemand konnte in die Karten eines Gräuels blicken, das nichts weiter als Tod und Verderben mit sich bringen wollte. Beinahe ebenbürtig stand der Barbar Darg Agul gegenüber. Dieser erhob sich von seinem Thron und sah auf den Häuptling herhab.

»Gon dar Sar. Werd duun tori tan.«

Seine Stimme klang nicht wütend aber sehr bedrohlich. Trotzdem blieb der Barbarenhäuptling unbeeindruckt.

»Du in unserer Sprache sprechen. Sonst wir kämpfen.«

Darg Agul wartete kurz. Dann setzte er sich wieder und sprach in der Sprache, die Barbaren und Sandmaare im Ursprung teilten. Doch er sprach sehr langsam und machte hinter jedem Wort eine lange Pause.

»Du bist nur ein kleiner Mann. Ich ließ dich leben, um dein primitives Volk besser zu verstehen. Und du stellst meine Macht immer noch in Frage?«

»Du ein Gott. Doch wir töten Gott. Wir stark.«

»Dum ras woran!«, schrie der dunkle Herrscher und stellte sich dabei zur vollen Größe auf. Doch wieder setzte er sich und fuhr ruhig fort.

»Ihr seid stark. Im Leben mehr als im Tode. Deshalb sollt ihr für mich kämpfen. Obwohl es mir leichter fallen würde, euch gleich zu töten.«

Sar kümmerte die Drohung entweder nicht oder er verstand sie nicht. Er blieb beharrlich.

»Du Versprechen gebrochen. Wir kämpfen.«

Darg Agul brodelte innerlich wegen so viel Kleingeistigkeit. Aber er nickte.

»Du willst kämpfen. Schön, kämpfen wir. Dein stärkster Krieger tritt gegen den Meinigen an. Wenn dein Volk gewinnt, herrschst du über alles, was du hier siehst. Aber wenn ich gewinne, folgt mir dein Volk bedingungslos.«

»Ja, wir kämpfen.«

Sar freute sich bereits auf das Blutvergießen. Doch er sollte bitter enttäuscht werden, zunächst, da Totlose nicht bluten konnten. Er veranlasste seine Krieger, sich in einem Kreis aufzustellen. Sie bildeten einen goldenen Ring, hinter dem die Totlosen verdrängt wurden. Darg Agul schlug mit einer Hand kräftig auf die Armlehne seines Throns. Wie ein Steinschlag hallte das harte Geräusch durch die Festung. Kurz darauf quetschte sich etwas Monströses durch die totlose Meute. Es war gut fünf Fuß größer als der größte Barbar und kaum schmaler, als der breiteste. Außerdem hatte es vier Arme und hielt in jeder Hand eine andere Waffe – ein Beil zum Hacken, einen Säbel zum Schneiden, einen Morgenstern zum Hauen und einen großen Haken zum Aufspießen. Es war die größte, totlose Schrecke, die Darg Agul aufbieten konnte. Sie drückte sich durch den Kreis der Barbaren und bäumte sich vor Sar auf.

»Sehr gut, ein wahrer Gegner. Ich selber kämpfe. Ich töten totlose Kreatur.«

Sar konnte sich diesen Kampf nicht entgehen lassen, hätte auch jeder andere Barbar an seiner statt gern gekämpft. Er zückte seine schwere Doppelaxt und ließ der riesigen Schrecke keine Zeit. Der Barbar rannte mit ausgestreckter Axt los. Die Schrecke holte ebenfalls mit ihren Waffen aus. Aber sie war zu langsam. Bereits in Rage verfallen, hackte Sar ihr einen Arm ab, der knirschend zu Boden fiel. Das Beil schlitterte über den schwarzen Grund. Darg Agul sah dem Kampf regungslos zu. Die Schrecke hieb nun mit allen drei Waffen nach dem nahe stehenden Barbaren. Dieser schlug der Schrecke den Säbel aus der Hand, wurde aber von dem folgenden Morgenstern stark getroffen. Die Eisenkugel traf seine Brust und er wirbelte durch die Luft, um anschließend auf den Boden zu stürzen. Zu den Füßen von Darg Agul konnte er sich leicht benommen aufrichten. Die Schrecke war jedoch schon zur Stelle und schlug mit dem Morgenstern nach unten. Sar drehte sich unter dem Schlag hinweg und stand schnell wieder auf. Der Morgenstern traf den aalglatten Boden.

Er hinterließ dort feine Risse. Während die Schrecke noch gebückt war, hieb Sar ihr mit seiner Axt in die Seite. Sie durchtrennte die schwarze Haut und blieb in dem Unterleib stecken. Siegessicher zog der Barbar die Klinge wieder aus der Schrecke. Aber diese zeigte keinerlei Reaktion. Stattdessen drehte sie sich um und ging auf Sar zu. Zum ersten Mal verwandelte sich seine Kampfeslust in so etwas wie Furcht.

Mit der leeren Hand packte die Schrecke ihn und hob den schweren Körper mühelos in die Luft. Mit dem Haken stach sie auf seinen Kopf ein. Dieser brach aber an den Drachenschuppen seines Helmes ab, auch wenn sein Kopf heftig zur Seite gedrückt wurde. Mit seinen goldenen Stiefeln trat Sar nach der Schrecke und konnte sich aus ihren Fängen befreien. Angeschlagen standen sie sich gegenüber. Sie umkreisten einander und die Barbaren hinter Sar heulten wie Wilde. Die Schrecke warf den stumpfen Haken auf Sar, der ihn hart im Gesicht traf. Während er zurück taumelte, hob die Schrecke Säbel und Beil wieder auf. Sar ergriff seine Chance. Er rannte auf das mammuthohe Ungetüm zu, als es gerade die letzte Waffe aufhob. Dieses Mal war die Schrecke ebenfalls schnell genug und schlug mit Morgenstern, Beil und zuletzt dem Säbel zu. Sar absorbierte die Treffer mit seiner Rüstung und antwortete mit der Axt. Er hieb auf die Schrecke ein und hackte den zweiten, den dritten und schließlich den letzten Arm ab. Mutmaßlich wehrlos blieb die Schrecke stehen. Sar jubelte, damit die Barbaren ihm zum Todesschlag zuriefen. Doch als er der armlosen Kreatur dabei den Rücken zuwandte, riss diese ihr Maul auf und stürzte sich auf den Barbaren. Mit dem zahnlosen aber harten Kiefer schnappte sie seinen Nacken.

Bevor sie jedoch zu tief biss, rammte Sar ihr im letzten

Moment den Schaft seiner Waffe ins Gesicht und hielt sich die klaffende Wunde zu. Mit einer Hand schwang er die Axt und hieb auf die totlose Schrecke ein. Er hackte so lange, bis nur noch schwarze Einzelteile übrig waren, die sich nicht mehr regten oder auch nur zuckten.

Seine Halswunde blutete entsetzlich und zwang auch ihn schlussendlich in die Knie. Die Rufe seiner Krieger erstickten. Er warf seine Axt zur Seite und zerriss ein Stück Kleidung unter seiner Rüstung. Schnell wickelte er den Stofffetzen um seinen Hals und stoppte damit die Blutung. Dann hielt er die Axt auf und streckte sie siegreich in die Höhe. Die Barbaren brüllten wie Tiere, wild und angsteinflößend. Darg Agul saß immer noch desinteressiert auf seinem Thron. Seine Stimme erklang ruhig aber gebietend.

»Das reicht. Du hast gewonnen. Das war zu erwarten.«

»Du jetzt zu deinem Wort stehen«, verlangte Sar, der zu allem bereit war.

»Ich stehe zu meinem Wort. Alles, was du siehst, gehört dir.«

Darg Agul ließ seinen Arm über die bevölkerte Halle schweifen. Dann deutete er mit dem Selbigen auf Sar und schwarze Auswüchse traten daraus hervor. Wie Vitaiins Schatten schossen sie durch die Luft und bildeten zwei lange Stacheln. Diese schossen direkt in Sars Augen, um sie auszustechen. Der Barbar fiel auf die Knie und krümmte sich vor Schmerzen, was bei jeder noch so schweren Wunde, die er je hatte, nie eingetroffen war. Darg Agul zog seinen Arm zurück. Er blieb weiterhin teilnahmslos.

»Also sage mir, was siehst du?«

Sar antwortete nicht und hielt sich die verletzten Augen zu. Seine Krieger wollten gerade die Waffen ziehen, als sie von den Totlosen hinter ihnen gepackt wurden.

»Da du jetzt deinen Kampf hattest und weißt, dass ich zu meinem Wort stehe, kann ich endlich ungestört sprechen?«

Eine Fangfrage ... Der dunkle Herrscher lehnte sich in seinem Thron nach vorn.

»Es sind weder Gold noch Reichtum, nach dem dein Volk strebt. Es ist Stärke. Und das letzte Kind der Sandmaare verleiht euch Stärke. Der Bund ist besiegelt und ich gebe euch das Kind. Wenn ihr zustimmt, könnt ihr meinen Blick nach Westen in naher Zukunft teilen.«

Die Totlosen ließen die Barbaren wieder los, als sich Sar erhob. Er ballte seine Hände zu Fäusten und ließ das Blut einfach aus den hohlen Augen fließen. Sar hatte einen Entschluss gefasst. Die blutenden Löcher visierten sein Ziel an.

»Du uns stärker machen! Wir gehen und kämpfen!«

DER FEIND IST NAH

Vitaiin und Krixxo waren eine ganze Sonne lang marschiert. Einige Sanduhren dazwischen hatten sie genutzt, um Vitaiins Umgang mit dem Bogen zu verbessern. Sie waren sich im Schimmerfall nicht näher gekommen, verstanden sich aber besser denn je. Der Mond wurde eben sichtbar und Krixxo hatte bereits das gemeinsame Nachtlager hergerichtet, als die Wolken zuzogen. Dass sich Krixxo zur Mondzeit fürchtete, zeigte er immer noch nicht. Aber seine Angst spiegelte sich in der Dimension des absurd großen Lagerfeuers wider, das er errichtet hattet. Es war gigantisch und fasste mehr als zehn Fuß im Durchmesser. Unglücklicherweise fing es an zu regnen. Doch bevor Vitaiin auch nur einen zweiten Tropfen abbekam, schuf Krixxo einen Windschild über ihnen. Dieser hielt sie trocken und das große Feuer am brennen. Es war nicht zu übersehen, dass Krixxo eine gewisse Routine darin hatte, Gefahren im verwunschenen Wald Einhalt zu gebieten.

»Nur noch wenige Steinwürfe und wir sind da.«

Krixxo setzte sich eng neben Vitaiin auf einen Baumstamm. Er brachte ihr eine warme Schale von ihrer letzten Kaktussuppe. Da sie die zähe Masse langsam nicht mehr sehen konnten, hatte Vitaiin auf Krixxos Geheiß Pilze gesammelt und hineingeschnitten. Zusammen schlürften sie die Suppe und wärmten sich am Feuer. Als Krixxo merkte, dass Vitaiin immer noch fröstelte, nahm er sie in den Arm. Er hatte den Wind aus dem Norden verstärkt, der zwar die Regenwolken weg bließ, aber kalte Luft herantrug. Als die Wolken davon gezogen waren, versuchte er, die warme Luft um das Feuer etwas aufzuwirbeln.

Vitaiin stellte ihre leere Schale weg und drückte sich an ihn.

»Ich bin froh, dass du bei mir bist.«

Sie hatte ihre Meinung über ihn geändert. Allerdings befürchtete sie, dass ihre Zurückweisung Krixxo entmutigt hatte. Er hielt sie nur in den Armen und schwieg. Dann tat Vitaiin das, was sie am besten konnte. Sie sprach über etwas ganz anderes.

»Woher weißt du, wo die Golem leben, wenn nicht einmal die Schrecken es wissen?«

»Ich weiß es nicht.«

Vitaiin löste sich aus seiner Umarmung und sah ihn verdutzt an.

»Bitte was?«

Er grinste sie freundlich an.

»Nun ja, ich ahne es.«

Vitaiin schwieg. Krixxo war gezwungen, mehr zu erzählen.

»Ich bin den Schrecken einst nicht direkt begegnet. Ich irrte damals lang umher. Das Sandmeer ist groß, und größer, wenn man ewig nach Norden wandert. Ich habe es nur knapp überlebt. Sonne um Sonne dachte ich, es gibt sonst nichts. Doch weder konnte, noch wollte ich zurückkehren. So lief ich weiter, bis die schwarzen Klippen am Horizont auftauchten. Ich lebte eine Weile im verwunschenen Wald, wo diese verdammten Biester mir mein Auge nahmen. Ich musste den Wald verlassen. Und bevor ich nach Süden ging, traf ich im Norden auf unüberwindbare Berge und Höhlen, die sich verschlossen, wenn ich ihnen zu nahe kam. Dort leben Wesen aus Stein, das müssen die Golem sein.«

In Vitaiins Augen sah Krixxo, dass er sie zum Zweifeln gebracht hatte. Dann streichelte er ihre Wange.

»Vertrau mir.«

Sie sahen sich tief in die Augen. Das Feuer knisterte und die Schatten tanzten über ihre Gesichter. Vitaiin vertraute ihm und nickte. Nun war sie bereit. Sie schloss die Augen und spitzte ihre Lippen. Einige Sandkörner lang geschah jedoch nichts. Dann öffnete sie überrascht ihre Lider.

»Was ist denn?«

»Pscht!«, fuhr Krixxo sie an. Dann flüsterte er.

»Da war etwas.«

Sie starrte mit ihm in den Wald, doch sehen konnten sie nichts. Dann raschelte ein Busch.

»Rühr dich nicht von der Stelle«, befahl Krixxo.

Dann stand er auf und ging auf den dunklen Wald zu. Langsam pirschte er zwischen die Bäume und verschwand auf einmal. Vitaiin sah ihm hinterher und fühlte sich plötzlich allein. Doch kurz darauf schrie jemand und ein Körper flog aus dem Wald mitten in ihr Lager. Es war nicht Krixxo. Dieser folgte erst dahinter, um den anderen geschwind zu Boden zu drücken und dort zu halten. Vitaiin sprang auf.

»Das glaube ich nicht. Das ist ein Goldmagier. Und er lebt noch.«

Krixxos Opfer zitterte am ganzen Leib und wehrte sich nicht. Krixxo betrachtete ihn.

»Einer der gebrochenen Sandmaare, die unsere Festung überrannt haben? So stark sieht er gar nicht aus.«

Er war sehr dünn und trug keinen Helm. Nur seine Rüstung und der Umhang funkelten gold. Sein gestreiftes Gesicht wirkte sehr jung, nicht älter als 20 Erdrunden. Vitaiin ließ keine Zeit verstreichen.

»Er muss ein Spitzel sein, von den Totlosen oder den Barbaren.«

»Dann dürfen wir ihn nicht am Leben lassen«, sprach Krixxo. Der Goldmagier meldete sich zu Wort.

»Ich Kon, ich nicht böse. Ich euch zeigen etwas, bitte nicht töten.«

Es klang weniger verlockend als tückisch, um darauf einzugehen. Krixxo fühlte sich beobachtet.

»Wer schickt dich?«

»Ich euch zeigen, ja?«

»Sprich, du Ekelflügler!«

Krixxo presste ihn mit seinem Fuß einmal kräftiger auf den Waldboden. Doch bevor der Fremde antworten konnte, stürzte sich Vitaiin auf ihn. Sie hielt dem Goldmagier den Mund zu. Krixxo wusste nichts damit anzufangen.

»Er soll sprechen, oder nicht? Was machst du?«

»Psst«, fuhr Vitaiin ihn an und flüsterte.

»Sieh in den Wald. Unsere Verfolger haben die Klippen überstanden. Da sind Geister von Triir. Sie sehen aus wie Heuler, blind und ungefährlich. Aber sie hören alles.«

Krixxo sah in den Wald. Zunächst war dort nichts. Dann sah er etwas Weißes in der Ferne. Und dort war noch mehr. Es waren Geister, die suchend zwischen den Bäumen schwebten. Sie hatten keine Gliedmaßen und wirkten körperlos – beinahe wie Irrlichter mit langen Augen und noch längeren Mäulern.

»Er hat sie hierher gelockt!«

Der Goldmagier versuchte zu sprechen, aber es gelang ihm nicht. Dann flog ein Geist in ihre Richtung.

»Wir müssen das Feuer ersticken, es knistert«, flüsterte Vitaiin ein letztes Mal. Da sie versuchten, leise zu atmen, schien das Feuer plötzlich unheimlich laut zu sein. Aber weder sie noch Krixxo wollten das Feuer löschen, da sie damit eine andere Gefahr beschworen hätten. Der Geist schwebte nun mitten über der Feuerstelle und lauschte.

Er war nur vier Fuß von Vitaiin entfernt. Das Fauchen und Knistern des Feuers trieb ihnen Schweißperlen auf die Stirn. Umso länger der Geist direkt neben ihnen verharrte, desto nervöser wurden sie. Sollten sie jetzt aufgespürt werden, waren sie maßlos unterlegen. Wenn der Totlose den Steinschlag überstehen konnte, hatten ihn vermutlich alle vier überstanden. Und niemand wusste, wie viele Barbaren zu dem Goldmagier gehörten. Dieser rang unter Vitaiins Händen nach seiner Stimme und erschwerte es ihnen zunehmend, leise zu sein. Viele Sandkörner später starrte der Geist immer noch in ihre Richtung, drehte dann aber um. Er verschwand wieder zwischen den Bäumen und die beiden Gefährten konnten sich wieder regen. Vitaiin und Krixxo schnappten nach Luft. Der Goldmagier nutzte die aufgelöste Spannung und biss Vitaiin in die Hand. Sie zuckte zurück und fiepste, verkniff sich aber einen Schrei. Bevor der Goldmagier seinen Mund aber öffnen konnte, spürte er das kalte Schwert von Krixxo an seiner Kehle.

»Ein Laut und du bist ...«

Während seiner Drohung merkte Krixxo, dass der Goldmagier an ihm vorbei starrte. Auch Vitaiin starrte in diese Richtung. Langsam drehte Krixxo seinen Kopf von der Feuerstelle weg. Ein zweiter Geist schwebte direkt vor seinem Gesicht. Krixxo fror seine Bewegung ein. Doch es war zu spät. Der Geist weitete sein großes Maul und schrie.

Krixxo wusste bereits, dass er nichts mehr tun konnte. Trotzdem schwang er sein Schwert und hieb nach dem Geist. Wie blau glühender Nebel teilte sich dieser nur kurz und setzte sich danach wieder zusammen. Das Kreischen wurde immer lauter. Es wurde so laut, dass sie sich ihre Ohren zuhalten mussten. Von den anderen Geistern war keine Spur, deshalb wussten sie, dass ihr Feind bereits in der Nähe sein musste. Als sich eine blaue Flamme aus dem Wald näherte, verpuffte der Geist wie Rauch in der Luft. Nun war es unangenehm leise. Sogar das Feuer war nicht mehr zu hören. Die blaue Flamme enthüllte das Schwert des Totlosen, dessen Konturen immer deutlicher wurden.

Der Goldmagier nutzte die Ablenkung zu seinen Gunsten. Er drückte Krixxos Bein zur Seite und war blitzschnell wieder auf den seinigen. Krixxo wollte ihn noch packen, wurde aber von Vitaiin zur Seite gestoßen. Eine grüne Kugel verfehlte Krixxo nur knapp. Energie hielt das Geschoss zusammen, Gift war ihre Essenz. Der Baum hinter ihnen hatte weniger Glück. Die Kugel hinterließ ein verwesendes Loch. Sie war aus der anderen Richtung des Waldes gekommen. Als sie sich umwandten, war der Goldmagier schon mit den Worten »Ich alle holen!« im Wald verschwunden. Der goldene Umhang war das Letzte, was sie von ihm sahen.

»Dieser verfluchte ...«

Wieder riss sein Satz ab. Sogar zum Fluchen blieb Krixxo nicht genug Zeit. Die Bäume vor ihm begannen zu verwesen, während im Wald ein grünes Licht leuchtete. Vitaiin blickte in die andere Richtung, wo sich das blaue Licht nicht mehr regte. Stattdessen breitete es sich aus und brennende Geister schossen auf sie zu.

Vitaiin hatte ihren Bogen schnell zur Hand und den Köcher nie abgelegt. Sie legte einen Pfeil an und schoss. Das Training machte sich bezahlt. Der Pfeil flog weit und traf ohne das Schattenspiel von Vitaiin. Der erste Geist explodierte.

»Brandgeister, sehr gefährlich«, sagte Vitaiin.

Pfeil um Pfeil leerte sich ihr Köcher. Als einzelne Geister zu nahe kamen, benutzte sie die Pfeilhand, um Schattenwesen zu formen. Sie flogen den Geistern entgegen.

191

Die Kollisionen wehrten eine ganze Schar ab. Dann setzte sie einen weiteren Pfeil an. Hinter den Geistern näherte sich der Totlose.

Währenddessen hatte Krixxo mit etwas anderem zu kämpfen. Die Bäume vor ihm verwesten zwar, aber sie starben nicht. Stattdessen regten sich ihre zersetzten Fratzen. Die Äste, die nicht abfielen, wurden zu Armen und die Wurzeln gruben sich aus der Erde. Die Bäume rissen sich geradezu aus dem Boden. Etwa ein Dutzend bewegte sich nun auf schlängelnden Wurzeln fort. Sie krochen auf Krixxo zu. Dieser drosch mit seinem Schwert auf den ersten Baum ein. Er war weich und modrig und zerfiel unter den Schlägen wie Butter. Doch die wachsende Anzahl drohte damit, die beiden Sandmaare einfach unter sich zu begraben. So schlug Krixxo weiter auf die Bäume ein, während sich dahinter das totlose Kind näherte.

Um Vitaiin herum wurde es immer heißer. Das Feuer machte sie panisch. Und je näher die Geister oder die brennende Klinge von Triir ihr kamen, desto mehr zitterte ihre Pfeilhand. Krixxo rief ihr über ihren Rücken hinweg zu.

»Ich habe eine Idee.«

»Ich bin ganz Ohr.«

»Benutze deine Schatten und schütze dich mit einem großen Schild.«

Vitaiins Schattenwesen flogen wild umher und wehrten noch immer Geister ab.

»Das wird sie nicht aufhalten.«

»Mach schon. Los!«

Vitaiin hatte keine andere Wahl. Sie rief ihre Wesen zurück und formte eine Schattenwand vor sich. Im nächsten Moment zog Krixxo sein Schwert aus einem Baum und stellte sich mit seinem Rücken eng an Vitaiin.

Dann bewegte er seine Arme und verstärkte den Wind in seine Richtung. Starke Böen zogen an ihnen vorbei und wirbelten den Waldboden auf. Das Lagerfeuer flammte wütend auf und peitschte in ihre Richtung. Schließlich wurden auch die brennenden Geister von dem Strudel, halb Wind, halb Feuer, gepackt. Viele wurden gegen die Schattenwand geschleudert und explodierten. Aber die meisten flogen daran vorbei. Hier trafen sie die lebenden Bäume und steckten sie in Brand. Krixxos Kombination machte die Beschwörungen des Feindes zunichte.

»Ist das alles?«, rief er in den Wald, wo das grüne Licht eben erlosch. Doch die Flammen hatten sich ausgebreitet und der Wald um sie herum begann Feuer zu fassen. Krixxo steckte sein Schwert in die Scheide. Mit beiden Händen verlangsamte er den Wind wieder. Dann leitete er den Luftstrom zum Himmel, damit das Feuer sich nicht ausbreitete. Der Waldbrand beschränkte sich auf die Bäume, die bereits brannten. Die Flammen dort wurden größer und reckten sich weit in den Himmel. Das Holz verbrannte rasend schnell und war im nächsten Augenblick verkohlt. Asche und schwarze Stämme waren das Einzige, was übrig blieb. Als das Feuer keinen Brennkörper mehr hatte, wurde es immer kleiner und erstarb schließlich ganz. Nur die Feuerstelle war von Krixxos Zauber verschont geblieben.

Die Gefahr war zunächst vorüber, doch der Kampf hatte eben erst begonnen. Vitaiin stupste Krixxo in die Seite. Sie hatte die Schattenwand aufgelöst und zeigte zum Rand des Feuers, wo sich ein Schatten ohne ihr Zutun erhob. Daraus trat ihre totlose Schwester, die beide Dolche gezückt hatte. Neben sie trat Triir, der sein brennendes Schwert hielt. Und im Wald leuchtete ebenfalls wieder das grüne Licht auf. Sie waren in der Unterzahl und der Feind war noch nicht einmal vollzählig. Ihre Freunde waren zu weit entfernt, also waren Vitaiin und Krixxo auf sich allein gestellt. Und schon rannten die Totlosen mit erhobenen Waffen auf die beiden Sandmaare zu.

TRAUMLAND

Okrhe parierte den Schlag. Dann schossen Blitze aus ihrem Stab. Der Sensenmann wirbelte zurück. Viele Sonnen und Monde hatte Okrhe gegen den Totlosen gekämpft, auch wenn sie diese hier nicht zählen konnte. Bis jetzt war kein Sieger hervorgegangen. Die beiden Kontrahenten befanden sich noch immer in Vitaiins Traumwelt. Und gleichermaßen die Schamanin wie der Sensenmann nutzten den surrealen Ort zu ihren eigenen Gunsten. Ihre Fantasie trug im Wesentlichen zu Form und Bild der verlassenen Landschaft bei. Okrhe nutzte ihr Wissen und entfesselte mächtige Gebilde der Schamanen, ohne dass sie die Zauber dafür kannte. So fochten sie Sense gegen Stab und Schild und fanden sich sogleich in einer Welt mit Lava speienden Vulkanen wieder. Sie umgab levitierendes Gestein oder Feuer. Und im nächsten Moment befanden sie sich auf einem Piratenfriedhof unter Wasser. Sie kämpften in versunkenen Schiffen und den Eingeweiden riesiger Meeresbewohner. Dann waren sie plötzlich im Fleisch der Erde und der Rest der Welt lag über ihnen. Wurzeln stemmten die Erdkruste auseinander und Steinadern formten weite Flüsse. Doch das Element, das die Schamanin wahrhaftig beherrschte, war der Sturm. Okrhe dachte an geladene Wolken und Gewittervögel. Und schon standen sie auf einem Wolkenpfad im Himmel.

»Blazza, vi, an, ima«, rief Okrhe.

Schon erschienen schwarze Vögel am Himmel, die Blitze spien und Wolken atmeten. Sie horchten auf den Befehl der Schamanin und stürzten sich auf den

Sensenmann. Dieser verlangsamte die Zeit und löste den Vogelschwarm mit einem einzigen Sensenschnitt auf. Er sprang von einer grauen Wolke und landete auf einem Berg von herbei gedachten Leichen. Okrhe blieb mitten im Himmel stehen und beschwor einen Blitzregen, der von den Wolken niederging.

»Vi, bizz, blazza.«

Der Sensenmann hielt seine Sense empor und lud die Klinge auf. Dann Schnitt er durch die Luft und ein Blitzbogen raste auf Okrhe zu. Er durchschnitt die Wolke unter ihr und sie fiel in den Leichenberg. Der Sensenmann rammte die stumpfe Seite seiner Sense in das Fleisch unter ihm und dutzende von Armen schossen empor. Sie grabschten nach Okrhe und zogen sie in die Tiefe, um sie unter den Kadavern zu ersticken. Sie stieß ihren Stab in den Bauch eines Toten über ihr und lud ihn mit elektrischer Energie auf. Daraufhin platzte der Körper und sie konnte nach oben klettern. Jetzt regnete es Blut. Unter ihr war plötzlich ein See und der Himmel war klar, aber beides leuchtete rot. Hinter ihr schoss der Sensenmann aus dem Bluttümpel. Sie hielt wieder ihren alten Schild zwischen sich und die Sense. Ihre Kraft ließ langsam nach und sie konnte die Klinge nicht länger abwehren. Also ließ sie den Kopf ihres Stabes in das Blut zu ihren Füßen gleiten. Der rote See leitete den folgenden Stromschlag gleichermaßen in ihren Körper wie in den des Sensenmannes. Beide zuckten. Immer noch drückte er seine Klinge gegen ihren Schild. Der Stromschlag war schließlich so stark, dass beide zurückgeworfen wurden und in tiefere Gefilde tauchten. Unter dem Blut folgte aber kein Boden. Wie ein Wasserfall floss es in die Tiefe und Okrhe befand sich im freien Fall. Sie fiel und über ihr raste der Sensenmann mit seiner Klinge auf sie zu. Dem Tode nach einem derart langen Kampf nahe, schloss sie die Augen. Aber dann spürte sie etwas aus der irdischen Welt. Es war eine kleine Hand.

LICHT

Knochen trafen auf Eisen. Krixxo und der Geisterbeschwörer Triir lieferten sich einen heftigen Schwertkampf, während Vitaiin große Mühen hatte, die Knochendolche ihrer Schwester mit ihrem Säbel abzuwehren. Immer wieder tauchte Lorreän in die Schatten und attackierte ihre Blutsverwandte von einer anderen Seite. Vitaiin versuchte, die Schatten zu packen, doch das Feuer warf sie wild umher. So parierte Vitaiin den rechten Dolch immer wieder mit ihrem Säbel und den linken mit einer Schattenbarriere. Sie wollte ihrer totlosen Schwester immer noch nicht schaden. Also kämpfte sie defensiv, obwohl der dritte Totlose hinter ihnen immer noch grünes Gift schleuderte. Krixxo kämpfte hingegen offensiv und tat es damit ihren Feinden gleich. Er trieb Triir mit seinen Schlägen zurück und machte Platz für Vitaiin, die ebenfalls zurückwich. Schließlich kämpften sie wieder Rücken an Rücken, als Triir Krixxo mit seinem brennenden Schwert zusetzte. Der nächste Giftball traf Vitaiins Rüstung. Die Schuppen, die Schutz vor scharfen Klingen boten, lösten sich einfach auf. Ein großes Loch blieb zurück. Und trotzdem hatte Vitaiin weiterhin mit den Dolchen ihrer Schwester zu kämpfen, die aus den Schatten schossen. Vitaiin und Krixxo wurden jetzt immer enger zusammengetrieben. Als ein weiterer Giftball folgte, nutzte Vitaiin die einzige Ausflucht, die ihr übrig blieb. Sie sprang in das Feuer neben ihnen. Doch bevor sie aufkam, formte sie eine Plattform aus Schatten. Jetzt stand Krixxo allein zwischen den Totlosen. Vitaiin rief ihm zu.

»Komm!«

Mit einem Satz sprang Krixxo zu Vitaiin auf die Plattform. In der Luft formte er einen Windstoß, der die Totlosen umwarf. Der Junge Grillin war jedoch zu weit entfernt und die anderen Beiden waren schnell wieder auf den Beinen. Lorreän tauchte wieder in einen Schatten und Triir sprang auf seine Opfer zu. Lorreäns Dolche ragten bereits aus der Plattform unter ihren Füßen. Krixxo blockte das Knochenschwert mit dem seinigen und ließ Triir auf die Plattform kommen. Lorreän stand Vitaiin bereits gegenüber, als Krixxo seine Gefährtin grob zur Seite stieß und selbst von der Plattform sprang. Der manifestierte Schatten verschwand und die beiden Totlosen stürzten ins Feuer.

»Nein!«, rief Vitaiin.

Sie wusste gleichzeitig, dass es das Richtige war. Krixxo lief um das Feuer und half ihr auf. Zusammen starrten sie in die Flammen. Vitaiin nahm Krixxos Hand. Doch der Kampf wollte nicht enden. Ein grüner Strahl durchbohrte die Flammen und schoss auf sie zu. Im letzten Moment formte Krixxo einen Windschild und Vitaiin verstärkte ihn mit einer Schattenwand. Beide hatten mit dem Strahl der Verwesung zu kämpfen. Sie ließen ihre Waffen fallen und benutzten beide Hände, um den gemeinsam errichteten Schild aufrecht zu erhalten.

»Er ist zu stark«, stellte Vitaiin fest. Doch plötzlich brach der Strahl ab. Sie pausierten und sahen zum Feuer. Die Flammen waren gewachsen. Sie färbten sich blau. Das Feuer kroch über den Boden und kreiste die beiden ein. Ihre Waffen waren außer Reichweite. Zwei schwarze Silhouetten erhoben sich aus dem Feuer vor ihnen. Eine dritte gesellte sich dazu. Von Erschöpfung und Todesangst übermannt, fiel Vitaiin in Krixxos Arme. Triir zog die Schlinge zu. Der Feuerkreis verengte sich. Die blauen

Flammen kamen immer näher, um sie am lebendigen Leib zu verbrennen. Für Vitaiin war es das schlimmste Ende, das sie sich vorstellen konnte.

Sie hörte ein Rascheln hinter sich und wusste, dass ihre Zeit vorüber war. Es musste der Goldmagier sein. Tatsächlich wäre sie lieber durch die Hand eines Barbaren als durch das Feuer gestorben.

Ein goldener Blitz zuckte hinter ihrem Rücken auf. Er zischte direkt an Vitaiin und Krixxo vorbei. Dann erstarrte Triir zu Gold. Das blaue Feuer erlosch auf der Stelle. Vitaiin blickte nach hinten und sah, womit sie gerechnet hatte.

»Ich alle geholt.«

Der totlose Junge lud gerade einen grünen Säurestrahl auf, als der Goldmagier wieder einen goldenen Blitz warf. Die Zauber trafen aufeinander. Gift und Gold tropften bei der Kollision zu Boden. Plötzlich schmolz das Gold, das Triir gefangen hielt. Es tropfte zu Boden und blaue Flammen bahnten sich ihren Weg nach außen. Das Gold hatte ihn nicht umhüllt, sondern seine schwarze Haut verwandelt. Somit schmolz ein großer Teil der totlosen Hülle und zwischen den schwarzen Resten trat ein nacktes Skelett zum Vorschein, welches von innen heraus blau brannte. Triir schoss sofort einen blauen Feuerstrahl auf den Goldmagier, der immer noch seinen Zauber auf den Jungen konzentrierte. Just in diesem Moment schoss ein weiterer Strahl aus dem Wald. Es war Eis, welches das Feuer abwehrte. Aus einer weiteren Richtung stürmte ein wildes Tier aus dem dunklen Blätterwerk. Es war ein Sandbär, der Triir packte und ihn in der Luft schüttelte. Als Lorreän ihm helfen wollte, verwandelte sich das Tier in einen Springfuchs und wich aus. Ein vierter Sandmaar trat aus dem Wald. Er schwang einen Hammer aus den Rippen eines Dünenwals und griff Lorreän damit an. Es war wahrhaftig Draggo, Vitaiins Versprochener. Die böse Schattenschwester wich aus, indem sie in die Schatten tauchte. Der Springfuchs rannte auf Triir zu und verwandelte sich in einen Eislöwen, um ihn erneut anzufallen. Triir rief einen Geist, der sich um das Tier schlang. Dann traf ihn allerdings ein Eisstrahl an der Schulter. Sofort schoss er mit blauem Feuer zurück. Es traf den Fremden im Wald und beendete den Beschuss. Dank der Ablenkung konnte sich der Eislöwe erneut verwandeln. Er nahm die Form eines Langhornfliegers an und entkam dem Geist. Das Tier flog empor. Dort verwandelte es sich wieder in einen Sandbären und stürzte auf Triir herab. Dieser wurde von dem Bären in Stücke gerissen. Der Goldmagier hielt immer noch dem Säurestrahl stand. Vitaiin und Krixxo versuchten, dem Kampfgetümmel zu folgen. Als Lorreän ein weiteres Mal in den Schatten verschwand, setzte Draggo seine Fähigkeit ein. Seine Hand begann hell wie die Sonne zu leuchten und das Licht breitete sich aus. Der Wald wurde davon geflutet, es war plötzlich taghell. Beinahe alle Schatten verschwanden. Nur ein kleiner, schwarzer Punkt auf dem Boden blieb übrig. Vitaiin ergriff ihre Chance. Sie ließ den Schatten schweben und formte einen Orb, in dem sie Lorreän gefangen nahm. Im selben Augenblick brach der totlose Junge seinen Zauber ab und floh in den Wald. Sie waren gerettet.

Der Sandbär verwandelte sich in eine wunderschöne, junge Frau. Sie war noch keine 20 Erdrunden alt. Um die Hüfte trug sie ein weißes Fell und darüber ein rotes. Darunter trug sie eine Lederhose und ein Lederhemd, welches mit verschiedenen Schuppen bestückt war – nicht zum Schutz – eher als Schmuckelement oder ähnliches. In ihre langen, roten Haare waren Federn geflochten. Ohne sie zu beachten, lief sie an Vitaiin und Krixxo vorbei, um nach ihrem Freund im Wald zu sehen.

Draggo folgte ihr. Er war komplett in weiße Panzerschuppen gekleidet. Auf dem Kopf triumphierte ein Helm aus Fischknochen. Als Schulterpanzer trug er Scheren einer Turmkrabbe und an den Knien rote Panzerplatten einer solchen. Draggo war nur etwas jünger als Krixxo.

Der Goldmagier war bereits vor Ort. Er fiel auf die Knie und schluchzte.

»Nein, bester Freund nicht gehen. Du Kon geändert. Kon dich brauchen.«

Als er merkte, dass sie ihn verloren hatten, weinte er fürchterlich. Draggo zog seinen Helm ab und erwies dem Verstorbenen die letzte Ehre. Er sprach zu der Frau.

»Illina, möchtest du dich nicht verabschieden?«

»Trauert der Tausendflügler über Aas oder freut er sich? Bei so viel Tod verhalte ich mich ebenso.«

Sie lehnte sich an einen Baum und sah auf die Leiche herab. Dass sie dieser Verlust wie die zahlreichen davor innerlich zerriss, überspielte sie.

Krixxo hatte eine Fackel entzündet und war mit Vitaiin zu der Gruppe fernab des Lagers gestoßen. Vitaiin wandte sich an Draggo.

»Ist er …«

Mehr brachte sie nicht heraus. Verschiedenste Gefühle brachten ihr Herz zum Pochen. Draggo sah sie an. Eine schlimme Zeit zeichnete seine Mine. Und trotzdem war zu erkennen, dass er sich freute, Vitaiin zu sehen. Dann nahm er sie in den Arm, wie es nur ein Liebender tat und sprach.

»Du musst mir alles erzählen.«

Vitaiin erwiderte die Umarmung nur zögerlich. Sie dachte an so vieles – wenig Gutes, viel Schlechtes. Was ihr aber die größten Sorgen bereitete, war der totlose Sandmaar, der sie nicht angegriffen hatte: Berrg, der Tierbändiger.

RITT IN DEN TOD

Dabii und Krosanť hatten Buchtstadt erreicht. Obwohl sie nach einer ganzen Sonne Marsch völlig erschöpft waren, hatten sie noch im selben Mond Okrhe aufgesucht. Jetzt saß Dabii neben der bewusstlosen Schamanin und hielt ihre Hand. Schnapp saß auf ihrem Kopf und schlief, nachdem er immer wieder neben ihnen her geflogen war. Krosanť machte Dabii Mut.

»De kannst dene Kräfte benetzen. De hast mech gehelt, also kannst de ach se helen. Glab mer.«

Dabii hatte noch immer Angst, ihre Fähigkeiten einzusetzen. Sie wusste immer noch nicht genau, wozu sie im Stande war. Aber sie wusste, dass es das eine von drei Malen schief gegangen war. Dann nahm Krosanť ihre Hand.

»De werst es schaffen.«

Dabii nickte und ließ Okrhes Hände langsam los. Sie legte sie auf den Bauch und schloss die Augen. Es wurde leise. Sie konnte den Wind heulen und den Regen fallen hören. Sie hörte Krosanťs starke und Okrhes schwache Atmung. Dann fühlte Dabii das Innere der Schamanin. Sie konnte fühlen, dass etwas nicht stimmte. Und darauf konzentrierte sie sich. Als Dabii ihre Augen wieder öffnete, leuchteten ihre Hände violett. Krosanť beobachtete den Zauber aufmerksam. Äußerlich änderte sich nichts. Auf einmal pulsierte Okrhes Körper. Kopf und Füße blieben liegen, nur die Körpermitte schoss empor. Dabii erschrak und zuckte zurück. Doch schnell legte sie Okrhe ihre Hände wieder auf. Sie konnte nichts mehr fühlen. Dann erlosch das violette Licht. Krosanť kam näher, um ihren Atem zu fühlen. Er war neugierig.

»Hat es geklappt?«

Sie atmete noch. Aber Krosanť fühlte keinen Unterschied zu vorher. Dabii betrachtete ihre Hände.

»Ich weiß es nicht.«

Sie sahen Okrhe erwartungsvoll an. Nichts geschah.

»Sie hat sich normal angefühlt, irgendwie.«

»End se est ken Monster geworden.«

Langsam krochen sie näher heran. Plötzlich hatte Krosanť einen Einfall.

»Ech habs.«

Er schnipste mit beiden Rechten.

»Vellecht est der Sensenmann noch da. End vellecht lässt er se necht gehen. End vellecht send das vele vellecht, aber es est ene Edee.«

Dabii ging darauf ein, wenn auch weniger euphorisch als er.

»Kann sein.«

»Est so. Bestemmt. Pass af. De wartest her, end ech merks den Kerl ab.«

In der Gefahr, Schnapp aufzuwecken, tätschelte Krosanť ihre Schulter. Der Pelzflügler schlief tief und fest. Und Okrhe gab der Pirat einen Kuss auf die Stirn. Dann sprang er auf und ging zum Hauseingang.

»Ech ben glech weder da.«

Schon fiel die Tür hinter ihm zu und Krosanť stand im Regen. Er sah zum grauen Himmel hinauf und öffnete seinen Mund.

»Mmh, lecker. Ech mag Wasser.«

Dann stapfte er glücklich durch das Nass. Die Freude ließ nach, als sich die Suche hinzog und der Regen stärker wurde. Die grauen Wolken über ihm zogen nicht ab, aber immer mehr stießen aus dem Norden dazu. Dann donnerte es.

»Ohje, das mag ech aber gar necht.«

Krosanť zog seinen Kopf ein. Vor Donner fürchtete er sich. Hastig lief er durch die Gassen von Buchtstadt. Das Regenwetter verwandelte sich in ein Gewitter. Ein Blitz zuckte über den Himmel. Und endlich fand er, wofür er gekommen war. Das Blitzlicht erhellte kurz die Gassen. Im Augenwinkel war es nur ein Schatten. Wenn man darauf zuging, war es ein Stein oder eine verdreckte Leiche. Doch tatsächlich war es ein Totloser, der schlief, um seine Kräfte zu nutzen. Vorsichtig schlich Krosanť näher heran. Das seichte Regenwasser unter seinen Füßen dämpfte seinen Gang. Und der gelegentliche Donner übertönte alles andere. Es war jetzt wieder dunkel. Der Nachthimmel war verdeckt und die Blitze zu selten, was aus mehrere Gründen gut war. Ein einziger Stromschlag hätte den ganzen Boden elektrisiert.

Krosanťs Augen hatten sich nur teilweise an die Dunkelheit gewöhnt. Er streckte alle seine Hände aus, damit er nicht aus Versehen gegen eine Wand lief. Schließlich hatte er den Totlosen wieder in der Dunkelheit verloren. Er machte einen Schritt zu viel und stolperte fast über ihn. Krosanť blieb stehen und regte sich nicht. Aber der Totlose machte keine Anstalten, sich zu bewegen. Dann grinste der Pirat.

»Das est far Okrhe.«

Er trat zu. Leider bewegte sich der Totlose nur wenig und Krosanť stieß sich seinen Zeh an. Der schwarze Körper war hart. Krosanť bereute seine Rache. Nun wollte er ihm umso lieber den Garaus machen. Er zog eine Bombe und platzierte sie – dann eine Stange Dynamit, eine weitere Bombe und so weiter. Die sechste Stange klemmte er in den Mund des Totlosen.

»Avalo, Sensenmann«, sprach Krosanť zur Hälfte in

seiner Sprache.

Dann kramte er seinen Funkengeber hervor. Wind und Wetter machten ihm das Entzünden der Lunten schwer, aber er schaffte es. Der Regen konnte die brennenden Schwarzpulverseelen der Zündschnuren nicht löschen. Im nächsten Moment verschwand Krosant hinter einer Wand. Er hielt sich beide Ohren zu.

Eine riesige Explosion folgte. Der Boden und die Holzwände der Gebäude erzitterten, die Pfützen schlugen Wellen. Beinahe wurde ein ganzes Haus eingerissen, doch es beschränkte sich auf ein Dreiviertel davon. Krosants Sicherheitsabstand zahlte sich aus. Als er einen Blick hinter die Wand warf, war der Totlose verschwunden. Er hatte ihn dem Erdboden gleich gemacht. Nach getaner Arbeit rieb sich Krosant stolz die Hände. Ein weiteres Donnern ließ ihn jedoch aufschrecken und er rannte geschwind zurück, um dem Sturm zu entkommen. Okrhe zu sehen, war das Einzige, was nun wirklich zählte.

Als Krosant zurück kam, war die Tür der hohen Hütte geöffnet. Sie wippte stark im Wind und machte einen fürchterlichen Krach beim Auf- und Zuschlagen. Der Pirat eilte rasch in die trockene Stube. Er schloss die Tür. Triefnass stand Krosant in dem Raum und konnte seinen Augen nicht trauen. Weder Dabii noch Okrhe waren an Ort und Stelle. Nur Schnapp war aufgewacht und flog wild im Kreis.

»He ehr, kene Zet zam Verstecken.«

Krosant wurde unruhig. Die Hütte war finster und nicht beleuchtet. Unbehagen machte sich breit. Dann konnte er Schritte hören. Eine Frau trat aus der Dunkelheit an ein Fenster.

»Wandle ich noch in der Trübheit der Träume oder ist es euch tatsächlich gelungen?«

Es war Okrhe. Krosanť sprühte vor Freude und Zunei-gung. Er lief auf sie zu und umarmte sie so fest er konnte. Dem Plappermaul fehlten die Worte. Langsam erwiderte Okrhe die Umarmung und lächelte.

»Es ist also wahrhaftig.«

Eine Träne floss Krosanť über die Wange. Er hatte nicht vor, die Umarmung aufzulösen. Dann wandte sich Okrhe an ihn.

»Geht es unseren Gefährten gut? Wo ist mein Vater?«

»Es blebt za hoffen. Krexxo helft Vetaeen, so we de wolltest.«

»Und das ist gut so. Aber wie hast du dieses Wunder vollbracht?«

Erst jetzt ging Krosanť einen Schritt zurück, hielt aber noch ihre Arme fest. Mit seiner dritten Hand kramte er einen Wasserschlauch hervor und bot ihn ihr an. Okrhe nahm ihre Hände wieder an sich, schnappte den Schlauch und trank ihn mit einem einzigen großen Schluck leer. Auch eine handvoll Kaktusbeeren konnte sie nicht ab-lehnen und verzehrte diese auf der Stelle. Während sie schmatzte, antwortete Krosanť.

»Das war de Klene.«

»Dabii? Aber wie?«

»Se hat Kräfte bekommen. Jetzt kann se helen, mehr oder weneger.«

»Erzähle mir alles davon.«

»Sofort, sofort. Aber wo est Dabee egentlech?«

»Ich dachte, sie sei bei dir? Als ich erwachte, war nur der augenscheinlich zu groß geratene Pelzflügler bei mir und flog genauso hysterisch im Kreis herum, wie nun.«

»Das est Schnapp. Ach en Werk von der Klenen.«

Mit diesem Satz drehte er sich um und ging hektisch zur Tür zurück. Okrhe hatte noch mehr Fragen.

»Dann ist sie aber nicht der Heilung mächtig. Es muss eine Art Mutation sein.«

Sie ging auf den Pelzflüger zu, um ihn näher zu untersuchen. Doch als Krosant́ die Tür öffnete und nach Dabii rief, flog Schnapp geschwind ins Freie, als hätte das Tier ein Ziel vor Augen.

»Wer pladern später. Jetzt messen wer erst der Kegel henterher. Dabee est weg. End das est necht get.«

Obwohl Okrhe lang geschlafen hatte, fühlte sie sich nicht ausgeruht. Den Traum hatte sie intensiver erlebt, als die ihr bekannten Wachzustände. Und da ihre Meditation nun unterbrochen war, hatte sie ihren angestauten Durst und Hunger auch noch nicht gestillt. Trotzdem folgte sie Krosant́ so schnell sie konnte. Mit einem einzigen Zauberspruch brachte sie sogar den Sturm zum Schweigen.

Angestrengt versuchten Okrhe und Krosant́ dem Pelzflügler durch die verwinkelten Gassen zu folgen. Die Wände hatten das Wasser gestaut und alle Spuren verwischt. Schließlich kamen sie aus der Stadt und erreichten die Bucht, wo sie gegen den Tiefseedrachling angetreten waren. Schnapp flog immer weiter und passierte die Grenze zum Sandmeer. Kurz davor blieben sie stehen. Okrhe betrachtete den Sand.

»Hier werden die Fußspuren wieder sichtbar. Aber sie stammen nicht von unserem Mädchen.«

Okrhe zeigte auf die großen Abdrücke im Sand. Sie erkannte das Tier, zu welchem sie gehörten.

»Sie stammen von einem Hammerhorn.«

»So wet em Osten?«

»Und noch dazu betritt es ungewöhnliches Terrain. Das Tier würde ertrinken, bevor es nur eine Düne überquert hat.«

Dann waren sich beide sicher. Okrhe sprach es aus.

»Sie wurde entführt.«

Einige Sandkörner lang schwiegen beide. Krosanť wusste nicht, was er machen sollte. Er hatte eine Frau gerettet, aber ein Mädchen verloren. Er hatte versagt. Sogar Schnapp war fort. Traurig sackte er in sich zusammen.

»Ech ben der schlechteste Afpasser aller Zeten.«

Okrhe sah ihn erschöpft und mitleidig an. Dann fiel ihr das weiße Wolfsfell auf, dass Krosanť zusammengerollt an der Hüfte trug.

»Das letzte Kind der Sandmaare soll nicht alleine unter Feinden sterben oder verdorben werden.«

»Was menst de damet?«

»Wir verfolgen sie.«

»Aber we? Za Feß enem Hammerhorn henterher? Eber das Sandmeer? Das est Wahnsenn.«

»Das Sandmeer wird uns nicht gefährlich, wenn wir den Spuren folgen. Wo ein Hammerhorn laufen kann ist der Sand hoch und das Wasser fern. Und wir werden nicht gehen, wir werden reiten. Reiche mir das Fell, das du bei dir trägst.«

Krosanť sah an sich herab und zögerte kurz. Dann knotete er das Fell von seinem Gürtel.

»Das hat Krexxo erbetet.«

»Gewiss ...«

Er gab es ihr. Okrhe flüsterte etwas. Es war kaum hörbar und der Wind trug es fort.

»Danke Vater. Bald werde ich wieder bei dir sein.«

Dann warf sie das Fell in die Luft und sprach einen Zauber aus.

»Lavin, vi, an, ima.«

Es breitete sich aus und sank zu Boden. Dort lag es und regte sich nicht. Krosanť starrte auf das Fell.

»Was war denn das?«

»Ich besitze die Kraft der Erde nicht. Es bleibt zu hoffen, dass der Gott der Erde mich erhört. Wir müssen Geduld haben.«

Sie mussten nicht lange warten. Das weiße Fell wölbte sich und Krosanť wich davor zurück. Es nahm von selbst Form an und an Masse zu. Das Fell erwachte zum Leben. Es legte sich um einen unsichtbaren Körper und wuchs in die Höhe. Als das Fell seinen rechtmäßigen Platz gefunden hatte, wurden die Knochen darunter erkennbar, die es ausfüllten. Alles was nicht vom Fell bedeckt war, erhob sich als lebendes Skelett. Auf dünnen Knochenbeinen stand das Wesen vor ihnen und heulte. Okrhe hatte einen Geisterwolf beschworen.

»Was est das?«

»Das ist das Wohlwollen eines Gottes. Es ist nicht zu bestreiten, dass mein Vater wollte, dass wir schnell wieder bei ihm sind. Ich werde ihn enttäuschen müssen.«

Okrhe nahm ihr eigenes Wolfsfell und wiederholte den Zauberspruch. Ein zweiter, brauner Säbelzahnwolf erhob sich und fletschte die Zähne zwischen Fell und Knochen. Okrhe setzte sich auf ihn.

»Die Geisterwölfe gehorchen meinen Befehlen. Sie werden uns tragen. Spute dich.«

Okrhe befahl dem Geisterwolf mit ihren Beinen den Aufbruch und ritt über die Schwelle zum Sandmeer.

»Das est men Mädchen«, prahlte Krosanť fälschlicherweise.

Als er es ihr gleich tun wollte, schnappte der weiße Geisterwolf nach ihm. Tiere schienen ihn nicht zu mögen, egal ob tot oder lebendig.

»Jetzt hab dech necht so. Was kemmert es dech, dass wer en den Tod reten. De best doch schon heneber.«

Als der Wolf zur Seite blickte, ergriff Krosanť seine

Chance und schwang sich schnell auf das Tier. Ohne ein Kommando rannte der Wolf los und folgte der Schamanin Richtung baldigem Sonnenaufgang.

ALTE UND NEUE FREUNDE

Vitaiin und Draggo waren fast den ganzen Mond lang wach und redeten, während die anderen schliefen. Nur Krixxo schloss seine Augen nicht und überwachte ihre Gespräche. Er wusste nicht, wie er mit dieser Situation umgehen sollte. Er war eifersüchtig, aber unterdrückte das Gefühl. Die Neuankömmlinge waren nicht willkommen, auch wenn sie ihnen das Leben gerettet hatten und wohl die letzten Überlebenden seines Volkes waren.

Da war Illina, die er noch als kleinen Knirps vor mehr als 14 Erdrunden in Erinnerung hatte. Da war Kon, der Goldmagier, dem er nicht vertraute. Und Draggo, der Schlimmste von allen: Stark, stattlich, klug, einfühlsam, perfekt – zusammengefasst: unausstehlich. Krixxo schlief in dieser Nacht beinahe weniger als dieser Heroe von einem Mann und Vitaiin, die eine lange, gemeinsame Geschichte verband.

Draggo erzählte ihr von der Flucht der Sandmaare. Wie sie zuerst viele waren und dann nacheinander fielen. Sie waren verfolgt worden und hatten sich verloren. Viele fielen der Trockenheit und den Gefahren des Sandmeers zum Opfer. Noch mehr starben im verwunschenen Wald, als der Feind zu nahe kam. Kon stieß erst spät zu ihnen. Aber Draggo versuchte, Vitaiin von dessen Wandlung zu überzeugen. Auch sie war skeptisch. Dann begann Draggo, in alten Zeiten zu schwelgen. Er sprach von ihrer geplanten Vereinigung und dass er die ganze Zeit gewusst hatte, dass Vitaiin noch lebte. Langeweile übermannte Krixxo. Schließlich redete Draggo ihn in den Schlaf.

»Wie dem auch sei. Alles hat sich verändert.«

Nach einer kurzen Weile wurde Vitaiin dem Schwelgen von Vergangenem überdrüssig und sie wechselte abrupt das Thema. Ihr war nicht wohl dabei, neben Krixxo über eine alte aber weiterhin bestehende Beziehung zu sprechen. Draggo schien sie blind zu verstehen.

»Es ist alles so grausam. Doch unsere Heimat ist fort, unser Volk hat sich gegen uns gewandt. Und es tut mir wirklich leid, aber das gilt vor allem auch für deine Schwester.«

Draggo deutete zum Schattenorb neben Vitaiin.

»Was willst du damit sagen?«, fragte ihn Vitaiin wieder geistesgegenwärtig aber vorsichtig.

»Sie ist eine Totlose, sie wird nie wieder eine der unsrigen sein.«

»Das kannst du nicht wissen.«

»Du hast das Gleiche gesehen, wie ich. Du hast das Gleiche erlebt, wie ich. Wir beide wissen es.«

»Sie ist meine Schwester!«

»Sie war deine Schwester und sie ist eine Gefahr.«

Draggo blieb einfühlsam und ruhig, seine Worte waren herrisch aber gerecht. Vitaiin hatte Angst, das Gespräch weiter zu vertiefen. Sie fürchtete sich davor, was als nächstes kam. Doch Wagnisse lagen nicht in Draggos Natur. Also kam er rasch auf den Punkt.

»Wir müssen den Orb zerstören. Er ist eine Gefahr für uns alle.«

»Nein, das werden wir nicht tun.«

Draggo sah sie eindringlich an. Vitaiin wich ihm nicht aus und blieb stur. Der Lichtbändiger kannte diesen Blick. Er wusste gleich, dass er hier nichts ausrichten konnte. Er streichelte ihre Hände.

»Bitte, denk darüber nach.«

Vitaiin blickte in die Augen, in die sie sich einst unendlich verliebt hatte. Sie konnte ihm hierbei nicht zustimmen. Es war unmöglich. Lang blickten sie sich im Schein des Feuers in die Augen und schwiegen, bis auch sie sich schlafen legten, um dem über allem wabernden Unheil auf die eine oder andere Weise kurzzeitig zu entfliehen.

Als die Sonne aufging, waren Vitaiin und Draggo schon wieder wach und sprachen weiter. Draggos tiefe Stimme riss Krixxo aus einem schönen Traum. Okrhe war ihm erschienen und Krixxo war sich sicher, dass dies ein gutes Zeichen war. Doch er blieb noch liegen, um weiter zu lauschen. Vitaiin beendete gerade ihre Geschichte. Und als sie davon sprach, die Golem im Norden aufzusuchen, wurde Draggo das erste Mal schroff.

»Du meinst die Höhlen am Rand des Waldes? Das sollten wir nicht tun.«

»Wir?«

»Wir sind die letzten Sandmaare. Wir werden uns nicht mehr trennen. Aber zu den Höhlen können wir nicht gehen.«

»Du hast mir doch zugehört Draggo. Es geht um die Legende, den Fluch des Sandes.«

»Ich stehe dir zur Seite und vertraue dir vollkommen. Aber die Höhlen sind gefährlich.«

»Wieso sind sie gefährlich?«

»Ich habe es in meiner Geschichte ausgelassen, weil es zu viele Tode gab, als das Details von Nöten gewesen wären. Aber wir waren dort. Wir flüchteten immer weiter in den Norden. Die Totlosen waren uns stets auf den Fersen und der Wald erledigte den Rest. Dann endete der Wald. Berge türmten sich vor uns auf und versperrten den Weg. Als der Feind kam, setzten wir alle Hoffnung auf die Höhlen. Doch sie verschlossen sich und überließen uns dem Tod.

Zuvor waren wir viele. Danach waren wir nur noch wenige. Der Kampf war entsetzlich, es war ein Gemetzel. Und wie viel Blut auch vergossen wurde, die Höhlen blieben verschlossen.«

Vitaiin sank ihren Kopf.

»Das wusste ich nicht.«

Draggo nahm ihre Hände.

»Ich glaube dir. Aber glaube auch mir. Wenn die Steine dort lebendig sind, dann haben sie kein Herz. Sie sind uns nicht wohl gesonnen.«

Er streichelte ihre kalten Finger. Jetzt sprang Krixxo auf und mischte sich ein – in erster Linie um die Streicheleien zu unterbinden.

»Du armer, armer Kerl. Mir kommen gleich die Tränen.«

Sein Plan ging auf. Davon überrascht, dass er wach war, ließ Vitaiin Draggo wieder los. Auch Illina und Kon wachten nun auf. Dann ging Krixxo auf sie zu und sprach weiter.

»Wie viel können wir noch ausrichten, frage ich dich, Draggo, Draans Sohn?«

»Wir können leben, anstatt den Tod zu suchen.«

»Das können wir nicht. Das Böse wird sich ausbreiten. Ich hatte nicht daran geglaubt, aber ich glaube an Vitaiin. Wir sind nirgends sicher.«

»Du sprichst wie ein Held Krixxo, Kromms Sohn. Aber ich höre nur den Treulosen in dir. Du bist ein Feigling. Jetzt kämpfst du für dein Volk und wenn es wirklich gefährlich wird, lässt du es wieder im Stich.«

Krixxo lief rot an und ballte seine Fäuste. Ein starker Wind zog auf. Im nächsten Augenblick zog er sein Schwert und hieb damit nach Draggo. Dieser hatte seinen Hammer nicht zur Hand, formte aber einen Turmschild aus gelbem Licht. Dann ging Vitaiin dazwischen und mischte sich ein.

»Ich werde gehen Draggo. Und wenn es so gefährlich ist, wie du sagst, so hoffe ich, dass wir nicht nochmal Lebewohl sagen müssen. Vor allem wenn es uns dieses Mal vergönnt wäre, es überhaupt zu sagen.«

Draggo dachte nach. Er ignorierte Krixxo und sprach zu Vitaiin.

»Wenn du nicht mit mir gehst, werde ich mit dir gehen. Aber denk an meine Worte, Geliebte.«

Er achtete nicht mehr auf die Klinge, die auf ihn zeigte. Er setzte sich wieder. Erst dann ließ Krixxo sein Schwert sinken und sprach weiter.

»Dann wäre das geklärt. Und was ist mit euch beiden?«

Krixxo deutete mit seinem Schwert auf Illina und Kon. Der Goldmagier war sofort eingeschüchtert.

»Das Schwert bitte wegnehmen. Ich mitgehen, ja? Bitte nicht mehr drohen.«

Illina verdrehte nur die Augen, aber nicht wegen Krixxo, dessen Auftritt jeder peinlich fand. Sie hatte von Anfang an ein Auge auf den rüden Mann geworfen. Er war das genaue Gegenteil von Kon, dessen weiches Gemüt Illina gleich gemissbilligt hatte. Ein Mann musste hart und verwegen sein, eben wie Krixxo. Sie sah ihn einige Sandkörner lang an und überließ ihrer Vorstellungskraft den Rest, was Krixxo zögerlich als ein Ja deutete. Er begann mit seinem Kommando.

»In Ordnung ... Wir wollen keine Zeit verlieren und brechen nach einem Happen Essen sofort auf.«

Er verschwand kurz im Wald und kam mit farbenfrohen Früchten und Beeren zurück. Einige warf er Illina und Kon schlecht gezielt zu. Vitaiin bekam am Meisten und Draggo ging leer aus. Aber Vitaiin gab ihm eine ihrer gelben, länglich gezackten Früchte. Draggo nahm sie dankend an und biss sofort hinein. Es schmeckte ihm nicht aber trotzdem grinste er Vitaiin an. Sie lächelte zurück. Dann lachte sie.

»Nein so geht das nicht, Dummerchen. Du kannst die Schale nicht mitessen. Aber das habe ich am Anfang auch falsch gemacht.«

Sie nahm ihm die Frucht wieder weg und zog eine Zacke nach der anderen ab.

»Hier, jetzt ist sie geschält.«

Draggo nahm die Frucht zurück und nahm einen weiteren, jetzt vorsichtigen Bissen.

»Mh, lecker. Ich verstehe das Prinzip.«

Draggo schmatzte laut und zufrieden. Er aß die ganze Frucht und hob dann Triirs gezacktes Knochenschwert auf. Dieses gab er Kon.

»Das ist ein gutes Schwert, es soll dich dort schützen, wo deine Kräfte es nicht können.«

Kurze Zeit später brachen die neuen Gefährten auf. Krixxo lief wie immer voran, Vitaiin folgte und dicht hinter ihr wachte Draggo. Neben Vitaiin schwebte noch der Schattenorb, in dem ihre totlose Schwester gefangen war. Da Kon sich nicht traute, ganz hinten zu laufen, bildete Illina die Nachhut.

Die Sonne stand weit oben am Himmel, als der verwunschene Wald endlich ein Ende fand. Vor ihnen erstreckte sich eine lange, unpassierbare Bergkette. Die besagten Höhlen waren schnell gefunden, da sie für Riesen angelegt waren. Jeder Höhleneingang hatte eine geometrische Form, die auf den ersten Blick natürlich wirkte. Zusammen näherten sie sich der ersten Steinpforte auf ihrem Weg. Runen, die zu tief waren, um mit einfachem Hammer und Meisel geschlagen zu sein, umrankten den

Eingang. Auch wenn sie diese nicht entziffern konnten, ließen sie immerhin auf Leben im Inneren schließen. Ehrfürchtig blieben sie davor stehen. Sie versuchten hineinzusehen. Doch es war zu dunkel. Die Gruppe zögerte. Nur einer ging allen voraus weiter.

Der Weg war nicht versperrt. Also trat Krixxo einfach ein. Er wurde langsamer und zog sein Schwert. Es schien ungefährlich zu sein, zumindest zunächst. Der Stein unter seinen Füßen begann, leicht zu vibrieren. Kleinere Steine bröselten von der Decke. Und Krixxo wusste bereits, was als nächstes geschehen sollte. Eine Felswand raste von rechts auf ihn zu. Er war darauf gefasst und sprang zurück, bevor sie ihn zermalmen konnte. Schon war die Höhle verschlossen. Krixxo drehte sich um und wandte sich an die Gruppe.

»Gut, das war zu erwarten.«

Mit seiner Klinge klopfte er an den Fels, der sich vor ihn geschoben hatte. Dieser vibrierte wieder leicht und ein dumpfes Grollen ertönte aus dem Höhleninneren. Als es verklang, ging Krixxo zu den anderen und sprach mit Vitaiin.

»So Schattenschwester, ich habe dich hergeführt. Jetzt ist es an dir, das Rätsel zu lösen.«

Da er sie nicht mehr beim Namen nannte, spürte Vitaiin förmlich die alte Distanz zwischen ihnen. Doch dieses Mal war es nicht der Mangel an Gefühlen, sondern das Übermaß, das dazu führte. Krixxo setzte sich auf das letzte Stück Wiese, das aus dem Wald ragte. Dann nahm er einen Stein zur Hand und schliff sein Schwert. Draggo und die Anderen blieben bei Vitaiin stehen. Obwohl Draggo ihre Route nicht guthieß, dachte er, wie der Rest, über ihr Hindernis nach. Schließlich öffnete sich die Höhle wieder von selbst. Obwohl Kon der Vorsichtigste von allen war, trat er als nächster einen Schritt vor. Doch weiter traute er sich nicht.

»Das ja gefährlich ist. Der Krixxo fast war Matsch. Ich keine Idee.«

Er begutachtete die Runen. Dann trat Vitaiin neben ihn und versuchte ebenfalls, die Zeichen zu deuten. Es war unmöglich. Krixxo sprach hinter ihrem Rücken.

»Okrhe hätte vielleicht eine Idee gehabt. Aber unser Haufen ist doch eher von geringer Geisteskraft.«

Mit einem Streich fühlten sich alle beleidigt. Doch das war Krixxo egal. Von seinem Verhalten angestachelt versuchte Vitaiin nun ihr Glück. Sie nahm Anlauf, um eine andere Taktik zu probieren. Erst jetzt blickte Krixxo auf.

»Bist du lebensmüde? Tu das nicht.«

Als er merkte, dass sie es ernst meinte, sprang er auf. Doch er konnte sich ihr nicht rechtzeitig in den Weg stellen. Vitaiin rannte los. Als sie den Stein mit ihren nackten Füßen berührte, vibrierte er sofort. Sie konnte bereits erkennen, wie sich die Pforte vor ihr schloss. Doch sie lief weiter. Die Felswand war zu breit und kam direkt auf sie zu. Dann konnte sie ein Licht sehen.

Vor ihr breiteten sich Schwingen aus Licht aus. Sie stoppten sie und gaben etwas nach. Bevor sie durch die Wucht zurückgeschleudert wurde, schlossen sich die Flügel um sie herum. Sie war in Sicherheit und in weiches Licht gebettet. Die Felswand vor ihr war verschlossen und als das Licht verschwand, konnte sie Draggos schwere Schritte hinter sich hören.

»Es tut mir leid, aber du wärst fast in den Tod gerannt.«

Vitaiin drehte sich langsam um und sah ihm tief in die Augen, die von Sorgen zerrüttet waren.

»Es geht mir gut«, antwortete sie schließlich angeschlagen und traurig. Dankbar fiel sie Draggo in die Arme.

Krixxo war tatsächlich erleichtert, dass Draggo zur Stelle gewesen war. Aber für einen kurzen Moment hatte er gedacht, dass Vitaiin es schafft. Und ihn ekelte Draggos Sanftmut an. Krixxo ließ sich wieder auf den Boden fallen. Vitaiin und Draggo setzten sich gemeinsam zu ihm. Illina und Kon folgten ihnen. Dann saßen alle im Kreis. Ein tiefes Schweigen überkam sie. Sie waren ratlos, Vitaiin allen voran.

DIE KRAFT DER SEE

Okrhe und Krosanť waren weit gekommen. Sie ritten Mond und Sonne durch und machten nur wenig Rast. Dass der Feind keine Rast benötigte, machten die Geisterwölfe mit ihrer Schnelligkeit wieder wett. Die Spuren des Hammerhorns leiteten sie ohne schwere Gefahren durch das Sandmeer. Doch das Tier, ihr Feind und Dabii blieben außer Sicht. Die Sonne hatte gerade den höchsten Punkt überschritten, da geboten Erschöpfung und Hitze ihnen wieder einen kurzen Halt.

»Komm, lass uns eine Rast einlegen, etwa auf der Düne dort. Dann werden wir alles überblicken.«

Krosanť hatte große Mühen, mit Okrhes Wolf Schritt zu halten. Sein Wolf war störrisch und machte, was er wollte. Deshalb ließ er sich einfach tragen und hoffte auf das Beste. Doch brennender Durst quälte ihn.

»Es est ene Sache, am Rand der Weste za leben. Aber es est etwas Anderes, se za darchqueren. Mene Kaktesblete, ens geht das Wasser as.«

Obwohl sie im letzten Mond von Wasser überschüttet worden waren, war nun die Trockenheit ihr grausamer Begleiter.

Auf der Düne angelangt, stiegen sie von ihren Reittieren ab und legten sich in den Sand. Okrhe sah in den Himmel. Eine einzige Frage brannte ihr auf der Zunge.

»Wie sind ihre Kräfte ausgebrochen? Welche Aufgabe musste Dabii bewältigen?«

Krosanť war trotz stechender Hitze schon fast eingeschlafen. Er öffnete wieder seine Augen.

»We was? Achso, dese Geschechte. Ech glab das war

ganz enfach. Ech war halbtot, Krexxo end Vetaeen haben sech mal weder gestretten, end dann war ech necht mehr halbtot.«

»Aber sie muss doch irgendetwas getan oder gedacht haben?«

»Hm, ja. Dareber haben se danach gesprochen.«

Krosanť schlief beinahe während seinem letzten Satz ein.

»Sprich weiter, raus aus deiner Traumwelt. Was war es?«

Okrhe klopfte mit ihrem Stab auf seinen Kopf. Krosanť war wieder wach.

»We was? Achso, es war wohl en Wensch. Se hat es sech gewenscht, end dann werde es wahr.«

»Nur ein Wunsch?«

Okrhe dachte darüber nach. Sie betrachtete ihre grüne Haut und ihren Körper, der halb Schrecke und halb Sandmaar war. Auf einmal sprang Krosanť wieder auf.

»Pe, mehr est heß end ech hab Derst. Gegen ens von bedem kann ech was machen. Bette se so get, end geb mer denen Stab.«

Okrhe war in ihre Gedankenwelt getaucht und merkte nicht, dass Krosanť ihren Stab stibitzte.

»Ech mach ens enen Schattenwerfer.«

Er richtete sich nach dem Stand der Sonne und hob den Stab, um ihn in den Sand zu rammen. Als er zustieß, zitterte der Boden.

»Oh oh, das war demm.«

Der Boden bewegte sich, Sand rieselte von der Düne herab. Okrhe war sofort wieder auf den Beinen.

»Was ist das für eine Hexerei?«

»Das, mene aller lebste Leblengsbleme af der Welt, est en Denenwal.«

Und Krosanť hatte ihn geweckt. Es blieb keine Zeit, um

auf die Reittiere zu steigen. Die Wölfe hatten sich ohnehin schon auf festen Boden gerettet. Krosanť packte Okrhes Stab und nahm sie an die Hand. Er rannte voraus und zog sie hinter sich her. Sie mussten dem Dünenwal entkommen, bevor er abtauchte. Der Boden sank tiefer. Immer weniger Sand und mehr dunkelblaue Haut kam unter ihren Füßen zum Vorschein. Eine Sandfontäne schoss neben ihnen empor und legte das Atemloch des Wales frei. Okrhe und Krosanť rutschten aus und rollten ein Stück den gewölbten Rücken herab. Und bevor sie wieder aufstehen konnten, gab es keinen Boden mehr. Der Dünenwal erzeugte bei seinem Tauchgang einen Sog, der sie unter den Sand und ins Wasser zog.

Krosanť war als erstes wieder über dem Sand. Er suchte Okrhe. Diese tauchte kurz auf, um wenige Sandkörner darauf mit den Worten »Ich kann nicht schwimmen!« zu versinken.

Zum ersten Mal konnte Okrhe das Sandmeer von der Kehrseite aus betrachten. Nur wenig Licht fiel durch die Sanddecke und alles war blau und dunkel. Unter ihr war ein riesiger Körper, der die Tiefe suche. Und sie folgte ihm. Okrhe rang nach Luft und schluckte mehr und mehr des salzigen Wassers. Ihre Lebenskraft schwand, während sich ihre Lungen füllten. Sie sank immer tiefer und bewegte Arme und Beine immer langsamer. Schließlich stellten sich Okrhes Bemühungen ein und sie schloss ihre Augen. Sie ertrank.

Ein Stromimpuls holte sie zurück ins Leben. Doch sie war immer noch unter Wasser. Blaue Blitze erhellten das Meer, das zunehmend dunkler wurde. Ihr Stab versank neben ihr und zischte. Er war die Quelle der Elektrizität, die zu ihr strömte. Und obwohl sie aufgehört hatte zu atmen, war sie wach und fidel.

Der Stab trieb noch immer neben ihr durch das Wasser. Etwas anderes erregte ihre Aufmerksamkeit. Etliche Meeresbewohner tummelten sich um sie. Okrhe vernahm große Schemen zu allen Seiten. Dort lauerten sie und Okrhe konnte sie nicht erkennen. Es wurde wieder dunkel. Sie konnte aber noch ihre Präsenz spüren. Und dann stieß ein nächster Stromimpuls aus dem Stab, dieses Mal stärker und weitaus heller. Die Blitze zuckten einige Sandkörner lang durch das Wasser. Kleine Schemen gesellten sich zu den großen. Und im nächsten Augenblick konnte sie alle Kreaturen erkennen, die einen Kreis gebildet hatten, um sie anzustarren.

Es waren Schwärme aller Arten, die sie aus Erzählungen kannte und viele mehr. Da waren Wüstenwyrme und Schlingquallen, Stromflossler und Turmkrabben, Sandhaeie und Schlalangen. Dann gab es noch Wesen, die aussahen wie glitzernde Sterne oder geflügelte Galaxien. Das mussten die seltenen, aber wunderschönen Wasserfalter sein. Es gab Fische, deren Flossen wie bunte Vorhänge im Wasser schwammen. Einige Meeresbewohner waren farbenfroh getigert und klein. Und wenige hatten lange Hälse und waren sogar größer als die gefürchteten Sandhaie.

Okrhe griff nach ihrem Stab. Der Kreis, den die Tiere um sie herum gebildet hatten, öffnete sich an einer Stelle. Etwas Großes kam auf sie zu. Waren die Schemen zuvor groß gewesen, die riesige Sandhaie gewesen waren, war dieses Geschöpf bestialisch. Doch die Blitze ließen nach und das Licht erlosch, während die Kreatur auf sie zu trieb. Es war wieder dunkel. Sie konnte nichts sehen aber bemerkte die Wellen, die langsam vor ihr wankten. Dann war es ihr, als befand sie sich Nase an Nase mit dem Ungetüm. Orkhe traute sich kaum, sich zu regen. Sie versuchte ihren Stab zu benutzen, doch er gehorchte ihr nicht. Dann wurde sie beleuchtet. Licht stieg vom Grund der Tiefe auf. Es wurde immer heller und teilte sich. Kleine Glühquallen stiegen empor und gesellten sich zu den anderen Meeresbewohnern. Das Licht erhellte eine Wand vor ihr. Sie war nur einen Atemstoß davon entfernt. Okrhe wich zurück, so gut es ihr unter Wasser gelang. Das Licht breitete sich aus und die Fläche vor ihr nahm gigantische Ausmaße an. Und jetzt konnte sie das Geschöpf sehen. Sie starrte direkt in seine Augen. Es war ein grauer Wal, noch größer und eindrucksvoller als der Dünenwal, den sie nie ganz gesehen hatte.

Kein Auge zuckte, keine Flosse regte sich – weder vor ihr noch um sie herum. Das Meeresvolk erwartete ihre Reaktion. Und Okrhes Angst verwandelte sich in Faszination. Langsam versuchte sie, sich dem Wal wieder zu nähern. Seine großen, leeren Augen ruhten auf den ihrigen. Okrhe streckte ihre freie Hand aus und berührte den schwimmenden Giganten. Langsam schloss sie ihre Augen, horchte und fühlte. Sie konnte das übergroße Herz spüren, das geruhsam in seinem Inneren schlug. Und sie spürte, dass es mit allem Leben unter Wasser verbunden war.

Plötzlich füllten sich ihre Lungen wieder mit Wasser. Okrhe konnte die glatte Walhaut unter ihrer Hand nicht mehr spüren. Und als sie ihre Augen wieder öffnete, war das Meer in großer Unruhe. Der Wal sah sie traurig an und drehte sich fort. Alle Meeresbewohner schwammen durcheinander. Dann ergriffen sie die Flucht. Und mit den Glühquallen verschwand auch das sanfte Licht. Es beugte sich der blauen Finsternis. Ein dumpfer Ruf ertönte aus der Tiefe. Okrhes Angst vor dem Ertrinken wich der Angst vor dem Ungewissen unter sich. Sie starrte in den unendlichen Abgrund. Wenige Reflexe der Quallen sanken wie Irrlichter herab und zeichneten eine gigantische Spirale in die Farbe des Wassers. Diese drehte sich um Okrhes Standpunkt und wurde immer größer. Dann erkannte sie den Kopf der Schlange, die ihr Maul weit aufriss, um Okrhe zu fressen. Doch es machte keinen Unterschied mehr. Denn zuvor versagten ihre Organe.

Für Krosanť war nur ein einziges Sandkorn verstrichen. Er nahm tief Luft und tauchte unter die Sanddecke. Dort hielt er nach Okrhe Ausschau. Es war schwer für ihn, im Schatten von Sand und Wasser etwas zu sehen und überhaupt die Augen offen zu lassen. Aber mit vier Armen kam er schnell voran. Als Krosanť ein gutes Stück unter der Wasseroberfläche zurückgelegt hatte, tauchte er wieder auf. Von Okrhe war keine Spur. Doch er gab nicht auf. Dieses Mal tauchte er tiefer. Und er hatte Glück. Unter ihm zuckten Blitze auf und spendeten ihm Licht. Mit einem Armpaar nach dem anderen schwamm er geschwind zum Ursprung der Energie.

Der Pirat konnte seinen Augen nicht trauen. In der Dunkelheit der Tiefe kreiste eine riesige Seeschlange um ihre Beute. Und die Beute war Okrhe! Sie trieb klein und unscheinbar in der Mitte und umklammerte ihren Stab, war aber bewusstlos.

Also schwamm Krosanť noch schneller. Alle vier Arme paddelten wie wild im Wasser. Und kurz bevor die Schlange Okrhe verschlingen konnte, packte Krosanť seine Angebetene mit drei Händen und zog sie zur Seite. Die scharfen Zähne landeten im Leeren. Krosanť umklammerte Okrhe und schwamm mit ihr nach oben. Die Seeschlange war dicht hinter ihnen und holte sofort auf. Bevor sie ein zweites Mal zubeißen konnte, erreichte Krosanť die Oberfläche.

Er stemmte Okrhe aus dem Wasser über den Sand. Sie war immer noch bewusstlos. Dank den Geisterwölfen konnte er aber rasch festen Boden erkennen und peilte ihn an. Die Seeschlange schoss empor, stürzte wieder herab und versuchte die Beiden mit ihrem Körper zu erschlagen. Sie verfehlte ihr Ziel nur knapp. Eine Druckwelle schob Okrhe und Krosanť dichter an das rettende Ufer. Jetzt kreisten die zahlreichen Finnen der Schlange über dem Sand und suchten ihre Opfer. Die großen Augen gruben sich aus dem Wüstenstaub und der Schlangenkopf raste auf die Beiden zu. Krosanť war nicht schnell genug. Doch Okrhes Geisterwolf nahm geschwind Anlauf und sprang auf das Meeresungeheuer zu. Er traf den Kopf und konnte das schlimme Schicksal von seiner Herrin abwenden. Nach einem kurzen Aufbrüllen bekam die Schlange den braunen Wolf jedoch mit ihren Zähnen zu fassen und zerfetzte Skelett und Fell in der Luft. Der andere Geisterwolf jaulte. Krosanť schwamm, wie er noch nie geschwommen war. Mit letzten Kräften konnte er Okrhe und sich an Land ziehen. Hinter ihnen waren noch das Kauen und das Knirschen zu hören. Und Orkhe regte sich immer noch nicht. Krosanť schrie sie erschöpft und voller Todesangst an.

»He, wach af! Wach af! Wer haben her ene Kanone za weneg.«

Okrhe reagierte nicht. Wie Krosanť es aus alten Piratengeschichten kannte, setzte er sofort, und halbwegs mit Vergnügen, zu einem sogenannten Luftkuss an. Er hatte ihren ersten Kuss lang herbeigesehnt, wenngleich nicht auf diese Weise. Doch bevor er ihre Lippen berühren konnte, hustete Okrhe einen Schwall Wasser in sein Gesicht.

»Na seper.«

Krosanť wischte sich den Sabber von den Wangen. Und

ehe Okrhe wusste, wie ihr geschah, oder sie sich bedanken konnte, wurde Krosant' davon gerissen. Die Seeschlange hatte seine Waffengurte erwischt und wirbelte ihn in der Luft herum. Okrhe war sofort wieder bei voller Geistesgegenwart.

»Löse deine Riemen!«, rief sie.

Ihre Stimme war leise und klang noch etwas heiser. Krosant' verstand sie nicht. Also tastete Okrhe nach ihrem Stab und wurde gleich neben sich fündig. Sie konnte die Seeschlange aber nicht mit Blitzen bekämpfen, da Krosant' einem Stromschlag ebenso ausgesetzt gewesen wäre. Die Schamanin pfiff und der weiße Geisterwolf stellte sich neben sie. Sofort schwang sie sich auf das elementare Reittier und spornte es zu einem Sprung an. Sie lud einen Hauch Elektrizität in ihren Stab und hieb damit in den Bauch der Seeschlange. Diese spuckte Krosant' daraufhin aus und er landete auf der gleichen Seite des Sandmeeres wie Okrhe und ihr Wolf. Sie hatten Glück. Es war eine Sandebene, auf der sie stehen konnten.

»Jetzt send wer wohl quett.«

Krosant' stand auf und schüttelte sich. Okrhe stieg von dem weißen Tier ab. Sie hatte einen Plan.

»Ich werde die Bestie zähmen.«

»Best de bekloppt? Se zerfetzt dech.«

»Wenn ich die Prüfung der Seegöttin nicht bestehe, ja. Doch die großen Kreaturen der See erheben sich nicht ohne Grund aus der Tiefe.«

»Ja, end we de her enen Grend hat. Se hat verdammt Henger, mene Lebe.«

Okrhe sah ihn eindringlich an.

»Ich muss auf ihren Rücken.«

Es blieb keine Zeit, weitere Worte zu wechseln. Die Seeschlange leckte sich bereits die Lippen.

»Get, get. Hoffentlech schmecken wer ehr wenegstens.«

Krosanť winkte mit seinen vier Armen und zog damit die Aufmerksamkeit der Schlange auf sich. Langsam baute er Abstand zu Okrhe und dem Wasser auf. Die Seeschlange schoss auf den Piraten zu. Krosanť brach seine Aktion rasch ab. Stattdessen rannte er jetzt um sein Leben, während die Schlange über den Sand kroch. Okrhe blieb auf dem Geisterwolf sitzen und ritt ihnen hinterher. Das Meeresungeheuer war hier nicht so schnell, wie im Wasser. Daher konnte der Wolf sie bei halber Länge einholen. Okrhe nahm ihre Beine hoch und stellte sich langsam aufrecht hin. Nun stand sie auf ihrem Reittier. Sie war nur einen Sprung von dem Schlangenkörper entfernt. Und sie wagte ihn. Okrhe machte einen großen Satz. Währenddessen schnappte die Seeschlange bereits nach Krosanť, der große Mühe damit hatte, genug Haken zu schlagen. Okrhes Aufprall auf dem harten Schuppenpanzer war heftig. Sie wäre durch die Geschwindigkeit fast abgeprallt. Mit aller Anstrengung schaffte sie es, sich auf dem Rücken der Kreatur zu halten – zumindest für den Moment. Aber sie rutschte immer wieder ab. Der Körper war zu glatt und die Schuppen wuchsen in die falsche Richtung, um sich wenigstens kurz daran festzuhalten. Okrhe schlitterte in die Tiefe. Sie fiel heftig zu Boden und rollte viele Fuß weit über den rauen Sand. Krosanť schlug einen letzten Haken und sah seine gescheiterte Gefährtin aus dem Augenwinkel. Er hatte keine Kraft mehr, weiter zu rennen. Also wurde er, mit dem Wissen über den nahenden Tod, immer langsamer, bis er stehen blieb.

»Emmerhen von enem Meeresengeheer gefressen, we es enem echten Peraten za steht.«

Er zog alle vier Pistolen und drehte sich ein letztes

Mal um. Es war kein Wunder, dass das nasse Schießpulver nicht zündete und die Pistole nur viele Male schnalzte. Die Seeschlange bäumte sich vor Krosanť auf. Sie starrte ihn an. Er drückte die Abzüge immer weiter und wartete ab, bis sie zuschnappte. Doch das tat sie nicht. Stattdessen bemerkte er Okrhe, die hinter der Seeschlange zum Vorschein kam. Sie sah mitgenommen aus und blutete aus mehreren Wunden.

»Wir haben es geschafft.«

Okrhe richtete ihren Stab auf die Kreatur. Er leuchtete blau. Erst jetzt senkte Krosanť seine Waffen.

»Aber we …«

Okrhe deutete auf ihre Waffe.

»Die Schuppe einer Seeschlange, eines von vier Artefakten, um die Elemente zu bändigen. Das war meine Mission.«

Sie bewegte den Stab und die Seeschlange bewegte sich mit ihm.

»Neben der Feder des Gewittervogels ist die Kraft der See nun das zweite Element, bei welchem ich nicht mehr die Gunst der Götter erbeten muss.«

»Oke, oke. Haptsache de best weder be mer.«

»Ich habe dem Wal zugehört. Ehe das Ende kommt, wird sich die Kraft der See erheben. Und bis dahin haben wir alle noch eine Rolle zu spielen.«

»Da redest werr, men Schatz.«

»Die Götter sind uns gewogen. Ich zeige es dir.«

Okrhe stand auf und nahm ihren Stab. Dann nahm sie Krosanť seinen Wasserschlauch weg. Sie hielt den Beutel hoch und sprach einen Zauberspruch.

»Wa, lo, mundo.«

Sofort blähte sich der Wasserschlauch auf. Okrhe gab ihn Krosanť zurück und wand den gleichen Zauber bei ihrem Schlauch an. Krosant' öffnete sein Trinkgefäß und sah hinein. Dann trank er. Es war das reinste Quellwasser, dass er je probiert hatte.

»Ohja, dese Götter mögen ens.«

Er war beeindruckt und wollte sie abknutschen. Doch Okrhe suchte etwas.

»Wir haben sie verloren.«

»Was haben wer?«

Krosant' wusste sogleich, was sie meinte und suchte den Boden mit ihr ab. Die Spuren des Hammerhorns waren fort.

»Wir sind mitten im Sandmeer und sind auf uns gestellt.«

»Aber verdersten können wer schon Mal necht. End dese Seekräfte können doch bestemmt noch mehr.«

Zum ersten Mal auf ihrer Reise gelang Krosant' auch ein Zauber. Er zauberte Okrhe ein Lächeln ins Gesicht. Und als sie an ihm vorbeiblickte, vergrößerte sich ihre Freude sogar.

»Siehe dort. Die Götter sind uns wahrlich gewogen.«

Krosant' drehte sich um. In weiter Ferne lauerte eine schwarze Erscheinung.

»Ech lebe schon lang geneg en der Weste, em za sagen, dass das kene Leftspegeleng est.«

»Ganz recht. Dieser Anblick ist wahrhaftig. Dort thront unser Feind.«

FOLTER UND VERRAT

»Hört auf! Hört bitte auf!«

Dabii weinte. Über ihren Körper tanzten violette Funken, doch sie konnte ihre Kräfte noch zurückhalten. Berrg, der totlose Sandmaar, hatte sie entführt und auf einem verzauberten Hammerhorn in die schwarze Festung gebracht. Nun war sie in der schrecklichen Obhut einiger Barbaren. Sie hatten sie in eine Zelle geschmissen und folterten ihre totlosen Eltern vor ihren Augen. Vermeintlich hatte sie es gewusst, aber nun war sie sich sicher. Bremm-Da und ihre Mutter Biitjana waren der dunklen Macht zum Opfer gefallen. Mit ihren bloßen Händen hieben die Barbaren auf die schwarze Haut ein, die davon Risse einbüßte. Direkt neben Dabiis Zelle saß ein blinder Barbar mit einer Augenbinde, der sie mit seinen Worten traktierte.

»Deine Eltern dich hassen. Sie totlos, aber ihre Seelen laut heulen. Du sie hören? Alles ein Ende hat, wenn du zaubern. Gib Sar seine Augen wieder. Mach Sars Krieger stark.«

Der Häuptling konnte ihr Schluchzen hören und das vergnügte Schnaufen seiner Männer. Dabii wollte seinen Worten keinen Glauben schenken. Aber der Anblick ihrer totlosen Eltern und allem voran ihre Folter quälten das kleine Mädchen sehr. Doch sie blieb stark. Und Sar verlor seine Geduld.

»Du nicht wollen, na gut. Jetzt du dran.«

Die beiden Barbaren wussten, was sie zu tun hatten. Sie gingen auf ihre Zelle zu. Dabii hatte furchtbare Angst. Ihre Zelle öffnete sich geräuschlos, die Gitter waren ein neuer Teil der schwarzen Festung. Die Barbaren rieben sich die schmutzigen Hände. Doch bevor sie eintreten konnten, marschierte Darg Agul in das Verließ.

»Rasch agar dun sandar.«

Sar sprang auf und drehte sich zu der düsteren Stimme um.

»Warum du hier? Sie unser Geschenk, du weggehen.«

Jetzt sprach Darg Agul in der Sprache der Gewöhnlichen

»Bringt mir das Mädchen. Eure Methoden sind primitiv. Und sie dauern mir zu lang. Folgt mir.«

Die Barbaren sahen sich unsicher an. Sie warteten auf Sars Befehle. Doch Darg Agul kam ihm zuvor.

»Sofort!«

Seine Stimme bebte. Sar nickte den Barbaren zu und einer von ihnen warf Dabii über seine Schulter. Sie wehrte sich, doch ihre kleinen Arme und Beine konnten nichts ausrichten. Einige Sandkörner später hatten sie ihr Ziel erreicht.

Vier Völker waren anwesend. Ein Sandmaar, einige Barbaren, viele Totlose und ein dunkler Herrscher. Letzterer gehörte einer uralten Spezies an. Darg Agul setzte sich auf seinen Thron und zitierte einen totlosen Sandmaar zu sich. Dieser trug eine große, runde Scheibe. Es war ein Spiegel. Und wie beinahe alles an diesem finsteren Ort, war er schwarz.

»Tu zar anar«, befahl Darg Agul.

Nur der Totlose verstand ihn. Dieser stellte sich zwischen den Thron und Dabii. Dann nahm er den Spiegel und stellte ihn direkt vor Dabii. Sie konnte sich in der schwarzen, glatten Oberfläche selbst betrachten. Und es schmerzte sie zunehmend, wie traurig sie aussah. Ihren eigenen Anblick fürchtend, wendete sie ihren Blick ab.

Dann ließ Darg Agul seine tiefe Stimme erklingen.

»Hier haben wir also den Schlüssel vor uns. Nun denn ...«

Er musterte Dabii eingiebig, die sich vor panischer Angst nicht rühren konnte. Dann fuhr er fort.

»Du kennst diesen Sandmaar bestimmt. Er kann durch die Augen verbundener Seelen blicken. Sieh in den Spiegel!«

Dabii wollte dem dunklen Herrscher nicht gehorchen. Doch als sie den Zauber hörte und die Lichtreflexe auf dem Boden sah, konnte sie ihre Augen nicht mehr dazu zwingen, wegzusehen. Sie sah direkt hinein. Am Rand kreisten Linien aus weißem Licht und Nebel, der sich ausbreitete. Schließlich verschwand die innere Schwärze und eine Wiese wurde sichtbar. Der Spiegel zeigte Dabii das Ende des verwunschenen Waldes. Und direkt vor ihr saßen Vitaiin und Krixxo. Sie waren zum Greifen nah. Doch als sie die Hand nach ihren Freunden ausstreckte, wurden ihre Sinne getrübt. Das was sie fühlte, war kalt und hart. Darg Aguls Stimme drang wie ein leises Donnergrollen an ihr Ohr.

»Deine Verbündeten sind nicht allein. Einer der Meinen ist bei ihnen. Und wenn du den Barbaren nicht sofort gehorchst, werde ich sie im Schlaf meucheln lassen.«

Jetzt sahen Vitaiin und Krixxo direkt zu Dabii und sie unterhielten sich. Sie schienen nachdenklich zu sein, witterten aber nicht die Gefahr, die in ihrem eigenen Kreis lauerte.

Dabii wurde wütend. Sie stand auf und ballte ihre Fäuste. Dann schrie sie und violette Blitze kamen aus ihrem Körper. Sie schossen in alle Richtungen. Die Barbaren um sie herum wurden getroffen. Sar stand ihr am nächsten. Er wuchs in die Breite. Er wuchs in die Höhe.

Er wurde größer und größer und seine Haut färbte sich rot. Der Barbar brüllte. Dann riss er seine Augenklappe ab. Darunter saß nun ein großes, gelbes Auge. Rechts und links wuchsen ihm zwei Weitere. Seine Rüstung krümmte sich, sein Mammutfell verdeckte immer weniger und sein Helm platze beinahe. Seine Axt, die zuvor riesig war, passte sogleich in eine einzige Hand.

»Ja! Ja!«, rief Sar und strotzte vor Kraft.

Schmerzensschreie, gepaart mit Jubel, gesellten sich dazu. Die Tortur der Wandlung bereitete den Barbaren Freude. Sie alle mutierten und wurden zu roten Kolossen. Sie hatten unterschiedlich viele Augen, verschieden lange Glieder und verschieden große Köpfe. Dann endete der Zauber und Dabii fiel erschöpft zu Boden. Sie wusste nicht wie, aber sie wollte überleben, um Vitaiin und Krixxo vor dem Verräter zu warnen. Und als sie nach oben blickte, erleichterte ein Hoffnungsschimmer ihr schweres Gemüt. Es war Schnapp, der Pelzflügler, welcher sie nach einem weiten Flug durch die Wüste endlich aufgespürt hatte.

DIE UNPASSHÖHLEN

Vitaiin und ihre Gefährten hatten etliche Sanduhren lang nachgedacht und noch länger geruht. Die Zugänge zu den Höhlen blieben ihnen noch immer verwehrt. Nun ging die Sonne wieder auf und kitzelte Vitaiin aus dem Schlaf. Sie waren an Ort und Stelle eingenickt und lagen weiterhin im Kreis zusammen. Nur ein Sandmaar fehlte. Vitaiin sah sich suchend um. Wo war sie? Wo war Illina?

Zu ihrer Linken lag Krixxo und zu ihrer Rechten Draggo. Sie überlegte kurz, wen sie aus dem geruhsamen Schlaf reißen sollte. Vitaiin entschied sich für Krixxo und schüttelte ihn heftig an der Schulter. Er war sofort wach und hatte sein Schwert griffbereit.

»Wer möchte einen Kopf kürzer gemacht werden?«

Krixxo sprach zur falschen Seite und ins Leere. Dann bemerkte er, dass Vitaiin die Schuldige war und sprach weiter.

»Ach, du. Warum weckst du mich? Lass mich schlafen und geh deinem Versprochenen auf die Nerven.«

Vitaiin sah ihn vorwurfsvoll an. Sie flüsterte.

»Ich konnte nicht ahnen, dass er noch lebt. Alle waren tot.«

»Tja, Wunder soll es geben. Doch meistens trifft es die Falschen.«

Vitaiin boxte ihn stark, sie war enttäuscht und wütend.

»Bist du auf den Kopf gefallen? Wir sollten für jeden Überlebenden dankbar sein. Ich weiß, wie du bist und wie du sein kannst. So bist du nicht. Ich war froh, dass wir uns näher gekommen sind.«

»Wir sind uns nur näher gekommen, weil wir die letzten unseres Volkes waren.«

»Das stimmt nicht!«

Krixxo empfand ähnlich wie Vitaiin, wollte darauf aber nichts erwidern. Also kam Vitaiin darauf zurück, weswegen sie ihn geweckt hatte.

»Illina ist fort.«

»Die Hautwandlerin? Wo ist sie?«

»Ich dachte, du hilfst mir, sie zu suchen?«

»Das werde ich nicht tun.«

»Wieso denn nicht?«

»Weil ich sie schon gefunden habe.«

Krixxo wollte selbstgefällig grinsen, doch unter den gegebenen Umständen konnte er seine Mundwinkel nicht nach oben zwingen. Also stand er nur auf und trat Draggo kräftig, um ihn zu wecken. Damit dieser es nicht persönlich nahm, trat er Kon ebenfalls. Sein zweiter Tritt war nur nicht ganz so stark. Die beiden Männer waren sofort wach und standen auf. Krixxo ging zu den Höhlen. Vitaiin sprang auf und folgte ihm, ohne auf Kon oder Draggo zu achten. Aus der Höhle vor ihnen kam Illina zum Vorschein. Sie hatte die Pforte passiert. Krixxo applaudierte.

»Wenigstens eine von uns hat etwas Köpfchen.«

Vitaiin fühlte sich gekränkt, während sich Illina geschmeichelt fühlte und lächelte.

»Danke, ich weiß. Aber um ehrlich zu sein bin ich einfach nur reingelaufen. Ich hatte nur etwas Hunger und war jagen. Wenn man ein Springfuchs ist, vergisst man alles um sich herum und konzentriert sich nur auf die Beute. Und plötzlich stand ich in der Höhle. Ich habe euch ein paar Happen übrig gelassen.«

Illina hob lächelnd ihre Hände, in denen fingergroße

Maden krabbelten. Sie waren grau wie Stein, hatten aber stellenweise bunte Härchen die im Licht schimmerten. Die Anderen winkten ab und gingen ein Stück zurück. Nur Kon griff eine der Maden und verspeiste sie am Stück. Er sprach mit vollem Mund.

»Dann du reingekommen, weil du Tier?«

Draggo nahm Illina die Antwort ab.

»Nein. Dann wäre sie, wie sie jetzt ist, nicht wieder herausgekommen. Es ist etwas Anderes.«

Sie stellten sich um Illina auf und musterten sie. Es war ihr etwas unangenehm, aber auch besonders, woran sie wiederum Gefallen fand. Krixxo fiel zuerst der reizvolle Vorbau auf und erwischte sich selbst beim Starren. Er bemerkte erst jetzt, dass sie für ihr junges Alter sehr attraktiv war. Kon war schnell mit seinen wenigen Gedanken überfordert. Er hörte auf, nachzudenken, bevor sein Kopf schmerzte oder er, wie so oft, aus Versehen sabberte. Vitaiin und Draggo grübelten noch.

»Was hat Illina an sich, was wir nicht haben?«, fragte Draggo in die Runde. Vitaiin fiel etwas auf.

»Es ist nicht das, was sie hat, sondern das, was sie nicht hat.«

Kon hielt seinen Kopf fest, da er maßlos überfordert war. Krixxo hingegen war motiviert, Vitaiins Gedankenweg vor Draggo zu erschließen. Trotzdem kam ihm Draggo zuvor.

»Es sind unsere Waffen. Illina trägt keine.«

»An das hatte ich auch gedacht.«

Vitaiin sah ihn mit großen Augen an, bereit ihre Theorie auf die Probe zu stellen. Krixxo warf Draggo einen giftigen Blick zu. Und als er begriff, was das alles für sein Schwert bedeutete, wurde sein Blick noch giftiger.

Illina ging voraus. Die Höhle blieb offen. Draggo legte

seinen Hammer zur Seite und bot Vitaiin seine Hand an. Doch Vitaiin zögerte.

»Darf ich voraus gehen?«

Draggo nickte verständnisvoll und ließ ihr den Vortritt. Vitaiin legte Bogen, Pfeile und ihren Säbel zu dem Knochenhammer. Sie sah kurz nach ihrem Schattenorb, der noch neben ihr schwebte, und lief dann los. Der Stein unter ihren Füßen war immer noch kalt, aber regte sich nicht. Und mit wenigen Schritten hatte auch sie die Pforte passiert. Illina erwartete sie auf der anderen Seite. Vitaiin drehte sich um und rief den Rest zu sich.

»Wir hatten recht! Kommt, lasst uns die Golem finden.«

Draggo folgte ihr sofort. Und als sich Kon davon überzeugt hatte, dass es sicher war, legte auch er seine Waffe, Triirs Knochenschwert, ab und ging ihnen nach. Nun wartete die Gruppe nur noch auf Krixxo. Doch dieser weigerte sich lautstark.

»Schlangenpisse, nein!«

Vitaiin antwortete ihm laut, damit er sie aus der Entfernung hören konnte.

»Sei nicht albern. Leg dein Schwert weg und komm.«

»Ich will nicht!«, rief er zurück und flüsterte dann: »Nicht mein Schwert ...«

»Sturer Wyrm«, flüsterte Vitaiin jetzt. Illina erwiderte etwas.

»Wyrme sind nicht stur, sie sind nur beharrlich wenn sie Hunger haben. Sie hauen aber sofort ab, sobald ein einziger, größerer Fleischfresser um die Ecke schwimmt. Dafür lassen sie sich beim Essen dann aber Zeit und es sich mit allen Sinnen schmecken. Ich spreche aus Erfahrung. Barbaren schmecken besonders gut.«

Vitaiin wusste rein gar nichts mit dieser Information

anzufangen. Keiner ging darauf ein. Kon wandte sich an Draggo und Vitaiin.

»Vielleicht gehen ohne ihn, wenn er nicht wollen?«

Draggo sah Vitaiin an und wartete auf ihre Reaktion, da es grundsätzlich Vor- und Nachteile hatte, ihn zurückzulassen – wobei die Nachteile praktischer und die Vorteile persönlicher Natur waren. Traurig sah Vitaiin zu Krixxo und wandte sich schließlich von ihm ab. Der Rest folgte ihr und Draggo erzeugte einen Lichtkegel, um ihnen zu leuchten. Krixxo atmete schwer ein und wieder aus. Er wog seine Optionen ab. Und schließlich entschied er sich dafür, Vitaiin nicht allein zu lassen. Er war selbst verblüfft, dass Vitaiins Schicksal ihn mehr kümmerte, als das seines Schwertes, das er selbst geschmiedet und liebevoll Windbrecher getauft hatte. Er streichelte die Klinge ein letztes Mal und legte seine geliebte Waffe vorsichtig auf die Wiese. Nach einem kurzen Moment der Trübseligkeit schnappte er sich eine der Fackeln, die immer noch brannte, und rannte den anderen hinterher.

»Ihr undankbares Pack. Wartet gefälligst.«

Vitaiin fiel ein Stein vom Herzen, als sie seine Stimme hörte. Sie drehte sich um, ging an den anderen vorbei und empfing ihn. Als sie voreinander standen, sah Vitaiin in Krixxos hellgraue Augen und sprach ein ernst gemeintes und gewichtiges Wort aus.

»Danke.«

»Keine Ursache, das bin ich meinen Verehrerinnen schuldig«, erwiderte Krixxo wiederum locker. Niemandem fiel auf, dass er mit einer Hand auf dem Rücken einen Windzauber heraufbeschwor. Erst als die Höhle pfiff und alle Haare durcheinander flogen, blickten wirklich alle zu Krixxo. Doch da war es bereits zu spät. Sein Schwert hob vom Boden ab und wirbelte auf ihn zu. Es flog direkt mit dem Griff in seine Hand.

»Haha, so trickst man eine Höhle aus. Windbrecher, mein Schatz, ich würde dich nie alleine lassen.«

Krixxo grinste breit und streckte sein Schwert triumphierend in die Höhe. Draggo schüttelte seinen Kopf.

»Das war höchst engstirnig und unklug von dir.«

»Hey Alleskönner, pass lieber auf, was du sagst. Ich werde dir sonst bestimmt nicht deinen perfekten Hintern retten, wenn wir hier drin von Was-Weiß-Ich-Was angegriffen werden.«

Er deutete wieder einmal mit seinem Schwert auf Draggo. Doch dann erzitterte die Höhle. Der Boden bebte und Steine lösten sich von der Decke. Alle drehten sich zu dem nahen Höhleneingang um. Aber dieser schloss im selben Augenblick. Und es war kein regloser Stein, der das Licht aussperrte. Es war ein Wesen, das wütend auf sie zu rannte und wie ein tollwütiges Hammerhorn stampfte. Draggo wusste sofort, dass er in allen Belangen recht gehabt hatte. Aber er unterließ es, seinem sturen Gegenüber noch etwas zu entgegnen. Dann verstärkte er sein Licht, das er draußen geerntet hatte, und übertraf den Lichtwurf von Krixxos erhobener Fackel bei Weitem. Sie konnten das Wesen jetzt deutlich sehen. Was war immer noch ein Stein. Allerdings hatte er Arme und Beine. Und seine Augen funkelten wie weiße Sonnensteine. Es musste einer der legendären Golem sein. Und er war zornig.

Das Steinwesen wurde immer schneller. Der Boden bebte zunehmend stärker unter seinen großen Füßen, sodass sich die Gefährten kaum auf den eigenen Beinen halten konnten. Dann brummte der Golem wie eine grummelnde Gewitterwolke in einer stürmischen Nacht.

»Grrmm!«

Krixxo fühlte sich nicht schuldig. Er stellte sich ihrem

Gegner aber als erster in den Weg. Der Sandmaar verließ sich wie immer auf sein Schwert und warf es nach vorn. Dann schuf er einen starken Wind, um die Klinge rotieren zu lassen und den Golem gleichzeitig zu verlangsamen. Draggo stellte sich neben ihn und füllte die Höhle komplett mit weißem, grellen Licht aus. Kurz waren alle geblendet und außer dem hellen Tunnel sahen sie nichts. Dann klirrte es und Krixxos Schwert flog ihnen entgegen. Es war zerbrochen.

»Nein, Windbrecher!«, brüllte Krixxo. Doch bevor er auf die Knie stürzen konnte, trat die große Gestalt aus dem Licht und brüllte erneut. Draggo und Krixxo erstarrten vor Entsetzen. Doch Vitaiin zerrte an ihnen, riss sie herum und schrie aus voller Kehle.

»Lauft! Lauft in die Höhle!«

Kon und Illina rannten bereits und Vitaiin war schnell hinter ihnen. Draggo und Krixxo folgten. Hinter ihnen krachte es und von der Decke regnete es immer größere Steine. Vitaiin drehte sich nicht um, merkte aber, dass Draggo und Krixxo zurückfielen. Es wurde stetig dunkler. Als nächstes konnte sie Illina und Kon nicht mehr vor sich sehen. Dann tauchte ihr Schattenorb beinahe vollkommen in Schwärze. Kurz zuvor konnte sie ihn jedoch mit ihren Händen umklammern, sodass ihre Schwester weiterhin in ihrem Gefängnis blieb. Als sich Vitaiin schließlich umdrehte, war jedes Licht, jedes Geräusch und jedes Lebenszeichen verschwunden. Sie fühlte nur noch die dünne Luft und das kalte Gestein unter ihren Füßen.

BLUMEN AUF DEM KOPF

Die Seeschlange zischte. Der Geisterwolf knurrte. Sie standen sich gegenüber und warteten auf die Reaktion des Anderen. Dann lief der Wolf im Kreis und die Schlange schnappte nach ihm. Immer wieder sprangen die Tiere vor und zurück, krümmten sich aber kein Haar.

»Genug mit der Zänkerei«, ertönte es neben ihnen.

Okrhe trat an sie heran. Sie ging auf den Geisterwolf zu und streckte ihre Hand nach ihm aus. Mit den Worten »Lavin, vi, an, ima« versickerte das Skelett im Sand und Okrhe hielt wieder das leblose, weiße Fell in ihren Händen. Die Seeschlange wippte traurig mit dem Kopf. Sie hatte nur mit dem Geisterwolf gespielt – auch wenn sie etwa zehnmal so groß war wie er, hatten sie doch Spaß gehabt. Okrhe vernahm die Enttäuschung des Tieres zwar, streichelte aber das Wolfsfell und dachte kurz an ihren braunen Wolf sowie das Blut, dass sie vor wenigen Erdrunden für dessen Fell vergossen hatte. Aber das neue Fell erinnerte sie an ihren Vater. So zog sie dieses gerne als neuen Umhang über und atmete eine starke Wüstenbrise ein.

»Ihr habt uns gute Dienste erwiesen.«

Ihre Worte richteten sich ein letztes Mal an die Geister der Erde. Dann wandte sie sich an die Seeschlange.

»Die Zeit der Spiele und Albereien ist vorüber. Nun sind Vorsicht und derweil Eile geboten.«

Die Schamanin setzte sich neben Krosanť hinter eine Düne. Die Seeschlange folgte ihr wie ein treues Haustier auf Schritt und Tritt. Sie hatten sich der schwarzen Festung genähert. Jetzt beobachteten sie diese und schmiedeten einen Plan, um Dabii zu retten.

»Mer fehlen leder vele detzend Bomben, em de alle dort wegzasprengen.«

»Es sind so viele. Das ist eine Armee, wie sie nur Götter der Zerstörung ersinnen können.«

Die Festung war umringt von hunderten totlosen Sandmaaren und tausenden Schrecken. Stetig stießen mehr Totlose aus dem Westen dazu. Und dazwischen standen sabbernde Kolosse, die ungeduldig auf das bevorstehende Blutvergießen warteten. Aus der Ferne wirkte es wie ein gigantisches Gewusel von kleinen Waldameisen und großen Feuerameisen. Und kam man diesem näher, ergaben sich die Ausmaße eines monströsen Heeres.

»We sollen wer da darchkommen?«

»Es gibt nur einen Weg. Wir müssen das Heer von einer Seite fortlocken.«

»Oke, also ech kann sehr lat sen, wenn ech well. Aber ech ben en besserer Schlecher, sagt man.«

»Wir werden beide schleichen. Ich hoffe nur, dass unsere Ablenkung nicht vergebens ist.«

Bevor sie ihren Plan in die Tat umsetzten, stärkten sich beide mit ein wenig des magischen Wassers. Okrhe beendete noch ihre Arbeiten an ihrem Totem und stand dann entschlossen auf. Krosanť hüpfte sofort auf seine Beine.

»Ech ben beret, wenn da es best.«

Okrhe nickte. Sie ging auf ihre Seeschlange zu und flüsterte etwas. Kurz darauf verschwand diese unter einer dünnen Sanddecke im darunterliegenden Wasser.

»Die Seegöttin soll uns beistehen.«

Der totlose Sandmaar Berrg ritt in diesem Moment auf seinem Hammerhorn durch die eigenen Reihen. Er sollte den Kolossen ihr Mahl zur Sonnenmitte überreichen.

Als sich die mutierten Barbaren um ihn versammelt hatten, stieg er von dem ahnungslosen Tier ab. Die gelben Augen des Hammerhorns funkelten. Wegen des Zaubers, der auf dem Dickhäuter lag, regte das Tier sich nicht einmal, als der erste Speichel auf es tropfte. Doch dann bebte der Boden plötzlich. Die Totlosen und das Hammerhorn blieben teilnahmslos stehen. Aber die Kolosse sahen sich irritiert um. Es bebte erneut. Und auf das dritte Beben folgte das riesige Meeresungeheuer.

Die Seeschlange schoss direkt neben dem Hammerhorn aus dem Wasser und einer dicken Sanddecke, um Berrg an einem Stück zu verschlingen. Der Bann des Hammerhorns wurde sofort gebrochen und es ritt wütend durch die schwarze Armee, trampelte alles und jeden nieder und lief in die lockende Freiheit. Die Seeschlange griff weiter an und zerriss oder zermalmte zahlreiche Totlose. Sie hatte die volle Aufmerksamkeit des Heeres und alle trieben auf sie zu, um das Ungeheuer zu beseitigen. Somit ebnete die Schlange den Weg für Okrhe zun Krosanť, die sich von der anderen Seite anschlichen. Das Heer teilte sich hier und alle Blicke waren abgewandt.

»Ja, wer schaffen es«, flüsterte Krosanť.

Okrhes Gedanken verweilten bei dem Schicksal der Seeschlange, auf das sie nun keinen Einfluss mehr nehmen konnte. Und dann erreichten sie die schwarzen Mauern.

»Flieh …«, wisperte sie und der Wind trug das Wort in die Ferne.

Zusammen schritten sie durch das offene Tor. Es war vom dunklen Herrscher selbst angelegt worden und erinnerte an das Maul einer Bestie. Jetzt waren sie unmittelbar hinter den Reihen des Feindes.

»Wir müssen uns trennen.«

Okrhes Worte erschütterten Krosanť.

»Bette was?«

»Unsere Flucht muss rasch vonstatten gehen. Wir dürfen nicht entdeckt oder von dem Heer eingekreist werden. Also gehen wir zwei Wege, um Dabii aus den Fängen dieses Übels zu befreien.«

»Also ech habe schon lang geneg Abenteer gespelt, am za wessen, dass das ene schlechte Edee est.«

Krosanť stimmte nicht mit der Schamanin überein. Doch Okrhe war wesentlich sturer als er, was sie von ihrem Vater geerbt hatte. Und sie versuchte, Krosanť auf ihre Weise Mut zu machen.

»Der Lauf der Dinge liegt nun in unseren Händen. Unterschätze nicht das Gewicht unserer Rollen, die uns alles abverlangen.«

Krosanť hob eine Augenbraue.

»Also en Abschedskess hätte es eher getan.«

Okrhe starrte ihn ernst an.

»Est ja get, est ja get. Aber wenn wer das eberleben, messt de drengend an denen Kampfreden felen. Los, retten wer de Klene.«

Okrhe nickte nur. Dann lief sie nach links und Krosanť ging, nachdem er ihr einige Sandkörner lang hinterher gesehen hatte, nach rechts.

Der Pirat war das erste Mal in seinem Leben in einer Stadt eines anderen Volkes. Er bedauerte es, nur das schwarze, heruntergekommene Abbild der Sandfestung beäugen zu dürfen. Dennoch konnte er sich die einstige Pracht des Außenbezirks gut vorstellen. Und dabei befand er sich erst im inneren des ersten Mauerrings. Zu seiner linken warteten drei riesige Turmspitzen und die zweite Mauer auf ihn. Doch zunächst blieb er auf der Hut, schlich von Haus zu Haus und suchte hinter jeder Wand Deckung.

Er war nicht allein.

»Dese Totlosen send eberall.«

Krosanť flüsterte. Totlose schlenderten ziellos und langsam durch die Gassen. Während vor der Festung schwarze Schrecken sowie Sandmaare lauerten, waren hier nur verdorbene Sandmaare stationiert. Zu seinem Glück war der Außenbezirk großflächig angelegt und Ruinen boten zusätzlichen Schutz. Krosanť spickte gerade um eine Ecke und legte seine Hände um eine Wand, da bemerkte er, wie heiß die schwarze Oberfläche durch die Sonne geworden war. Unter seinen Fingern zischte es.

»Ahje!«

Der Schmerzensschrei hallte durch das Gemäuer. Krosanť hielt sich schnell den Mund zu. Aber es war zu spät. Die Totlosen um ihn herum bewegten sich bereits auf ihn zu.

»Necht get. Gar necht get.«

Er ging einen Schritt zurück und schlich in das offene Haus neben sich. Dann suchte er eine Tür, um sie zu schließen. Doch das schwarze Häuschen hatte keine.

»Kene Teren? We blöd.«

Er erinnerte sich an die Reaktion von Vitaiin und daran, dass die Sandmaare keine Türen kannten. Während er sich versteckte, rotteten sich die Totlosen vor dem Haus zusammen. Krosanť hatte nur eine Idee, um seinem bevorstehenden Schicksal zu entfliehen. Eine Meuterei! Kurz bevor die ersten Totlosen das Haus betraten, schritt er mit offenen Armen heraus.

»Mene Frende. Set er es necht led, fer enen Terannen za arbeten?«

Die Totlosen waren völlig überrascht und regten sich nicht. Es waren viele Dutzend. Krosanť nahm einen nahe stehenden Jungen in den Arm.

»Ech mene, wer denkt an ech? Was bekommt er fer das Töten end Metzeln? Ehr solltet za den Geten kommen. De Bezahlung est vellecht necht de Beste, aber de Gesellschaft ...«, er dachte an Okrhe und wippte mit beiden Augenbrauen, »... Yame.«

Kurz darauf musste er schmerzhaft erfahren, wie unsinnig sein Plan war. Die Totlosen waren keine Individuen, sondern ein Teil der dunklen Macht. Der totlose Sandmaar in seinen Armen senkte seinen Kopf und biss zu. Er riss ein großes Stück Haut aus Krosanťs Unterarm. Der Pirat wich zurück.

»Ah, Schlangenpesse!«

Das hätte Krixxo in diesem Moment auch gesagt. Er sah den Totlosen an und bemerkte das riesige Maul und die spitzen Zähne.

»Was fer en Mest hast de der den gewenscht, verreckter ... was weß ech.«

Jetzt liefen die schwarzen Sandmaare wieder auf ihn zu. Sie kamen von allen Seiten. Die Totlosen hinter ihm packten Krosanť und rissen ihn um. Einer stellte sich vor ihn und richtete seine Hand auf ihn. Diese leuchtete jetzt grün. Krosanť schloss seine Augen und erwartete das Unvermeidliche. Als er sie wieder öffnete, hingen Blätter vor seinem Gesicht. Er fasste sich auf den Kopf. Dort wuchsen Blumen.

»Ha, haha, ehr set der Asschess der Armee, de, de nechts können.«

Krosanť lachte sie aus. Doch dann raste eine schwarze Faust auf ihn zu. Um ihn herum wurde es dunkel.

LAVIN, VI, TOTEM

Okrhe stellte sich sehr viel geschickter und besonnener an als Krosanť. Sie war in kürzerer Zeit sehr viel weiter gekommen. Und auch sie musste sich an einigen Totlosen vorbeischleichen. Die Schamanin huschte von Haus zu Haus und verweilte stets in den Schatten. Dann erreichte sie das zweite Tor und befand sich sogleich im Inneren der Burganlagen. Unter der gleißenden Sonne trafen sich hier zahlreiche Treppen aus den verschiedensten Richtungen. Sie führten zu Bereichen der inneren Mauer, kleineren Hallen und den drei Türmen. Okrhe konnte sich sehr gut vorstellen, wie faszinierend diese Bauten gewesen sein mussten, als noch Sand ihre Fassaden formte – eine Vorstellung, mit der sie nicht allein gewesen war. Das Schwarz wirkte nur dunkel und trist und verschluckte die feine Architektur, die es zum Ursprung hatte. Zugleich verfehlte es seine Absicht jedoch nicht und wirkte durchaus bedrohlich. Okrhe spürte eine finstere Präsenz. Sie kam aus der Richtung der breitesten Treppe und führte zum höchsten der drei Türme. Die Schamanin hatte nicht vorgehabt, diesen Ort aufzusuchen. Doch nun, da sie die Anwesenheit spürte, trachtete Okrhe nach Aufklärung und einem Kräftemessen. Sie spürte eine Allmacht, die ihre neue Kraft in ihr auslöste. Das Gefühl triumphierte über die gebotene Vorsicht. Und ihr Durst nach Wissen besiegte ihre Vernunft. So entschied sich Okrhe, die erste Stufe der breiten Treppe zu nehmen. Und sie ging immer weiter. Der Eingang zum Turm schloss sich über ihr. Die Decke ließ sie in drohende Dunkelheit schreiten. Sogleich spürte Okrhe, dass sich ihr Vater an einem ähnlich finsteren Ort befinden musste. Doch er war weit entfernt. Mit großem Geschick und geübter Vorsicht erklomm Okrhe Stufe um Stufe ohne ihre Augen zu gebrauchen. Obwohl in regelmäßigen Abständen kleine Fenster folgten, trat das Sonnenlicht nicht ein, als traute es sich kaum, nur einen Strahl in die Finsternis zu setzen. Der Turm war breit. Zahlreiche Gänge zweigten sich von der langen Wendeltreppe ab. Okrhe nahm diese wahr, aber beachtete sie nicht länger. Hier und dort erreichten sie, wenn überhaupt, modrige oder abgestandene Luftzüge. Schließlich erreichte sie einen hellen Ausgang. Das Licht war nicht sehr stark, doch blendete dieser erste Andrang von Helligkeit sie und raubte ihr kurz die Sinne. Erst als sie den obersten Raum betrat, vernahm sie das, was sie umgab. Allerdings war es nun zu spät.

Eine dunkle Gestalt löste sich aus dem Licht und packte sie an der Gurgel. Okrhe schwebte einen Schritt über dem schwarzen Boden und rang nach Luft. Eine Stimme ertönte, die nach tosendem Wasser klang, das in die Tiefe eines Vulkans stürzte und sogleich unter Hitzequalen verdampfte.

»Rasch agar. War bardur! Du verfluchter Schelm! Wer bist du, dass du in meiner Festung herumschleichst und unaufgefordert meine Gegenwart aufsuchst?«

Okrhe konnte nicht antworten, der Griff um ihren Hals war zu fest. Doch sie erkannte das Übel, das sie trotz Voraussicht aufgesucht hatte. Auch wenn sie die dunkle Macht noch nie zuvor gesehen hatte, war diese Gestalt ganz eindeutig die Verkörperung dessen, was nach dem Tod aller trachtete.

»Ja, ich bin Darg Agul, dein Ende und das Ende aller.«

Er drehte die Schamanin in seiner Hand zu sich und betrachtete sie ganz genau. Erst jetzt sah Okrhe die

Untergebenen, die ebenfalls in der Turmspitze Wache hielten.

»Schanar rar gesch ... Ich kenne dich. Du bist jene Schamanin.«

Just in diesem Moment hob Okrhe ihren Stab. Die Feder darin erlaubte es ihr, ohne einen Zauberspruch den Gott des Sturms um Beistand zu ersehnen. Sie schloss die Augen und ein greller Blitz pulsierte, der den Herrscher des Grauens blendete und zurücktaumeln ließ. Okrhe befreite sich aus seinem Griff. Und der gleiche Übermut, der sie die Treppen erst erklimmen ließ, bewegte sie zum Verharren, anstatt besonnen die Flucht anzutreten. Es war ein weiterer Hinweis darauf, dass sie ihr neuer Machtgewinn eher tollkühn als weise wirken ließ.

Darg Agul gewann sein Augenlicht zurück und lachte finster und tief, sodass der ganze Turm erzitterte. Doch Okrhe ließ sich nicht entmutigen. Sie nahm das Kaktusholz zur Hand, dass sie geschnitzt und in Form gebracht hatte. Es hatte seine Farbe verloren und war braun geworden. Zahlreiche Gesichter oder eher Fratzen waren in die Oberfläche gearbeitet, die in alle Richtungen starrten. Die Detailarbeit war bemerkenswert. Jedes Gesicht sah anders aus. Nur die Münder hatten sie gemein, die allesamt weit aufstanden.

Okrhe hielt den Holzkorpus fest in ihrer Nebenhand und rammte ihn in den Boden. Es war merkwürdig, doch der schwarze Boden riss und der untere Keil verankerte sich an Ort und Stelle. Sofort sprach sie die Worte, die der Schamanin aus Gewohnheit auf der Zunge lagen. Doch der Zauber der See gelang auch so.

»Lavin, vi, Totem.«

Die vielen Augen auf dem Totem fingen an, blau zu leuchten. Darg Agul beobachtete das Spektakel jedoch nur mit geringem Interesse.

»Schwache Hexerei und Gauklerspiele ... Das soll mich unterhalten?«

Er lief auf seinen Thron zu. Wie beiläufig und trotzdem mit dem Gewicht von 1.000 schreienden Seelen verkündete Darg Agul ihr Todesurteil.

»Tas tag kasarr ... Reißt sie in Stücke!«

Seine Gefolgsleute horchten aufs Wort – eigentlich reagierten sie sogar schon davor. Ein großes Dutzend Totloser und ein kleines Dutzend Kolosse stürmten auf Okrhe zu. Diese beachtete die nahende Gefahr aber nicht und formte einen großen Wasserzauber. Es schienen sich alle Feinde gleichzeitig auf sie zu stürzen. Doch dann mischte sich das Totem ein. Aus den aufgerissenen Mündern schossen starke Wasserstrahlen, die den Gegnerkreis nicht nur in alle Richtungen zurückwarf, sondern auch weit auf die umgebenen Balustraden und damit gen Abgrund schleuderte.

Zwischen dem Durcheinander erklangen gleichzeitig die Worte »Vi, li, fa, chu« und eine große Seeschlange aus Wasser peitschte auf den dunklen Herrscher zu. Darg Agul wurde von der Wasserverkörperung, die ihren Ursprung in Okrhes Stab nahm, überrumpelt. Bevor er den Thron erreichte, traf ihn die blaue Seeschlange von unten und schleuderte ihn gegen die Decke. Die schwarze Oberfläche des Raums splitterte und auch sein Körper wurde stark lädiert – noch stärker, als er wieder auf dem Boden aufkam. Risse schlängelten sich über seinen Körper.

Währenddessen wurde jeder Scherge, der wieder auf die Beine kam, von dem Totem mit einer endgültigen Fontäne in die Tiefe gestürzt.

»Wal wan wardar!«, brüllte Darg Agul, als er sich wieder aufrichtete. Dann stampfte er wütend auf die

Schamanin zu. Okrhe ließ ihm keine Zeit. Sie schleuderte abwechselnd Wassergeschosse und Blitze auf die schwarze Gestalt. Aber jetzt prallten sie einfach von ihm ab. Darg Agul schlug seine Fäuste ineinander, woraufhin sie zu riesigen Stachelkeulen anschwollen. Mit beiden Armen schlug er nach Okrhe. Im letzten Moment wich diese aus. Da ihre Elemente bisher wenig Wirkung gezeigt hatten, versuchte sie den Gott des Vulkans um Beistand zu bitten.

»La, vo, mag, mar.«

Zuerst geschah nichts und Darg Agul holte zu einem vernichtenden Schlag aus. Doch dann flogen Flattern aus purem Feuer um ihn herum und explodierten auf seiner schwarzen Haut. Es war zwar nicht der Zauber, den Okrhe beschwören wollte, aber er zeigte Wirkung – wenn auch nur kurz.

Rauchschwaden umgaben den schwarzen Riesen. Okrhe wartete gespannt, bis der graue Qualm sich lichtete. Dann bekam sie es mit tiefster Furcht und Klarsicht zu tun. Sie hatte einen Fehler begangen. Darg Agul grinste nur. Er war unversehrt und seine Wundmale verschwanden von selbst.

»Du elendige, schwache Kreatur.«

Sein Grinsen verwandelte sich abrupt in urbösen Zorn. Mit einer einfachen Geste kontrollierte er den schwarzen Boden und hunderte von Händen gingen daraus hervor, um Okrhe zu packen. Sie krabbelten an ihr empor und hielten sie fest. Darg Agul kam näher und schlug sie mit seiner kolossalen Rückhand. Okrhe wäre durch den Thronsaal geflogen, hätten sie nicht die schwarzen Hände festgehalten. So prallte sie um so stärker und ohne Umwege auf den harten Boden. Die schwarzen Hände lösten sich von ihr und verschwanden wieder im Grund, damit Darg Agul sie treten konnte. Es fühlte sich wie ein Erdrutsch an, der einzig und allein auf ihre Rippen zielte. Sie rutschte durch den ganzen Raum bis hin zu einer der Balustradensäulen, die sie hart bremste und ihren Rücken brach. Okrhe konnte sich vor Schmerzen kaum noch regen. Doch Darg Agul hatte noch nicht genug. Er stampfte erneut auf sie zu. Okrhe stand nur noch ein Element ihres Repertoires zur Verfügung. Also versuchte sie es mit diesem allerletzten ihrer möglichen Auswege und sprach zu dem Gott der Erde.

»La, bro, vogg.«

Ihre Stimme war leise und schwach. In ihrer freien Hand sammelten sich sandfarbene Partikel. Sie zielte auf die Verkörperung purer Bosheit vor sich. Der Zauber löste sich von ihrer Hand und flog wie eine Brise Staub davon. Er wehte in Darg Aguls Gesicht und zersetzte sich dann gänzlich. Es bewirkte rein gar nichts.

Darg Agul packte sie an einem Fuß und hielt sie erneut empor. Das der Zauberspruch nicht gewirkt hatte, konnte viele Ursachen haben. Doch Okrhe war sich sofort im Klaren darüber, was es zu bedeuten hatte.

»Ich weiß, was du bist«, flüsterte sie.

Darg Agul zögerte mit seinem finalen Schlag.

»Rasch dun lahar ... Du weißt nichts!«

Er holte weit aus, um sie sogleich vom Turm zu werfen. Sie wurde nach vorne geschleudert, aber nicht losgelassen. Stattdessen wippte Okrhe zurück und hing wie ein gekrümmtes Pendel an seinem Arm. Darg Agul schien eine Eingebung zu haben.

»Ich habe mich geirrt. Dein Ende ist nah, aber ich werde dich noch nicht erlösen. Nicht jetzt. Das Mädchen wird schwächer. Vielleicht wird das Leid ihrer Freunde sie anspornen. Du wirst ...«

Die letzten Worte konnte Okrhe nicht mehr verstehen, da die Energie ihren Körper verließ und ihr Geist an die Türen des Jenseits klopfte.

FINSTERNIS

Sie war allein. Es war dunkel. Hätte sie die kühle Luft in ihren Lungen und den kalten Stein unter ihren Füßen nicht gespürt, hätte sie sich im ewigen Nichts verloren geglaubt. Vitaiin hangelte sich von Wand zu Wand, von Gang zu Gang. Sie wusste nicht, ob sie tiefer ins verschluckende Höhlengeäst geriet, näher an einen Ausgang und die ersehnte Sonne kam oder sich auf nur einen ihrer Gefährten zu oder fort bewegte. Sie war allein. Es war dunkel.

Vitaiin hörte etwas in der Finsternis. Es war langsam und hörte sich wie ein Dolch an, der langsam über den Stein kratzte und immer wieder absetzte, um mit dem unangenehmen Schlurfen erneut zu beginnen. Sie war dem Unbekannten vor sich ausgeliefert. Zu ihren Ungunsten konnte sie sich nicht einmal auf ihre Hände zur Verteidigung setzen. Vitaiin musste die Schattensphäre, das Gefängnis ihrer totlosen Schwester, umschlossen halten, damit diese nicht den umliegenden Schatten entschwand.

Das Geräusch wurde lauter. Es kam näher. Vitaiin presste sich gegen die Höhlenwand, ohne zu merken, wie dicht sie noch an der gegenüberliegenden Wand stand. Sie atmete langsamer und leiser. Dennoch wurde ihr Herz schneller und als das Geräusch direkt neben ihr war, wurde sie von etwas Hartem getroffen. Es streifte ihren Körper nur, schlug aber etwas heftiger gegen ihr Kinn. Sie konnte sich ein kurzes Stöhnen nicht verkneifen. Doch anstatt die Aufmerksamkeit des Geräusches auf sich zu ziehen und von einer wilden Bestie des Untergrunds in Stücke gerissen zu werden, hörte sie plötzlich einen Mann kreischen und das Geräusch verwandelte sich in ein schnelles

Scheppern, welches rasch das Weite suchte. Sie ergriff sofort die Initiative.

»Kon?«

Der Name hallte laut durch den Gang und wurde weit fortgetragen. Das Klappern und Poltern verstummte abrupt. Dann kam es wieder leise und gemächlich zu ihr zurück.

»Kriegerin der Schatten? Du das?«

»Ja. Wo bist du?«

»Hier.«

Kon streckte seine Arme aus, um nach ihr zu tasten. Vitaiin versuchte das Gleiche mit ihren verschlossenen Händen. Sie gerieten ungeschickt ineinander und Vitaiin stieß sich erneut ihren Kopf an Kons Schulterplatten.

»Au!«

»Oh, ich so froh dich zu sehen, Kriegerin. Oder eher … zu fassen.«

Kon grapschte ungelenk nach Vitaiin und berührte die ein oder andere intime Stelle. Vitaiin schlug reflexartig nach seiner Backe, streifte sie aber nur. Es war zu düster für gute Manieren oder Züchtigungen. Kon entschuldigte sich trotzdem.

»Mir leid tun.«

Er traute sich jedoch nicht mehr, sie loszulassen und behielt eine Hand an ihrem Arm.

»Es ist nichts passiert. Wir müssen die anderen finden. Und wir müssen um Gehör bei den Wesen aus Stein bitten. Krixxos Ego bringt uns noch alle um!«

Kon nickte, merkte aber nicht dabei, dass Vitaiin seine Geste überhaupt nicht sehen konnte.

Die Schattenschwester ging voran. Der Goldmagier hielt sich an ihrem Arm fest und blieb dicht hinter ihr. Es war eine weiche und trotzdem unangenehme Berührung, da Kon sie mit einem einzigen Gedanken in Gold verwandeln konnte. Unbehagen und Misstrauen zu der Person in ihrem Rücken ließen Vitaiin immer schneller gehen, obwohl sie sich nicht von ihm lösen konnte oder wollte. Hätte Vitaiin auf den Wissenspool ihrer Mitmaarin Dabii zugreifen können, wäre sie noch vorsichtiger gewesen.

»Warum hast du mich Kriegerin der Schatten genannt? Wenige meiner schlechteren Freunde nannten mich zwar Schattenschwester, aber der Name, den meine Mutter mir gab, ist Vitaiin.«

Sie versuchte die heimtückische Stille in der Finsternis mit einigen Worten zu vertreiben. Und Kon antwortete ihr.

»Das nicht böse gemeint. Kriegerin der Schatten großes Lob. Bei den Barbaren Titel nur für die Größten und Stärksten.«

Kon schaffte es tatsächlich, Vitaiin unter den gegebenen Umständen ein Schmunzeln zu entlocken. Da Kon ihre Reaktion aber nicht sehen konnte, hakte er nach.

»Wenn dir nicht gefällt, ich kann auch …«

»Nein. Ist schon gut. Du kannst mich gerne so nennen, wenn du möchtest.«

Die beiden Sandmaare stießen hier beinahe gegen eine Wand und bogen links ab, dann stießen sie dort gegen eine Wand und bogen rechts ab. Dieses Unterfangen trug sich viele Sanduhren lang fort, bis Kon sich auf einmal wieder zu Wort meldete.

»Halt.«

Vitaiin stoppte abrupt.

»Was ist? Hast du etwas gehört?«

»Aber nein.«

Es wurde kurz still.

»Was ist dann?«

»Du kurz stehen bleiben, ja? Ich gleich wieder da.«

Kon nahm seine Hand wieder zu sich und der Klang seiner goldenen Stiefel ließ drei Schritte in die entgegengesetzte Richtung vermuten. Dann klapperte es nochmal und es folgte ein leises Plätschern.

»Ist das dein ernst?«, fragte Vitaiin empört.

»Besser aus Rüstung, als in Rüstung«, lautete die kurze Antwort.

Dann hörte das Plätschern wieder auf, es klapperte und schepperte erneut und drei laute Schritte später fand er sich wieder an ihrem Arm.

»Ih ...«

Vitaiin konnte ihrem leichten Ekel nicht richtig Ausdruck verleihen. Auf einmal nahmen die beiden Sandmaare einen Lichtpunkt am Ende des Höhlengangs wahr. Und obwohl dieser hell und weiß leuchtete, warf er kein weiteres Licht an die Wände.

»Draggo?«

Kon rief den Namen als erstes. Vitaiin hatte aber aus gutem Grund gezögert. Etwas stimmte nicht mit dem Licht. Da sie die Erscheinung beunruhigte, war sie versucht, Kons Mund zuzuhalten. Sie hielt jedoch immer noch die Hände verschlossen und konnte nichts sehen. Daher entschied sie sich für ein leises »Psst«.

Als sich das Licht auf die Beiden zubewegte, verharrten sie. Sie warteten darauf, endlich wieder etwas sehen zu können. Der Lichtpunkt schaukele abwechselnd hoch und runter. Und schließlich verharrte auch er. Neugierig gingen die beiden Sandmaare nun selbst darauf zu. Und erst unmittelbar vor der Kugel aus Licht wurde ihr Ziel sichtbar. Vitaiin starrte direkt in ein aufgerissenes Maul mit langen, scharfen Zähnen, das sie wie eine Flüglerfalle erwartete. Diese Kreatur hatte aber keine Blätter oder Wurzeln, sondern vier unförmige Beine, die mit Leichtigkeit an der Wand Halt fanden. Plötzlich lösten sie sich davon und die Kreatur machte einen Satz nach vorn. Das Licht, das wie an einer Angel aus dessen Stirn wuchs, wurde geschwind zurückgeschleudert. Kon schloss seine Hand stärker um Vitaiin und zog sie bei seiner eigenen Flucht mit zurück. Das Maul der wolfsgroßen Bestie schloss sich im Leeren. Die Lichtkugel pendelte vor und wieder zurück, als das Geschöpf mit allen Vieren auf dem Boden landete. Dann krabbelte es schnell auf sie zu.

Kon stellte sich heldenhaft vor Vitaiin. Er streckte seine Hand aus und ein goldener Blitz zuckte im Antlitz der schwachen Lichtquelle daraus hervor. Er traf die Kreatur und sie erstarrte sofort zu Gold. Auch die lumineszierende Kugel wurde von dem Edelmetall umhüllt und die Finsternis schloss sich ihnen wieder als treuer aber ungebetener Begleiter an. Vitaiin war so überrascht, dass sie sogar ein Wort des Dankes vergaß. Aber dazu blieb ihr auch keine Zeit. Zuerst erklang ein Geräusch, wie Regen, der langsam auf festen Boden nieselte oder viel eher wie zahlreiche kurze Beine, die an Wänden und Decken liefen und immer näher kamen. Dann kamen weitere Lichtkugeln zum Vorschein, die in der Ferne zunächst klein waren aber zunehmend größer und zahlreicher wurden. Als Vitaiin und Kon die Lichter nicht mehr zählen konnten, setzten sie sich hastig in Bewegung, um zum Rückzug überzugehen. Vitaiin dachte an die vieläugigen Pestwesen aus Buchtstadt, die ebenfalls an Wänden liefen und nach Blut lechzten. Doch diese Kreaturen hier waren in natürlicher Grausamkeit geboren worden.

Die beiden Sandmaare vermochten es eher hastig voran zu stolpern, als geschwind zu rennen. Dementsprechend bewegten sie sich nur wenig schnell von der Stelle.

»Eile dich!«, forderte Vitaiin Kon auf.

»Ich so schnell ich kann.«

Seine Rüstung machte Kon langsam. Doch trotzdem wurde das Geräusch leiser. Und die Lichter waren seit einigen Abbiegungen verschwunden. Sie holten tief Luft. Kon stemmte seine Arme in die Knie und atmete wesentlich lauter und schneller als Vitaiin.

»Kriegerin der Schatten wirklich schnell.«

Wieder blieb Vitaiin keine Zeit für eine Antwort. Aus ihrer Fluchtrichtung näherte sich ein einsames Licht. Doch Umdrehen und den Scharen von Monstern gegenübertreten kam nicht in Frage. Vitaiin rempelte Kon an und er machte sich bereit, einen Zauber zu formen. Bevor das Gold aus seiner Linken zuckte, dehnte sich das Licht jedoch aus, verblasste langsam und wurde schließlich ganz von der Finsternis verschluckt. Es erklang eine vertraute Stimme, wenn auch eine andere als erwartet.

»Diese Unpassangler sind faszinierend.«

Dieses Mal fiel Vitaiin ein besonders großer Stein von Herzen und sie meldete sich rasch zu Wort.

»Illina, du bist es. Wir dachten ...«

»... ich wäre eines dieser heroischen Tiere? Aber nein, ich hatte leider nicht das Vergnügen, eines von ihnen von Nahem zu sehen.«

Natürlich konnten sich die Gefährten nicht sehen. Es waren nur leise Stimmen in der Dunkelheit. Kon verstand als letztes, was eben passiert war und fragte nach.

»Aber du leuchten wie sie. Wie du gemacht?«

»Ich habe die Beinhaare eines Glühflüglers in mein Gewand gewebt. Leckere kleine Käfer. Leben in Scharen im verwunschenen Wald.«

Das Geräusch von prasselndem Regen ertönte erneut – das Geräusch, das unheilverkündend an die vielen Beine der Fleischfresser auf ihren Fersen erinnerte.

»Ich würde zu gerne mehr über sie erfahren.«

Illinas Stimme ließ vermuten, dass sie auf jenes Geräusch zuging. Doch Vitaiin holte sie in die Realität zurück.

»Das würdest du nicht überleben. Schnell, verwandle dich. Führe uns aus diesem Labyrinth!«

Niemand konnte sehen, wie Illina reagierte. Aber jeder rationale Denker wäre sicherlich von ihrem Gesichtsausdruck überrascht gewesen – obgleich dieser traurig, gerissen oder fröhlich war. Sofort verwandelte sie sich zurück in den Glühflügler und flog fort. Vitaiin und Kon rannten dem Licht hinterher.

Ihre Verfolger schienen dieses Mal jedoch schneller zu sein. Und nicht nur das. Je weiter sie liefen, desto mehr erhielten sie den Eindruck, das Krabbeln kleiner Füße von allen Seiten zu vernehmen. Und auf das lauteste Geräusch steuerte Illina nun zu, wie ein Fährmann, der sich betrunken oder dem Irrsinn verfallen absichtlich für den falschen Seeweg entschieden hatte. Als sie um eine weitere Ecke bogen wartete schon das nächste Unglück auf sie. Es war zwar nicht das, was sie zuerst sahen und beinahe umrannten. Denn Draggo stand vor ihnen und hielt die Höhle hell erleuchtet. Doch es waren die Kreaturen hinter ihm, die er mit Lichtgeschossen zurückhielt. In Draggos Lichtzauber waren sie deutlich zu sehen. Elendige Monster, grau wie die Wände, die sie umgaben. Ein Mundwerk, das beinahe ihren ganzen Schädel spaltete. Dazwischen dolchlange Zähne, die sich ebenfalls grau und verfault in den lippenlosen Mäulern präsentierten. Ihre Körper erinnerten an geschorene Sonnenhunde mit Echsenbeinen und einem mickrigen Stummel von einem Schwanz. Und eben diese Kreaturen näherten sich nun von allen Seiten.

Aus der Dunkelheit hinter ihnen und der Abbiegung, aus der sie gekommen waren, traten sie wieder in Form von vielen Lichtpunkten zum Vorschein. Nur hinter Draggo war ihr wahres Wesen zu erkennen.

Trotz alle dem kam Vitaiin zuerst der Gedanke an ihren letzten Begleiter in den Sinn.

»Wo ist Krixxo?«

Im Überlebenskampf verstrickt, bedachte Draggo sie nur mit einem düsteren und zugleich traurigen Blick. Vitaiin wusste diesen nicht gleich zu deuten, aber ein kalter Pfeil bohrte sich mit entsetzlicher Trägheit in ihr Herz. Die Welt verblasste. Erst als sich Illina zurückverwandelte, sah sich Vitaiin in dem Kampf wieder, in den sie verwickelt waren. Und sie tat das Einzige, was von Bedeutung war: überleben.

Sie ließ den Schattenorb los, der in dem Licht an ihre Seite zurückkehrte. Anschließend diktierte sie ihren neuen Gefährten, was sie zu tun hatten.

»Draggo, wir können nicht an drei Fronten kämpfen. Schaffe eine Wand aus Licht und halte die vorderen ...«

Vitaiin fiel die treffende Bezeichnung von Krixxos Höhlennamen und Illinas Wortschöpfung ein.

»... Unpassangler fern. Kon, du verschließt den zweiten Tunnel mit einer Goldbarriere. Illina und ich halten die anderen Kreaturen auf, bis ihr zu uns stoßt.«

Illina und Kon sahen Bestätigung suchend zu Draggo. Dieser nickte, schleuderte einige Unpassangler mit einem Lichtfächer fort und begann dann, die Wand zu errichten. Kon trat einige Schritte zurück und streckte beide Hände aus. Die Lichtpunkte vermehrten sich auch in diesem Gang und kamen immer näher. Gold floss aus seinen Handflächen und sickerte zu Boden. Dort verteilte es sich nur zur Linken und zur Rechten und bildete eine Linie, die alsbald in die Höhe wuchs. Währenddessen drehten sich Vitaiin und Illina um und nahmen ihre Kampfhaltungen ein. Vitaiin musste sich, wie ihre Gefährten, auf ihre Kräfte verlassen, da sie ihre Waffen zurückgelassen hatten. Draggos Lichtwand strahlte so hell, dass die Lichtpunkte aus der anderen Richtung nun ebenfalls die dazugehörigen Bestien offenbarten. Illina meldete sich zu Wort.

»Sie haben doch nur Hunger.«

»Ja, auf uns«, lautete Vitaiins kurze Antwort.

Illina nickte rührselig.

»Ich schätze, sie schmecken nach Dickbauchfliegern.«

Im selben Moment verwandelte sie sich in einen Sandbären und stürmte auf die Unpassangler zu. Vitaiin gab ihr Rückendeckung. Sie schleuderte Schattensensen an dem Bären vorbei, die die Unpassangler zu Scharen zerteilten. Lumineszierendes Blut spritzte auf Illinas Fell. Diese riss eine Kreatur nach der anderen in Stücke, bekam es aber ebenfalls mit scharfen Zähnen und Krallen zu tun, die sich auf sie stürzten. Kon und Draggo stellten sich endlich an Vitaiins Seite. Glänzendes Gold und Lichtgeschosse flogen an den Schatten vorbei und hinterließen ein magisches Chaos. Die drei Zauberwerfer drängten die Unpassangler zurück und näherten sich dem wilden Sandbären. Dann waren die meisten Bestien besiegt und der Rest zog sich vorerst zurück. Der Sandbär blutete und wurde ruhiger. Draggo ging vor Illina in die Hocke, die sich daraufhin sofort zurückverwandelte.

»Wie geht es dir?«

»Ich hatte recht.«

Illina lächelte angestrengt.

»Womit?«

Sie schmecken wie Dickbauchflieger, nur ohne die leckere Kruste.«

Sie hatte nur wenige Kratzer und Bissspuren abbekommen. Draggo half ihr trotzdem auf die Beine und lehnte sie vorsichtig an die Wand. Vitaiin und Kon stellten sich neben sie. Das Kratzen und Schaben an den magischen Wänden verebbte ebenfalls mit der Zeit. Die Sandmaare atmeten erleichtert durch und sammelten ihre Kräfte. Schon wandte sich Vitaiin wieder an Draggo.

»Krixxo, ist er ...«

Ihr blieb keine Möglichkeit, die Befürchtung ganz auszusprechen. Die Wände hinter ihnen erzitterten. Und plötzlich wurde einer nach dem anderen von Gestein umschlossen und in die Höhlenwand hineingezogen.

Dann war es wieder still. Die Wand aus Licht verschwand und das leuchtende Blut verblasste. Die Finsternis nahm ihren rechtmäßigen Platz im Höhlengewirr des Unpasses ein. Und kein einziges Lebenszeichen versuchte, dagegen zu rebellieren.

VERSENGTE HAUT

Als Krosant' wieder zu sich kam, befand er sich im dritten Turm der ehemaligen Sandfestung. Er wurde von
zwei Totlosen festgehalten, die ihn eine Wendeltreppe und
anschließend einen Gang entlang schliffen. Hier gab es
mehrere offene Quartiere, die nach und nach verschlossenen Zellen wichen. Es war vielleicht noch nicht fertig,
aber Krosant' war sich sicher: In diesem Turm wurde ein
Verlies gebaut.

Zunächst waren auch keine Gefangenen auszumachen.
Doch dann nahm Krosant' etwas hinter den schwarzen
Gittern wahr. Die wenigen Fenster warfen ihr Licht auf
verschieden große Haufen von Sand. Allerdings schien
sich der Sand hier und dort zu bewegen. Und plötzlich
kam ein Schemen mit Händen und Beinen aus Sand auf
den Piraten zu und streckte seine bleichen Finger aus den
Gittern, um Krosant' zu packen. Dieser schreckte zurück
und fühlte den rauen Sand kurz an seinem Arm. Ein Klagelied wie ein dumpfer Schrei aus Staub und Atem trat an
sein Ohr. Das Schluchzen klang mitleiderregend.

»Was be allen Elementen ...«

Als der Pirat den Schrecken überwunden hatte, folgten weitere Zellen mit traurigen Gestalten aus Sand. Und
zwischen den trockenen Seufzern konnte er ein Mädchen
weinen hören. Vor einem offenen Raum blieben die Totlosen plötzlich stehen. Wie Statuen froren sie ihre Bewegungen ein und hielten Krosant' ohne Chance auf ein
Entrinnen fest. Hinter ihm war das Weinen und Schluchzen des Mädchens lauter geworden. Er versuchte hinter
sich zu blicken. Doch es gelang ihm nicht. Dann spürte

er ein leichtes Vibrieren des Bodens unter sich. Es wurde immer stärker, bis schließlich eine Kreatur zum Vorschein trat, die wohl den tiefsten Eingeweiden des Untergrunds entsprungen war. Sie war namenlos und doch erkannte er, dass sie das pure Böse verkörperte. Und eben dieser dunkle Koloss trug Okrhe wie einen nassen Lappen über seinen Schultern.

»Oh nen.«

Krosanť fehlten die Worte. Dann sprach die dunkle Erscheinung etwas in einer fremden und kalten Sprache.

»Nagar la hasch.«

Daraufhin warf er Okrhe in einen leeren Raum und die beiden Totlosen taten es ihm zeitgleich nach. Krosanť war sich sicher, dass es der dunkler Herrscher war, der anschließend seine Hand ausstreckte und die schwarzen Gitter an den Torbögen formte.

Nur wenige Sandkörner später erzitterte auch das Dach und setzte sich sogleich in Bewegung. Es öffnete sich. Schwärze und Schatten wichen grellem Sonnenlicht. Wortlos und verstohlen, wie ein Höhlenbär in seinen Kälteschlaf entschwand, zog sich der dunkle Herrscher in die Tiefen zurück, aus denen er gekommen war.

Krosanť stellte sich sofort ans Gitter und versuchte nach Okrhe zu sehen.

»He, Okrhe. He. De hast enen Plan oder?«

Er konnte sie weder sehen noch hören. Dann sah er zu dem Mädchen in der Zelle gegenüber. Es weinte so bitterlich und herzzerreißend, dass Krosanť ebenfalls eine Träne über die Wange lief. Sie war gleichzeitig laut, als versuche sie mit ihrem Klagen eine helfende Hand anzulocken und doch schwach, da ebenfalls große Erschöpfung an ihr zehrte.

»Dabee?«, sprach Krosanť sie vorsichtig an.

Sie drehte sich nicht um. Dann bemerkte Krosanť die Hitze der Sonne direkt über ihnen. Auf den schwarzen Flächen krümmten sich bereits Luftspiegelungen. Die transparenten Wellen ließen darauf schließen, dass sich die Moleküle aufluden und heißer wurden. Schließlich spürte auch Krosanť, wie es zu allen Seiten unangenehm warm wurde, als säße er im inneren einer Kochschale, die wiederum über einer offenen Flamme hing.

»Ich werde wieder in den großen Turm gebracht.«

Das Weinen und Schluchzen hatte abrupt aufgehört. Das Mädchen hatte sich im Sitzen umgedreht und sah Krosanť an.

»Dabee! Ja, de best es. Wer send her, em dech za retten.«

Dabii wandte ihren Blick von Krosanť ab und sah zu der Zelle neben ihm. Eine weitere große Träne kroch ihr wie ein altersschwacher Schleimkriecher über das Gesicht.

»Was est? We geht es Okrhe?«

Dabii konnte ihren Blick nicht abwenden und regte sich nicht. Jeder Funken Hoffnung war aus ihrem Gemüt getilgt. Krosanť blieb zunächst still und nahm Anteil, bis er wild herumzappelte und nicht mehr auf einer Stelle stehen konnte. Seine Schuhe begannen zu rauchen und die Fußsohlen brannten. Er hielt sich so weit wie möglich von den Wänden fern. Die Sonne kreiste wie nahendes Feuer über ihnen und lächelte schadenfroh herab. Schweiß lief dem Piraten aus allen Poren.

»Es wird heiß werden, bevor ihr verbrennt.«

»Warem tet er das?«

»Ich soll aus dem Nichts ein weiteres Heer machen. Er zwingt mich dazu. Und ich muss auf ihn hören. Er hat einen Verräter bei Vitaiin und Krixxo. Und jetzt hat er auch euch geschnappt.«

»Enen Verräter?«

Krosanť grübelte.

»Wer messen her ras. Jetzt eher als sonst.«

Er versuchte an den Wänden hochzuklettern. Sie waren aber zu hoch, zu glatt und heiß genug, um bei Kontakt Brandblasen hervorzurufen.

»Ah, dese Hetze.«

Er tastete sich ab. Sie hatten ihm alles abgenommen. Ein Blick vor die Zelle zeigte Krosanť, wo ihre Ausrüstung geblieben waren. Und als er Okrhes Stab sah, ließ auch ihn alle Hoffnung fahren.

»Regt sech Okrhe denn gar necht?«

Dabii reagierte wieder nicht und ließ ihre Augen weit offen stehen. Obwohl der Boden heißer wurde rührte sich Okrhe kein bisschen. Die schwarze Fläche knisterte bereits leise unter ihrer Haut und machte sich daran, sie langsam zu versengen. Dann bemerkte Krosanť den Pelzflügler auf der Kante einer Wand. Er war nie von Dabiis Seite gewichen.

»He, das est ja Schnapp.«

Dabii nickte nun, immer noch mit starrem Blick, der gleichzeitig alles und nichts einfing.

»Hast de noch geneg Kraft fer enen letzten Zaber?«

»Wieder ...«, antwortete sie knapp.

»Vellecht kannst de Schnapp noch größer machen, was menst de?«

»Ich habe etwas noch nie zweimal mutieren lassen.«

Angst lag in ihrer Stimme – Angst vor dem, was geschehen ist, was geschehen wird und was geschehen kann – Angst davor, ihre Kräfte erneut zu gebrauchen, jemandem wehzutun oder schlimmeres.

»Dann est es an der Zet, es za proberen.«

Dabii zögerte. Krosanť musste ihr Mut machen.

»Das schaffst de. Far dech end ensere Frende.«

Dabii sah zu Schnapp hinauf und pfiff eine kurze Tonfolge. Der Pelzflüger flatterte sofort zu Dabii und setzte sich in ihre ausgestreckten Handflächen. Die kleinen Knopfaugen zwinkerten fröhlich, wenngleich sie fast komplett von dem Pelz verdeckt wurden. Dabii sah Schnapp ernst an und konzentrierte sich. Violette Blitze sprangen aus ihrer Hand und ließen die braunen Haare zu Berge stehen. Der Pelzflügler regte sich währenddessen nicht von der Stelle, nicht einmal, als die Blitze ihn gänzlich umgaben. Dann endete der Zauber. Schnapp schüttelte sich und flog zurück auf seinen Aussichtspunkt. Es war nichts geschehen, nur der Pelz blieb weiterhin statisch aufgeladen und zeigte in alle Richtungen.

Dabii war zuerst froh darüber, ihrem Tiergefährten kein Leid zugefügt zu haben. Aber im selben Augenblick erstarb auch der Gedanke an ihre Flucht und sie ließ den Kopf tief im niedrigsten Gefüge von Raum und Zeit hängen. Krosanť schnaubte.

»Na get. Zet far menen Notfallplan.«

Er stellte sich in eine Ecke und krümmte sich mehrere Male seltsam. Dabii konnte nicht genau sehen, was er dort trieb. Doch es sah nach unbequemen Verrenkungen und dummen Albereien aus. Schließlich trat Krosanť wieder näher ans Gitter und hielt etwas in den Händen.

»Frag necht, woher ech das habe ...«

Er machte sich daran, das Objekt in einer Ecke zu platzieren. Sprach dann aber nochmal mit Nachdruck zu Dabii.

»Behalt es am besten far dech end sag kenem etwas davon.«

Krosanť war für einen Moment todernst. Dann lächelte er.

»Das werd ens entweder helfen ... Oder ens en Stecke

reißen. So, jetzt schnell. Stell dech en de henterste Ecke end geh en Deckeng.«

Er musste den runden Gegenstand nur an eine schwarze Wand halten und ihn daran reiben. Sofort zischten mehrere kleine Funken und eine Lunte brannte. Krosanť legte die Kugel vorsichtig auf den Boden.

»Af af. Weg met der.«

Schnell wie nie zuvor rannte er los und verschwand in der hintersten Ecke im Raum. Als Dabii die schnelle Reaktion wahrnahm, löste auch sie sich aus ihrer Starre. Sie konnte noch sehen, wie Krosanť tief in die Hocke ging und sich seine langen Ohren zuhielt. Sie tat das Gleiche. Im nächsten Moment folgte eine zerreißend laute Explosion. Das schwarze Mauerwerk wurde in Stücke gerissen. Und als noch die letzten Teile des Verlieses vom Himmel regneten, sprang Krosanť fröhlich auf.

»Jehe, wer leben noch. Ja ja ja, es hat geklappt.«

Auch ein großer Teil des Bodens war weg gesprengt worden. Die Explosion hatte sie nur um Haaresbreite verschont. Krosanť schlich um das Loch am Boden und durch das zerstörte Gitter von Dabii.

»Elen wer ens leber. Das sollten noch de fenf Städte em Schreckenrech gehört haben.«

Er streckte eine seiner vier Hände aus und Dabii ergriff sie mit größter Erleichterung. Ihr Schwermut verließ sie wie zwei Dutzend Hammerhörner, die eben noch an ihr Herz gekettet waren und nun Reißaus nahmen. Krosanť sah ihre Augenringe, die zu groß waren, um ein Kind entstellen zu dürfen. Er war zutiefst besorgt, dass sie nicht zu ihrer Rettung gekommen waren. Doch nun war es an ihm, sie alle zu retten. Als nächstes packte Krosanť ihre Ausrüstung und befreite Okrhe aus einem kleineren Spalt in ihrem Gitter. Sie war immer noch bewusstlos.

Brandblasen zeichneten die Stellen ihrer Haut, die dem schwarzen Boden zu nah gekommen waren. Auch Krosant's Sohlen waren mittlerweile versengt und er blieb immer nur für kurze Zeit mit einem Fuß am Boden. Er spielte eine Partie „Der Boden ist Lava". Doch war sein Ziel mehr das Überleben anstatt Spaß und Unterhaltung. Krosant trug Okrhe mit drei Armen und hatte so manche Schwierigkeit damit. Dabii zog an seinem Hemd.

»Was machen wir jetzt?«

Der Pirat blickte sich unsicher um. Er hatte die Flucht zwar begonnen, aber nicht durchdacht. Und ein Blick aus dem Fenster zeigte ihm, dass zum Denken keine Zeit mehr blieb. Von allen Seiten stürmten schwarze Wesen zum Turm. Aus Angst, zurückgelassen zu werden, schwebte auch Schnapp wieder aufgeregt um sie herum.

»Her lang.«

Krosant ging voraus und sie erreichten die Wendeltreppe. Doch es bot sich ihnen ein unverhoffter Anblick. Sie sahen durch den freien Schacht in der Mitte der Treppe. Die Truppen der Totlosen waren auf dem Weg zu ihnen. Krosant ging einige Schritte rückwärts. Durch den Boden sah er zu dem Raum unter ihnen. Und im nächsten Augenblick füllte auch dieser sich mit den Monstern des dunklen Herrschers. Ob er sich den Weg frei sprengen konnte, ohne das der Turm in sich zusammenfallen würde? Krosant nahm eine Glasbombe in die freie Hand und versuchte mit einer anderen an den Funkengeber zu gelangen. Er sah keinen anderen Ausweg, selbst wenn weitere Bomben ihren sicheren Tod bedeuten konnten. Doch dann geschah etwas überraschendes. Der Pelzflügler wuchs von einem Sandkorn zum nächsten um ein zehnfaches seiner Körpergröße. Das neue Gewicht zog Schnapp vom Himmel und ließ ihn abstürzen. Der braune Ball fiel in den unteren

Raum und zerdrückte eine Hand voll Totloser. Der Rest wurde zurückgedrängt und umgeworfen. Krosanť und Dabii wechselten kurz einige Blicke.

»Na also, geht doch. Schnapp, breng ens her weg.«

Der riesige Pelzflügler kugelte herum und bewegte seine kleinen Flügel.

»Los, fleg!«

Krosanť erwartete wohl zu viel von dem flauschigen Tier. Es hob nämlich nicht ab. Dann kamen die ersten Totlosen von den Treppen und stürmten den Raum.

»Oh, oke. Spreng Klene.«

Dabii sah hinunter. Sie zögerte und die Totlosen kamen gefährlich nah auf sie zu. Krosanť gab ihr einen Schubser und sprang alsbald selbst herab. Beide landeten weich auf Schnapp und rutschten an dem braunen Fell herunter. Krosanť steckte seine Bombe zurück an seinen Gürtel.

»Oh, das werd en Spaß.«

Er stellte sich hinter Schnapp.

»Dabee, komm henter mech.«

Mit einer Hand schob er das runde Tier an. Er kam nur langsam voran, aber Dabii half ihm sofort und drückte mit all ihrer verbliebenen Kraft. Sie überrollten die meisten Totlosen und kamen schnell zu den Treppen. Schnapp kullerte verwirrt mit den Augen. Ihm war zwar schwindlig, aber sonst fühlte er sich wichtelfidel. Ohne zu zögern gab Krosanť ihm den letzten Stoß.

»As dem Weg. Los. As dem Weg.«

Der runde Pelzflügler rollte die Wendeltreppe herab, dicht gefolgt von Dabii und Krosanť. Auf seinem Weg wälzte er alles und jeden nieder. Und tatsächlich erreichten sie auf diese Weise die unterste Etage des Turms. Doch dann wurden sie abrupt gestoppt, als sich das Herr vor dem Turm, mit einigen Kolossen in ihrer Mitte, in ihren Weg stellte. Als Krosanť merkte, dass sie umzingelt waren, zog er sofort eine Pistole.

»Na schön, ener gegen alle end alle gegen enen.«

Er begann, wild um sich zu schießen. Und Dabii sah sich ängstlich um. Sie versuchte sich in dem langen Fell des Pelzflüglers zu verstecken. Einen Teil der Macht dieses Heeres hatte sie zu verschulden. Und es waren einfach viel zu viele. Ihre Augen gruben sich tief hinter die Ringe aus Traurigkeit und Erschöpfung, wo sie sich ohne jede Hoffnung schlossen, um sich an einen anderen Ort zu wünschen. Doch jeder Schuss ließ sie aufschrecken und zugleich wissen, dass Dutzende weitere Totlose einen Schritt näher kamen.

Krosanť griff nach dem letzten Sandhalm, der ihm blieb.

»Jetzt fleg doch, verdammt nochmal!«

Schnapp kämpfte noch gegen das Schwindelgefühl an und drehte sich gemächlich auf den Bauch. Als ein Totloser auf sie zu rannte, öffnete er langsam sein riesiges Maul und empfing sein voreiliges Mal. Das Tier schmatzte und rülpste, war es sich doch nicht im Klaren, dass es als nächstes auf der Speisekarte stand. Dennoch hob er noch immer nicht vom Boden ab, obwohl sich die Flügelchen langsam bewegten.

In all dem Tumult bemerkte niemand, dass Okrhe ihre Augen langsam wieder öffnete. Sie war kaum in der Lage zu atmen, überblickte die aussichtslose Situation aber sofort. Leise flüsterte sie magische Worte und streckte ihre Hand aus. Um ihren Arm nur etwas zu heben, benötigte sie all ihre Kraft, die sie noch aufbringen konnte. Als sie das Tier berührte, riss Schnapp sofort seine Augen auf – oder besser gesagt: Erst jetzt war zu sehen, dass er Augen hatte, die nicht einmal sehr klein waren. Eine statische

Woge floss durch sein Fell, welches sich erneut aufstellte und zu Bergen stand. Seine Pupillen zitterten kurz hin und her und sofort bewegte sich der Pelzflügler von der Stelle. Er flatterte wild mit den kleinen Flügeln, die ihn jetzt sogar trugen und flog im rasanten Zickzack umher. Dabii streckte ihre Hand nach ihm aus, war sie doch soeben von ihrem Versteck verlassen worden. Schnapp verhielt sich so, als wäre ein ganzer Schwarm Schwarzgelbflattern hinter ihm her, die abwechselnd in seinen Allerwertesten stachen. Dabei warf er aber auch einige Totlose über den Haufen.

»Er flegt, ja doch.«

Krosanť beobachtete das Schauspiel mit größter Freude. Dann steckte er seine Pistole ein und versuchte Okrhe mit nur zwei Händen zu stemmen. Als Schnapp erneut auf ihn zu raste, packte er das Fell. Der Pelzflügler war so stark, dass Krosanť abrutschte und mit Okrhe zu Boden stürzte. Im nächsten Moment flog Schnapp zum Turm und verschwand dahinter. Dabii sah ihrem Tierfreund mit großen Augen nach. Er war fort. Sie versuchte Krosanť aufzuhelfen, scheiterte aber kläglich. Sie waren auf sich gestellt und standen oder lagen im schwarzen Kreis ihrer Feinde, der sich nun um so schneller schloss.

Plötzlich brüllte ein Koloss, viele Totlose keuchten laut. Schnapp kehrte zu ihnen zurück und schlug im Tiefflug eine Schneise. Krosanť stand sofort wieder auf beiden Beinen und hielt Okrhe fest in den Armen.

»He, Klene. Wer haben nar enen Versech. Halt dech fest.«

Sie umklammerte Krosanť mit ihren kleinen Armen.

»Jeha!«

Krosanť schrie wie ein Verrückter, als Schnapp auf ihn zu flog. Er krallte sich an das Fell und hob sofort vom Boden ab. Im nächsten Moment fanden sie sich hoch oben in den Lüften wieder. Krosant' jubelte laut. Aber er kämpfte noch mit dem Gewicht seiner beiden Begleiterinnen. Dabii kletterte schnell an ihm hoch und hielt sich selbst an Schnapp fest. Sie umklammerte ihn mit aller Liebe, die sie aufbringen konnte. Krosant' lächelte zufrieden und sah zu den schwarzen Punkten unter ihnen.

»Hehe, ehr könnt ens gar nechts!«

Dann streckte er dem kleiner werdenden Heer in der Ferne seine Zunge heraus. Sein albernes Gesicht wurde jedoch abrupt blöder und weniger fröhlich, als er ein tiefes Horn hörte und die Armee sich in Bewegung setzte.

Ein Koloss, aus der Weite immer noch gut erkennbar und wesentlich größer als seine Gleichartigen, hatte sich allein vor die Festung begeben. Er pustete ein weiteres Mal in sein blutrotes Horn und gab somit die Richtung des Heeres vor. Wie ein Strom von kleinen schwarzen und großen roten Vielbeinern leerte sich die schwarze Festung. Sie gehorchten dem Ruf und waren bereit, ihrem Anführer in die Schlacht zu folgen. Im Zeitraum eines einzigen Wimpernschlags war das Heer in Stellung gegangen und marschierte los.

Dabii fröstelte es bei diesem Anblick. Ihr war nicht kalt, im Gegenteil, trotzdem schauderte sie. Und Krosant' zitterte ebenfalls am ganzen Körper. Er wusste die Himmelsrichtung zu deuten, in die ihr übermächtiger Feind aufbrach. Erst jetzt bemerkte Dabii, dass Okrhe sich rührte.

»Krosant', Krosant', sie bewegt sich.«

Der Pirat wandte seinen Blick nur schwerlich von dem Grauen am Boden ab und sah zu der Schamanin in seinen Armen. Es fiel ihm schwer, zu lächeln. Stattdessen rollte eine Träne über seine dürren Wangen.

»Oh wahrlech, be all dem Bösen end dem Ende der Welt, der geht es get.«

Okrhe antwortete ihm leise und erschöpft.

»Das kann ich nicht bejahen. Aber danke, ihr habt wahrhaftig Großes vollbracht. Ihr beide!«

Krosantʹ konnte hinter ihr immer noch den dunklen Fluss sehen, der die Wüste spaltete und sie eilig durchquerte. Es gab nur eine Hoffnung, und selbst diese stand auf wackligen Säulen.

»Wer messen za den anderen. End zwar schnell. Se brechen af. End ensere Klene her est sech secher. En Verräter est enter enseren Frenden.«

Okrhe nickte.

»Dann stehen wir gleich mehreren Gefahren gegenüber. Der Pelzflügler wird uns nicht lang tragen und ...«

Sie machte eine beunruhigend lange Pause. Ihre Augenlider schwächelten und fielen beinahe wieder zu. Krosantʹ hatte neben all den anderen Hürden noch immer Angst um ihr Leben.

»Be all den Elementen, end was noch?«

Er schüttelte sie vorsichtig.

»Es ist der dunkle Herrscher ...«

»Ja?«

»Er ist ein Golem.«

DIE GOLEM

»Hasch raga ba dum!«

Vitaiin konnte Stimmen hören. Merkwürdige Stimmen. Es war wärmer geworden. Aber weiterhin blieb es dunkel. Als sie ihre Augen langsam öffnete, änderte sich diese Annahme aber sofort.

»Öffnet die Augen, Fleischlinge, sofort!«

Die tiefe Stimme ließ sie aufschrecken und ebenso rasch gehorchen. Vitaiin sah zuerst den großen, roten Felsen vor sich. Er bewegte sich und nahm auf einem prächtigen Thron Platz. Das Wesen sah sie grimmig an. Dennoch ließ sie ihren Blick schweifen. Die grauen Wände wurden von glühenden Rissen durchzogen. Die dickflüssige Masse darin erhellte den Raum. Es war eine Flüssigkeit, die wie Feuer rot und gelb pulsierte. In dem warmen Licht vernahm Vitaiin weitere Wesen aus Stein. Eines war grau und mit vielen blauen Kristallen bespickt. Es stand rechts neben dem Thron und links zwischen der Allee von Säulen. Diese bildeten zu beiden Seiten des Königstuhls eine lange Reihe und waren, wie der Thron auch, reich mit Glyphen verziert. Zwei weitere Wesen standen links daneben. Eines war ganz weiß, leicht transparent und wurde von milchigen Fäden durchzogen. Das feurige Licht warf einen leichten Schimmer auf seine Oberfläche. Daneben stand ein hellgrauer Gigant mit einer glatten, titanfarbenen Haut, die das Licht einfing und reflektierte.

Erst jetzt sah Vitaiin Illina und Kon zu ihrer Linken und anschließend Draggo zu ihrer Rechten. Alle knieten vor dem Thron und wirkten in der riesigen Halle wie eine Schimmerlausfamilie, die ganz allein eine Sandhütte bewohnte.

Sie war über zwanzig Schritte hoch und um ein Vielfaches breiter. Hinter Draggo kam Krixxo zum Vorschein, der wie die anderen einen Steingiganten im Rücken hatte, aber seine Augen noch geschlossen hielt.

»Stellt meine Geduld nicht auf die Probe. Nun öffnet eure Augen!«

Ein leichtes Beben ließ die Halle aus Stein erzittern. Auch Krixxo öffnete jetzt seine Augen. Er sah schwach und mitgenommen aus und wechselte nur einen einzigen, bösen Blick mit Draggo. Das Geschehen um sich herum ignorierte er. Und sofort versuchte er, auf seine Beine zu gelangen, um Draggo anzuspringen. Doch bevor er einen Satz auf ihn zumachen konnte, drückte ihn das Wesen dahinter zu Boden. Die Stimme des roten Riesen erklang erneut.

»Rührt euch nicht und schweigt, bei der Göttin.«

Krixxo bebte innerlich, gab jedoch Ruhe. Dem Steinheroen ging es wie ihm. Sein Körper vibrierte und er tat sich sichtlich schwer, gelassen zu bleiben. Er, wahrscheinlich geltend als Gebieter unter dem Berge, sah aus, als könne er zu jeder Zeit in viele Einzelteile explodieren, versuchte es aber zunächst zu vermeiden. Mordlust schien aus seinen leuchtenden Augen, wie bei einem ungeduldigen Kind, das darauf wartete, in einen Vielbeinerhaufen zu treten. Und doch atmete er tief aus und ließ sich tiefer in seinen Thron sinken.

»Nun, da ich eure volle Aufmerksamkeit habe, hört mir zu.«

»Ihr seid Golem!«, schoss es aus Vitaiin heraus.

Sie nannten das edle Gestein Rubin, welches den Körper des Königs formte. Obwohl er in dem Thron sitzen blieb, war er über drei Schritte groß, die verzierten Treppen unter ihm nicht mitgezählt. Sein Mund bewegte sich langsam. Wie eine Miniatur von berstenden Erdplatten meißelte sich ein Grinsen in den roten Schädel.

»Wenn du es noch einmal wagst, mich zu unterbrechen, zertrete ich dich. Ist das klar?«

Vitaiin schluckte einen dicken Kloß hinunter und ließ den Steintitanen weitersprechen.

»So. Ihr seid also die Erdsuhler, die unsere Hallen ungeladen betreten und entweihen. Das kleine Volk, das schmutzige Waffen mit sich führt, um Krieg und Tod zu bringen.«

Er sah sie nacheinander mit scharfen, durchdringenden Blicken an. Krixxo behielt er besonders lang im Auge.

»Diejenigen Sonnenschlürfer und Wassersäcke, die unsere Gesetze brechen und sogar die Kreaturen fremder Gefilde meucheln.«

Sie ließen zeitgleich ihre Köpfe hängen. Man hatte sie zutiefst beleidigt, und nicht nur einmal. Trotzdem fühlten sie sich schuldig. Der Golem fuhr fort.

»So bleibt mir nichts anderes übrig. Ich ...«

Er drückte seine Lippen aufeinander, als wollte er die nächsten Worte nicht freiwillig aussprechen. Doch dann fanden sie das Gehör der Gefährten und überraschten sie.

»... lade euch ein, unsere Gäste zu sein. Ich heiße euch willkommen.«

Der Rubinkönig klang nun leiser und freundlicher. Er stand auf und breitete seine Arme aus.

»Willkommen in den Höhlen und Hallen der Golem, dem mächtigsten Volk über und unter der Erdkruste.«

Die Gefährten sahen sich irritiert an. Vitaiin wusste nicht, wie ihnen geschah. Aber sogar sie traute sich noch immer nicht, ein weiteres Wort an den Golem zu richten. So führte dieser seinen Monolog fort.

»Doch seid euch eines ganz gewiss. Es ist Glück, das

euch hier ohne jegliche Strafe hinaus windet. Es ist der Tanz zum Rosenmond. Zu dieser Zeit ist kein Platz für Groll oder Urteil. Nehmt meine Worte an, die guten wie die bösen. Steht aufrecht und tanzt mit uns.«

Zögerlich standen die fünf Kameraden auf. Misstrauisch sah ein jeder zu dem Golem hinter sich. Als sie ungehindert auf beiden Beinen Halt fanden, fühlte sich Vitaiin wieder mutig genug und verantwortlich, für ihre Gruppe zu sprechen.

»Im Namen meiner Mitstreiter möchte ich mich für alle Unannehmlichkeiten entschuldigen und mich bedanken. Ich bin Vitaiin, Kundschafterin der Sandmaare. Es wäre mir eine Ehre, den Namen unseres Gastgebers in Erfahrung zu bringen.«

»Nun kommen wir also zum vergnüglichen Teil, wie mir scheint. Ich bin Raga Rodgrimm, König der achten Sippe und Kurator des ersten Vulkans.«

Bei den Golem war eine Verbeugung Brauch, doch tief verbeugte sich der Rubinkönig nicht.

»So, geleitet sie in den Tanzsaal«, befahl Raga Rodgrimm seinen Untertanen.

Die Golem hinter ihnen lösten ihre starre Haltung und liefen zum dritten Gang zur linken Seite des Throns. Aber Vitaiin hatte die Golem nicht wegen eines Festes aufgesucht oder um zu tanzen.

»Ich möchte noch gerne darum bitten, eine Frage an euer Volk zu stellen, große Eminenz.«

»Du bist äußerst wortgewandt, Vitaiin, Kundschafterin der Sandmaare. So sprecht.«

»Wir sind nicht am Ziel unserer Reise angelangt. Unser Volk wurde durch eine dunkle Macht ausgelöscht. Nun wisst ihr hoffentlich, wo wir das Volk der Winz finden, die uns, wenn die Legenden alle wahr sind, helfen können?«

Sie waren Raga Rodgrimm dem Erbosten begegnet. Dann war er freundlich geworden und nun zog sich sein felsiges Gesicht wieder zusammen.

»Die heutige Sonne und der heutige Mond vertreiben böse Gedanken ebenso wie Pflichten oder Aufgaben, die vor uns liegen. Ihr müsst eure Mission zu einem anderen Zeitpunkt fortführen.«

Dem Rubinkönig missfiel die Frage offensichtlich, doch wich er ihr unter einem Vorwand aus. Mit allem Stolz, den er aufbieten konnte, stand er auf und flüchtete mit schweren Schritten aus dem Thronsaal. Seine Berater folgten ihm. Auf sein Geheiß löste sich einer der ihren aus der Reihe und gesellte sich zu Vitaiin und ihren Mitstreitern. Es war der weiße Golem, einer der wenigen, die aus einem einzigen Mineral geschaffen waren. Die Sandmaare kannten nur die Steine ihrer Wüste und das Gold oder Eisen, sowie das Silber oder Kupfer ihrer Feinde. Trotzdem existierte ein Wort für dieses Gestein. Er bestand aus Bergkristallen, die an einigen Stellen trüber waren als an anderen. Die milchige Verfärbung und die vielen Ecken und Kanten in seinem Gesicht ließen den Golem alt und weise erscheinen.

»Ich möchte mich gerne vorstellen, Urs Kral ist mein Name. Ich geleite euch auf das Fest.«

Er verbeugte sich tief und höflich.

»Dann sei es so.«

Krixxo fiel Vitaiin gerade ins Wort, als sie ihre Frage erneut stellen wollte. Sie war sprachlos und unzufrieden darüber, wie ihr Gespräch verebbt war. Die Golem waren ihr fremder als gedacht und überaus merkwürdig. Krixxo trat an ihre Spitze und wandte sich an Vitaiin.

»So eine Feier wird uns guttun. Und es gibt bestimmt Schnaps.«

Dann ging Urs Kral voraus und sie folgten ihm. Draggo schloss neben Vitaiin auf und sprach sie ebenfalls an.

»Vielleicht hat Krixxo recht. Wir können eine Pause gut vertragen, bevor uns diese Reise ganz dahinrafft.«

Vitaiin gefiel die Antwort der beiden Alphamänner nicht, selbst wenn beide richtig lagen. Etwas ging nicht mit rechten Dingen zu. Misstrauisch musterte sie jede Ecke und jede Wand, die sie passierten. Doch bereits nach dem ersten Raum verwandelten sich ihre geschärften Sinne in reine Faszination.

Die grauen Steinwände wichen violettem Edelstein, der die runde Kuppel gleichermaßen wie den Boden pflasterte. Tiefe Furchen bildeten Bäche aus flüssigem Feuer. Den Sandmaaren fehlten die Worte. Vitaiin hatte nie zuvor etwas Vergleichbares gesehen und vermochte es auch nicht zu benennen. Um es mit dem größten aller Wortschätze, dem der Golem, auszudrücken: Reinster Amethyst war in die Wände geschlagen. Kanäle aus Magma wurden geschickt hindurchgelenkt, stoppten abrupt und flossen wie kleine, gelbe Wasserfälle in die Tiefe. Dann wurden sie wieder aufgefangen. Die zähe Masse wurde in Strudel und Labyrinthe geleitet und floss schließlich in kleine Löcher in der Wand. Es war den Sandmaaren zuvor nicht aufgefallen, aber das Magma floss dort nicht nur nach unten, sondern trotzte den Naturgesetzen und floss teilweise wieder nach oben. Dort wiederholte es den Kreislauf und fand seinen Weg wieder zu den violetten Kanälen.

Das alles nahmen die Sandmaare nur in wenigen Sandkörnern wahr. Denn der kristalline Golem pausierte kaum und ging durch den nächsten Gang. Vitaiin vergaß plötzlich ihr Misstrauen, da ihre Augen all ihre Kapazitäten abverlangten. Jeder Raum, den sie durchquerten, war ein Unikat. Und nur die Golem waren dazu in der Lage, die

Eindrücke wörtlich zu beschreiben.

Ein Raum war wie ein Konstrukt von eckigen Waben in die Höhle gesetzt. Er hatte die Farbe von orangebraunem Bernstein. Monströse Insekten wurden wie eingeschlossene Skulpturen zur Schau gestellt und sahen die Gefährten regungslos und doch beinahe lebendig an. Illina war besonders beeindruckt. Sie legte ihre Hände auf eines der quadratischen Ausstellungsstücke. Dem Rubinkönig hatte sie nur halbherzig zugehört und versuchte seither mehr über das Volk zu erfahren. Fragen brannten ihr auf der Zunge, die aber gelähmt in ihrem Mund lag. Weitere Geschöpfe offenbarten sich ihr, deren Herkunft und Lebensweise sie gerne entschlüsselt hätte. Neben den sandmaargroßen Insekten entdeckte sie anderes, urzeitiges Getier, welches im Bernstein konserviert wurde. Sie verlor beinahe den Anschluss, als die Gruppe in einem weiteren der zahlreich angrenzenden Durchgänge verschwand.

»Die Räume hier sind nicht nur Unikate. Jede Höhle ist ein Kunstwerk«, flüsterte Illina.

Kon wollte gerade antworten, als er merkte, dass sie mit Draggo sprach. Da sie von den Golem so eingeschüchtert worden waren, sprachen sie kaum miteinander oder flüsterten nur. Draggo nickte. Er grübelte und ließ ihren Wegweiser nicht aus den Augen, wobei er gleichzeitig den Abstand zu Krixxo begrüßte. Die Gänge zwischen den Höhlen oder Räumen waren manchmal gerade, manchmal grob gehauen, oft aber mit Glyphen beschlagen. Die glühenden Adern aus Magma erleuchteten auch hier ihren Weg. Jeder Raum und jeder Tunnel hatte unzählige Abzweigungen. Es war unmöglich, sich hier ohne Führung zurecht zu finden.

Und nun steuerten sie auf eine dichte Wand aus Dampf zu, während die Luftfeuchtigkeit kosmische

Ausmaße annahm. Die Sandmaare konnten kaum etwas sehen, während der Boden immer heißer wurde und sich Magmaströme um ihre Füße schlängelten. Der weiße Golem lief ungehindert weiter und stampfte wie selbstverständlich durch die feurigen Adern unter sich. Die Gefährten mussten hingegen stetig aufpassen, wo sie hintraten. Die Höhle war mit Titan verkleidet, welches sich durch die Hitze stark verformt hatte, aber größtenteils fest war. Es wirkte gleichzeitig kreiert und doch natürlich. Vor allem die Decke war stark gewellt. Zapfen, die an silberne Stalaktiten erinnerten, hingen von ihr herunter. Wasserdunst aus einer verborgenen Ader sammelte sich dort, floss an den Spitzen hinunter und tropfte in die Tiefe. Es verdampfte entweder direkt in den feurigen Quellen oder rutschte auf dem glatten Boden umher und verdampfte anschließend in kleineren Magmapfützen.

»Wasser!«

Ja es war Wasser. Kon bewies mit seiner Anmerkung eine bemerkenswert schnelle Auffassungsgabe – für seine Verhältnisse. Und an viel mehr als an Durst und Hunger dachte er auch nicht. Er hatte Raga Rodgrimms Rede zwar angestrengt verfolgt, war aber zu schnell verwirrt und nicht mehr in der Lage gewesen, zu folgen. Als zudem sein Magen geknurrt und er seine trockene Zunge am Gaumen getestet hatte, ist es unmöglich für ihn gewesen, sich weiterhin zu konzentrieren.

Seine jetzigen Versuche, einige Tropfen mit dem Mund aufzufangen, schlugen ebenfalls fehl. Es war nicht so, als versuchten seine Kameraden es ihm nicht gleichzutun. Doch sie scheiterten alle und mussten sich stärker auf den Boden und den Wasserdampf fokussieren, der ihre Sicht versperrte. Krixxo war der Einzige, der teilnahmslos dem Golem folgte und mittlerweile wieder grimmig war, da das silberne Titan ihn an sein zerborstenes Schwert erinnerte. Seine einzige Hoffnung war die Feier. Denn wo gefeiert wurde, gab es auch Alkohol, dessen war er sich noch immer sicher.

»Nun kommt, nicht trödeln.«

Urs Kral winkte ungeduldig mit seiner weißen Hand aus einem der Gänge und zitierte die Sandmaare wie kleine, unartige Kinder zu sich. Krixxo war bereits dort und die anderen folgten schnell. Der Golem sah sie wieder freundlicher an.

»Wenn euch unser Reich gefällt, dann freut euch auf den Tanzsaal. Wir sind fast da, es liegen nur noch zwei Höhlen zwischen uns und dem Fest.«

Sie ließen den Wasserdampf hinter sich und steuerten auf eine hell erleuchtete Öffnung zu.

»Licht von Sonne«, hoffte Kon sofort. Doch Draggo korrigierte ihn.

»Nein. Wir sind weit, weit unter der Erde.«

Der nächste Raum hatte gewaltige Ausmaße. Er maß bestimmt einen Steinwurf mehr in Höhe und Breite und war damit fast doppelt so groß wie die bisherigen Räume. Zudem war die Höhle von einem starken Licht erfüllt. Es war Sonnit, eine der leuchtenden, aber poröseren Steinarten. Und dieser Stein hatte die Farbe der Sonne. Kleiner Schutt lag auf dem Boden, der seine Leuchtkraft aber nicht verloren hatte. Er knirschte laut unter ihren Schritten. Vitaiin, Illina und sogar Draggo taten sich schwer, mit ihren nackten Füßen über diesen Boden zu laufen. Und einmal mehr beneideten sie Kon und Krixxo um ihre Stiefel oder Schuhe, wie sie sie nannten.

Der Raum war wie eine in sich gekehrte Sonne in die Höhle geschlagen. Er war rund und von allen Seiten standen lange Zacken ab. Nun konnte auch Draggo seinen

Fokus nicht mehr halten und sah sich mit weit aufgerissenen Augen um. Er bückte sich und hob einige Sonnenkiesel auf. Sie leuchteten so hell und gelb, wie es sonst nur seine Zauber vermochten. Vitaiin stand jetzt neben ihm und wandte sich an ihn.

»Was bauen die Golem hier? Sie haben keine Gemächer, keine Vorratslager und kein Vieh. Verstehst du das?«

Draggo wandte sich fürsorglich an sie.

»Nur weil ein Volk anders ist als wir, müssen wir es nicht in Frage stellen. Aber dennoch – wir sollten wachsam sein.«

Für ein tieferes Gespräch blieb ihnen keine Zeit. Sie betraten den letzten Raum vor dem Tanzsaal. Sie konnten bereits die dumpfe Musik vernehmen, die eindeutig aus dem größten der Gänge an sie trat. Doch diese Höhle war anders – vor allem, da sich zum ersten Mal Leben in ihr regte. Es war ein Golem, klein für sein Volk, oder zumindest kleiner als die bisherigen Höhlenbewohner. Er war etwa zwei Schritte groß und dafür sehr breit. Zu meisten Teilen zierte dunkelgrauer Granit seine Oberfläche. Aber da waren noch bräunliche Auswüchse, viele an seinem rechten Arm. Und sie funkelten leicht. Es waren Kupferadern sowie -kristalle. Teilweise mündeten sie in kleinere, silberne Äste. Die beiden gediegenen Metalle durchwuchsen seinen Körper, wie es nur zerbrochenes Erz offenbarte.

Kupfer und teilweise Silber zierten ebenso den ganzen Raum. Es waren dünne, abstrakte Skulpturen, die auf den ersten Blick wahllos in der Höhle verteilt waren. Und eine breitere Vorrichtung, zu großen Teilen aus Granit, stand vor dem Golem und war in rätselhaftem Gebrauch. Er experimentierte mit Leitungen und Phiolen aus Stein. Der weiße Golem wandte sich an ihn.

»Bardur, was treibst du hier noch? Geh zu den anderen.

Heute wird nicht gearbeitet, ist verboten. Das weißt du doch.«

Der graue Golem mit dem Kupferarm legte seine Steinphiolen ab und seufzte leise. Dann nickte er und verschwand in dem Gang, aus dem die Musik ertönte. Die Gefährten kamen währenddessen nicht drum herum, ein großes Becken mit klarem Wasser zu bemerken. Alle, nun auch Krixxo, stürzten sich darauf und tranken. Urs Kral wirkte angewidert.

»Oh nein, das ist …«

Er brach ab, als er bemerkte, wie gut ihnen das Wasser tat.

»Nun ja. Ihr braucht ja Flüssigkeit. Wie dumm von mir. Labt euch daran, jetzt ist es ohnehin zu spät. Ich zeige euch gleich die wahren Köstlichkeiten unseres Volkes.«

Krixxo horchte auf. Mochte es scharfen Kaktusschnaps oder grünes Met geben? Doch die anderen konnte in diesem Moment nichts mehr erfüllen, als das frische Bergwasser aus dem Stein – ganz egal, was der Golem ihnen darüber nicht offenbaren wollte.

Schließlich folgten sie der Musik und betraten die bisher prunkvollste und atemberaubendste Höhle von allen.

TANZ ZUM ROSENMOND

Die Musik stoppte abrupt, als die Sandmaare den Tanzsaal betraten. Eine Handvoll Golem stand mit steinernen Instrumenten auf einer Erhöhung. Sie hatten graue Tuboen zum Blasen, große Klangsteine und Klanggeber in allen Farben und sogar einen Steinkasten mit kristallinen Seiten. Dann waren da noch größere, plump wirkende Klopfinstrumente und mehrgliedrige Flöten aus diversen Mineralien.

Die Musiker, alle aus einem oder mehreren verschiedenen Erzen, Metallen oder Edelsteinen, sahen die Gefährten stillschweigend an. Und auch das Stampfen und Grölen der tanzenden Golem verklang, als sie die neuen Gäste vernahmen. Vitaiin und ihren Freunden war nicht wohl zumute. Außerdem ergötzten sie sich noch an den Ausmaßen und Veredlungen des Saals. Sie zuckten zusammen, als das große Volk auf einmal applaudierte. Die Golem schlugen sich gegen die Brust, die Schenkel oder den Kopf.

»Das nenne ich mal einen Empfang.«

Krixxo streckte die Arme aus und ließ sich feiern. Doch ebenso schnell ließ er sie wieder sinken, als der weiße Golem sich verbeugte und die Menge beruhigte.

»Hört auf, hört schon auf.«

Es dauerte kurz, aber Vitaiin verstand die Geste als erstes. Sie ließ ihren Blick noch einmal durch den Raum streifen. Er war weiß. Die Wände waren soweit voneinander entfernt, dass sie gar nicht den Eindruck eines geschlossenen Raumes, sondern fast dem einer Hochebene mit steinernem Himmel erweckten. Von den Seiten ragten viele breite Stufen herein, auf denen einige Golem Platz genommen und sich eben noch unterhalten hatten. Sie mündeten, wie fallende Wellen, in einem weißen Boden. Der Übergang war fließend. Und auch hier war der Untergrund nicht ganz eben. Es fanden sich viele Platten, die sehr breit aber leicht schief aneinander gesetzt waren. Sie durchzogen die ganze Halle, wie ein einziger, kantiger Kristall. Der Boden war dicker und somit weniger transparent als die Kristallsäulen oder anderen Verzierungen. Wie versteinerte Bäume erhoben sich die Säulen aus dem Boden. Mit immer zahlreicher werdenden Astteilen wuchsen sie zur Decke und verschmolzen auch mit dieser. Sie waren außen weiß und transparent, sodass der graue Stein im Inneren durchschimmerte. Die Kristalläste formten ganze Baumkronen und trugen Sonnitfrüchte, die für ein warmes, gemütliches Licht sorgten.

In der Mitte des Raumes war ein einziger, gigantischer Kristalltisch in den Boden gelassen. Er hatte die Form eines offenen Kreises. Viele Schalen aus verschiedenem Gestein standen darauf, gefüllt mit undefinierbarer Kost. Und ihr Führer, Urs Kral, der Golem aus Kristall, war der hiesige Architekt. Vitaiin wollte ihre These sogleich überprüfen.

»Urs Kral, du hast diese Höhle geschaffen? Ihr kreiert einen Untergrund nach eurem Abbild.«

»Das ist äußerst weitsichtig von dir, kleine Sandmaarin. Und dem Architekten gebührt stets ein glorreicher Applaus. So ist es seit jeher und so wird es immer sein.«

Er wartete kurz, dass einer der Sandmaare darauf einging. Zu seiner Enttäuschung blieben sie still, immer noch hungrig und von den vielen Eindrücken überfordert. Urs Kral wandte sich an sein Volk – in der Sprache der Sandmaare, damit sie ihn verstanden und sie gleichzeitig bei den Golem angekündigt wurden.

»Vielen Dank. Und nun: Spielt weiter meine Mitsteine. Tanzt meine Metallkameraden. Ihr Edlen und Reinen, feiert!«

Das letzte Wort brüllte er und die Golem gingen sofort darauf ein. Die Musiker, oder viel mehr Barden, wie sie sich nannten, stimmten ein Lied an. Es war eine fröhliche Melodie aus steinernen Klängen. Die Tuboe blies einen tiefen Bass in schnellem Takt. Die Klangsteine schallten abwechselnd wie helles Glas, harter Steinschlag oder märchenhafte Regenbogen- und Feenklänge – von der bezaubernden und netten Sorte. Die anderen Instrumente ließen die Hallen im ersten Moment erzittern und sorgten im Anschluss für ein zartes Pfeifen. Dann waren da noch die Saiten aus bunten Kristallen, die durch die steinernen Finger des Golembarden laut brummten und vibrierten.

Die Golem tanzten wieder. Urs Kral richtete den Gefährten seine letzten Worte aus.

»Speist und tanzt mit uns, solange euch die Zeit gegeben ist.«

Dann bewegte er sich zum Takt, schaukelte mit den breiten Hüften und schloss sich seinen Steinkameraden an. Ihr Tanz war eigenartig und amüsant. Sie bewegten sich ruckartig, oft nur auf einem einzigen Bein und schaukelten mit den Armen viel auf und ab. Besonders merkwürdig daran war, dass ihre Arme und Schultern sowie ihre Köpfe und Hüften nicht an einer Stelle blieben. Sie wechselten des Öfteren die Körperregionen. So befanden sich mal zwei Arme auf der gleichen Seite, der Kopf wurde auf den Schultern balanciert oder der Korpus tanzte hinter statt auf den Beinen. Aber jede Bewegung passte zum Rhythmus, wirkte zwar plump und schwerfällig, dennoch auf eigene Art und Weise ästhetisch.

Die Gefährten hatten derweil nur eine einzige Mission. Sie wollten durch die tanzende Menge zu dem Aufgebot an Speisen dringen. Der Sandmaar mit dem größten Hunger – Kon – ging voraus, dicht gefolgt von der Person mit dem größten Durst – auf Alkohol. Vitaiin lief Krixxo hinterher. Wie ihre Mitstreiter musste sie aufpassen, von den tanzenden Golem nicht zertreten zu werden. Sie nahmen nämlich keinerlei Rücksicht auf das kleine Volk, beachteten sie nicht einmal.

Vitaiin sah einen Fuß aus hellem Sonnit über sich und rannte schnell nach rechts. Er trat laut neben ihr auf, sodass sie durch die Erschütterung erzitterte. Ein grüner Arm aus Jade raste auf sie zu und sie duckte sich im letzten Augenblick. Es war ein Spiel um Leben und Tod, ein Tanz von Göttern und Sterblichen.

So mussten sie von Kristallbaum zu Kristallbaum huschen, bis sie ihr Ziel nach über zwei Steinwürfen endlich erreichten. Und das ständige Auf und Ab des Bodens hatte sie erst recht aus der Puste gebracht. Nun standen sie vor dem weißen Tisch und fühlten sich einmal mehr wie kleine Kinder unter Erwachsenen. Keiner, nicht einmal Draggo, konnte über die Platte spähen. Sie konnten sich zwar ohne zu ducken unter dem Tisch aufhalten, aber an das Mahl darauf kamen sie nicht heran.

»Wer hat noch so einen großen Hunger wie ich?«, fragte Vitaiin ihre Kameraden entschlossen.

Kon streckte als einziger die Hand. Die Anderen antworteten mit Magengrummeln und verkniffenen Gesichtern.

»Gut, dann helft mir.«

Mit vereinten Kräften konnten sie den Kristalltisch erklimmen. Aber die Schüsseln aus Stein waren furchtbar schwer, sodass sie sich das Angebot oben auf dem Tisch ansehen mussten. Um sie herum speisten und tranken die Golem und bedienten sich weiter um die kleinen Leute herum oder hinweg. Als Kon das Innere der Schüsseln sah, fiel er auf die Knie und schrie.

»Wir hier verhungern!«

Sie krabbelten schnell von Gefäß zu Gefäß und in jedem war das gleiche: Erde.

Den Golem schien der braune Dreck aber nicht nur zu schmecken, sie schienen einige Portionen mehr zu genießen als andere. Sie unterhielten sich undeutlich in ihrer Sprache, schmatzten und lachten laut, während der Rest um sie herum weiter tanzte.

Dann schmatzte plötzlich eine weitere Person. Und es handelte sich hierbei nicht um einen Golem. Es war Illina, die sich herzhaft aus einer smaragdfarbenen Schale bediente. Die Anderen sahen sie verstört an, Kon sprach seine wenigen Gedanken laut aus.

»Du Erde essen?«

Illina hielt kurz inne.

»Erde? Aber nein. Ich bin es gewohnt, stets zweimal im Dreck zu wühlen, bevor ich aufgebe. Und es gibt fast immer etwas zu finden, wenn man genau hinsieht.«

Sie öffnete ihre Hände. Vielbeiner, Schimmerfüßler und Hornkrabbler wuselten über- und untereinander herum. Und im nächsten Moment fanden sie ihren Weg in Illinas Mund.

»Lecker. Und das Beste: In jeder Schüssel gibt es andere.«

Vitaiin, Draggo und Krixxo verzogen ihre Gesichter, während neben ihnen der nächste Sandmaar laut schmatzte.

»Ohja, sehr lecker.«

Man konnte Kon nur schwer verstehen, da er sich den

Mund bereits vollgestopft hatte. Er hatte in seiner Zeit bei den Barbaren nur wenig zu Essen bekommen. Jedes kleine Insekt oder Vergleichbares war für ihn ebenso gut wie alles andere. Vitaiin und Draggo schlossen sich zögerlich an, pickten dann aber auch immer rascher die Insekten aus der Erde. Krixxo hatte derweil die Krüge entdeckt, aus denen die munteren Golem angeregt tranken. Er krabbelte auf dem Tisch in die andere Richtung und spickte in die Gefäße. Sie waren bis zum Rand mit toten Insekten gefüllt. In den Lücken war nur ein wenig braune Flüssigkeit auszumachen. Das kleine Getier war schrumpelig oder glänzte stark. Wenn er die Golem nun genau beobachtete, konnte er den Genuss von eingelegten Insekten und den Verzehr von Erde mit lebenden Exemplaren genau erkennen. Die Golem mit den Krügen schienen dabei am meisten Spaß zu haben. Er roch an einem Krug. Die Insekten stanken. Doch da war auch ein vertrauter Geruch. Es war Alkohol. Also hob er einen Krug mit beiden Händen und aller Kraft an. Er war aus Sandstein, ungeheuer schwer und so hoch wie sein Oberkörper. Vorsichtig nippte er daran und aß gleichzeitig ein paar der schleimigen Vielbeiner. Sie schmeckten widerlich. Aber sie hatten sich mit der Flüssigkeit vollgesogen und stillten gleichzeitig seinen Hunger und sein Verlangen.

Urs Kral gesellte sich zu den Sandmaaren.

»Delikat, nicht wahr?«

Sie sahen ihn mit großen Augen an, die Mäuler voll mit lebenden oder toten Insekten. Der weiße Golem nahm sich eine Hand voll Erde.

»Ich weiß ja nicht, was ihr sonst esst. Aber es geht nichts über frische Erde aus dem Kaskadenwald und ein paar Seidentänzer für das gewisse Etwas.«

Die Erde war dunkelbraun und rote, achtbeinige

Seidentänzer krabbelten munter durch ihren einstigen Bau. Der Golem verschlang den Klumpen, schluckte ihn auf einmal herunter und sprach weiter.

»Und du hast unsere eingelegten Insekten entdeckt. Sehr gut. Gra Gar und Ambrosi, lasst es euch schmecken. Aber trinkt nicht zu viel davon, die kleinen Tierchen sind sehr lang gereift.«

Er prostete mit Krixxo und wollte gerade auf die Tanzfläche verschwinden, als Vitaiin das Wort an ihn richtete.

»Es tut mir leid, ehrenvoller Urs Kral. Aber wir sind hier, um die Winz zu finden. Kannst du uns bitte Auskunft geben?«

Er blieb kurz stehen. Die Musik im Hintergrund wechselte und wurde schneller.

»Oh, ich liebe dieses Lied.«

Der Golem drehte sich nicht mehr um und lief tanzend davon. Vitaiin blicke enttäuscht in eine Schale mit roter Erde. Draggo nahm sie in den Arm und tröstete sie.

»Du hast den König doch gehört. Für den Moment sollten wir überhaupt froh darüber sein, hier etwas Essen und Trinken gefunden zu haben.«

Die warme Berührung tat ihr gut. Ihr Blick wanderte aber zu Krixxo, der den Krug kaum noch absetzte. Sie streichelte Draggo über die Hand und krabbelte dann zu Krixxo, um sich zu ihm an den Rand des Tisches zu setzen.

»Du solltest nicht so viel davon trinken ... oder essen ... Was auch immer. Mach langsam.«

»Vielleicht sollte einer von uns nicht weniger, sondern der andere lieber mehr davon trinken.«

Er zwinkerte ihr zu und hielt den Krug vor ihre Nase. Zuerst scheute sie angewidert zurück. Doch Krixxo gab nicht auf und schaukelte mit dem Insektenmet vor ihrer Nase herum. Schließlich probierte sie doch einen Schluck.

Das Gebräu schmeckte nicht weniger widerlich, als die anderen Insekten. Und diese hier bewegten sich immerhin nicht mehr. Krixxo stieß sie angeheitert in die Rippen.

»Na also. So wird hier noch ein Fest draus.«

Vitaiin lächelte kurz, wurde dann aber wieder ernst.

»Was ist zwischen dir und Draggo eigentlich vorgefallen?«

Krixxo sah zu dem Sandmaar mit dem weißen Schuppenpanzer. Er hatte sich mittlerweile zu Illina und Kon gesellt, die sich bereits gut amüsierten. Trotzdem führte Draggo immer mal wieder einen prüfenden Blick zu seiner Versprochenen aus. Krixxo antwortete ihr.

»Ich würde gerne tanzen. Was hältst du davon?«

Vitaiin dachte kurz darüber nach.

»Gib mir noch einen Schluck.«

»Aber natürlich.«

Krixxo reichte ihr den Krug und Vitaiin setzte beinahe gar nicht mehr ab. Krixxo, der ihr beim Heben des schweren Kruges half, übernahm das Absetzen für sie. Etwas der braunen Flüssigkeit tropfte von ihren Mundwinkeln.

»Nun gut, das reicht. Du Draufgänger.«

Vitaiin kämpfte noch mit dem säuerlichen Geschmack und verzog das Gesicht. Krixxo stellte den Krug ab und sprang vom Tisch. In diesem Moment konnte Vitaiin einen Golem sehen, der sie böse anstarrte. Alle um ihn herum plauderten oder tanzten. Nur er stand regungslos in ihrer Mitte und starrte weiter. Er starrte, ohne mit einem Glied zu zucken oder ein einziges Mal zu zwinkern. Und während er einfach nur so dastand und starrte, konnte Vitaiin ihren Blick nicht abwenden. Sein Körper war aus hellgrauem Kalkstein geschaffen. Eine einzige, rote Ader teilte seinen Körper vertikal zur Mitte. Das Gestein wurde Jaspis genannt, war aber nicht annähernd so auffällig wie seine weiß leuchtenden Augen, die nicht aufhörten, zu starren.

Vitaiin konnte ein Zupfen an ihren Beinen spüren und erschrak. Sie sammelte sich und bemerkte Krixxo unter sich. Als sie wieder aufblickte war der Golem verschwunden.

»Worauf wartest du?«, fragte Krixxo.

Dann sprang sie vom Tisch und lief ihm hinterher. Der Sandmaar ging unter dem Tisch in Sicherheit und begann sofort wie ein wilder Affling zu tanzen. Hier waren sie vor den schaukelnden Riesen sicher. Vitaiin verbannte den starrenden Golem aus ihrem Geist. Sie näherte sich Krixxo und tanzte langsam und elegant. Er brachte sie mit seinen Tanzeinlagen zum Lachen, während er ihre lieblichen Bewegungen genoss. Sie hatten beide seit langer, sehr langer Zeit nicht mehr so viel Spaß gehabt. Dann sprangen Illina, Kon und Draggo vom Tisch und gesellten sich zu ihnen. Vitaiin befürchtete kurz einen Bruch der guten Stimmung. Doch es kam anders und sie tanzten und feierten gemeinsam. Sie waren für einen Moment in ihrer eigenen Seifenblase, in der jeder ein Freund und Vertrauter war. Alle Feindseligkeiten und jedes Misstrauen wurden außer Acht gelassen.

Nach dem dritten Lied spielten die Barden etwas langsames und ein Golem sang mit tiefer, brummender Stimme. Draggo bot Vitaiin seine Hand an. Vitaiin freute sich, zögerte aber kurz wie ein schüchternes Mädchen vor ihrem ersten Tanz mit ihrem Schwarm. Doch dann wurde der neue Fremde zum alten Vertrauten und sie verlor sich im Glanz der alten Zeiten. Es tat ihr unfassbar gut seine Hände zu greifen und ein Stück Geborgenheit zu fühlen, die sie so lang vermisst hatte. Sie begrüßte die gelegentlichen Umarmungen und die koketten Drehungen, die für den Tanz der Sandmaare typisch waren. Und da war es, das gebräuchliche Summen der Männer, wenn sie sich zum Takt der Musik bewegten. Sie hatte das Gefühl, zu Hause zu sein. Vitaiin versteckte ihre schlechten oder wirren Gedanken tief in ihrem Unterbewusstsein, um diesen Tanz zu genießen. Dieser Moment gehörte ihr allein.

Doch ihre Gedanken ließen sich nicht lang wegsperren. Als Illina Krixxo munter zum Tanz aufforderte, ruhte ihre Aufmerksamkeit auf ihnen. Und ihre Reise in die Vergangenheit war vorüber. Krixxo erinnerte sie an den Untergang ihres Volkes. An den Tod ihrer Schwester. An das seltsame Gefühl gegenüber ihren alten und neuen Kameraden. Und an ihre Unstimmigkeiten untereinander oder mit den Golem.

Während die vier Sandmaare tanzten, geriet Kon in Vergessenheit. Er stand hinter ihnen und tanzte für sich allein. Aber obwohl er einsam und verlassen wirkte, war Kon vermutlich der Einzige von ihnen, der sein Leben zum ersten Mal in vollen Zügen genoss. Und an viel mehr wollte oder konnte er auch nicht denken.

Als das romantische Lied endete, verließ Vitaiin die Gruppe unauffällig. Sie hatte Draggo gesagt, dass sie das Fest nicht genießen konnte, solang der Ausgang ihrer Mission noch im Ungewissen lag. Also nahm sie sich die Golem der äußeren Tribünen vor. Tatsächlich suchte sie aber den Abstand zu ihren Kameraden.

Es vergingen viele Sanduhren. Zahlreiche Lieder wurden gespielt und gesungen. Dann betrat der Rubinkönig den Saal. Die Musik endete und die Golem verbeugten sich an Ort und Stelle, um ihrem Herrscher zu huldigen. Dieser wandte sich an sein Volk und sprach laut und deutlich in ihrer eigenen Sprache. Als sich alle Golem gänzlich sicher waren, dass Raga Rodgrimm fertig gesprochen hatte, applaudierten sie wieder – dieses Mal lauter und noch gewaltiger als je zuvor. Ein Teil der Ehrerbietung ging auch an die Barden, die das Klopfen dankend erwiderten. Auch Kon klatschte laut und begeistert, selbst wenn er kaum zu hören war.

Anschließend setzten die Golem sich in Bewegung und verließen den Tanzsaal durch eine große Pforte. Urs Kral stattete den Sandmaaren einen Besuch ab.

»Ihr seht für mich zwar alle gleich aus und ich kann euch nicht auseinanderhalten, aber vollzählig seid ihr nicht.«

Kon und Draggo standen unter dem Tisch und Krixxo wippte mit dem übergroßen Krug und den Füßen an der Tischkante. Plötzlich schlängelte sich Vitaiin an dem Golem vorbei, in stetiger Begleitung ihres Schattenorbs. Urs Kral wich vorsichtig zurück, erschrocken aber behutsam, um sie nicht aus Versehen zu zertreten.

»Oh vorsichtig mein Kleiner. Es ist nicht weise um unsere Füße zu schleichen.«

Vitaiin sah zerstreut aus und antwortete nicht, was auch nicht nötig war. Urs Kral fuhr fort.

»Und jetzt fehlt nur noch einer.«

»Eine!«, lautete die kurze Antwort von Illina, die plötzlich auf seinen Schultern saß und sein Ohr untersuchte. Doch da war kein Ohr. Der Golem zuckte erneut und setzte die Sandmaarin leicht gereizt ab.

»Ihr seid seltsame Wesen, das will gesagt sein. Aber kommt. Der Tanz ist vorüber. Es ist Zeit für die Zeremonie. Es ist Zeit für den Rosenmond.«

Krixxo wollte seinen Krug auf die Bitten des Golems hin nicht abstellen, tat es aber schließlich, als er gezwungen wurde. Dann folgten sie Urs Kral und den anderen Golem. Krixxo schwankte von den eingelegten Insekten bereits so sehr, dass Illina und Vitaiin ihn stützen mussten.

»Ihr seid Honighörnchen, wisst ihr das?«

Sie wussten es nicht, da sie die Tierart ebenso wenig kannten, wie sie sein Lallen verstehen konnten. Er schwadronierte ungeheuerlich unverständlich und machte keine Anstalten, damit aufzuhören.

»Ich würde dich küssen. Und ich würde dich küssen. Dann würde ich Draggo küssen, damit er nicht weint. Und dann würde ich ...«

Er hielt inne, als sie die nächste Höhle erreichten. Mehrere große Stufen führten in die Tiefe und ermöglichten einen Ausblick auf aberdutzende Golem. Obwohl das Gewölbe kleiner war, schienen sie zahlreicher geworden zu sein. Doch das faszinierende war der Magma spuckende Schlot in ihrer Mitte. Der Golem aus Kristall präsentierte den Sandmaaren stolz ihr Allerheiligstes.

»Kaum einem einzigen Volk ist dieses Privileg je zu Teil geworden. Setzt euch und genießt den heiligen Akt zu Ehren Garan Tula. Der Rosenmond beginnt.«

Erst jetzt fiel den Gefährten eine steinerne, weiße Rose in Urs Krals Händen auf. Als er sicher war, dass sie sich gesetzt hatten und nicht mehr ausbüxten, mischte sich der Golem unter seines Gleichen.

Vitaiin versuchte die Höhlendecke zu finden. Doch über ihnen war eine lange, spitz zulaufende Mündung, die nicht endete. Sie war sogar kurz der Meinung, in der Ferne über sich einen Stern funkeln zu sehen. Vitaiin kannte diese Art von Felsgebilden nicht, doch für die Golem war dies der heiligste Ort von allen. Es war der Rachen eines Vulkans.

Die Golem – manche gelb wie Zyrprisperlen, einige türkis wie Glühquallen und viele grau wie Vielflossler oder Sandanemonen – fingen an zu summen. Keiner glich dem anderen in Form oder Farbe. Sie schaukelten hin und her und erzeugten mit ihren steinernen Stimmbändern tiefe, wohltuende Klänge. Dann bildeten sie eine Schneise. Raga Rodgrimm oblag die Gunst des Königs, die Zeremonie zu eröffnen. Er schritt stumm durch die Allee der Golem und auch er trug eine steinerne Rose bei sich. Sie hatte die Dimension eines kleinen Sonnenhundes und war aus purem Rubin – ohne jeden Zweifel eine Trophäe aus seinem eigenen Leib. So näherte er sich dem heißen Magmabecken, welches den Sandmaaren dicke Schweißperlen auf die Stirn trieb. Er neigte sich darüber und ließ seine Blume in das flüssige Feuer gleiten. Dort trieb sie für kurze Zeit und schwamm in das Vulkaninnere, wo sie schmolz und roter Staub gen Himmel stob. Wie glitzernder Nebel suchte er seinen Weg in die Freiheit.

Das Gefolge summte weiter und die vordersten Golem übergaben ihre Steinrosen ebenfalls der Magma. Silberner, violetter und leuchtender Nebel stieg wie funkelnde Magie empor, als die Rosen in dem heißen See vergingen. Jeder Golem hatte eine Rose aus seinem eigenen Leib anzubieten. Zauberei und Ruhe erfüllten das Ritual, das sich meditativ auf die Sandmaare auswirkte. Draggo vergaß sein Misstrauen gegenüber den Golem, seinen Konflikt mit Krixxo und wie seine Kameraden sogar den Untergang seines Volkes. Illina vergaß ihr Interesse an den steinernen Wesen, den blutigen Weg bis in diese Hallen und ihr dunkles Geheimnis, das sie vor ihren Gefährten verbarg. Sogar Kon konnte vergessen – wie er einst gefoltert worden und in der Schreckensherrschaft der Barbaren aufgewachsen war. Wie er gegen sein eigenes Volk in den Krieg zog und zu ihrer Vernichtung beitrug. Nur Krixxo bot eine Ausnahme. Volltrunken wie er war, schlief er sofort ein und sank mit Illinas Wohlwollen in ihren Schoß. Vitaiin sah auf den sturen Sandmaar herab und vergaß allmählich ihre Sorgen. Sie blickte zu ihrem Schattenorb und alles war gut. Doch dann erblickte sie den hellgrauen Golem mit der roten Jaspisader, die ihn in der Mitte teilte. Und wieder starrte er sie mit weit aufgerissenen Augen an. Immer noch in leichter Trance stand sie auf, stieg die hohen Treppen hinab und ging auf den Golem zu. Ihre Mission, die fixe Idee und die Legende vermochten es nicht, sich aus ihrem Gedächtnis zu winden. So wollte sie den Golem zur Rede stellen. Als sie aber nur einmal schwerfällig blinzelte, war er verschwunden. Sie sah sich irritiert um, konnte ihn aber nicht finden. Dafür bemerkte sie den Golem mit den graubraunen Adern und dem kupfernen Arm. Er stand weit abseits von den Anderen und balancierte seine Rose nachdenklich in den Händen.

Vitaiin schlug zielstrebig eine neue Richtung ein. Sie hatte bereits den Überblick verloren und konnte nicht mehr über die hinterste Reihe der Golem hinwegsehen. Aber den einsamen Golem verlor sie nicht aus den Augen. Sie verbot sich sogar zu zwinkern. Und so erreichte Vitaiin ihr Ziel, das abseits an der Höhlenwand stand. Näher ins Innere wäre sie kaum gekommen, da es dem Schlot entgegen unerträglich heiß wurde. Die Hitze trieb Vitaiin bereits Tränen in die Augen. Trotzdem stellte sie sich mit aller Höflichkeit dem Golem vor.

»Entschuldige mich bitte, ich bin Vitaiin, Kundschafterin der Sandmaare.«

Er antwortete nicht. Sie hatte schon zuvor mit ihren Kontaktaufnahmen im Tanzsaal keinen Erfolg gehabt. Doch dieser Golem war anders. Sie sprach ihn noch einmal an.

»Warum legst du deine Rose nicht in das flüssige Feuer?«

Nun sah er sie an. Zögerlich antwortete er.

»Bim Bardur, so ruft man mich.«

»Nun Bim Bardur, was hat es mit den Steinrosen auf sich?«

Erst jetzt fiel ihr auf, dass Bim Bardurs Rose anders war als die der anderen Golem, nicht zu seinem Körper aus Granit, Silber und Kupfer passte. Sie bestand aus durchsichtigem Stein, beinahe wie Glas und diesem doch kaum ähnlich. Die Golem wussten bereits vor den Sandmaaren wie das Stein in der fremden Sprache zu benennen war. Es war Diamant. Der Golem fuhr mit rührseliger Stimme fort.

»Wir ehren den Mutterleib unserer Göttin, den größten Schoß von wenigen, in denen die Golem geboren werden.«

Er verrenkte seinen Kiefer angestrengt und sprach dann weiter.

»Seltsam eure Sprache zu sprechen. Sie ist ...«

»Was ist sie?«

»Sie vibriert kaum. Schwierig sie wahrzunehmen.«

Vitaiin verstand noch nichts von dem großen Volk. Immer wenn sie eine Kleinigkeit preisgaben, traten zahlreiche neue Fragen auf. Da sie das Gespräch nun aber gesucht und gefunden hatte, versuchte sie es in ihre Richtung zu lenken.

»Kannst du mir verraten, wo die Winz leben?«

Der Golem zögerte wieder und wich dann aus.

»Wir schenken Göttin Garan Tula unsere Liebe, doch wir kennen die Liebe nicht. Ich für meinen Teil ...«

Er seufzte tief, um die Tragik zu untermalen.

»... behalte meine Rose, bis die erste Frau gefunden wird.«

Jetzt interessierte sich Vitaiin doch zunehmend für die

Einzelheiten.

»Gibt es keine Frauen in deinem Volk?«

»Nein. Oder vielleicht. Es gibt unsere Göttin. Und darüber hinaus hat nie jemand von einem weiblichen Golem gesprochen. Aber es muss sie geben. So, wie es sie bei fast jedem anderen Lebewesen auch gibt.«

Er hielt seine Rose fester. Vitaiin ging näher auf das Thema ein, da sie der Golem neugierig machte.

»Warum ähnelt deine Rose nicht deinem Körper, wie bei den anderen?«

»Hm. Wir bauen Höhlen und opfern Teile unserer Beschaffenheit, aber es wächst in nur wenigen hundert Zyklen nach. Wenn ich eine Steinrose verschenke, dann von Herzen. Dann aus reinstem Diamant.«

Hier hörte er auf zu sprechen und verließ Vitaiin lautlos, träge und mit tief hängendem Kopf. Vitaiin dachte lang über seine Worte nach. Sie wusste nicht, was Diamanten waren, aber sie verstand es.

»Er hat die Rose aus seinem Herz gebrochen«, flüsterte sie zu sich selbst.

Ihr blieb nichts anderes übrig, als zu ihren Kameraden zurückzukehren und sich wieder zu ihnen zu setzen. Im Klang der tiefen Stimmen dauerte es nicht mehr lang, bis alle es Krixxo gleichtaten und sie einschliefen. Sie waren so müde, dass keiner bemerkte, wie der Rosenmond endete und die Golem sie behutsam von dannen trugen.

DAS UNPASSGRAUEN

Vitaiin wälzte sich gequält hin und her. Sie konnte nicht mehr schlafen, da jemand unsagbar laut schnarchte. Als sie ihre Augen öffnete, merkte sie, wie sehr ihr alle Gliedmaßen schmerzten. Sie tastete um sich und fühlte nur kalten, harten Stein. Hier hatte sie geschlafen. Dann dröhnte es wieder in ihr Ohr – dieses entsetzliche Schnarchen!

»Krixxo, sei ruhig!«

Sie boxte ihn. Daraufhin drehte er sich zur Seite und murmelte ein paar schmutzige Worte. Immerhin schnarchte er etwas leiser. Doch da war noch ein anderes Geräusch. Es war ebenfalls ein Atmen und ein Schnauben. Aber es klang dunkler, ruhiger und gewaltiger. Dann entdeckte sie eine schwache Lichtquelle in der Höhle. Sie raffte sich auf. Ihre Gefährten lagen alle nebeneinander, soweit war alles gut. Auch ihr Schattenorb schwebte noch gelassen neben ihrem Kopf. Die Lichtfarbe erinnerte sie an die Unpassangler, aber das leuchtende Etwas war lang und dick und lag wie ein Waljunges plump im Raum. Die monströsen Atemgeräusche kamen aus ebendieser Richtung. Vitaiin näherte sich dem lumineszierenden Körper. Als sie nah genug war, streckte sie ihre Hand aus.

»Das würde ich lieber sein lassen.«

Vitaiin schreckte herum. Sie kannte die Stimme nicht. Wer hatte gesprochen? Dann sah sie im schwachen Licht hinter sich einen roten Streifen. Sie schärfte ihre Augen und wartete ängstlich, bis sie sich an die Dunkelheit gewöhnt hatten. Schließlich konnte sie wenige Schritt vor sich einen Golem ausmachen. Er starrte sie an. Es war eben dieser starrende Golem, der sie schon viele Male angestarrt hatte. Und er starrte unerlässlich. Außerdem regte er sich nicht. Vitaiin flüsterte mit zitternder Stimme.

»Hast du etwas gesagt?«

Er antwortete ihr nicht. Und gleichzeitig wurde das Atmen in ihrem Rücken lauter. Sie packte ihren Mut zusammen und ging auf den Golem zu.

»Wer bist du?«

Der Golem blieb stehen und Vitaiins Beine schlotterten nach jedem Schritt mehr. Sie kam ihm näher. Und dann blickte sie ihm direkt in die Augen. Sie starrten um die Wette. Viele Sandkörner lang passierte nichts. Doch dann bewegten sich die Lippen des Golem. Vitaiin zuckte zurück.

»Ich bin der, der euch in unser Reich gelassen hat.«

Vitaiin atmete erleichtert auf, als er endlich sprach. Sie nahm das Gespräch auf.

»Und was tust du hier?«

»Ich werde geopfert.«

Verwirrung und ein kleiner Funken Angst packten sie.

»Was redest du da?«

»Ich hätte euch die Pforte nicht öffnen sollen.«

»Wieso denn?«

»Ihr habt eine Waffe in das Reich der Golem gebracht. Das ist verboten. Und ihr habt die, die ihr Unpassangler nennt, aufgescheucht und abgeschlachtet. Das ist verboten. Jetzt werden wir ihrer Mutter geopfert, um sie zu besänftigen.«

Vitaiin drehte sich langsam um. Sie konnte die Kreatur immer noch nicht sehen. Aber dort lag etwas monströses. Etwas mit den Ausmaßen einer Mauer, mehrere Sandbauten breit und lang. Der leuchtende Körper war nur das Hinterteil des Geschöpfes.

Vitaiin ignorierte den Golem nun und lief zu ihren Gefährten. Zuerst weckte sie Draggo. Sie mussten jetzt gewitzt, geschickt und vor allem besonnen vorgehen. Sie wusste nicht, ob der Golem recht hatte oder nicht mehr alle Kiesel beisammen hatte. Aber die Hinweise deuteten daraufhin, dass sie kurz davor waren, geopfert zu werden.

Draggo ließ sich leise wecken und verstand sofort. Aus seinen Taschen kramte er einige Steine aus Sonnit, um ihnen etwas helleres Licht zu spenden. Es erleichterte ihnen die Sicht und leuchtete wesentlich wärmer als der lumineszierende Körper neben ihnen. Zusammen weckten sie Illina und Kon.

»Versteht ihr das? Wir müssen einen Ausgang finden«, beendete Vitaiin ihre Ansprache im Flüsterton.

Draggo und Illina schlichen sofort los und suchten die Wände ab. Als Kon loslief und seine goldene Rüstung laut schepperte, zischte Vitaiin den Goldmagier an. Weiterhin bewegte er sich nur noch wie ein träger Dornenkriecher voran. Sie tasteten sich von rechts nach links, von links nach rechts. Es gab keinen Ausgang. Der Golem meldete sich zu Wort.

»Wir haben den Weg versperrt. Es gibt kein Entrinnen. Wenn ihr weise seid, bleibt leise und genießt die kurze Zeit, die euch noch gegeben ist.«

Regungslos wie er dort stand, wirkte er gar nicht wie ein Golem, sondern viel mehr wie ein lebloser Fels. Er hatte sich mit seinem Schicksal abgefunden.

Draggo unternahm einen letzten Versuch und ließ eine Lichtkugel empor steigen. Illina und Kon beobachteten sie aufmerksam. Sie offenbarte zahlreiche kleine Löcher an der Höhlendecke. Draggo wandte sich an Illina. Er flüsterte.

»Die Löcher sind zu klein für uns.«

Er musste sie nur ansehen und sie verstand. Illina verwandelte sich in den Glühflügler, schwirrte um die Lichtkugel herum und verschwand in einem der Löcher.

Vitaiin schöpfte etwas Hoffnung. Sie versuchte schon seit geraumer Zeit, Krixxo zu wecken, hatte bisher aber keinen Erfolg damit. Als er sich erneut auf dem Steinboden wälzte, begann er wieder laut zu schnarchen – dieses Mal schief wie ein verstopftes Sandhorn. Vitaiin hielt ihm schnell die Nase zu. Dann murmelte er etwas und wollte laut aufspringen. Aber Vitaiin drückte ihn zu Boden.

»Leise!«

Sie sah ihn eindringlich an und ließ ihn wieder atmen. Beinahe wäre es zu spät gewesen. Plötzlich spürte sie einen starken Windzug hinter sich – nur dass es kein Windzug war. Sie hörte, wie sich etwas aufbäumte und von einem interessierten Knacken begleitet wurde. Der Atem des Monsters ging vor und zurück. Er stank nach verfaultem Fleisch und stechendem Metall.

Krixxo konnte die Kreatur hinter Vitaiin sehen. Er war aber ebenso schlaftrunken wie er noch betrunken war. Seine benebelten Sinne ließen ihn nicht den Ernst der Lage erkennen. Er rieb sich seine Augen, aber sein Blick wurde nicht klarer. Trotzdem erkannte er deutlich, dass die Kreatur mittlerweile unzählige Schritte hoch war. Außerdem hatte sie viele dünne Beine und Scheren vor dem Maul, die länger waren als jedes Schwert. Ihre Augen leuchteten im selben Licht wie ihr Rückenkamm und das eklig fette Hinterteil.

»Vitaiin, lauf!«, brüllte Draggo so laut er konnte.

Krixxo wollte eigentlich nur weiterschlafen und streckte sich eben noch. Doch als sich das Monster zu Draggo wandte, zog Vitaiin ihn mit einem Ruck auf beide Beine. Einen Moment lang stand er benommen im Raum und beobachtete, wie das Unpassgrauen auf seinen Gefährten stürmte – Unpassgrauen, das war ein guter Name, dachte er sich. Und während Krixxo sich Zeit nahm, um aufzuwachen, wurde Draggo von dem neu benannten Monster zerquetscht.

»Nein!«, schrie Vitaiin entsetzt.

Nachdem das Wesen mit seinem ersten Opfer fertig war, widmete es sich dem nächsten. Kon stand unmittelbar neben dem Unpassgrauen und zitterte am ganzen Leib. Seine Rüstung klapperte. Langsam wandte sich das Monster zu ihm. Es klackte mit den Scheren und kroch los. Kon rührte sich nicht von der Stelle. Es war genau vor ihm und dann neben ihm. Es kroch einfach an ihm vorbei. Denn es hatte einen anderen Leckerbissen im Visier.

Vitaiin sah dem Golem in die Augen. Er starrte wieder, aber lächelte dieses Mal. Dann schloss er die Augen. Das Unpassgrauen stürzte sich auf ihn und verschlang den Golem in einem Stück – was eine Kunst war. Er war immerhin über drei Schritte groß und sehr breit. Mit den Scheren schob die Kreatur das Steinwesen immer tiefer in den Rachen, wo das Mineral laut zerkleinert wurde. Das Unpassgrauen genoss sein Mahl.

Illina vermochte es derweil nicht, einen Ausweg oder Hilfe zu finden. Die kleinen Kanäle waren wie eine Miniaturausgabe des Höhlengewirrs, nur noch verzweigter. Sie bog um zahlreiche Ecken. Und die nächste mochte ihre letzte sein. Sie rechnete nicht damit, dass dort ein Unpassangler auf sie wartete und sein Maul weit geöffnet hielt. Dann war es zu spät. Der Glühflügler flog in die letzte Höhle, die keine war und sich von selbst schloss. Der Unpassangler schluckte das kleine Tier herunter und schmatzte zufrieden. Das Unheil schien kein Ende zu nehmen, bis ein jeder den Höhlenkreaturen zum Opfer fallen würde.

Auch das Unpassgrauen schmatzte nun und widmete sich seinen anderen Gästen. Die Gefährten starben wie Ekelflügler – gerade geboren und schon von einem größeren Wesen zermalmt. Doch so leicht waren sie nicht unterzukriegen. Hinter dem Monster löste sich ein Sandmaar aus Schutt und Geröll. Ein Licht verblasste. Es war Draggo, der sein Lichtschild auflöste und überlebt hatte. Hoffnungsvoll richtete er seinen Blick nach oben und zählte auf die Hilfe seiner Gefährtin. Illina war die einzige, die sie nun noch retten konnte.

Das Unpassgrauen fletschte seine teils spitzen teils flachen Zähne. Es sah aus, als lächelte es die Gefährten an. Der Kopf zuckte herum, um abwechselnd alle vier zu erfassen. Es wartete auf eine Reaktion – so überlegen und gruselig wie ein wahnsinnig gewordener Gott.

»Nicht bewegen«, flüsterte Vitaiin Krixxo zu.

»Schlangenpisse, es sieht uns doch.«

Er war fast wieder ganz der Alte.

»Es wartet.«

»Auf was?«

»Ich weiß es nicht.«

»Der Golem stand auch nur so rum und wurde dann gefressen, oder nicht?«

Krixxo hatte recht. Vitaiin merkte, dass sie den ersten Schritt machen mussten.

»Wir brauchen Hilfe. Aber zunächst müssen wir überleben.«

Sie flüsterte noch, dann atmete sie tief ein und brüllte.

»Kämpft!«

Das Unpassgrauen war froh, dass die Spiele begonnen hatten. Es visierte Vitaiin an und raste mit klappernden Zangen auf sie zu.

DIE BRUT

Vitaiin musste antworten. Sie versuchte es mit einer Illusion. Drei Schatten glitten durch ihre Hände und bildeten ebenso viele Silhouetten vor ihr. Vitaiin versteckte sich hinter einer der drei Schattenkörper, die wie sie aussahen. Das Unpassgrauen steuerte aber nicht wie gedacht auf die mittlere Silhouette zu. Es änderte seinen Kurs. Vitaiin bekam von alledem nichts mit und verharrte hinter ihrer Deckung. Krixxo versteckte sich ebenfalls hinter ihr. Das Monster entschied sich für den rechten Schatten und schnappte danach. Er löste sich auf. Sie hatten unsagbar viel Glück gehabt, da sie sich für die andere Seite entschieden hatten.

Das Unpassgrauen drehte sich sofort um und hielt wieder auf die beiden Sandmaare zu. Doch Draggo und Kon eilten ihnen zur Hilfe. Sie waren jetzt dicht hinter ihnen. Kon schoss goldene Blitze. Draggo schleuderte Lanzen aus Licht. Allerdings prallte jeder einzelne Zauber einfach ab. Sie zeigten überhaupt keine Wirkung. Als Vitaiin das Sperrfeuer unterstützen wollte, packte sie Krixxo grob an der Hüfte. Er sprang mit ihr hoch und flog mit einem starken Aufwind über das Grauen hinweg. Es raste zwischen Kon und Draggo hindurch. Dahinter fassten die beiden Sandmaare wieder Fuß. Vitaiin verpasste Krixxo eine Ohrfeige.

»Was soll das?«

»Ich habe dir gerade das Leben gerettet?«

»Und die anderen beiden zurückgelassen!«

Sie rannte dem Monster hinterher. Krixxo schüttelte nur den Kopf und folgte ihr langsam.

Das Unpassgrauen bewegte das fette Hinterteil und schlug Kon viele Schritt weit durch die Höhle. Es schepperte laut, dann rührte er sich nicht mehr.

Draggo ließ nun in beiden Händen einen Hammer aus Licht entstehen. Besonders kreativ war er nicht, aber er bewies ein hohes Maß an Schlagkraft. Vitaiin erreichte ihn, lief aber einen Bogen und stoppte nicht. Draggo nahm die Richtung mit auf und rannte hinterher. Sie kreierte Schattenstufen, auf denen sie beide schnell an Höhe gewannen. Genau über dem Unpassgrauen angelangt, nickten sie sich zu. Vitaiin gab das Kommando.

»Jetzt!«

Die Stufen lösten sich auf und sie stürzten sich auf den Kopf des Monsters. Draggo hob beide Waffen weit nach oben und Vitaiin schuf zwei Schattenpflöcke, die auf die Schädeldecke zielten. Die Sandmaare trafen das Unpassgrauen hart. Der Kopf prallte unter all der Gewalt auf den Steinboden. Vitaiin und Draggo rollten sich im letzten Moment ab, fielen aber zunächst unsanft und prellten sich viele Muskeln und Knochen. Als sie sich wieder aufrafften, stand Krixxo bereits zwischen ihnen. Er war sehr neidisch, da die beiden so ein gutes Team abgaben. Trotzdem spottete er über sie.

»Toll gemacht, ihr habt es gekitzelt.«

Wie stark der Aufprall auch gewesen war, er hatte nur bei den Sandmaaren Spuren hinterlassen. Das Unpassgrauen bäumte sich bereits wieder auf und läutete mit seinen Zangen den letzten Angriff ein. Vitaiin antwortete Krixxo gereizt.

»Dann hilf uns. Wir müssen es wieder versuchen. Wieder und wieder.«

Krixxo vermisste sein Schwert, aber nickte – ihr zuliebe. Alle drei nahmen die Angriffshaltung ein. Und dann rannten die Feinde aufeinander zu.

Nur einen kurzen Moment später fanden sich die Sandmaare eingewickelt in den Fängen des Unpassgrauen wieder. Sie waren erschöpft und konnten sich nicht mehr rühren. Das Monster hatte hingegen ein kleines Schläfchen eingelegt.

»Wieder und wieder?«, noch war Krixxo zu Späßen zumute.

»Dir scheint der Ernst der Lage nicht bewusst zu sein«, mischte sich Draggo ein.

Er erntete dafür einen bösen Blick von Krixxo. Vitaiin, die zwischen den Männern eingeklemmt war, versuchte immer noch einen Ausweg zu finden. Sie dachte laut nach.

»Dieses Wesen ist gegen unsere Zauber ganz und gar immun. Und die Haut hat keinen Kratzer davongetragen.«

»Das Unpassgrauen«, merkte Krixxo an.

»Das was?«

»Unpassgrauen, so habe ich es genannt.«

»Das hilft uns nicht weiter.«

»Bitte! Ich halte schon den Mund. Dann kann das Traumpaar zu meiner Rechten weiter Pläne schmieden.«

Jetzt war es Krixxo, den böse Blicke trafen. Dann schwiegen sie, bis Vitaiin einen Einfall hatte.

»Vielleicht können wir Kon wecken.«

Der Goldmagier lag noch immer regungslos an einer Höhlenwand.

»Wenn das Sandhirn nicht tot ist«, kommentierte Krixxo mit einer seiner vielen Beleidigungen.

Vitaiin und Draggo ignorierten ihn. Sie versuchten es zunächst mit leisen Rufen. Nichts.

Dann versuchten sie eine ihrer Hände aus dem Wickelgriff zu befreien. Vergebens.

Krixxo war zu dem Goldmagier gewandt und versuchte es mit einem kleinen Trick. Er konnte seine Hände noch etwas bewegen und formte einen schwachen Zauber. Ein Windstoß traf Kon und bewegte ihn einen halben Schritt weit über den Boden. Seine Rüstung klapperte. Sonst nichts.

Plötzlich bemerkten die Sandmaare Regungen im Unterleib des Monsters. Sie betrachteten das leuchtende Ende genauer und machten eine fürchterliche Entdeckung.

»Eier!«

Vitaiin war die Erste, die es bemerkte. Und wie auf ihr Komando fing eines der leuchtenden Eier an, stark zu wackeln. Dann platzte es. Die lumineszierende Flüssigkeit schwappte in die Dunkelheit. Ein kleines, nackiges Tier kämpfte sich aus seiner Geburtsstätte. Es lief auf vier Beinen, sofern man das voran Stolpern laufen nennen konnte. Außerdem hatte es ein ganz kleines Horn mit einer leuchtenden Perle an der Spitze und ein großes, zahnloses Maul. Es watschelte auf die Gefährten zu. Man hätte es beinahe als süß oder putzig bezeichnen können. Es krächzte zudem leise, um Seinesgleichen zu suchen. Vitaiin war versucht zu antworten. Sie wollte es knuddeln. Aber das Monsterbaby kam ohnehin auf sie zu. Allerdings hatte es etwas anderes im Sinn.

»Vielleicht können wir es gefangen nehmen«, schlug Krixxo vor.

»Du glaubst, diese Kreatur verhandelt mit uns?«

Vitaiin war dankbar für jeden Vorschlag, aber das klang nicht plausibel. Krixxo antwortete ihr.

»Oh, du hast ja so recht. Wir haben ja noch so viele andere Möglichkeiten.«

Draggo sprang für Vitaiin ein.

»Wir haben Zeit, bis dieses Unpassgrauen erwacht

oder Illina einen Weg hinaus findet. Wir müssen nur mit Bedacht vorgehen.«

Mittlerweile hatte sie das Jungtier erreicht. Es tapste über Draggos Schulter, Vitaiins Kopf und Krixxos Gesicht. Dann verschwand es unter dem Körper, der sie gefangen hielt. Krixxo konnte die kalten Füße auf seiner Hand fühlen. Sie kitzelten ihn. Aber dann schnappte das kleine Tier zu. Und obwohl es keine Zähne hatte, zwickte es ungeheuerlich.

»Ah, verdammte Missgestalt.«

»Was ist?«, erkundigte sich Vitaiin.

Doch da war es schon zu spät. Krixxo zuckte mehrere Male herum. Dann folgte ein hohes Quieken und ein kleiner Knall. Unter ihnen floss lumineszierendes Blut.

»Hast du gerade?«

»Ja«, antwortete Krixxo knapp.

Er hatte das Jungtier erwischt, zerdrückt und zum Platzen gebracht. Vitaiin und Draggo waren entsetzt – und das zurecht.

Das Unpassgrauen regte sich. Die Schlinge um sie herum wurde fester. Und das Monster erwachte. Noch lächelte es in gewohnter Gruselmanier. Als es aber das geplatzte Ei und das tote Junge sah, wurde es zornig.

»Unfassbar, Krixxo, du hast uns zum Tode verurteilt. Schon wieder.«

Es war nicht Draggos Art, aber er hatte Krixxos Gespür für Probleme satt. Seine Wortwahl klang sarkastisch, aber er meinte es todernst – wie das Unpassgrauen, das nun entsetzlich laut schrie. Es war ein hohes, stechendes Kreischen. Die Sandmaare wollten sich die Ohren zuhalten, doch sie konnten es nicht. Ihre Lage war ohnehin schon aussichtslos gewesen. Aber jetzt verloren sie auch den letzten Funken Hoffnung.

Die Löcher in der Höhlendecke begannen zu leuchten. Ein maßloses Gewimmel war auszumachen, als die Unpassangler aus ihren Kanälen krochen, um dem Ruf ihrer Mutter zu folgen. Das Kreischen hatte nur eine einzige Bedeutung: Zeit zu fressen, Kinder.

In Scharen krochen die Unpassangler die Wände herab. Sie kamen von allen Seiten. Die kleinen Lichter auf ihrer Stirn ließen einen Sternenhimmel erstrahlen, der in der Dunkelheit auf die Sandmaare herab fiel. Die Tiere erreichten den Boden. Sie ignorierten Kon und liefen einfach über ihn hinweg. Es dauerte nur wenige Sandkörner und die erste Kreatur erreichte die gefangenen Sandmaare. Hungrig fletschte es die Zähne. Jede Bemühung, sich mit Gewalt aus dem Griff des Unpassgrauen zu befreien, war vergebens. So war Krixxo der erste, der tief in den Rachen de erstens Unpassanglers vor ihnen blicken musste.

Kurz bevor das Maul zuschnappte, hielt die Kreatur inne. Sie zitterte und wurde dann plötzlich von innen heraus zerrissen. Eine Salve Anglerblut bedeckte Krixxo und ließ ihn leuchten. Ein Horn hatte sich durch den Körper des Unpassanglers gebohrt. Dann platzte die Kreatur und mehr Blut spritzte auf Krixxo. Es war ein Langhornflieger, der sich aus dem Körper befreite und laut krächzte.

»Illina! Den Ahnen sei dank.«

Draggo war hörbar erleichtert. Just in diesem Moment verwandelte sich das Flugtier in die Sandmaarin, nur das leuchtende Blut haftete noch an ihr. Sie beugte sich zu den Gefangenen herab und versuchte, sie aus den Fängen der aufgebrachten Mutter zu befreien.

»Ich habe keinen Ausweg gefunden.«

Illina erschwerte mit ihrer Feststellung das ohnehin schon schwere Gemüt ihrer Gefährten. Und sie konnte sie auch nicht befreien, während das Unpassgrauen erneut schrie und seine Kinder anrückten. Illina gab nicht auf und zog mit aller Kraft an den Köpfen und Schultern ihrer Kameraden. Es half nichts. Doch Vitaiin hatte eine Idee.

»Illina, siehst du meine Kette?«

Die Gestaltwandlerin wurde hellhörig und nahm das Schmuckstück in Augenschein. Es war der Drachenzahn, der um den Hals der Schattenschwester baumelte.

Vitaiin war aus einem unbekannten Grund nicht wohl dabei, Illina darauf aufmerksam zu machen. Aber Okrhe hatte ihr den Zahn nicht ohne Grund gegeben.

»Nimm sie!«

Illina zögerte nicht. Die ersten Unpassangler öffneten bereits ihre Mäuler, um beherzt zuzubeißen. Mit einem Ruck riss Illina die Kette ab und verwandelte sich.

Zuerst wurden die schaurigen Kreaturen davon gefegt. Illina benutzte dazu ihren wachsenden Drachenschwanz. Und im nächsten Moment standen sich zwei wahre Bestien gegenüber: Das Unpassgrauen und der Tiefseedrachling.

Die Sandmaare fanden sich nicht länger in Gefangenschaft wieder. Das Monster löste seinen Griff und stellte sich dem Kampf. Sie mussten nun schnell aus der Gefahrenzone zwischen den beiden riesigen Wesen verschwinden. Allerdings führte ihre Flucht in die Richtung der Wände und auf die hungrigen Unpassangler zu, während der Kampf der Giganten sofort eskalierte.

Das Unpassgrauen schnappte nach dem Drachling. Dieser hob jedoch ab und benutzt die flossenähnlichen Flügel, um über das Monster zu schweben. Der Tiefseedrachling hieb mit Schwanz und Krallen, rammte den Gegner mit seinem Kopf oder benutzte das riesige Maul. Das Unpassgrauen schlitzte mit seinen unzähligen Gliedern große Wunden in die zähen Schuppen. Ihre

Konfrontation ließ die ganze Höhle erzittern. Sie fielen auf Unpassangler und zerquetschten sie. Sie warfen sich gegen Wände und zerstörten sie. Und die Sandmaare unter ihnen mussten wie unschuldige Vielbeiner unter wild gewordenen Hammerhörnern Deckung suchen. Das Grauen packte den Drachling mit seinen Zangen. Es würgte ihn, bis er kaum noch Luft bekam.

Vitaiin, Draggo und Krixxo hatten sich derweil eine Schneise durch die Unpassangler geschlagen. Doch sie waren allesamt erschöpft, ihre Kräfte erreichten den Zenit. Trotzdem konnten sie Kon bergen und bildeten nun einen Kreis um den bewusstlosen Goldmagier. Windböen drängten die Unpassangler zurück. Klingen aus Schatten wuchsen wie Seegras am Boden und spießten viele der Monster auf. Draggo beschützte sie mit Abwehrzaubern wie Schildern oder Netzen aus Licht. Je länger der Kampf aber andauerte, umso schwächer wurden die Zauber. Zuerst ließen die Windschläge nach und wurden dünner, bis Krixxo schließlich in Ohnmacht fiel. Dann kämpften Draggo und Vitaiin Seite an Seite. Doch auch die Schatten verblassten und Vitaiin verlor mit ihrer Energie auch ihr Bewusstsein. Nun war Draggo der Letzte, der sie vor den hungrigen Unpassanglern beschützen konnte. Ein Lichtzauber nach dem anderen warf die Monster zurück. Es war vor allem die Liebe zu Vitaiin, die ihm Kraft verlieh. Aber auch seine Reserven schwanden.

Der Tiefseedrachling rang ebenfalls um sein Leben. Die Zangen schlossen sich immer enger um seinen Hals. Seine Atemwege wurden zerdrückt. Speichel tropfte aus dem Maul und sickerte auf das kampflustige Gesicht des Unpassgrauens.

Unerwartet zischte die Flüssigkeit und ließ das zähe Unpassgrauen zurückschrecken. Zum ersten Mal zeigte etwas Wirkung. Der Speichel hinterließ eine kleine, aber eindeutige Verätzung am rechten Auge. Der Tiefseedrachling war wieder frei. Er flog empor und atmete zunächst tief durch. Der kurze Abstand tat Illina gut. Auf ihrer Zunge schmeckte sie saures Blut und Spucke. Noch hatte sie es nicht ausprobiert, aber die Gaumenflüssigkeit brachte sie auf eine Idee. Der Tiefseedrachling atmete noch tiefer ein. Seine Augen leuchteten grün. Und dann spie er einen mächtigen Schwall ätzende Tinte. Das Unpassgrauen wurde am Rücken getroffen. Aber auf der Haut zeigte die Säure keine Wirkung. Wutentbrannt attackierte das Grauen den Drachling wieder. Er wurde gegen die Höhlenwand geschmettert und von herabstürzenden Steinen getroffen. Nun war es vorbei. Es war an der Zeit, den schrecklichen Kampf zu beenden. Dessen waren sich beide Ungetüme bewusst. Mit letzten Kräften erhob sich der Tiefseedrachling und schleuderte die Felsen fort. Er schwebte knapp über den Boden und raste auf das Unpassgrauen zu. Es erwartete ihn. Dann fanden sie sich Arm in Arm wieder. Sie versuchten sich gegenseitig niederzuringen. Zangen zuckten nach vorn und erwischten den Drachenkopf. Das Unpassgrauen wollte ihn verschlingen. Illina fehlte die Kraft, sich dem festen Griff zu widersetzen. Sie ließ es zu und wurde in den Schlund gezogen. Bereits tief im Rachen angekommen öffnete sie ihr Maul. Der Tiefseedrachling spie eine mächtige Flut aus Säure in den Hals der Bestie. Diese zuckte mit allen Gliedmaßen, ritzte mit ihren Krallen tief in das Fleisch des Drachlings und brachte ihn zu Fall. Das Grauen bäumte sich zum finalen Schlag auf und hob die Gliedmaßen drohend empor.

Aber plötzlich erstarrte das Monster. Leblos wie ein vertrockneter Graubler fiel es zur Seite und blieb dort liegen. Es war tot.

Illina hatte gewonnen. Ihrer Kräfte beraubt verwandelte sie sich zurück. Krampfhaft versuchte sie, der Erschöpfung nicht völlig zu unterliegen. Sie konnte ihre Kameraden nicht sehen, alles war von Unpassanglern bedeckt. Und schon rannten die Jünglinge auf sie zu, um Rache für ihre Mutter zu nehmen. Illina wurde überrannt, bis schließlich ihr ganzer Leib von Unpassanglern überzogen war.

DER ERSTE UND LETZTE WUNSCH

»Hasch dra gar dum!«

Illina konnte Stimmen hören. Bekannte Stimmen. Es war wärmer geworden. Das kalte Licht war warm geworden. Und wieder fanden sich die Sandmaare im Thronsaal der Golem wieder. Illina erkundigte sich nach Draggo. Draggo erkundigte sich nach Vitaiin. Und Vitaiin suchte Krixxo. Keiner kümmerte sich um Kon. Aber alle waren am Leben, wenngleich von zahlreichen Wunden gezeichnet. Erneut knieten sie vor dem erhabenen Thron aus Stein, in dem der Rubinkönig residierte.

»Blicket ihr auf, Weichhäutler. Sofort!«

Die Sandmaare schenkten Raga Rodgrimm ihre ungeteilte Aufmerksamkeit. Krixxo war aufgebrachter denn je.

»Schon wieder? Schon wieder!«

Er konnte sein Temperament nicht zügeln. Der Golem erhob sich aufgebracht und stampfte die Stufen hinunter.

»Schweig, Winzling!«

Sie tauschten scharfe Blicke miteinander aus. Mit aller Höflichkeit, die Vitaiin unter den gegebenen Umständen noch aufbringen mochte, wandte sie sich an den König.

»Es ist nicht länger angebracht so mit uns zu sprechen, Raga Rodgrimm, König. Was geht hier vor?«

Der Golem war nur noch wenige Schritte von ihnen entfernt. Er drehte seinen Kopf langsam zu Vitaiin. Dann atmete er schwer aus.

»Ihr habt recht, Kundschafterin.«

Es folgte eine lange, ungewisse Stille. Die Sandmaare sahen sich unschlüssig an. Dann brach der Rubinkönig sein Schweigen endlich.

»Wir müssen uns nicht nur bei dem kleinen Volk in aller Aufrichtigkeit entschuldigen. Wir sind euch gegenüber auch zu größtem Dank verpflichtet.«

Der Golem verbeugte sich tief. Erst jetzt merkten die Gefährten, dass der Thronsaal wesentlich voller war, als bei ihrer ersten Ankunft. Um sie herum standen alle Golem, die sich auch beim Tanz zum Rosenmond zusammengefunden hatten. Und sie alle verbeugten sich in tiefster Demut.

Vitaiin war die Erste, die Kraft suchend auf die Beine kam. Ihrem Beispiel folgend standen auch die anderen Sandmaare auf. Nur Illina musste von Draggo und Kon gestützt werden. Zum ersten Mal waren sie mit den Golem auf Augenhöhe. Doch Vitaiin durchbrach die respektvolle Geste.

»Ihr wolltet uns opfern!«

Der König nahm wieder Haltung an. Seine Gefolgsleute erhoben sich kurz darauf. Krixxo mischte sich ein.

»Völlig richtig, eure Hochwürden. Da muss schon mehr her als eine trockene Verbeugung.«

Vitaiin fuhr fort.

»Außerdem habt ihr einen der euren auf dem Gewissen.«

Raga Rodgrimm antwortete ruhig.

»Ja, Brog Felstal ist nicht mehr. Doch er wusste um unsere Gesetze. Und wir mussten sie zu gegebener Zeit achten. Das Unpassgrauen, wie ihr es genannt habt, war unser Feind. Wir konnten es nicht bezwingen, so gaben wir einen Teil unseres Reiches ab, um den Frieden zu wahren. Dann kamt ihr und habt diese Koexistenz gefährdet. So blieb uns keine andere Wahl, als das Monster zu besänftigen. Aber genug davon. Es nahm einen anderen Lauf. Ihr, das kleine Volk zu unseren Füßen, habt etwas vollbracht, wozu die Golem nicht fähig waren. Ich gratuliere euch. Ihr seid Helden, und das im größten Reich von allen.«

Die Menge tuschelte zustimmend. Krixxo fiel forsch dazwischen.

»Vom Held sein wird mein Bauch nicht rund und meine Zunge nicht feucht. Was haben wir davon?«

Raga Rodgrimm gefiel es offensichtlich wenig, in welchem Ton das kleine Wesen mit ihm sprach. Daher sammelte er sich kurz, bevor er antwortete.

»Wir, die Golem der achten Sippe und Hüter des ersten Vulkans, gewähren euch einen Wunsch. Möge die Erfüllung in unserer Macht stehen, so werden wir ihn, eure Erwartungen übertreffend, erfüllen.«

Nun war der Moment endlich gekommen. Vitaiin lag die Frage nach den Winz schon auf der Zunge. Mit Frohsinn holte sie Luft und begann zu sprechen. Doch Krixxo unterbrach sie auf der Stelle.

»Ich will mein Schwert zurück.«

»Nein ...«, flüsterte Vitaiin.

Aber der König nickte bereits.

»So sei es. Für euch, die, die unser Reich gesäubert haben, brechen wir unsere Gesetze. Wir werden euren Wunsch mit dem höchsten Grad an Perfektion verwirklichen.«

Es war zu spät. Der Wunsch war ausgesprochen, die Bitte erhört. Da sie nun aber die Gunst der großen Volkes hatten, wollte Vitaiin nicht auf ihre Frage verzichten.

»Mit Verlaub, eure Großzügigkeit ehrt uns. So sagt uns doch bitte noch, wo wir die Winz finden können, damit wir unser Volk rächen und das größte aller Übel bezwingen können.«

Bisher war Raga Rodgrimm den Worten der Sandmaarin mit Respekt begegnet. Doch diese Frage war und wird ihm immer in allem Maße verhasst bleiben. Die ersten Golem flüchteten bereits in die Tunnel, um der zornigen Antwort ihres Herrschers zu entgehen. Dieser klang nun plötzlich wie ein brodelnder Vulkan, der kurz vor dem Ausbruch stand.

»Ihr hattet einen Wunsch. Gebt euch damit zufrieden.« Er beruhigte sich, aber nur ein wenig.

»Solange der Mond die Berge streichelt, seid ihr willkommen. Sobald wir euren Wunsch aber erfüllt haben und die Sonne den Felsen beißt, werdet ihr aufbrechen. Nutzt die Zeit und ruht euch aus. Das habt ihr euch verdient. Aber ich warne euch nur ein einziges Mal. Die Gelegenheit, eure Frage zu stellen, ist vorüber. Behaltet sie für euch.«

»Aber ...«

Vitaiin konnte es nicht glauben, durfte aber nicht zu Ende sprechen. Der Vulkan brach aus – Raga Rodgrimm brüllte sie an.

»Ich gestatte kein Aber in meinen Hallen! Unsere Unterredung ist vorbei. Geht!«

Er ließ sich in seinen Thron fallen und harrte ungeduldig aus. Schnell kam der kristalline Golem Urs Kral auf sie zu und winkte die Sandmaare mit den Händen von dannen.

»Nun geht, geht schon. Hört auf den König. Ruht euch aus.«

Er schob sie zu dem Tunnel, durch den sie schon einmal gegangen waren. Ein Stück weit geleitete Urs Kral die Gefährten durch den Gang, bevor er weitersprach.

»Wir sind euch sehr dankbar, vergesst das bitte nicht. Ihr seid wahrhaftig größer als das, was ich vor mir sehe. Ihr seid vielleicht größer als wir. Und aus meinem Mund will das was heißen.«

Die Sandmaare waren unendlich wütend auf Krixxo und hörten dem alten Golem gar nicht mehr zu. Krixxo waren die bösen Blicke hingegen egal. Er freute sich lediglich auf sein Schwert, auch wenn er Vitaiin nicht mehr direkt in die Augen blicken konnte. Diese wandte sich Urs Kral zu.

»Bitte, hilf uns. Wo sind die Winz?«

Der freundliche Golem blickte traurig zu Boden. Ohne ein einziges Wort drehte er sich um und ließ die Sandmaare allein. Dort standen sie nun. In einem Tunnel aus Stein, von den Golem gepriesen und willkommen geheißen und doch nicht erwünscht. Sie waren keinen Schritt weiter gekommen.

»Folgt mir«, forderte Vitaiin von ihren erschöpften Kameraden.

Sie ging voraus, aber keiner kam ihr nach.

»Illina muss sich ausruhen«, forderte Draggo.

Vitaiin drehte sich zu ihrem Versprochenen um. Sie waren alle höchst angespannt und müde obendrein.

»Zuerst muss sie etwas trinken. Wir brauchen alle etwas, oder nicht?«

Draggo stützte Illina, die aus vielen Wunden mehr blutete als ihre Gefährten. Sie konnte kaum alleine stehen. Kon stand zu ihrer Linken und war wie immer mit der Situation überfordert. Draggo nickte. Dann folgten sie Vitaiin schließlich doch, wenngleich sehr zögerlich.

Als sie aus dem Tunnel traten, erreichten sie die bekannte, violette Höhle mit ihren Kanälen aus Amethyst und den gemächlich fließenden Magmabächen.

»So finden wir den richtigen Weg«, verkündete Vitaiin.

Doch vor ihnen waren Dutzende von Ausgängen. Und bei ihrem ersten Besuch waren alle zu beschäftigt damit gewesen, zu staunen, als sich den rechten Weg zu merken.

Dennoch schritt Vitaiin entschlossen voran. Sie erreichten eine Höhle aus Jade. Grüne Statuen in der Form heroischer Golem stützten die schwere Decke über ihnen. Und an ihrer Spitze, zu allen Seiten der Decke, waren feine Reliefarbeiten auszumachen. Sie erzählten die Geschichte eines versunkenen Golems, wie die Winz um Hilfe gebeten wurden und sie den Meeresboden anhoben, um den Golem zu retten. Doch die Geschichte hatte Lücken. Große Stücke der Jade waren herausgeschlagen worden. Löcher mit grauem Grund klafften nun dazwischen.

Vitaiin schlug den Rückweg ein. Sie begannen erneut bei der violetten Höhle. Und der nächste Tunnel war der richtige. Orangebrauner Bernstein, eine Architektur, die an Waben erinnerte und eingeschlossene Urwesen waren die Indizien dafür. Sie brauchten viele Anläufe, um weiterhin der richtigen Spur zu folgen. Also trafen sie auf Höhlen aus blauem Aquamarin, schwarz und weiß geflecktem Obsidian oder türkis leuchtendem Lunaryt. In einigen wenigen fuhrwerkten Golem an Wänden oder Decken herum, um ihren Raum zu verschönern. Sie verbeugten sich tief und verschwanden dann – jedes Mal. Aber die Sandmaare gingen jedes Mal wieder zurück und fanden auf die bewehrte Weise den Weg, den sie schon einmal gegangen waren – Titan, Sonnit, Kupfer. Am Rande der Erschöpfung betraten sie die Höhle mit den schmalen Skulpturen aus rotbraunem und silbernem Metall. Draggo half Illina über das Wasserbecken, das schon einmal ihren Durst gelindert hatte. Sie labten sich alle an dem frischen Bergwasser, um immerhin etwas Energie wiederzugewinnen.

Der Golem mit dem Kupferarm stand wieder hinter seinem steinernen Pult mit der zu seinen Adern passenden Vorrichtung vor sich. Just in diesem Moment wollte er verschwinden. Doch Vitaiin hielt ihn auf.

»Bim Bardur, warte.«

Er gehorchte und blieb stehen.

»Oh, ehrenvolle Bestienschlachterin, was es auch ist, meine Wenigkeit konnte noch nie irgendwem weiterhelfen.«

Der Golem seufzte nach jedem Atemzug wie ein alter Baum im Angesicht eines nahenden Sturms.

»Ich denke doch, das kannst du. Und das willst du.«

»Du sprichst in Rätseln, als wenn ich Rätsel jemals verstehen könnte.«

»Bardur, hör mir zu.«

»Bim, bitte. Wir kennen uns doch kaum.«

Die anderen Sandmaare erlagen bereits der Müdigkeit und sanken neben dem Becken mit Wasser nieder.

»Nun gut, Bim. Warst du je außerhalb deiner Heimat?«

»Nein, leider nicht.«

»Und trotzdem bist du auf der Suche nach einer Frau?«

»Auf der Suche ist so ein gewichtiges Wort. Ich halte die Augen offen – würde man in euer Sprache sagen.«

»Und hat das bisher etwas gebracht?«

»Nun … einmal da … nein, eigentlich nicht.«

»Dann komm mit uns. Erweitere deinen Horizont über das Gebirge hinaus und erkunde Orte, die die Golem noch nicht kennen. Wo auch sonst sollte es Frauen aus Stein geben, wenn nicht an Orten, die euch unbekannt sind?«

»Oh, das klingt verräterisch, sogar gefährlich.«

»Aber es macht Sinn, das siehst du doch?«

»Aber ja, oder zumindest, vielleicht.«

»Und du kennst den Weg zu den Winz, nicht wahr?«

Bim Bardurs leuchtende Augen aus Lunaryt weiteten sich.

»Darüber darf ich nicht sprechen.«

Er drehte sich um und wollte gehen.

»Nein, bitte bleib.«

»Es tut mir leid. Kein Golem kann euch helfen.«

Die anderen Sandmaare schliefen bereits. Nur Illina überraschte gegen alle Erwartungen und war wach geblieben. Sie kämpfte damit, auf ihre Beine zu gelangen. Angestrengt brachte sie ein paar Worte hervor.

»Diese Höhle ist mir die liebste von allen. Die Skulpturen sind irgendwie traurig. Aber in keiner anderen Höhle ist ebenso viel Liebe. Sie ist wunderschön.«

Sie brachte Bim Bardur zum Lächeln. Doch dann verließ er sie. Vitaiin ließ all ihre Hoffnung fahren. Dann blieb der Golem stehen.

»Übrigens, diese Wasserbecken sind unsere Pinkelstellen.«

Und nach diesen Worten verschwand er schließlich ganz. Vitaiin waren diese letzten Worte egal. Illina ließ sich wieder herabsinken und rollte sich zusammen. Verletzt, müde und traurig legte Vitaiin sich zu den anderen.

Der Boden war hart, ihre Gemütslage am Tiefpunkt und sie hatte Angst, einzuschlafen. Viele Sanduhren lang beobachtete sie Krixxo, der weit abseits der Gruppe lag. Sie bedachte ihn mit allen bösen Gedanken, die ihr in den Sinn kamen. Und je länger sie nachdachte, desto mehr nährte sie der neu entfachte Hass gegen ihren Begleiter. Schließlich schlief auch sie ein und glitt in ein dunkles Reich, wo die Albträume sie bereits erwarteten.

DER WEG ZURÜCK

Kon war der Erste, der erwachte. Er war froh darüber, dass sie noch an Ort und Stelle waren. Die Golem hatten sie dieses Mal nicht einfach weggetragen, um sie zu opfern. Trotzdem fühlte er sich nicht sonderlich gut. Der Blick in ihre Zukunft war unklar und düster. Jeder Gedanke, den er für eine mögliche Idee opferte, endete bei einer Niederlassung im verwunschenen Wald und einem halb sicheren Versteck mit leichten Laubklamotten zwischen dichtem Buschwerk. Damit war er tatsächlich genauso weit wie Illina und Draggo, die sich nun streckten und laut gähnten. Draggo weckte Vitaiin zärtlich und streichelte ihr über die verschmutzten Wangen. Sie zuckte hoch und erwartete das Schlimmste. Ihre Albträume verfolgten sie über das Wachsein hinaus, bis sie schließlich gänzlich in der Realität Fuß fasste. Alles war in Ordnung – den Umständen entsprechend.

Urs Kral kam aus einem der Tunnel und grüßte sie freundlich.

»Ihr habt ein gutes Zeitgefühl, meine kleinen Freunde. Die Sonne ist aufgegangen. Wir haben euren Abschied vorbereitet.«

Krixxo schlief noch und schnarchte wieder. Die Versuchung der Gruppe war groß, ihn einfach zurückzulassen. Vitaiin bedachte ihn mit einem langen, vorwurfsvollen Blick. Dann lief sie einfach an ihm vorbei. Tatsächlich war es Draggo, der ihn weckte. Die anderen folgten dem weißen Golem bereits in den nächsten Tunnel. Draggo trat Krixxo unsanft in die Seite und lief den anderen hinterher. Krixxo wachte zerstreut auf und sah den weiß geschuppten

Rückenpanzer des anderen Sandmaars. Er wurde immer kleiner.

»Schon gut, ich habe verstanden. Ihr müsst mich nicht mögen. Ich mag euch auch nicht.«

Er vermisste Okrhe. Krixxo sprang auf seine Beine und eilte seinen Kameraden hinterher. Sie gingen dieses Mal einen anderen Weg. Sie sahen einige neue Höhlen, viele davon erst halbfertig. Aber alle waren wunderschön und aus Gesteinsarten, welche die Sandmaare immer noch nicht benennen konnten. Aber keiner von ihnen interessierte sich länger dafür. Sie wollten dass Reich der Golem hinter sich bringen ohne ihnen eine einzige Form von Wertschätzung entgegenzubringen.

Überraschenderweise wurden die Sandmaare überaus prunkvoll empfangen. Als sie eine große, graue Halle erreichten, spielten die ihnen bekannten Barden ein fröhliches Lied. Viele waren gekommen, um ihren Befreiern das Mindestmaß an Höflichkeit zu zollen. Und Raga Rodgrimm vollzog höchst persönlich die Ehrerbietung seines Volkes. Sie hatten Krixxos Wunsch erfüllt und der König überreichte den Sandmaaren das wertvollste Geschenk, das je geschaffen wurde.

»Nehmt die Klinge Nak Kar, das Sturmherz, und seht euren Wunsch als in vollem Maße erfüllt.«

Raga Rodgrimm präsentierte ein prächtiges, mit Runen verziertes Rubinschwert. Es war schmal und scharf sowie gänzlich aus dem roten Edelstein geschaffen, der im schwachen Licht des flüssigen Feuers blutig und transparent schimmerte. Außerdem hatte es die gleiche Form wie der Windbrecher sie gehabt hatte – ein Dorn an der Spitze zeigte nach rechts, ein Dorn gen Griff nach links.

»Das Sturmherz wurde aus dem Leib eines Königs geschmiedet.«

Raga Rodgrimm meinte sich selbst. Die Sandmaare legten keinen Wert auf die Waffe, aber trotzdem mussten sie bei ihrem Anblick und den Worten des Golems staunen. Krixxo nahm die Waffe entgegen.

»Das ist aber nicht ganz richtig. Ich wollte mein Schwert wieder haben, das alte, mit der stumpfen Seite und dem Rostfleck unter dem Griff.«

Der König war offensichtlich überrascht.

»Du musst scherzen, kleiner Mann. Wir haben die Einzelteile der Klinge gefunden, aber eben nur die Einzelteile. Dieses Schwert ist eine königliche Waffe, die königlichste überhaupt.«

Krixxo wollte erneut rebellieren, als Draggo ihn in die Seite stieß.

»Lass gut sein, du hast schon genug ruiniert. Halt jetzt einmal deinen Mund.«

Die Worte klangen für Krixxo besonders giftig, da sie von Draggo stammten. Er hatte aber schon mit ihnen gerechnet, wenngleich von Vitaiin. Der ruppige Sandmaar warf ihr einen Blick zu, doch sie schwieg und wandte sich ab. Diese Art der Bestrafung zeigte Wirkung. Krixxo blieb ruhig und steckte die Waffe an seinen Hosenbund. Sie war erstaunlich leicht, obwohl sie aus purem Rubin gefertigt war.

Raga Rodgrimm war äußerst stolz auf seine Arbeit und pries die Ausführung des Wunsches weiter.

»Das Rubinschwert trägt nicht ohne Grund den Namen Sturmherz. Es passt zu seinem Erschaffer ebenso gut wie zu seinem Besitzer. Das möchte ich dir im Guten wie im Schlechten mitgeben. So, und jetzt möchte ich euch sagen, dass wir euren Wunsch in vollem Maße übertreffen wollten. Unsere Gesetze missachtend habe ich eure Waffen in unser Reich bringen lassen. Mögen sie euch auf eurem weiteren Weg beschützen.«

Er lächelte gleichzeitig unheimlich und nett, also unheimlich nett. Und dann zeigte Raga Rodgrimm auf einen Waffenhaufen neben sich. Dort lag Draggos Hammer Walrippe, Kons neues Schwert und Vitaiins Bogen, der Krakentöter sowie die grünen Pfeile.

Im mindesten Maße dankbar nahmen sie ihre Ausrüstung an sich.

»Danke euch«, erwiderte Vitaiin knapp.

Der König freute sich hingegen umso mehr.

»Ihr müsst euch wahrlich über unsere Geschenke freuen.«

Er amüsierte sich und versuchte ihrem Abschied etwas Feierlichkeit zu verleihen.

»Aber bedenkt: Habt ihr unser Reich erst verlassen, gelten unsere Gesetze weiterhin – keine Waffen unter dem Berg! Das ist ein Privileg, dass wir nicht wiederholen werden. Und mit diesen Worten möchte ich mich von euch verabschieden.«

Er verbeugte sich und die Musik der Barden wurde leiser. Die anderen Golem klopften anerkennend auf ihre steinernen Brüste. Urs Kral geleitete sie zum Ausgang.

»Ihr erkennt vielleicht nicht die Größe unserer Gunst, das sehe ich. Aber sie ist wahrhaftig groß. Es ist mehr als eine halbe Ewigkeit vergangen, seitdem unser König das letzte Mal etwas aus seinem Leib geformt hat. Er hat nicht einmal eine einzige Halle zu seinen Ehren errichtet. Das Schwert Sturmherz ist vielleicht mehr wert als jedes Reich, das ihr dafür eintauschen könntet.«

Vitaiin antwortete ihm.

»Nun, Urs Kral. Das mag der Wahrheit entsprechen. Aber wir werden für die Existenz der dunklen Macht und unser Überleben kein Schwert eintauschen können.«

»Ich kenne die Frage, die dir immer noch auf der Zunge liegt. Aber ich kann sie dir nicht beantworten. Dafür kann ich euch den Weg zu eurer Heimat weisen.«

»Zu unserer Heimat, gewiss.«

Urs Kral scharte die Sandmaare um sich. Er erklärte ihnen die wichtigsten Runen seines Volkes, von denen auch einige auf Krixxos neuem Schwert zu finden waren. Die Golem hatten nämlich das Höhlengewirr markiert, was im leichten Schein der Magmaadern erkenntlich war. Sie mussten nur einer bestimmten Rune folgen, die den Weg zum verwunschenen Wald offenbarte. Zwei von ihnen bekamen Laternen aus Sonnit. Und dann verabschiedete er sich.

»Möge die Mutter euch beschützen. Ich wünsche euch alles Wohl dieser Welt.«

Urs Kral verbeugte sich und verschwand in den Gängen seines Reichs. Die Sandmaare waren wieder ganz allein. Und hier standen sie nun, keiner bewegte sich vorwärts oder zurück aus Angst vor dem, was sie erwartete. Vitaiin konnte immer noch nicht glauben, was passiert war. Sie waren gescheitert. Draggo nahm sie in den Arm. Er kannte keine Worte, die sie oder die anderen trösten konnten.

Doch plötzlich schlich sich ein schüchternes Wesen um die Ecke. Es bewegte sich leise für seine Größe. Die Sandmaare griffen nach ihren Waffen. Draggo und Kon hoben ihre Laternen, um mehr Licht zu riskieren. Tatsächlich war ihnen das Gesicht vertraut, Vitaiin und Illina etwas mehr als den anderen. Es war Bim Bardur, der graue Golem mit den silbernen und kupfernen Adern. Er bewegte seinen glänzenden Arm zum Gruße.

»Es stimmt mich traurig, die Gesetze meines Volkes zu brechen. Doch Garan Tula ist meine Zeugin, ich werde euch helfen. Die Strafe möge mich jetzt treffen oder sie soll uns gewähren lassen.«

Er schloss kurz die Augen, als habe er Angst vor dem, was im nächsten Moment passieren sollte. Doch nichts geschah. Vorsichtig öffnete er die Augen und sah Vitaiin, die sich entsetzlich freute. Auch die anderen Gefährten warfen ihm erleichterte Blicke zu und er erwiderte sie mit einem breiten, unsicheren Grinsen. Vitaiin umarmte ihn.

»Danke, dir gebührt der größte Dank, den ich in unserem Namen aussprechen kann. Danke.«

Bim Bardur antwortete ihr.

»Ihr habt großes Glück. Ja, ich suche eine Frau, aber viel Hoffnung habe ich nicht. Die Worte einer anderen haben mich dazu bewegt.«

Er nickte zu Illina.

»Ich?«, fragte sie überrascht.

»Du musst wissen, niemand hat meine Werke je bewundert oder gar gepriesen. Ich selbst gelte seit jeher als hässlich und werde es auch immer sein. Aber du hast meine Höhle für schön befunden. Ich werde deine Worte mit meiner Treue vergelten.«

Illina fühlte sich geschmeichelt. Vitaiin war froh darüber, dass wenigstens eine ihrer Gefährten mit ihren Worten etwas bewirkt hatte – etwas, das nicht unweigerlich zum Untergang aller Völker führte.

»Nun denn, Bardur. Welcher Rune müssen wir folgen?«

»Bim, bitte. Wir kennen uns doch noch gar nicht. Und wir folgen keinen Runen. Diese Zeichen wurden vor langer Zeit von den Wänden getilgt.«

»Dann folgen wir dir«, mischte sich Illina ein, die den Golem bereits lieb gewonnen hatte.

»Oh, ich wünschte, es wäre so einfach.«

Er klang, wie eigentlich die meiste Zeit, träge und niedergeschlagen.

»Ich nicht verstehen, was er meinen?«, meldete sich Kon zu Wort, der verwirrt in einer Ecke stand.

»Nun passt auf. Die Winz können nur gefunden werden, wenn sie es wollen. Eure Gedanken müssen stark genug sein. Ihr dürft an nichts anderes denken, als an die Winz. Ich werde euch mit meinen Gedanken zur Seite stehen. Nur so finden wir den Weg.«

Die Sandmaare nickten. Alle waren fest entschlossen, dem rätselhaften Rat zu folgen und die dunkle Macht endlich unter dem Sandmeer zu versenken. Sie dachten intensiv an das verborgene Volk aus ihren Legenden. Es dauerte viele Sanduhren lang, aber schließlich war es Kon, der vorausging. Ihm fiel es nicht sonderlich schwer, an nichts anderes zu denken. Und so nahmen sie die Suche nach den Winz unter dem Berg der Golem in Angriff.

VON STEINALCHEMIE UND
DREHLEIERN

Die Gefährten gingen eine lange Zeit durch die Gänge des Unpasses und hatten derweil ein gutes Gefühl, auf dem richtigen Weg zu sein. Illina leistete ihrem neuen Kameraden etwas Gesellschaft. Sie hatte viele Fragen und hörte nicht damit auf, jede einzelne davon zu stellen.

»Und dann habe ich noch eine Frage, Bim. Bim ist doch richtig? Oder gehe ich dir auf die Nerven?«

»Oh, ich weiß nicht einmal was Nerven sind. Aber davon abgesehen hat noch nie jemand viel Interesse an meiner Wenigkeit gehabt. Sollten dich meine Worte wirklich interessieren, frage, was du möchtest.«

»Aber ja, das tun sie.«

Sie lief sehr nah neben ihm und rückte jetzt noch etwas näher an ihn heran. Dann plauderte sie weiter.

»Esst ihr nur Erde und Insekten oder mögt ihr auch richtiges Fleisch und Pflanzen? Was trinkt ihr? Und wie vermehrt ihr euch?«

»Herje, so viel auf einmal.«

»Achso, und warum sprecht ihr eigentlich unsere Sprache? Oder was mich am allermeisten interessiert: Wie alt bist du und wie alt werdet ihr?«

»Ich bin weder der Schnellste, noch der Klügste meines Volkes. Daher beantworte ich dir erst einmal deine letzte Frage. Die habe ich nicht gleich vergessen, auch wenn alles über meinereiner nicht sehr wichtig ist.«

»Oh doch, das ist das Wichtigste überhaupt. Jeder möchte mehr über den einzigen Helden eines Volkes erfahren als über alle anderen des Volkes, die keine Helden sind.«

»Ein Held? Ich? Oh, nichts liegt weiter fern als das. Und du kennst die Geschichte meines Volkes noch nicht. Aber wenn es dich wirklich interessiert, lass mich zuerst erzählen, wer ich bin und wer ich, seit ich als Kiesling aus dem flüssigen Feuer stieg, schon immer war.«

»Unbedingt!«

»Ich bin Bim Bardur, selbst ernannter Steinalchemist und Freizeitbarde.«

Er neigte seinen Kopf stolz gen Decke.

»Du siehst nicht aus wie ein Alchemist.«

»So? Wie sehen Alchemisten denn aus?«

»Also sie sind ... Sie waren meist die Ältesten unseres Volkes. Sie waren oft sehr verwirrt, sprachen in Rätseln und vergaßen ihre eigenen Namen.«

»Und warum denkst du, dass das nicht auf mich zutrifft?«

Illina schwieg kurz und dachte darüber nach. Aber Bim machte sich nur über sie lustig.

»Nein, du hast wohl recht. Alt bin ich zumindest nicht, um auf deine Frage zurückzukommen. Gerade mal 800 Zyklen und ein paar Dutzend dazu. Und mein Gedächtnis ist tadellos.«

»800 Zyklen also.«

Illina war tatsächlich wenig überrascht.

»Und was hat es mit der Steinalchemie auf sich? Ich meine, was ist das?«

»Das ist ganz einfach. Ihr habt doch auch Alchemisten. Ich erforsche verschiedene Gesteine und wie sie aufeinander reagieren, die einfachen sowie die edlen oder magischen. Kein Handwerk, dass viele Golem gewählt haben.«

»Warum machst du es dann?«

»Es sind die Verbindungen die mich interessieren und schon immer interessiert haben. Wenn zwei Steine unterschiedlicher Art aufeinandertreffen und etwas Außergewöhnliches passiert. Das ist wie ...«

»Wie Liebe.«

»Ja ... genau.«

Illina war fasziniert, wie romantisch die Gedanken des Golems waren. Und das, obwohl oder eben weil sein Volk das andere Geschlecht gar nicht kannte.

»Und was für ein Instrument spielst du? Barden sind doch Musiker deines Volkes, oder nicht?«

»Ich habe einen Trommelbeutel und eine Leier.«

»Spielst du mir etwas vor?«

»Das ist weder der richtige Ort, noch die richtige Zeit. Aber wenn du es wünschst, werde ich dir einmal etwas vorspielen.«

»Ohja.«

Sie schwiegen kurz und schon sprach Illina weiter.

»Erzähl mir eine Geschichte.«

Einerseits war Bim über die kurze Pause froh gewesen, da ihn das gleichzeitige Sprechen und Laufen ermüdete. Andererseits war er zu glücklich darüber, dass jemand mehr als zwei Sätze innerhalb einer Vollmondphase mit ihm wechselte und antwortete deshalb sehr gerne.

»Eine Geschichte? Leider kenne ich nur traurige. Aber diese hier wird mich immer aufheitern: Vor nicht allzu langer Zeit betrat ein kleines Volk unser Reich. Sie waren weich und zerbrechlich. Man musste ständig aufpassen, wo man hintrat. Und als ich sie das erste Mal sah, tranken sie das Wasser aus meiner Klostelle. Und es schmeckte ihnen so vorzüglich wie einem Golem sein Met.«

»Es ist also wahr? Ihr pinkelt Wasser?«

Während Illina gebannt an den steinernen Lippen des Golems hing, bahnte sich hinter ihnen ein weitaus seltsameres Gespräch an. Krixxo hatte Draggo eingeholt und sprach ihn an.

»Unpassflügel, was hältst du davon?«

»Was meinst du?«, fragte Draggo irritiert.

»Mein Schwert. Wenn mir schon eine neue Waffe in die Hände gedrückt wird, gebe ich ihr wenigstens einen eigenen Namen.«

»In Ordnung.«, erwiderte Draggo weiterhin irritiert.

»Ich bin nicht gut darin.«

»Worin?«

»Reden ...«

»In Ordnung, du musst nicht reden.«

»Doch. Es ist viel Dungmist passiert. Und es ist wohl so, dass jeder Fehler macht.«

»Ja Krixxo, da hast du recht.«

»Natürlich habe ich das. Und deshalb wollte ich dir sagen ... das fällt mir schwer ... ich verzeihe dir.«

Draggo war überrascht.

»Daran musst du zwar noch arbeiten, aber ich nehme deine Entschuldigung an.«

»Meine Entschuldigung? Nein nein, du hast dich bei mir entschuldigt.«

»Achso?«

»Du wirkst sonst so edel und aufgeblasen. Ich hätte nie damit gerechnet, dass du mich in der Dunkelheit zwischen all den Unpassanglern zurücklässt.«

»Also gut, Krixxo. Ich gebe zu, das war nicht meine glorreichste Tat. Es war weder ehrenhaft noch mutig dich zurückzulassen, egal wie schlimm es um uns stand. Bei jemand anderem wäre ich gewiss bis zum Ende geblieben. Deshalb entschuldige ich mich in aller Demut bei dir.«

»Ach, halb so wild. Vergeben und vergessen. Zum Glück haben mich die Golem dort rausgeholt.«

»Und zu guter Letzt trug sich das Glück ja fort.«

»Nun, wie ich sagte, Draggo. Jeder macht Fehler.«

Krixxo entschuldigte sich zwar nicht direkt. Aber folgte man ihrer Unterredung, war tatsächlich er es, dem vieles leid tat. Draggo nickte verständnisvoll und sagte möglichst leise aber noch hörbar, um Krixxo inoffiziell das letzte Wort zu überlassen:

»Unpassflügel ist ein guter Name.«

Kon, der weiter an der Spitze lief, blieb plötzlich stehen. Vitaiin rempelte ihn fast an.

»Was ist?«

»Ich nicht wissen, wo lang.«

Vitaiin drehte sich um und merkte, dass ihre Gefährten in tiefe Gespräche verwickelt waren.

»Konzentriert euch. Fokussiert eure Gedanken. Hört mit dem Geplauder auf.«

Sie gehorchten ihr. Die Konversationen rissen unmittelbar ab. Darin schien der Grund für ihre Orientierungslosigkeit aber nicht zu liegen. Sorgenerfüllte Furchen zeichneten sich in Bims steinernem Gesicht.

»Es ist tragisch, aber vielleicht wollen die Winz doch nicht gefunden werden.«

Er seufzte tief. Sie waren viele Steinwürfe auf kaltem Stein gelaufen und hatten nichts anderes gesehen. Hatten sie zuvor ein gutes Gefühl gehabt, da sie stets in die gleiche Richtung gingen, war es jetzt ein schlechtes, da sie ebenso lang nichts anderes als einen Tunnel nach dem anderen passiert hatten.

»Zum Glück habe ich etwas Proviant mitgenommen. Auch wenn wir die Winz nicht finden, haben wir wenigstens genug Erde für mehrere Sonnen. Oh, und natürlich auch Wasser für euch.«

Er bot den Sandmaaren etwas aus seinem steinernen Beutel an. Kon nahm sofort einen kräftigen Schluck. Draggo sah sich um.

»Wo ist Illina?«

Ängstlich suchten nun alle Gefährten den Tunnel ab. Dann erklang ihre liebliche Stimme.

»Kommt! Kommt her! Ich habe sie gefunden!«

Sofort rannten die Sandmaare in die Richtung der Rufe. Bim packte schnell seine Phiolen und Schalen wieder ein und folgte den anderen schwerfällig. Als sie Illina erreichten, zeichnete sich ein dunkelblauer Schimmer um ihren Antlitz. Es war ein Nachthimmel! Aber noch viel mehr war es ein Ausgang. Auf der Stelle suchten sie die Freiheit und atmeten die frische Luft.

Dort standen sie nun. Auf einem Vorsprung im Fleisch des Unpasses. Mehr als 300 Schritte über dem Boden und mehr als 3000 Schritte unter der Spitze, die ebenfalls der Schlot des Vulkanes war. Die Klippe ermöglichte eine passable Aussicht. Berge aus Asche lehnten sich gegen den Vulkan und weiter unten bildeten sie den schwarzen Boden eines Waldes. Weiße, kahle Bäume sprossen aus der Asche. Sie sahen aus wie Lichtstrahlen, die sich aus der Dunkelheit schälten. Die Fauna war das genaue Gegenteil von dem, was die Sandmaare bisher von Wäldern wussten. Sie hatten den verwunschenen Wald kennengelernt, in dem kein Baum einem anderen glich, keine Pflanze die Farbe einer anderen trug und Tiere jeder Art und Größe flogen, krochen oder an Lianen baumelten. Außer dem Schwarz des Bodens und dem Weiß der Bäume konnten sie hier jedoch keine weiteren Eindrücke gewinnen. Und trotzdem strahlte der Forst eine faszinierende Schönheit und Eleganz aus. Und dann war da noch der Himmel, dunkelblau wie das Wasser an der tiefsten Stelle eines Sees. Sterne leuchteten gelb, weiß und sogar rot. Sie strahlten hell, heller als sie je ein Sterblicher zu Gesicht bekommen hatte. Und es waren unzählige mehr, als sie je ein Sterblicher gezählt hatte.

»Seht dort!«, rief Illina.

Alle standen fasziniert in dem Loch des Berges und betrachteten gebannt den Himmel.

»Sternenboten!«

»Und wie viele davon«, sprachen sie abwechselnd.

Es waren fallende oder rasende Sterne, die ihre schnellen Bahnen zogen, um kurz darauf zu verglühen. Takt auf Takt, Sandkorn um Sandkorn erschien solch ein Sternenbote am Himmelszelt. Ein Schweif nach dem anderen präsentierte sich und überbot seine Vorgänger von neuem.

»Und was das?«, fragte sich Kon laut.

Er zeigte auf einen aufleuchtenden Punkt in der Ferne. Dieser leuchtete plötzlich so hell, dass er die Gefährten blendete und die Sterne verblassen ließ. Die weißen Bäume erstrahlten in dem Licht, während der dunkle Grund hingegen noch dunkler wurde. Der Wald glühte. Doch nach wenigen Sandkörnern erlosch das Licht wieder. Bim, ebenfalls fasziniert und überwältigt, antwortete dem Sandmaar.

»Das, meine kleinen Freunde, ist die Richtung, in die wir gehen müssen.«

Sie verharrten noch einen kurzen Moment. Vitaiin suchte den Mond. Aber er versteckte sich wohl hinter den hohen Gebirgsketten des Unpasses. Und damit waren ihre Gedanken wieder bei ihr selbst und sie fühlte sich merkwürdig leicht und geborgen.

»Wir haben unser Ziel erreicht, ich spüre es.«

»Jetzt fehlt nur noch ein leckerer Braten.«

Nach Krixxos Worten leckte sich jeder die Lippen.

»Ein zarter Wollbock, das wäre es jetzt.«

»Was ist ein Wollbock?«, fragte ihn Illina.

Doch Krixxo war bereits in seine Gedanken versunken. Um einiges mehr als einen gebratenen Wollbock vermisste er Okrhe. Doch die fahle Kost belastete alle schwer. Bei den Gedanken an ein richtiges Mahl wurden sie rührselig. Kon schlug etwas vor.

»Wir jagen, ja?«

»Ohja«, antwortete Illina augenblicklich.

Aber Draggo schmälerte ihre kurze Euphorie.

»Wir sollten ab sofort eher vorsichtig sein, wenn wir über das Erlegen von Tieren in fremden Reichen sprechen, meint ihr nicht?«

Wie belehrte Kinder ließen sie ihre Köpfe hängen. Vitaiin mischte sich ein.

»Beim Herumlungern fliegt uns zumindest kein Essen ins Maul.«

Bim bot wieder eine Schale mit Erde an. Doch sie lehnten alle ab, sogar Illina. Vitaiin ging einen Schritt auf den Hang zu und blickte in die Tiefe. Dann sprang sie plötzlich. Die Gefährten hüpften nach vorn und sahen ihr hinterher. Krixxo sprang als nächstes. Und dann folgten die anderen. Der Hang war nicht über alle Maßen steil, sodass sie auf den schwarzen Kieseln und der Asche hinunterrutschen konnten. Und nach einigen Fuß Höhe fanden sich alle unterhalb der weißen Baumkronen wieder. Nur Bim ließ auf sich warten. Er trottete langsam und schwer durch das Geröll, kaum in der Lage, auch nur ein wenig zu rutschen. Da er ohnehin nicht schneller vorankam, nahm er sich sogar noch die Zeit, etwas Erde zu mampfen. Schließlich betrat auch er den Rand des Waldes.

»Die Bäume hier sind wunderschön. Ich hatte schon fast vergessen wie sie aussehen, wenn sie nicht aus Stein gehauen sind.«

Er hatte recht. Sie erinnerten an die Bäume aus Kristall und Sonnit. Aber ihre Früchte leuchteten nicht. Sie waren weiß und fett. Vitaiin hatte sie schon entdeckt und pflückte die erste von den dünnen Ästen. Sie wandte sich an den Golem.

»Weißt du, ob man die essen kann?«

»Wir essen keine Bäume, das weiß ich nicht.«

Vitaiin lächelte. Dann musterte sie die weiße Frucht etwas genauer. Sie war weich. Als Vitaiin fester zudrückte, riss die Frucht auf und roter Saft lief über ihre Hände. Bim beobachtete sie aufmerksam.

»Der arme Baum. Er blutet, genau wie ihr. Hast du ihn getötet?«

»Das sind Früchte«, antwortete Vitaiin.

»Oh. Dann sind die Früchte tot? Das wird dem Baum aber nicht gefallen.«

Plötzlich schmatzte jemand neben ihnen. Es war Kon. Er hatte ihnen nicht zugehört und aß bereits seine zweite Frucht.

»Das sehr lecker«, nuschelte er.

Sofort rissen die Gefährten dutzende von Früchten ab und verspeisten sie. Bim ging einen Schritt zurück.

»Also falls der Baum sauer wird stehe ich lieber etwas weiter hinten.«

Die anderen beachteten ihn nicht. Auf einmal ertönte ein lauter Schrei. Die Sandmaare hörten auf zu essen und sahen sich um.

»Ohje, der Baum ist völlig außer sich. Hört lieber auf ihn aufzuessen.«

Der Schrei war erneut zu hören. Und Bim war erleichtert, dass er nicht vom Baum ausging. Er kam aus einer anderen Richtung.

»Was ist das?«, fragte Vitaiin.

»Vermutlich nur ein blödes Tier«, antwortete Krixxo.

Ein weiterer Schrei ließ sie aufschrecken. Vitaiin suchte nach dem Ursprung und lief los. Ihre Kameraden wollten sie nicht alleine in den Wald marschieren lassen und folgten ihr.

Als Vitaiin langsamer wurde, begannen auch die anderen hinter ihr leiser zu gehen. Der Schrei schallte erneut durch den lichten Forst. Er war lauter als zuvor. Illina holte Vitaiin ein.

»Ob es wohl ein Winz ist, oder ob man es essen kann? Vielleicht sogar beides?«

»Wir werden die Winz nicht essen«, antwortete Vitaiin.

Es war ohnehin etwas völlig anderes. Nur einen halben Steinwurf entfernt zankte eine Gruppe von Tieren miteinander. Es waren drei. Sie waren nur einen Schritt hoch und liefen auf zwei Beinen. Ihre Haut war weiß und glatt. Weiterhin hatten sie nur sehr kleine, mickrige Arme und dafür einen riesigen Kopf, ein großes Maul und spitze Zähne. Sie schnappten nach einander. Doch eigentlich wollten sie das Tier in ihrer Mitte essen. Sie waren sich nur nicht einig, wer den nächsten Bissen bekommen sollte.

»Haut ab, verschwindet!«, mischte sich Vitaiin dicht gefolgt von ihren Gefährten ein. Die zweibeinigen Echsen zuckten herum und zischten. Doch als sie den langsamen Golem hinter den Störenfrieden entdeckten, suchten sie sofort das Weite. Vitaiin und Illina hockten sich neben das verwundete Tier am Boden. Es war schwarz, hatte einen flachen Rücken und vier Beine. Die langen, spitz zulaufenden Schuppen glänzten und spiegelten die Sterne wider. Blut trübte das Bild. Das Tier rang nach Luft. Es röchelte.

»Bim, weißt du was das ist?«, fragte Illina.

»Ro Rim. Ein Sternenwanderer.«

346

»Sternenwanderer, was für ein schöner Name«, merkte Illina an.

»Aber er stirbt«, stellte Vitaiin fest.

Bim seufzte schwer.

»Der Tod, wie traurig. Ich habe noch nie ein Lebewesen sterben sehen, das größer als meine Faust ist. Von dem armen Baum von vorhin mal abgesehen.«

Illina streichelte den Panzer des Tieres.

»Das ist der Kreislauf des Lebens.«

Draggo beugte sich zu ihnen herunter und untersuchte die Wunde. Er nickte Illina zu. Krixxo kam näher. Er sah auf sie und den sterbenden Sternenwanderer herab.

»Ich hätte da eine Idee.«

Wenige Sanduhren später brannte ein Feuer, das Tier war gehäutet und briet an einer Konstruktion aus Holz. Dem schlechten Gewissen entgegen hatten die Gefährten ihren Heißhunger gewähren lassen und waren Krixxo sogar zur Hand gegangen. Er drehte das Fleisch über der Feuerstelle.

»Nun grämt euch nicht so. Das Tier war schon tot. Wer könnte uns das verdenken?«

Bim mischte sich ein.

»Es ist seltsam. Ich meine das, was ihr mit Tieren anstellt. Aber hier lebt nichts, das Gesetze hat, die den unseren ähnlich sind.«

Der Golem munterte die Sandmaare etwas auf, die immer noch die strengen Regeln seines Volkes fürchteten. Und dabei waren sie nur einem Bruchteil von ihnen begegnet.

»Würdest du jetzt ein Lied für uns spielen, Bim? Das wäre großartig.«

Illina lächelte ihn an.

»Nun, das sind wohl der richtige Ort und die richtige

Zeit dafür. Sehr gerne.«

Bim holte seinen Steinkasten vom Rücken nach vorn und leerte seinen Phiolen und Schalen aus. Dazwischen kramte er ein kleines Kästchen hervor, das an der Seite einen Hebel hatte. Dann setzte er sich. Der schwarze Boden aus Ruß, Stein und Erde erzitterte kurz.

»Was das?«, fragte Kon neugierig.

»Hör zu«, antwortete Bim knapp.

Der Golem drehte zunächst langsam den Hebel und dann immer schneller. Wie durch Zauberhand erklang fantastisch rhythmische Musik. Dazu knisterte das Feuer und das Fleisch brutzelte gemütlich vor sich hin. Plötzlich stieg der Golem mit einem herzlich tiefen Gesang ein und vollendete die Lagerfeuer-Idylle. Das Lied klang traurig, aber voller Liebe.

Rasch hasch is nahasch
Rar rar ro lahar
Ras nahar, lahar lahar
Lari ra, rari har

Ori ra nasch agar
Vari lari rasch vaga
Ras nahar, lahar lahar
Lari rari, nahar nahar

Pach lach, varia
Rasch hasch is naha
Ras nahar, lahar lahar
Lari ra, rari har

Ladidadi ras nahar
Ladidadi ladilei

Der Golem beobachtete Illina, wie sie verträumt ins Feuer starrte. Für sie versuchte er ad hoc den Text in die ihr bekannte Sprache zu übersetzen.

Als Kiesel so klein
Im Vulkan so groß
Ich singe vom Schoß, dem einen Schoß
Lari ra, Mutter da

Die Zeiten lang
Die Beine kurz
Ich singe vom Schoß, dem einen Schoß
Lari rari, hör mich an

Form um Form
Die Stimme naht
Ich singe vom Schoß, dem einen Schoß
Lari ra, Mutter da

Ladidadi Liedelei
Ladidadi ladilei

Die Gefährten schmatzen und genossen die wenigen Sanduhren der Geborgenheit. Die Musik aus dem Kästchen beeindruckte sie. Allesamt waren sich sicher, dass Bim ein meisterlicher Barde sein musste, wenn er so gut spielen konnte. Dabei war die tatsächliche Kunst nicht das Spielen des Instruments an sich, sondern sie steckte in dem seltsamen Apparat selbst. Das machte die Musik aber nicht weniger magisch. Sogar Vitaiin saß erstaunlich nah beim Feuer und vergaß für einen Moment ihre neuen und alten Ängste. Sie hatte ihren Kopf auf Draggos Schulter gelegt und genoss den Augenblick.

Als das Lied endete, interessierte sich Illina für das Instrument.

»So sag uns doch Bim, was für eine Magie verbirgt sich in diesem Kasten.«

»Oh, das ist doch keine Magie.«

Bim wurde ganz verlegen.

»Das ist eine ... nun ... nennen wir es eine Drehleier.«

»Kon mag Drehleier. Auch eine haben wollen.«

Die Augen des Goldmagiers glänzten nicht weniger beeindruckt als die der anderen Sandmaare. Aber Bim musste ihn enttäuschen.

»Ich befürchte kleiner Mann, das ist ein Unikat. Es ist wohl meine größte Erfindung, auch wenn die anderen Golem sie nicht mochten.«

»Die anderen Golem sind doof, Bim. Du bist wohl das kreativste Wesen, das mir je begegnet ist.«

»Oh, du.«

Bim konnte auf Illinas Lobeshymne nichts erwidern und winkte schüchtern ab. Es kehrte etwas wohl verdiente Ruhe ein. Nur Kons Schmatzen war noch zu hören. Krixxo hatte derweilen wieder Lust auf einen Schluck Alkohol und kramte etwas Insektenmet aus seinem Vorrat, das er sich im Reich der Golem abgefüllt hatte. Er kam nicht darum herum, Vitaiin und Draggo verdächtige Blicke zuzuwerfen. Doch die beiden beachteten ihn gar nicht. Illina gesellte sich zu Bim und setzte sich nah neben ihn, sodass sie seine kalte Haut spüren konnte.

»Du musst mir noch ein paar Fragen beantworten.«

»Es tut mir leid, aber ich konnte mir keine einzige von den Vielen merken.«

»Wieso sprechen die Golem unsere Sprache?«

»Wir sprechen nicht nur eure Sprache. Wir sprechen alle Sprachen dieser Erdkugel.«

Alle Sandmaare lauschten nun dem Gespräch. Kon mischte sich ein.

»Die Welt keine Kugel!«

Bim sah ihn lächelnd an.

»Was ist sie denn dann?«

Draggo meldete sich zu Wort.

»Sie ist eine goldene Sanduhr. Wie soll es auch anders sein. Am Horizont verbirgt sich eine Wand aus Glas. Die Sonne, der Mond und die Sterne hängen von oben herab. Und sobald unsere Zeit abgelaufen ist, dreht sich die Sanduhr, alles was wir kennen wird vernichtet und das Leben wird neu entstehen.«

Bim war von der poetischen Idee entzückt.

»Das klingt sehr romantisch. Wenn ich kein Golem wäre, könnte ich mich in euer putziges Völkchen verlieben.«

»Und warum sprecht ihr jetzt alle Sprachen?«, mischte sich Illina wieder ein.

»Oh ja, natürlich. Nun, das ist so. Wir fühlen jede Vibration der, nennen wir sie, goldenen Sanduhr. Und wir nehmen jedes Wort auf, das gesprochen wird – just in dem Moment, in dem es gesprochen wird. Auch wenn wir den exakten Ursprung nicht immer bestimmen können, so haben wir über die Zyklen hinweg doch gelernt, jedes Wort einer Sprache zuzuordnen.«

»Ihr so klug«, bemerkte Kon mit vollem Mund.

Krixxo meldete sich zu Wort.

»Könnt ihr die Art der Stimmen auch deuten? Kannst du eine Frau im Osten hören? Eine Frau mit tiefer Stimme?«

»Viele Frauen, unmöglich eine einzelne zu erkennen. Es tut mir leid.«

Natürlich dachte Krixxo dabei an Okrhe und stimmte

sich mit Bims Antwort weniger zufrieden. Doch der Golem fuhr fort.

»Es ist allerdings sehr merkwürdig, eine einzelne Stimme scheint aus dem Norden zu kommen, oder es sind zumindest nur sehr wenige. Ich kann mich aber auch irren. Stimmen kommen nie aus dem Norden.«

»Das muss sie sein ...«, hoffte Krixxo im Stillen.

»Bim, darf ich mich hier anlehnen?« fragte Illina keck und legte ihren Kopf an Bims Schulter. Sie war hart, doch Illina fühlte sich geborgen.

»Aber ... na gut«, sagte Bim etwas überrumpelt und doch glücklich. Dann nahm er wieder seine Drehleier, spielte die schöne Melodie und brummte dazu.

Nach wenigen Sanduhren im Genuss der tiefen Klänge erhob sich Krixxo. Er war angetrunken.

»Ich muss mich wohl bei euch allen entschuldigen«, lallte er. »Illina, du siehst bezaubernd aus. Draggo, du auch. Kon, du bist ein guter Kerl. Bim, du hast mich wohl davor bewahrt, bei meinen Freunden für immer in Ungnade zu fallen. Und Vitaiin ... Ich ...«

Er hatte sich in sie verliebt.

»Du bist wundervoll. Und jetzt muss ich mich nochmal entschuldigen. Ich geh pissen.«

Krixxo verbeugte sich wie ein wankender Gaukler und verschwand hinter einem weißen Baum. Vitaiin lächelte unauffällig. Obwohl er betrunken war, bedeuteten ihr seine Worte sehr viel. Dann sah sie Draggo an und ihre Mundwinkel sanken wieder, was sie zu tiefst überraschte.

Es verstrich nur wenig Zeit. Und schließlich wog die Gefährten die Musik, das Knistern des Feuers und das schwache Licht der Sterne in einen sanften Schlummer.

DIE WINZ

»Wacht auf, wacht auf!«

Krixxo tollte um sie herum. Er war aufgewühlt und voller Tatendrang. Er war sich sicher, dass er bald wieder seine Tochter lebend und wohlauf in seine Arme schließen konnte.

»Auf ihr Schnarchflöten, auf!«

Es war beinahe bemerkenswert, wie wenig Einfluss der Alkohol auf seine morgendliche Präsenz hatte. Vitaiin wurde als erstes wach, dicht gefolgt vom Rest der Truppe.

»Es ist noch dunkel«, merkte sie müde an.

Plötzlich sprach der Fels hinter ihr.

»Im Land der Winz wird es nie hell.«

Vitaiin schreckte herum. Bim saß neben ihnen und beobachtete sie. Er fuhr fort.

»Hier regieren die Sterne und die Leere des Nordens.«

»Hast du denn gar nicht geschlafen?«, fragte Illina.

Ihr war aufgefallen, dass der Golem immer noch genauso dasaß wie sie ihn vor ihrer Traumreise zurückgelassen hatte.

»Ich weiß nicht einmal was Schlaf ist. Ich wüsste es gern. Aber so etwas tun wir nicht.«

Krixxo sprang noch wilder um sie herum.

»Gut, genug jetzt. Lasst uns weitergehen.«

Vitaiin lobte sein Engagement und teilte es, wenngleich aus einem anderen Grund.

»Ihr habt Krixxo gehört, auf die Beine mit uns. Es ist nicht mehr weit.«

Illina befeuchtete ihre trockenen Lippen und suchte nach Wasser. Bim hielt ihr eine Phiole vor den Mund.

»Ich muss gestehen, kurz habe ich mich doch von der Stelle bewegt.«

Illina wusste sofort, was er meinte und woher das frische Wasser stammte. Aber es war ihr egal. Sie hatte nie in ihrem Leben etwas Erfrischenderes getrunken.

Nachdem sich die Gefährten aufgerichtet und versorgt hatten, lief Krixxo bereits voraus in die Richtung des Leuchtens, das sie vom Unpass aus gesehen hatten. Immer noch von der ewigen Nacht irritiert und mitgenommen folgten die Anderen ihm. Sie kamen schnell voran und machten keinen einzigen Halt mehr. Immer wieder raschelten die weißen Büsche und silbernen Pflanzen neben ihnen. Und je weiter sie in den Wald vordrangen, desto mehr hatten sie das Gefühl, beobachtet zu werden. Immer häufiger sahen sie sich um. Und schließlich konnte Kon etwas sehen. Dann sah Vitaiin etwas. Und dann konnte auch Draggo etwas erhaschen. Bim lief noch unbeirrt weiter und verwickelte Illina wieder in ein Gespräch.

»Ich habe nachgedacht, Illina, Hautwandlerin der Sandmaare.«

Obwohl Illina abgelenkt war, hörte sie dem Golem zu.

»Ich finde, du kannst mich Bardur nennen. Wir kennen uns noch nicht lang, aber ich schätze dich sehr.«

»Ich würde lieber bei Bim bleiben«, antwortete sie.

»Oh, na gut. Du bist nicht die Erste, die mich nicht bei meinem Eigennamen nennen möchte.«

»Nein, so ist das nicht.«

»Schon in Ordnung. Das bin ich gewohnt.«

»Nun hör doch auf damit! Ich mag dich sehr. Ich finde nur, Bim passt eben besser zu dir.«

»Ach ja?«

»Ich habe noch kein einziges Tier, nicht einmal den Wind einen schöneren Namen wispern hören.«

»Wirklich?«, Bim brach fast in Tränen aus, Tränen voller Liebe.

»Aber sicher«, Illina lächelte und umklammerte seinen großen Arm. Das Wasser stieg ihm nun tatsächlich in die Augen. Sie mochte ihn, ein Gefühl, das dem Golem in all seinen Lebenszyklen nicht vergönnt gewesen war. Auf einmal stoppte Krixxo an ihrer Spitze abrupt.

»Habt ihr das gesehen?«

»Ja!«, antwortete ihm Draggo.

»Wir werden verfolgt«, ergänzte Vitaiin.

Bim beruhigte sie.

»Lauft einfach weiter, meine kleinen Freunde. Sie sind nur neugierig.«

Dann sahen sie das erste Wesen von Kopf bis Fuß. Es stand hinter einem Baum und versteckte sich. Ganz in der Nähe war ein weiteres Wesen. Es saß auf ein paar dickeren Ästen. Sie waren klein, nicht größer als ein halbes Kind. Und sie trugen Roben, die ihre Körper und Gesichter verbargen. Braune Roben, schwarze Roben, Roben, die sie in der Dunkelheit tarnten.

Bei jedem Schritt, den die Gefährten nun zurücklegten, gesellten sich weitere Wesen dazu, die sie beobachteten. Und schließlich waren sie von den kleinen Wichten umzingelt. Sie standen hinter ihnen, neben ihnen und vor ihnen oder saßen über ihnen in den Baumkronen. Die Gefährten wurden langsamer. Vorsicht war geboten. Schließlich ließ es sich nicht mehr vermeiden und sie liefen auf eines der Wesen zu, das nicht hurtig das Weite suchte. Sie blieben stehen und blickten zum ersten Mal in das Antlitz derjenigen welchen.

Von einer Kapuze aus dunkelbraunem Etwas umrandet, konnten sie ein gesichtsloses Antlitz erspähen. Es war schwarz und körperlos wie der dunkle Himmel über ihnen. Und wie dieser beherbergte das Gesicht leuchtende Sterne in allen Größen und Farben – ein ganzes Universum, möchte jemand behaupten, der mit den Theorien des grenzenlosen Kosmos vertraut ist. Es war wunderschön.

»Ich hatte beinahe vergessen, wie anmutig sie sind«, unterbrach Bim die Stille, während die Gruppe von Winzlingen eingekreist wurde.

»Ich bin stolz darauf, euch das einzige Volk vorstellen zu dürfen, das wahrscheinlich kleiner ist als ihr. Die Winz!«

Vitaiin hatte sich die Winz auch in ihren kühnsten Träumen nicht fantastischer vorgestellt. Sie stellte sich dem kleinen Volk unverzüglich vor.

»Ich bin Vitaiin, Kundschafterin der Sandmaare.«

Sie verbeugte sich, wie sie es von den Golem gelernt hatte. Die Winz rührten sich aber nicht. Bim räusperte sich amüsiert.

»Solche Albereien verstehen sie nicht. Überhaupt, sie verstehen euch nicht. Die Winz kennen nur eine Sprache.«

Bim stellte sich vor die Gefährten und ging etwas in die Hocke. Und auf einmal fing er an zu tanzen.

»Rom und rom und rom. Domdi, domdi, dom«, kommentierte er seine Bewegungen.

Dann war er fertig und blieb wie angewurzelt stehen. Es wurde still.

»Was war das?«, fragte Krixxo.

Bim drehte seinen Kopf.

»Ich habe uns vorgestellt.«

Plötzlich hob der Winz vor ihnen seine Arme. Alle anderen taten es ihm gleich. Und dann trieben sie in Scharen auf die Gefährten zu. Es erklangen Töne wie »Wululu« oder »Mimimimi« – ein unverständliches, aber niedliches Murmeln.

»Was passiert hier?«, fragte Vitaiin, die von den ersten Winz fortgedrängt wurde. Es waren viel mehr von den kleinen Wesen, wie sie zuvor um sich herum vermutet hatten. Und die meisten näherten sich von hinten. Wie eine Welle auf hoher See wurden die Gefährten von den Massen erfasst und vorangetrieben. Sogar Bim ließ sich vorwärtsschieben, als die Sandmaare in seinen Rücken liefen. Einige der Winz kletterten auf den Gefährten auf und ab, der Golem war dabei besonders beliebt. Eine ganze Weile lang ließen sie sich so durch den Wald treiben.

»Wie putzig sie sind«, bemerkte Illina beiläufig.

»Und aufdringlich«, ergänzte Krixxo.

Schließlich ließen die Winz von den Gefährten ab und entfernten sich wieder einige Schritte von ihnen. Der Winz, der sie zuvor empfangen hatte, deutete nun vor sich.

»Schlangenpisse, sehe ich etwa richtig?«

Krixxo stürmte nach vorn und nahm keine Rücksicht auf alle, die er dabei passieren musste. Er rannte die Winz beinahe über den Haufen. Vitaiin hatte ihre Augen ebenfalls weit aufgesperrt und folgte ihm durch die geschlagene Kluft.

»Dabii!«, rief sie.

Auf der anderen Seite liefen Okrhe und das kleine Mädchen schnell auf sie zu. Sie lagen sich sofort in den Armen. Krixxo umarmte Okrhe, Vitaiin umklammerte Dabii und hob sie hoch. Noch nie waren Umarmungen so fest und gleichzeitig so leicht gewesen. Krixxo sah seiner Tochter in die Augen.

»Ich wusste es. Ich wusste, es geht dir gut.«

Die Schamanin lächelte. Freudentränen sammelten sich in den Augen der Wiedergefundenen.

»Schon get, ehr habt mech vellecht necht gesehen, aber jetzt könnt ehr mech emarmen. Los geht das.«

Krosant' stand neben ihnen und deutete mit seinen vier Armen auf sich selbst. Doch dann geschah etwas weniger frohlockendes. Als Draggo durch die Schar der Winz treten wollte, versperrten sie ihm den Weg.

»Hey, lasst mich durch.«

Okrhe und Dabii traten einen Schritt zurück. Die Winz hatten um die anderen vier Gefährten einen engen Kreis geschlossen. Vitaiin und Krixxo sahen irritiert zwischen ihren alten und neuen Gefährten hin und her. Okrhe ergriff das Wort.

»Einer von den Euren ist ein Diener der Dunkelheit. Ihr habt einen Verräter unter euch.«

»Was?«, fragte Vitaiin verwirrt.

»Das kann nicht sein!«

Dabii zog an ihrem Schuppengewand.

»Doch, wirklich. Das musst du uns glauben.«

»Und jetzt seid ihr in Sicherheit«, ergänzte Okrhe.

Sie musterte die fremden Sandmaare und den Golem etwas genauer.

»Du!«, Okrhe zeigte auf Bim.

»Ich?«, fragte er eingeschüchtert.

»Wie lang begleitest du unsere Freunde schon?«

»Ähm, ähm, nicht mehr als zwei Monde würde ich sagen. Glaube ich.«

Er stotterte.

»Lasst ihn raus«, forderte Okrhe.

Die Winz blickten zu Dabii. Sie bewegte sich und tanzte wie der Golem einige Sanduhren zuvor. Und die Winz bildeten eine Schneise. Bim zögerte, lief dann aber los. Und als sich Illina sowie die anderen beiden anschließen wollten, schlossen sich die Reihen wieder.

»Das ist ein Scherz, oder?«, beschwerte sich Draggo.

Er konnte es sichtlich nicht leiden, wenn jemand an

seiner Ehre oder Treue zweifelte. Und es sah nicht danach aus, dass die Winz sie wirklich aufhalten konnten. Nun waren sie die Riesen unter den Zwergen. Trotzdem taten die drei Gefangenen nichts weiter Auffälliges und blieben in dem Ring stehen. Die ganze Aufmerksamkeit ruhte auf Okrhe. Doch diese drehte sich ohne ein weiteres Wort um und verschwand – im wahrsten Sinne des Wortes. Nach nur wenigen Schritten bog sie ab und war plötzlich nicht mehr zu sehen. Krixxo wandte sich an Krosanť.

»Kannst du uns aufklären?«

»Dann wohl kene Emarmengen mehr fer hete, hm. Na get. Lasst de Wenz voras gehen.«

Er nickte Dabii zu und sie nickte zurück. Dann tanzte sie wieder und die Winz reagierten. Sie schoben die drei Sandmaare weiter voran, an den anderen vorbei und auf die unsichtbare Wand zu, wo auch Okrhe verschwunden war. Draggos und Vitaiins Blicke kreuzten sich wie die des Golems und Illinas. Kon blieb kurz stehen. Doch als die Winz hoch- und runtersprangen und mit eigenartigen Lauten protestierten, ging auch er weiter. Und dann verschwanden sie.

»Es konnte ja nicht lange gut gehen«, fiel Bim auf.

»Krosanť de Lente«, stellte sich der Pirat vor und sprang dem Golem vor das Gesicht. Krosanť verbeugte sich mehr aus Jux und ohne die Tradition der Golem zu kennen. Aber Bim erwiderte die Geste

»Bim Bardur.«

Vitaiin mischte sich forsch ein.

»Also, was ist hier los?«

Sie stellten sich um den Piraten herum auf. Dabii blieb in Vitaiins unmittelbarer Nähe. Und dann erzählte Krosanť ihnen in grober Ausführlichkeit und mit vielen Ausschmückungen, was sie erlebt hatten, dass das Ende nah sei und Okrhe seitdem nicht mehr dieselbe sei. Dabii nickte stets bestätigend, während Bim noch große Schwierigkeiten damit hatte, dem Dialekt des Piraten zu folgen. Die Abschweifungen und Eigenhuldigungen ließen einige Details vermissen. Doch am Ende schien es ihnen plausibel, dass Dabiis Erlebnisse wahr waren und sie tatsächlich einen Verräter oder eine Verräterin unter sich haben mussten. Bim traf dieser Umstand überraschenderweise am schwersten und er löste sich unauffällig von der Gruppe. Für Vitaiin lag die Lösung ihrer Probleme aber nach wie vor auf der Hand.

»Dann werden wir nun das tun, wofür wir gekommen sind und setzen dem Spuk endlich ein Ende!«

Krosanť nickte.

»Jep, aber das schent necht so enfach za sen.«

»Ihr habt also schon mit den kleinen Kapuzenträgern darüber gesprochen?«, mischte sich Krixxo ein.

»Jep end weder jep. Aber se können ens necht helfen.«

»Was?«, fragten Vitaiin und Krixxo synchron.

»Das kann nicht alles umsonst gewesen sein!«, jammerte Vitaiin.

»Jetzt wartet doch mal. De Wenz haben necht geneg Macht, em den Flech des Sandes za brechen. Aber der Älteste hat se.«

»Wer ist der Älteste?«, fragte Vitaiin.

Krosanť zuckte mit den Schultern.

»Kene Ahnung. Aber set dem der Klempen da oben lechtet, refen se ehn.«

Er deutete nach oben. In diesem Moment erstrahlte der große Orb über ihnen. Sie hatten ihn schon aus weiter Ferne gesehen, er hatte ihnen schließlich den Weg gewiesen. Und dort schwebte er nun, einige Steinwürfe über ihnen mitten in der Luft.

»Wie lang müssen wir noch warten?«, hakte Krixxo nach.

»Ehr set sehr penktlech. Es kann necht mehr lange hen sen.«

Krixxo wandte sich an Vitaiin.

»Du hattest recht, mit allem.«

Er brachte sie kurz zum Lächeln.

»Es wird bald alles vorbei sein«, wagte sie zu hoffen.

Dabii umklammerte sie auf einmal, als wollte sie Vitaiin nie wieder loslassen. Die Schattenschwester streichelte ihr über den Kopf und sprach dann in die Runde.

»Und was jetzt?«

»Wer warten«, schlug Krosanť vor.

»Also gut, dann warten wir.«

Vitaiin überlegte, wer der Verräter war und was seine Mission gewesen sein mag. Doch bald sollte dies keine Rolle mehr spielen. Denn wer auch immer es war, er oder sie sollte mit dem Fall des dunklen Herrschers entlarvt und einer gerechten Strafe zugeführt werden. Bei allen Gräueltaten dieser Welt, es durfte nur nicht Draggo sein. Wobei Vitaiin gemäß diesen Falles nicht annähernd so entrüstet gewesen wäre, wie es hätte sein sollen. Plötzlich wurde sie von Krosanť aus ihrer Gedankenwelt gerissen.

»Jetzt kommt, wer zegen ech etwas Verrecktes. Ehr werdet Agen machen.«

Dabii klatschte erfreut in die Hände und lief voran. Sie verschwand wie ihre Vorgänger hinter einer unsichtbaren Wand. Vitaiin und Krixxo folgten Krosanť.

»Afgepasst mene Frende, das werd ech gefallen.«

DER UNSICHTBARE TURM

»Verräter, wir?«

Draggo war sichtlich erbost. Es gab nur drei Dinge, die ihn aus seiner vorbildlichen inneren Ruhe bringen konnten: Wenn seine Versprochene in Gefahr war, fünf Sonnen in Folge vom gleichen alten Flossler zu essen oder wenn jemand seine Werte infrage stellte, die edelsten von allen.

»Lügen, betrügen, die eigene Seite verraten, wer würde so etwas tun?«

Er sah Illina und Kon an. Im Gegensatz zu dem standhaften Sandmaar waren diese im höchsten Maße verunsichert. Illina äußerte sich als erstes.

»Ich weiß, dass du kein Verräter bist. Und ich bin auch nur ein Graubler unter vielen. Bleibt allerdings nur einer übrig.«

Sie sah Kon an. Er verstand ihre Anschuldigung nicht sofort. Nach kurzer Bedenkzeit protestierte er aber.

»Ich böse? Sicher nein. Ich Draggo auch vertrauen. Aber was mit dir?«

Jetzt entbrannte eine Auseinandersetzung. Illina führte das Geplänkel fort.

»Du bist wohl nicht ganz richtig im Kopf. Da wird doch der Sonnenhund im Schatten verrückt! Sie sollten nur dich hier einsperren.«

»Du immer wirr reden. Ich nie verstehen. Du böse!«

»Schluss jetzt!«, mischte sich Draggo ein.

Er merkte, dass wenigstens einer von ihnen Ruhe bewahren musste. Die Winz hatten sie in ein magisches Konstrukt verschleppt. Es hatte unsichtbare Wände, die den Blick hinaus zwar ermöglichten, innen aber nach jeder Abbiegung die Sicht auf das versperrten, was unmittelbar dahinter lag. Mit dem großen Andrang der kleinen Wesen in ihrem Rücken waren sie schließlich in einen Raum gestolpert, der im nächsten Moment von allen Seiten verschlossen war. Auch diese Wände waren unsichtbar, aber trotzdem da. Krixxo versuchte ihre Situation zu entschärfen.

»Keiner von uns ist böse, das glaube ich nicht. Ich für meinen Teil kenne dich, Illina und ich kenne dich, Kon. Und ich würde euch beiden mein Leben anvertrauen.«

Eingeschüchtert und genervt plusterten sich die beiden auf, sagten jedoch kein Wort.

»Wenn wir hier bleiben und Ruhe bewahren wird sich bald alles aufklären, hoffe ich.«

Sie konnten plötzlich eine andere Stimme hinter den unsichtbaren Wänden hören. Jemand sprach mit ihnen.

»Hallo? Hallo?«

Illina erkannte die Stimme sofort. Sie sprang auf, tastete nach der unsichtbaren Wand und legte ihr Ohr an sie.

»Bim bist du das?«

»Ja, ich bin es.«

Draggo war enttäuscht, dass es nicht die Stimme seiner Versprochenen war, doch umso mehr freute sich Illina über den steinernen Besuch. Die tiefe Stimme erklang erneut.

»Ist es wahr, ist einer von euch ein falscher Stein?«

Zuerst antwortete keiner von ihnen. Doch Illina wandte sich in ihrer Not an Bim.

»Nein, ich denke nicht«, sie blickte Kon immer noch misstrauisch an und er erwiderte ihren Blick. Dann versuchte sie leiser zu sprechen, damit die beiden Männer sie nicht hörten. Die Wände schienen den Schall nicht zu absorbieren.

»Es ist wahr, ich habe ein Geheimnis. Ich habe etwas Schlimmes getan. Aber ...«

»Ich denke, das ist nicht länger wichtig«, unterbrach Bim sie, sodass ihn alle hören konnten. »Werte Illina, wenn ihr recht habt, wird es bald kein Leben mehr über der Erde geben.«

Der Golem hörte plötzlich auf zu sprechen.

»Bim?«

Er schwieg. Illina versuchte es erneut.

»Bim, wie meinst du das?«

»Die Schamanin weiß es bereits. Die dunkle Macht, die ihr zu bezwingen versucht ... Dahinter verbirgt sich einer der unseren, ein Golem. Er trug einst den Namen Darg Agul. Und er war unser König.«

Nun wurden auch die anderen zwei hellhörig. Draggo löste sich aus seiner Hocke und mischte sich ein.

»Was hat das alles zu bedeuten?«

»End so seht der ensechtbare Term van ennen as. Wahnsenn oder?«

Krosanť hatte Vitaiin herumgeführt, während Dabii noch mit den Winz spielte und Krixxo versuchte, seine Tochter zwischen den verborgenen Gängen zu finden.

»Das enteressert dech aber necht, hm?«

Vitaiin war schweigsam, schweigsamer als sonst. Und Krosanť, gesprächig wie eh und je, war das nicht entgangen.

»Was est ech zagestoßen?«

Nach einer langen Pause antwortete Vitaiin ihm.

»Es sind die üblichen Gräueltaten, die wir zu unserem Bedauern zu Genüge kennen.«

»Nen, nen, nen. Es est etwas anderes. End es brennt der schon af der Zenge.«

Es verstrichen weitere Sandkörner, bevor Vitaiin ihm noch einmal antwortete.

»Es ist Krixxo. Es ist nicht einfach mit ihm.«

»Oh, daher weht der Wend. Ja, Krexxo est en ganz schöner Rabake. Aber das est es necht, was dech beschäftegt. Necht werklech.«

Er hob seine Augenbrauen zweimal. Vitaiin schwieg.

»Ech far menen Tel, sage Okrhe be jeder Gelegenhet, we sehr ech se mag. De Lebe est nechts, was en Gehemnes sen sollte.«

»Liebe? Das ist wohl stark übertrieben«

Nun hatte Krosanť sie doch noch in ein Gespräch verwickelt. Und Vitaiin dachte, sich verteidigen zu müssen.

»Krixxo ist stur. Er ist egoistisch. Er bringt andere in Gefahr. Er ist durch und durch unzuverlässig und bringt mich um den Verstand.«

»Aha, er brengt dech also em den Verstand.«

»Du weißt, was ich meine.«

»Ohja.«

Krosanť grinste breit und Vitaiin atmete tief durch.

»Und was würdest du tun, wenn es Okrhe zweimal gäbe? Was würdest du tun, um keine von beiden zu enttäuschen?«

»Ganz enfach: Ech werde bede glecklech machen end wäre de glecklechste Schrecke henter der Meerenge end dareber henas.«

Das half ihr nicht weiter. So einfach war es mit Sicherheit nicht. Vitaiin fühlte sich unentschlossener denn je. Plötzlich trat Krixxo von hinten an sie heran. Geistesgegenwärtig ergriff Krosanť die Flucht.

»Ech werd dann mal ... ja gena. Ech werd dann mal.«

Er erhob sich von dem schwarzen Stein, auf dem sie nebeneinander Platz genommen hatten. Lächerlich schnell verschwand der Pirat dann im Nirgendwo, damit Krixxo sich setzen konnte. Nun saßen die beiden Sandmaare nebeneinander und betrachteten die umliegenden Bäume sowie die Sterne über ihnen. Das ungleiche Paar war von weißen Pflanzen und Lichtern umgeben, die wunderschön aber ohne Wärme waren. Krixxo sprach sie schweren Herzens an.

»Okrhe spricht nicht mit mir. Sie hat sich zurückgezogen und meditiert.«

»Nicht nur wir haben viel durchgemacht, Krixxo.«

»Ich weiß. Aber Okrhe ist stark, stärker als wir alle. Ich mache mir Sorgen.«

Vitaiin sah in Krixxos Augen. Seine Pupillen zitterten. Die Schattenschwester war überrascht. Sein Mitgefühl erwärmte ihr Herz. Dann erwiderte er ihren Blick und sah ihr ebenfalls lang und intensiv in die Augen. Vitaiin nahm seine rauen Hände und streichelte sie. Und Krixxo wusste, dass sie ihm nicht nur verziehen hatte – dieser Augenblick schenkte ihm noch vieles mehr.

»Mich das traurig machen«, erwiderte Kon, als Bim seine Geschichte beendet hatte.

Die drei Sandmaare sahen mitgenommen aus. Der Turm ließ sie in der Luft schweben, zumindest gaukelte es ihnen ein Zauber vor. Es war nichts weiter zu sehen, als der weit entfernte Boden unter ihnen und der weiße Wald um sie herum. Vereinzelt waren noch die Winz und einige ihrer Gefährten auszumachen. Draggo machte zufällig Vitaiin und Krixxo ausfindig. Und trotz der wegweisenden Geschichte von Bim wurde er eifersüchtig. Aber Illina holte ihn wieder an den Ort der Geschehens zurück. Sie witterte plötzlich etwas und atmete die Luft um sich herum tief ein.

Nur Kon stand regungslos da und dachte intensiv über die Bedeutung von Bims Erzählung nach, während Illina bereits aufgeregt durch den unsichtbaren Raum lief. Dann verwandelte sie sich ohne Vorwarnung in einen Springfuchs. Das Tier kreiste noch einige Male durch den Raum, blieb dann zielsicher stehen und änderte im nächsten Augenblick seine Gestalt erneut. Der Springfuchs wurde zu einem Glühflügler und hob ab. Illina steuerte einen Luftzug an. Und im nächsten Augenblick war sie in einem unsichtbaren Schacht verschwunden.

»Illina!«, rief Draggo ihr hinterher, mit dem Ziel, sie zurückzuordnern. Doch der Glühflügler war fort.

»Was ist passiert?«, fragte Bim auf der anderen Seite der Wand.

»Sie ist verschwunden.«

Auf einmal schoss das fliegende Insekt auf Bims Seite der Wand heraus, flog weiter und bog um eine Ecke. Ohne zu überlegen rannte Bim ihr hinterher. Draggo und Kon konnten nur noch sein Stampfen hören, dass sich schnell von ihnen entfernte.

Es war schwer bis beinahe unmöglich, dem winzigen Glühflügler durch die unsichtbaren Gänge zu folgen. Und plötzlich verlor Bim das Tierchen. Er wusste nicht, was hier geschah und er suchte eine Richtung, in die er gehen konnte. Dann hörte er einen Schrei. Er gehörte eindeutig zu seiner neuen und einzigen Freundin. Zielsicher setzte er seine Verfolgungsjagd fort. Und hinter der nächsten Ecke erwartete ihn ein unverhofftes Schicksal.

DAS ENDE DER MUSIK

Es war ein Winz. Er trug eine weiße Kutte und wirkte auf eine Weise alt, die nicht zu beschreiben war. Hierbei musste es sich um den lang herbei ersehnten Ältesten handeln. Allerdings schien er mehr leblos als lebendig zu sein. Er baumelte über einen Schritt weit in der Luft und war auf zwei Dolchen aufgespießt worden. Astrales Blut waberte aus seinem Körper und teerte den unsichtbaren Boden.

Bim kannte die Wesen nicht, die nun auf den Plan traten. Doch er kannte das dunkle Gestein, von dem sie umgeben waren und geführt wurden. Am Ende der beiden Dolche stand eine schwarze Frau und hinter ihr ein Kind. Es war die übrige Elite des dunklen Herrschers – Meuchelmörder, die ihren Auftrag nach einem langen und gewieften Plan endlich erfüllt hatten. Und neben ihnen stand Illina. Sie hatte sich zurückverwandelt und war nur eine Armlänge weit von Bim entfernt. Eine Träne lief über ihre Backe, als sie langsam und vorsichtig das Wort an ihn richtete.

»Das ist Vitaiins Schwester. Sie ist die Verräterin!«

Bim wusste nicht, wie er ihr Glauben schenken konnte, nach alledem, was er hier sehen konnte. Sie ließ nicht locker.

»Sie war nie gefangen ... nicht wirklich. Bitte Bim. Du musst mir glauben. Ich war nur ... zu spät.«

Der Golem kannte die Sandmaarin noch nicht lang. Aber er war der Meinung, in der Vibration ihrer Stimme keine Lüge zu entdecken. Und dann waren da noch ihre Augen, ihre großen Pupillen, die ihn weichklopften.

Er nickte und antwortete ihr.

»Ich glaube dir. Er war es. Er hat sie geschickt, um es zu Ende zu bringen.«

Die totlose Schattenschwester zog ihre Dolche aus der Leiche. Der kosmische Körper des Ältesten löste sich auf. Die Galaxien und Sterne unter der Kapuze verblassten und die weiße Robe segelte leer zu Boden. Dann stellten sich die beiden Totlosen gegen Bim und Illina.

»Wir müssen kämpfen«, stellte Illina fest.

»W... Was? Ich bin kein Kämpfer ...«

»Wie der Springfuchs zum Sonnenhund zu sagen pflegt: Ich fürchte, du hast keine andere Wahl.«

Lorreän löste sich bereits auf. Sie verschwand in dem Beinschatten des Jungen Grillin. Und dieser bereitete bereits seine erste Attacke vor. Grüne Energie sammelte sich in seinen Händen.

Illina verwandelte sich auf der Stelle in den Glühflügler und flog auf Grillin zu. Bim sortierte noch seine Gedanken. Wäre er in der Lage gewesen zu schwitzen, wären ihm nun Wasserfälle von Schweiß entsprungen. Stattdessen pochte sein diamantenes Herz hörbar laut gegen die steinernen Organe. Er wollte gerade reagieren, als Grillin den ersten Pestball schleuderte. Er verfehlte Bim nur um Haaresbreite. Aber Lorreän hatte sich im Schatten des magischen Geschosses versteckt und attackierte Bim nun von hinten. Sie hieb mit den Dolchen nach ihm. Zu Bims Glück zeigten die Klingen kaum Wirkung. Er wirbelte erschrocken herum und traf Lorreän mit einem Arm. Ohne Kampfabsicht wurde sie durch den Raum geschleudert.

»Ohje, das tut mir leid.«

Er hatte noch nicht bemerkt, dass die Totlose ihn umbringen wollte. Und schon verschwand sie wieder in den Schatten, die sie selbst warf. Der unsichtbare Raum machte es ihr beinahe unmöglich, sich zu verstecken. Also kroch ein grauer Punkt behäbig wie eine Gelbbauchkröte über den Boden und dann an der Wand zur Decke hin. Gleich darauf wurde Bim von einem Schwall Gift getroffen. Es zeigte eine größere Wirkung und ließ ihn schmerzerfüllt aufbrüllen. Bim sah sich ängstlich um. Er konnte Illina nicht mehr sehen. Er konnte nicht mal mit Sicherheit sagen, ob Illina tatsächlich auf seiner Seite stand. Er fühlte sich allein.

Plötzlich vernahm Bim ein lautes Brummen. Es war der Glühflügler, der sein Ziel erreicht hatte. Illina flog direkt auf Grillin zu und verwandelte sich geschwind in einen Unpassangler. Der Totlose wurde durch die Wucht von den Füßen gerissen. Die riesigen Zähne schnappten nun nach ihm. Aus dem Maul des Tieres tropfte zäher Speichel. Die Flüssigkeit zischte wie Säure, als sie die steinerne Haut traf. Grillin war vorerst außer Gefecht gesetzt. Doch plötzlich sprang Lorreän von der Decke und rammte ihre Dolche in den Unpassangler. Illina fiepste und rollte sich zur Seite.

»Bra ro!«, rief Bim ihr zu.

Nun war der Golem wütend. Er kramte in seinem Steinbeutel nach etwas Brauchbarem und wurde fündig. Mit seinem Mund öffnete Bim zwei Phiolen. Er leerte den gemahlenen Stein von der einen in die andere Flasche und warf diese schnell auf seine Gegner. Die Steinphiole traf Lorreän hart am Kopf und fiel unbeschädigt zu Boden. Wütend blickte sie zu Bim. Die beiden Totlosen wussten nicht, auf welches ihrer beiden Opfer sie als nächstes stürmen sollten. Die Entscheidung wurde ihnen abgenommen, als die Flasche zu ihren Füßen zitterte. Sie explodierte und offenbarte eine violettfarbene Staubwolke. Die Schwerkraft setzte aus. Konzentriert auf den kleinen Sprengradius wurden die Totlosen kurzerhand in die Luft befördert. Sie waren bewegungsunfähig. Doch Illina krümmte sich noch vor Schmerzen und verwandelte sich just in diesem Moment zurück. Bim eilte mit schweren Schritten zu ihr und hob sie auf. Er versuchte, sie in Sicherheit zu bringen. Leider war der alchemistische Effekt nicht von langer Dauer und die Totlosen fielen wie nasse Säcke zu Boden. Bim wurde erneut von einer ätzenden Magiekugel getroffen. Er bekam sie direkt in den Rücken und sackte zusammen. Nachdem er in die Knie gegangen war, setzte er Illina vorsichtig ab. Dann kramte er zwei weitere Fläschchen aus seinem Korb und warf sie in einer halben Drehung hinter sich. Dieses Mal zerschellten die dünneren Steinphiolen und die Reagenzien reagierten sofort. Überall, wo silberne Kristalle auf gelb leuchtenden Nebel trafen, entzündeten sich blaue Feuerbälle. Die Luft knisterte. Der Raum füllte sich mit Rauch. Und als er sich lichtete, lagen die beiden Totlosen am Boden. Doch sie waren noch lang nicht am Ende ihrer Kräfte. Grillin kam schnell wieder auf die Beine und erwiderte den Angriff mit einem Pestbolzen. Er traf Bim in die Seite und hinterließ einen großen, schmelzenden Krater. Schon tauchte Lorreän neben ihm auf und rammte ihre Dolche in den aufgeweichten Stein. Die Wunde war verheerend.

Der unsichtbare Turm erwachte plötzlich aus seinem Schlaf. Die Lebenden waren zu hören. Stimmen und Schritte näherten sich dem Kampf. Winz, Sandmaare und Schrecken eilten die Treppen hinauf, um dem Lärm auf die Spur zu gehen. Grillin stellte sich geschwind neben Lorreän, die sogleich mit dem Jungen verblasste und in ihrer Schattengestalt flüchtete.

Bim und Illina blieben zurück, der Eine dem Tode näher als die Andere. Die Sandmaarin lehnte sich vorsichtig über den liegenden Golem.

»Du wirst es schaffen. Halt nur noch ein bisschen durch.«

Bim sah sie mit leeren Augen an. Luft pfiff durch das graue Gedärm in seiner Wunde. Er schüttelte lediglich den Kopf. Und Illina wusste seine Reaktion zu deuten.

»Nein! Bim, du musst kämpfen!«

»Ich dachte, das habe ich gerade. Ich war nur nicht sonderlich gut.«

Er zwang sich ein Lächeln auf die Lippen.

»Du warst fantastisch!«

Illina lächelte zurück, aber gleichzeitig flossen Tränen über ihr Gesicht.

»Es war richtig, dir zu vertrauen. Ich möchte …«

Bim war schwach, aber er versuchte trotzdem etwas zu sagen.

»Ich möchte dir die hier geben.«

Er hielt die Steinrose in der rechten Hand. Es war die Rose aus Diamant, die er Zyklus um Zyklus aus seinem eigenen Herzen geformt hatte, um sie einmal einer echten Frau statt seiner Göttin zu überreichen. Illina protestierte.

»Das ist kein Abschied.«

»Nimm sie!«

Unter größter Trauer nahm sie sein Geschenk an und betrachtete die Rose kurz.

»Sie ist wunderschön.«

Und sogleich musste sie feststellen, dass die leuchtenden Augen des Golems erloschen. Er verabschiedete sich mit einem Lächeln von ihr. Bim hatte seinen Seelenfrieden gefunden und starb.

Illina hörte nicht auf, zu schluchzen. Die eigenen Wunden schmerzten nicht mehr als der Abschied, den sie nehmen musste. Und schließlich betrat Vitaiin den Raum, gefolgt von Krixxo, etlichen Winz und dem Rest.

Zuerst begegnete ihnen eine Drehleier, die herrenlos und beschädigt am Boden lag. Das Instrument wirkte einsam und zwecklos, wie es in der Leere lag und schwieg. Vitaiin hob die Leier mit zittrigen Fingern auf. Sie war für immer verstummt, wie ihr ehemaliger Besitzer dahinter.

Die Blicke, die Illina nun erntete, brachen ihr das Herz ein zweites Mal. Und Vitaiins Worte gaben ihr den Rest.

»Du! Du hast uns alle verraten!«

Neben Vitaiin schwebte weiterhin unauffällig und unbeachtet der Schattenorb, als wäre nie etwas passiert. Und bevor Illina auch nur ein Wort entgegenstellen konnte, flippten die Winz völlig aus. Sie tobten. Sie hüpften. Sie lagen aufeinander und übereinander. Denn sie hatten die körperlose Robe ihres Ältesten bemerkt, der eben erschienen und sogleich von ihnen gegangen war.

Die Gefährten konnten ihre Wut und das Maß ihrer Trauer spüren und teilen. Dann wackelte plötzlich der ganze Turm. Es wurde ungemütlich. Ein Winz nach dem anderen begann wie ein Stern von innen heraus zu glühen, bis sie zu purem Licht wurden und gen Himmel rasten. Im nächsten Moment war alles verschwunden – der unsichtbare Turm, das kleine Volk, einfach alles. Die Gefährten standen einsam und verlassen auf einer schwarzen Lichtung. Und sogar der Sternenhimmel verblasste und ließ sie im schwachen Licht weniger scheinbarer Gestirne zurück.

»Nein, nein, nein!«

Vitaiin schrie aus aus purer Verzweiflung. Sie zog ihren Bogen und richtete einen Schattenpfeil auf Illina. Diese öffnete gerade den Mund, um gehört zu werden. Doch schon raste der erste Pfeil an ihrem Ohr vorbei. Es war ein Warnschuss. Trotz allem vermochte Vitaiin es nicht, auch nur einen weiteren Sandmaar tot zu sehen. Doch der nächste Pfeil lag bereits auf der Sehne.

Tränenüberströmt verwandelte sich Illina in einen Langhornflieger und ergriff die Flucht. Sie war sofort in der Finsternis des dunkelblauen Himmels verschwunden. Vitaiin fiel auf die Knie und ließ den Bogen fallen.

»Es ist vorbei«, flüsterte sie.

Es dauerte nicht lang, da hatten sich alle in einem Kreis des Trübsals versammelt und sich darüber beraten, was eben geschehen war.

»Das ist nie und nimmer die Wahrheit!«

Draggo wehrte sich vehement gegen die Anschuldigungen.

»Nicht Illina, nein!«

Die Zweifel waren bereits gesät. Und Illina musste nicht unter ihnen sein, um zu merken, wie sie alle verlor.

»Es ist nicht mehr wichtig ...«, stellte Vitaiin fest. »Wir haben gekämpft und verloren.

Stille. Okrhe schwieg. Dabii weinte leise. Krixxo schwieg. Kon schwieg. Krosanť kratzte sich am Kinn. Draggo schwieg. Und Bim schwieg für immer.

.

VORBEI

.

Darg Agul hatte sie überlistet, auf die eine oder andere Weise. Ihr Plan war nun endgültig gescheitert. Und es blieb ihnen nichts weiter übrig, als das kommende Ende zu erwarten. Mittlerweile hatten sich kleine Grüppchen gebildet. Es herrschte eine miserable Stimmung. Draggo und Kon hatten sich den einen Rand der Lichtung gesucht, Krixxo und Krosanť den anderen. Okrhe war allein im Wald verschwunden und Dabii lag auf Vitaiins Schoß. Sie hatte sich nicht aus der Mitte der Lichtung fortbewegt. Neben der Sandmaarin ruhte ein nackter, kalter Fels, der noch vor Kurzem ein Golem war.

Dabii war eingeschlafen und Vitaiin streichelte ihr übers Haar.

»Wir werden uns verstecken und das Ende abwarten«, flüsterte Vitaiin, ohne dass ihr jemand zuhörte. Sie hatte sich in ein Selbstgespräch vertieft.

»Das Ende war zum Greifen nah. Jetzt hat es uns eingeholt.«

Sie sah sich vorsichtig um, damit sich ihr Blick bloß nicht mit dem eines anderen kreuzte.

»Vielleicht waren wir von Anfang an zum Scheitern verurteilt. Wie hätte eine Hand voll von uns schon bestehen können? Es war naiv und dumm.«

Sie richtete ihren Blick wieder zu den Sternen und dem ewigen Blau, das sie umgab.

»Ich sehe nur noch die Dunkelheit. Dabii, meine Kleine, wir haben das Licht verloren.«

Ihre Stimme zitterte. Doch plötzlich wurde sie von etwas hartem in die Rippen gestoßen.

»Trink etwas. Es ist zu viel geschehen, um nun dem Trübsal zu unterliegen.«

Es war Okrhe. Sie hatte einen neuen Stab aus weißem Holz und hielt Vitaiin eine Trinkflasche vor die Nase. Die Schamanin sah mitgenommen aus. Aber ihre Augen und ihr neuer Stab sprachen eine andere Sprache. Vitaiin nahm einen Schluck und Dabii wachte langsam auf.

»Was ist passiert?«, fragte das Mädchen schlaftrunken.

»Nichts, schlaf noch ein wenig.«

Vitaiin streichelte ihr immer noch über den Kopf. Als sie die Augen wieder geschlossen hatte, wandte sich Vitaiin an Okrhe.

»Was bleibt uns noch außer Trübsal?«

»Wir haben uns. Eine gewachsene Gemeinschaft gegen das Ende aller Zeiten.«

»Ich dachte, du beginnst deine Ansprache mit Hoffnung oder einer anderen austauschbaren Weisheit. Oh, halt, das hast du ja gerade.«

»Hoffnung? Von Hoffnung habe ich nicht gepredigt, nein.«

Okrhe lächelte spitz und fuhr fort.

»Wer braucht Hoffnung, solang er nicht alleine ist?«

»Deine schönen Worte bringen die Welt auch nicht wieder in Ordnung.«

Okrhe schlug Vitaiin noch einmal, aber dieses Mal härter und auf die Füße.

»Au!«

»Jetzt sieh dich doch mal um, Vitaiin, Kundschafterin der Sandmaare. Und denke dieses Mal daran, was jeder einzelne hier für dich getan hat!«

Vitaiin war beleidigt, aber hörte auf sie. Sie sah sich um. Und ihr trübes Bild lichtete sich. Sie wurde zwar nicht von Freude und Wohlsein gepackt, aber sie konnte erkennen, dass sich hinter Okrhes Worten viel Wahres verbarg. Vitaiin sah die Freunde und Überlebenden, die sie waren und ignorierte den armseligen Haufen, den sie gerade darstellten. Doch sie wusste noch nicht, was sie mit dieser Erkenntnis anfangen sollte.

»Und wohin soll das hier führen?«

»Kommt darauf an.«

»Auf was?«

»Steht jeder für sich allein oder stehen wir alle zusammen?«

Vitaiin dachte kurz über die weisen Worte nach – natürlich waren sie weise – aus Okrhes Mund klang jeder Rülpser weise. Deshalb hatte sie die Schamanin auch zunächst verspottet. Aber sie hatte ihr tatsächlich geholfen.

Vitaiin hatte die Gruppe nach wenigen Sandkörnern vollständig versammelt. Sie wusste nicht, was sie sagen sollte. Aber sie wusste, dass es erst einmal keine Rolle spielte. Es war nur wichtig, dass sie zusammen waren.

»Und jetzt?«, fragte Krixxo in die Runde.

Vitaiin antwortete ihm.

»Ich kenne die Sitten und Bräuche der Golem nicht. Aber für`s Erste sollten wir Bim die letzte Ehre erweisen.«

Vitaiin deutete auf den Felsen zu ihrer Linken. Alle waren einverstanden, auch diejenigen, die ihn nicht kennenlernen durften. Nur Draggo brachte ein Wort der Unsicherheit hervor.

»Wo sollen wir ihn denn bestatten? Hier gibt es kein Meer.«

Vitaiin hatte bereits eine Idee.

»Ich hatte auch nicht an unsere Zeremonien gedacht. Und ich möchte ihn auch nicht begraben, wie die

Schrecken es tun. Wir sollten ihn in Blumen betten und ein Lied anstimmen.«

»Das ihm hätte gefallen«, stimmte Kon zu und der Rest nickte.

Es vergingen einige Sanduhren. Die Zeit war in dem unveränderlichen Antlitz der blassen Sterne schwer zu bestimmen. Aber es fiel auch niemandem auf, dass das dunkle Blau auf einmal weniger dunkel war als kurz zuvor. Sie hatten unbekannte Früchte und Blumen gesammelt und Bim dargelegt. Äste und Blätter mischten sich zu den arrangierten Pflanzen und bildeten einen weiten Kranz. Dabii setzte mit ihren kleinen Händen eine letzte Blüte auf den Ring und bot der weißen, schwarzen und silbernen Pracht damit einen gebührenden Abschluss. Vitaiin war zufrieden und nahm Bims Drehleier, um sie zwischen seine Hände auf den steinernen Bauch zu legen. Dann stimmte sie ein Lied an und alle versuchten, so gut wie möglich, mitzusingen oder im Takt zu summen. Nicht alle von ihnen kannten das Lied.

Als Kiesel so klein
Im Vulkan so groß
Ich singe vom Schoß, dem einen Schoß
Lari ra, Mutter da

Die Zeiten lang
Die Beine kurz
Ich singe vom Schoß, dem einen Schoß
Lari rari, hör mich an

Form um Form
Die Stimme naht

Ich singe vom Schoß, dem einen Schoß
Lari ra, Mutter da

Ladidadi Liedelei
Ladidadi ladilei

Plötzlich färbte sich der Himmel orange. Zur ewigen Dunkelheit gesellte sich ein lang verlorengeglaubter Bekannter. Die Sonne ging auf und warf ihr warmes Licht auf das Grabmal des Golems. Es war ein trauriger, aber wunderschöner Moment.

»Ich wissen was wir tun!«, erschreckte Kon die anderen auf einmal.

»Was denn?«, fragte Vitaiin.

»Wenn Golem sterben kann, wir bösen Golem töten können.«

»Welchen bösen Golem?«, hakte Vitaiin nach.

Draggo mischte sich ein.

»Das könnte funktionieren.«

Die Blicke der anderen strahlten große Neugierde aus.

»Was faselt ihr da?«, fragte Krixxo.

Draggo holte zu einer längeren Erzählung aus.

»Bevor Bim starb, hat er uns ein Geheimnis offenbart. Die Golem hatten es uns verschwiegen. Den, den wir dunklen Herrscher nennen, trägt in Wirklichkeit den Namen Darg Agul. Und er ist ein Golem.«

Vitaiin sah, wie Okrhe zustimmend nickte.

»Du wusstest davon?«

Sie nickte lediglich erneut. Auch Krosanť und Dabii wirkten nur wenig überrascht.

»Ihr auch? Wer, außer mir, wusste das denn nicht?«

Sie sah zu Krixxo.

»He, ich hatte keine Ahnung.«

Vitaiin wandte sich an Draggo.

»Nun, dann ist er also ein Golem. Aber wie hängt das alles mit den Golem zusammen, die wir kennen?«

»Hier wird es interessant«, setzte Draggo an. Und auch Dabii, Krosant und Okrhe wurden hellhörig.

»Darg Agul war vor Raga Rodgrimm der König der Golem. Doch als Raga Rodgrimm in tödlicher Gefahr schwebte, schloss Darg Agul einen Pakt mit den Winz, um ihn zu retten. Das war der Ursprung des Sandmeers, so ist es entstanden. Nur deshalb konnte unser Volk existieren. Und das ist die ganze Wahrheit, die hinter der Legende steckt, die wir als den Fluch des Sandes kennen.«

»Und derjenige, den ihr als Raga Rodgrimm bezeichnet, wurde gerettet?«, fragte Okrhe nach.

»Ja. Aber die Rettung hatte ihren Preis. Raga Rodgrimm war auf dem Meeresgrund versunken. Früher lag der Sand unter dem Wasser, das wissen wir mittlerweile. Also mussten die Winz etwas Unmögliches vollbringen. Um diesen starken Zauber aber zu wirken und Raga Rodgrimm zu bergen, musste Darg Agul seine Seele opfern. Er veränderte sich und wurde schließlich dorthin verbannt, wo wir unsere Festung errichteten. Es hängt alles zusammen. Der Zauber, das Sandmeer, unsere Magie. Wir wären nicht die, die wir heute sind, wenn die Existenz des schwarzen Golems sich nicht auf die unsere ausgewirkt hätte.«

Es wurde still. Die Geschichte und ihr Ausmaß mussten die Gefährten erst einmal verdauen.

»Und das hat euch Bim alles erzählt?«

»Beinahe, den Rest habe ich mir zusammengereimt. Aber ja, so muss es gewesen sein.«

»Ja, das alles wahr«, unterstützte ihn Kon.

Okrhe machte einen Schritt nach vorn und gab ihre

Überlegungen dazu offen kund.

»Ich denke, der goldene Mann hat recht. Es könnte funktionieren.«

»Wir töten den dunklen Herrscher?«, fragte Vitaiin vorsichtig.

Draggo stützte den Plan mit seinen Worten.

»Es ist purer Selbstmord. Aber wenn wir zusammenarbeiten, könnte es dennoch möglich sein.«

Er deutete auf Bims Grabmal, um darauf hinzuweisen, das ein Golem bereits besiegt war. Okrhe sprach weiter.

»Wenn Darg Agul verendet, sollten auch die Totlosen fallen.«

»End peff, de Armee verschwendet«, ergänzte Krosanť.

»Das war auch meine Eingebung«, bestätigte Okrhe seinen Kommentar.

»Moment«, meldete Vitaiin sich zu Wort.

»Welche Armee?«

VON SCHMUTZIGEN EULEN
UND SAUBEREN LEUTEN

Okrhe hatte eine Quelle gefunden, an der sich die Gruppe laben und waschen konnte. Sie spülten den ganzen Schmutz weg, der sich über Sonnen und Monde hinweg angesammelt hatte. Es war nicht mehr als ein wohltuendes Bad, aber sie fühlten sich so stark und vital wie lange nicht. Krixxo war als letztes dran. Er hatte kein Problem damit, wie das Aas eines ausgeweideten Sonnenhundes zu riechen. Aber Okrhe konnte ihn hierzu nötigen. Allerdings konnte sie ihn nicht davon abhalten, stetig ihren Plan für wahnsinnig und idiotisch zu erklären.

»Was, bei meinem gigantischen Quellhoden nochmal, soll das? Wir haben es nicht geschafft. Und anstatt uns zu verstecken und noch ein paar Sonnen zu leben, versuchen wir, kaputte Lunten in Brand zu stecken?«

Er stand nackt neben Kon und Krosant, die sich ebenfalls noch wuschen. Draggo zog sich eben wieder seine Hose an, als er eigenartige Pfiffe hörte. Ohne ein Wort ließ er die anderen Männer bei der Quelle zurück und lief in den weißen Wald.

»Komm raus. Zeig dich schon.«

Das Tier gehorchte seinen Befehlen. Es war der Langhornflieger, der sich augenblicklich in Illina zurückverwandelte.

»Was willst du hier?«, flüsterte Draggo geschwind.

Illina sah entsetzlich aus. Sie hatte ihre Wunden mit dem gepflegt, was sie besaß oder in der tristen Wildnis gefunden hatte. Und sie hatte seit ihrer Flucht nicht aufgehört, zu weinen.

»Ich bin unschuldig, Draggo. Bitte, von all denen, die noch übrig sind. Wenigstens du musst mir doch glauben.«

»Du solltest lieber wieder verschwinden. Selbst wenn, alles spricht gegen dich.«

Die Worte trafen sie hart.

»Dann hör mir wenigstens zu. Das, was ihr vorhabt, ist euer Tod. Seine Spione sind überall. Er weiß wahrscheinlich längst, was ihr plant. Und ihr rennt in eine Falle!«

»Welche Spione meinst du? Dich etwa?«

»Ich habe etwas Schlimmes getan, ja. Aber ich habe dir alles erzählt. Soweit würde ich niemals gehen. Es war Vitaiins Schwester. Sie war es.«

»Lorreän ist in dem Schattenorb gefangen. Wie soll sie überhaupt etwas tun können?«

»Ist sie das?«

Hinten im Wald brach ein Ast. Stimmen erklangen. Illina wurde unruhig.

»Bitte, lasst mich wenigstens mit euch gehen. Ihr könnt mich fesseln und knebeln oder sonst was tun.«

»Das kann ich nicht zulassen. Es tut mir leid, Illina.«

Einmal mehr wurde ihr Herz gebrochen. Sie fuhr um ihren Hals und nahm ihre Kette ab. Dann legte sie das Schmuckstück mit dem Drachenzahn voran in Draggos Hand.

»Das ist seit dem Unpass meine mächtigste Waffe. Vitaiin soll sie zurückbekommen.«

Illina schluchzte. Kurz bevor die Anderen um die Ecke bogen, verwandelte sie sich in den Langhornflieger und flog ins Ungewisse. Man konnte Krixxo nun laut und deutlich hören.

»Ich für meinen Teil, lebe lieber etwas länger als von jetzt auf nachher in den Tod zu rennen.«

Seine Gesprächspartner waren weiterhin schweigsam.

Sie ließen sich nicht entmutigen. Nur Draggo, zu dem sie eben stießen, grübelte und dachte über Illinas Worte der Warnung nach.

»Du schon welche gefangen?«, fragte ihn Kon über die Schulter hinweg.

Der Goldmagier hatte als einziger das fliegende Tier bemerkt, das eben geflüchtet war. Aber er hatte es nicht erkannt. Draggo reagierte nicht.

»Der est wohl kapett«, scherzte Krosant̓.

Der Pirat bohrte noch in den Ohren und pulte nach Wasser und Dreck. Draggo war sich derweil sicher. Wenn er schon sterben sollte, dann kämpfend. Das war der klarste Gedanke, den er im Hier und Jetzt fassen konnte.

»Wie, was?«, fragte er.

»Ah, da est er ja weder.«

Krosant̓ musterte den Fremden. Er kam ihm unangenehm nah, wollte ihn aber nur besser kennenlernen.

»Die schmutzigen Großaugenflieger! Du schon welche gefangen?«, fragte Kon erneut.

»Eulen, es sind Eulen. Die haben nichts mit unseren Großaugenfliegern gemein!«, ergänzte Krixxo mürrisch.

»Schmetzege Elen!«, korrigierte ihn Krosant̓ wiederum.

Dafür erntete er aber nur einen bösen Blick. Dann reagierte Draggo endlich.

»Achso nein. Aber lasst uns damit anfangen. Hier mag noch alles ruhig und friedlich sein, aber woanders ist es das nicht.«

Der Mond zeigte bereits sein rundes Gesicht, als sich die Gefährten wieder auf der leeren Lichtung zusammengefunden hatten. Allesamt waren sie erfolgreicher gewesen als zunächst erwartet.

Krixxo hielt zwei weiße Eulen in den Armen, die wild

flatterten. Er kannte sie aus dem verwunschenen Wald und hatte sie einst Eulen genannt, wie er das meiste im Westen des Sandmeeres selbst benannt hatte. Sie mussten auf die eine oder andere Weise auf die andere Seite des Unpasses ausgewandert sein, um hier vor den meisten exotischen und magischen Wesen ihre Ruhe zu haben. Nur das weiße Gefieder trug Spuren ihrer Umsiedlung mit sich. Ruß hatte sich darauf gelegt und hinterließ hier und dort dunkle Flecken.

»Schmutzige kleine Kotzbrocken!«, schimpfte Krixxo.

Er hatte große Mühe damit, sie ruhig zwischen den Armen zu halten.

Draggo hingegen hatte keinerlei Probleme. Er hatte einen Käfig aus Licht geformt und darin ein besonders großes Exemplar gefangen. Die Eule sah sich gemütlich um. Und Krosant' hielt gleich zwei Nester in seinen vier Händen. Nur Kon war leer ausgegangen, während Vitaiin ein Netz aus Schatten in den Händen hielt. Dort flatterten zwei der Eulen mit ihren Flügeln, bei deren Fang Dabii tatkräftig geholfen hatte. Okrhe trat als letztes in den Kreis und hielt eine zahme Eule auf ihrem Arm. Sie erntete für ihren Fang die größte Wertschätzung.

»Wir brauchen nur drei. Krixxo, deine sind zu klein.«

Okrhe hatte sich an ihren Vater gewandt. Dieser hatte immer noch Probleme damit, die Eulen unter Kontrolle zu halten. Er war etwas in seinem Stolz verletzt aber auch erleichtert, als er die Tiere auf Okrhes Befehl hin einfach loslassen und davonfliegen lassen konnte. Krosant' erntete nur einen vielsagenden Blick von der Schamanin und er ließ den Kopf Trübsal blasend sinken. In seinen Nestern waren nur sehr kleine und sehr junge Eulen, die lauthals nach ihrer Mutter riefen. Er drehte sich um und brachte die Küken zurück in den Wald. Draggo nickte der Schamanin indessen anerkennend zu. Von Vitaiin nahm Okrhe eine weitere Eule entgegen. Die Überzählige brach wieder in die Freiheit auf.

Okrhe legte eine Hand auf Dabiis Schulter.

»Ich weiß, es ist nach alledem viel verlangt. Aber wir brauchen dich nun mehr denn je.«

Das Mädchen nickte entschlossen und konzentrierte sich auf die drei Eulen. Violette Blitze schossen aus ihren Händen und trafen das weiße Gefieder. Der Zauber zeigte sofort Wirkung. Die Eulen gewannen rasch an Größe. Und schließlich waren sie groß genug, um die Gefährten tragen zu können. Vitaiin nahm das erschöpfte Mädchen anschließend in den Arm.

»Das hast du gut gemacht.«

Okrhe, die eine große Autorität in der Gruppe genoss, gab den letzten Befehl.

»Wir brechen sofort auf.«

Auch Krosanť war mittlerweile von seinem Babytransport zurück und knackste aufgeregt mit allen vier Händen. Sie waren bereit, dem Grauen in die Augen zu blicken.

Als die Sandmaare und Schrecken sich endgültig gesammelt und gerüstet hatten, machte Okrhe noch eine überraschende Ankündigung.

»Ich werde euch von einer der Eulen leider befreien müssen.«

Die Gefährten und besonders Krixxo blickten aufmerksam zu ihr.

»Mein Weg innerhalb dieses Bundes endet hier.«

»Was?«, fragteder Windbändiger empört.

»Es gibt diejenigen, die gewarnt werden müssen. Bald wird es zu spät sein und ihr werdet nicht schnell genug sein – ganz egal, ob wir erfolgreich sind oder nicht.«

»De menst Jettenhem!«, stellte Krosanť geistesgegenwärtig fest.

»So ist es«, Okrhe nickte.

Krixxo konnte es aber immer noch nicht glauben.

»Jubelstadt? Wir haben Lavé und Ganar mit einem lebenden Kopf zu ihnen geschickt. Selbst wenn sie die wandelnden Toten ignoriert haben. Sie müssen längst über das Unheil Bescheid wissen. Und wenn sie wie immer nichts dagegen unternommen haben, selbst Schuld!«

»Wir wissen nicht, ob sie je angekommen sind. Und falls doch, wissen sie nur, dass es einen Feind gibt. Sie wissen jedoch nicht, dass sie selbst in unmittelbarer Gefahr schweben. Und obendrein können sich die Schrecken niemals selbst verteidigen. Sie würden fliehen und hingerichtet werden.«

»Nein!«, forderte Krixxo von ihr in väterlicher Stränge.

Okrhe lächelte ihn an. Es war das erste Lächeln, das sie entbehrte, seitdem sie sich wiedergefunden hatten.

»Du kannst mich nicht daran hindern, Vater.«

Draggo und Kon sahen sich nun irritiert an. Sie hatten nicht gewusst, wie die grüne Frau und Krixxo zueinander standen. Aber sie hätten nie geahnt, dass sie verwandt oder sogar Vater und Tochter sein könnten. Nun wussten sie es. Und Krixxo blieb stur.

»Nein, ich verbiete es!«

Eine peinliche Stille kehrte ein. Er selbst durchbrach das Schweigen nach einer kurzen Bedenkzeit.

»Ich werde dich nicht nochmal alleine lassen. Wenn es denn so sein soll, dann müssen die anderen auch auf meine Klinge verzichten.«

Die Sandmaare schluckten nun schwer.

»Ich habe nichts anderes von dir erwartet.«

Okrhe schien weiterhin auf ein größeres Ganzes zu

vertrauen. Doch die anderen hatten eben für die alles entscheidende Schlacht zwei Verbündete verloren. Und Verbündete waren in diesen Zeiten rar oder nicht einmal existent.

Vitaiin wollte protestieren. Doch gegen die angeborenen Dickschädel der beiden hatte sie wohl kaum eine Chance. Plötzlich brach Krosanť in Tränen aus und stürzte mit offenen Armen auf Okrhe zu.

»Owe, owe, men Herz steht stell. Men Lebleng, se der gewess. Ech werde dech mehr vermessen als ergendwer sonst.«

Es war gar nicht Okrhes Art, aber sie ließ die Umarmung zu, zumindest kurz. Dann hielt sie den klammernden Piraten wieder auf Abstand und ging auf ihn ein.

»Sehr wohl. Ich wünsche dir das größte Glück dieser Welt. Du bist und bleibst ein wertvoller Gefährte.«

Die Worte beschwichtigten Krosanť nicht. Sie rührten ihn so sehr, dass er ihr nicht mehr in die Augen blicken konnte und er heulend, mit allen vier Armen zum Himmel gereckt, davon rannte. Nach dem eigenartigen Abgang und einer peinlichen Pause kam Vitaiin auf Okrhe zu und blieb vor ihr stehen. Sie wusste, dass Okrhe keine körperlichen Zuneigungen mochte. Umso mehr überraschte sie es, als Okrhe den ersten Schritt tat und sie in die Arme nahm. Es handelte sich nur um den Bruchteil eines Sandkorns, aber er gab Vitaiin Hoffnung und Wärme. Sie wandte sich an die Schamanin.

»Nehmt Dabii mit euch, ja? Dort, wo wir hingehen, sollte ein Kind niemals sein. Sie hat genug durchgemacht. Für jetzt und für alle Zeit.«

Okrhe nickte und verabschiedete sich damit. Der Rest der Abschiede war von kurzer Dauer. Dabii war nur mit Mühe und Not von Vitaiins Seite zu trennen. Doch sie merkte schnell, dass sie hier als Kind nicht viel mitzureden hatte. Besonders eigenartig war die Konfrontation zwischen Vitaiin und Krixxo, welche Krosants Abgang beinahe ebenbürtig war. Sie wussten nicht genau, was sie sagen oder wie sie sich berühren sollten. Also war ihr Abschied zu ihrem Bedauern kurz und kühl. Sogar Draggo und Krixxo umarmten sich inniger und schienen zugleich mit sich im Reinen zu sein.

»Mögen Wasser, Sand und Wind mit euch sein«, lauteten Vitaiins letzte Worte zum Abschied.

Im nächsten Moment saßen die Gefährten auf ihren Eulen. Vitaiins und Krixxos Blicke kreuzten sich ein letztes Mal. Ein Lebewohl lag in ihren Augen. Doch es schmerzte sie zu sehr, als das sie es je aussprechen wollten.

Zwei der Eulen flogen gen Osten während eine Einzelne einsam und allein den Westen aufsuchte. Und obwohl sie in zwei verschiedene Richtungen aufbrachen, hatten sie eines gemeinsam: Sie wurden von ungebetenen Gästen begleitet.

Ein einsamer, weißer Körper flog am Himmel. Unter ihm zogen Berge ihre Bahnen, Flüsse gewannen zunehmend an Breite und Wälder gesellten sich zu der grüner werdenden Landschaft hinzu. Doch von einem Moment zum nächsten färbte sich der Untergrund schwarz. Ein großflächiges, böses Treiben war von der Luft aus auszumachen.

Krixxo saß am Kopf der Eule und schilderte das, was er sah.

»Bei den Verdammten, das ist keine Armee. Das ist das pure Verderben!«

Okrhe antwortete ihm.

»Es war weise von Darg Agul, die Toten zunächst zu sammeln und erst dann zum Angriff zu blasen.«

»Lobe ihn noch, ja. Das wird helfen.«

»Flieg tiefer«, befahl Okrhe ihrem Vater.

»Wieso?«

»Tu es einfach.«

Krixxo drückte die Eule ungeschickt mit Händen und Füßen zurecht. Seine Methode funktionierte nicht sofort, aber irgendwie hörte die Eule nach einer kurzen Zeit doch auf seine Befehle. Sie verloren rasch an Höhe. Dann flogen sie nur noch knapp über der Armee hinweg und mussten feststellen, dass Kolosse darunter waren, die sie beinahe greifen konnten. Sie mussten einigen langen Armen ausweichen und noch immer erstreckte sich die Streitmacht viele Steinwürfe weit über die Täler vor ihnen.

»Wir müssen wieder hoch«, stellte Krixxo fest, während sie im weiter im Slalom flogen.

»Du wirst Jubelstadt bis zum Ende verteidigen!«, forderte Okrhe plötzlich von ihrem Vater.

»Aber natürlich, an deiner Seite!«

»So oder so, gib mir dein Versprechen.«

»Aber ja.«

»Das genügt mir.«

Mit ihren letzten Worten kippte Okrhe auf einmal zur Seite und ließ sich fallen. Dem fehlenden Gewicht geschuldet, gewann die Eule sofort wieder an Höhe und Geschwindigkeit.

»Okrhe, was ...«

Krixxo blickte mit großen Augen hinter sich. Als er sich wieder gefasst hatte, schüttelte er den Kopf.

»Ganz der Vater.«

Er war gleichermaßen stolz und besorgt. Hätte Okrhe ihm sein letztes Versprechen nicht entlockt, wäre er ihr direkt hinterher gesprungen. Doch ihm blieb nichts anderes übrig, als auf die Stärke seiner Tochter zu vertrauen. Und es gab nichts, worauf er mehr vertraute. Im selben Augenblick merkte er, dass Dabii gar nicht hinter Okrhe gesessen hatte. Er sah sich irritiert auf dem Reittier um. Doch viel Fläche, wo man sich verstecken oder verschwinden konnte, bot sie ohnehin nicht. Nun saß er allein auf der Eule und befürchtete das Schlimmste – ein Grund mehr, die Armee zu überholen und Jubelstadt rechtzeitig zu erreichen.

Krosanť bekam beinahe einen Herzinfarkt, als sich etwas in seinem Sack regte. Er hatte ihn prall mit Proviant und anderen Gütern für den bevorstehenden Kampf gefüllt. Doch was ihn jetzt daraus anblickte, hatte er nicht absichtlich eingepackt.

»Dabee?«

»Psst«, fauchte sie und verschränkte ihre Lippen mit

dem Zeigefinger.

»Hast du was gesagt?«, fragte Vitaiin vor ihm.

»Was, ech? Nen, end de?«

Vitaiin musterte ihn und Krosant's Sack über ihre Schulter hinweg genauer. Sie merkte, dass sich etwas bewegte, das dort nicht hingehörte. Dann griff sie mit einer Hand hinter sich und riss die Öffnung des Sacks zu sich.

»Dabii? Was machst du denn hier?«

Sie befanden sich noch immer viele Steinwürfe weit in der Luft. Und die Eulen flogen bereits über die trostlosen Weiten des Sandmeers.

»Ha, da hat sech wohl jemand enen Spaß erlabt.«

»Das ist nicht witzig, Krosant.«

»Necht wetzeg, ja. Tet mer led.«

Dabii fühlte sich erwischt, es war ihr anzusehen. Verlegen kletterte sie aus dem Sack, was auf dem Rücken der Eule gar nicht so einfach war. Jetzt saß sie zwischen Krosant und Vitaiin.

»Das glaube ich einfach nicht«, stellte Vitaiin besorgt fest.

Draggo und Kon flogen neben ihnen und beobachteten sie. Draggo nahm das Mädchen in Schutz.

»Sie wollte bei dir bleiben.«

»Das spielt keine Rolle, es ist zu gefährlich.«

»Aber ich möchte dich nicht mehr verlassen, nie wieder!«, protestierte Dabii.

Vitaiin war nicht einverstanden. Doch zum einen war es nun zu spät und zum anderen erwärmten Dabiis Worte ihr Herz.

»Ich möchte nicht, dass dir etwas passiert«, ergänzte Vitaiin mit zitternden Lippen.

»Es ist mir egal, solange ich bei dir bin.«

Dabii hatte feuchte Augen und umarmte Vitaiin von

hinten, um ihre Tränen zu verbergen. Vitaiin verkniff sich ihre Tränen und streichelte sie. Sie teilte ihren sorgenvollen Blick mit Draggo, der grüblerisch den Drachenzahn von Illina streichelte. Niemand von ihnen hatte damit gerechnet, zurückzukommen. Doch jetzt hatten sie einen weiteren Grund, dafür zu kämpfen.

Krixxo hatte sein Ziel erreicht. Die Sonne schien hell und klar am Himmel. Sie offenbarte weite, fruchtbare Wiesen weitere Täler und Hügel und dahinter eine Stadt, die ihresgleichen suchte. Es war Jubelstadt, der größte Hort der Schrecken und das prächtigste, was Krixxo je gesehen hatte. Und doch, er hatte keine guten Erinnerungen an diesen Ort. Aus der Luft konnte der Sandmaar die ganzen Ausmaße der Stadt erkennen. Seit seinem letzten Besuch mussten die Häuser weiter nach oben und die Holzfarben noch bunter geworden sein. Allerhand verschiedene Holzarten wurden für den Bau der Gebäude benutzt und lackiert oder in den verschiedenen Holzfarben gelassen, die sie ohnehin in einer riesigen Vielfalt hatten. Die Häuser waren krumm und ragten umso krummer nach oben, je höher sie waren. Nicht einmal die Stockwerke ähnelten sich. Jedes Stockwerk war von Zyklus zu Zyklus unterschiedlich dazu gekommen, wie es der Bauweise der Schrecken entsprach. Jede Geburt überraschte sie mit seltenst drei bis meistens über acht Kindern. Und dementsprechend baute jede Familie ihre Gebäude eigenhändig weiter und höher, bis der nächste Wurf anstand. Dass sie dabei mehr Wert auf den schnellen Bau als auf die Holzart oder die Architektur legten, konnte Krixxo aus dieser Höhe besonders gut erkennen. Die Gebäude sahen wie Hütten aus, die immer wieder unpräzise aufeinander gestapelt worden waren, bis sie so aussahen, wie sie nun aussahen.

Nachdem Krixxo sich einen Überblick über Jubelstadt verschafft hatte, wurde es Zeit für die Landung. Leider gehorchte ihm die Eule nicht gut genug und er verlor kaum an Höhe.

»Dummes Ding«, meckerte er.

Kurzer Hand schnappte er seine Ausrüstung und sprang ab. Warum sollte Okrhe den ganzen Spaß für sich alleine haben, dachte er sich. Er genoss die starken Winde in seinem Gesicht, die frische Luft und den Ausblick, während er die Stadt schnell ansteuerte. Schließlich bremste er sich durch einen leichten Auftrieb ab und landete in einem riesigen Tumult von hysterischen Schrecken. Keiner beachtete ihn, obwohl er vor einem Sandkorn noch vom Himmel gestürzt war. Die Schrecken hatten andere, größere Probleme. Es kümmerte sie nichts mehr als ihre geplante Flucht. Sie wussten es. Sie wussten, dass eine Armee im Anmarsch war.

Krixxo krallte sich eine der eilenden Schrecken aus der Menge und richtete das Wort an sie.

»Laront' veta?«

Die Schrecke sah ihn mit großen Augen an, ließ einen Angstschrei ertönen und lief schnell wieder davon.

»Dieses feige Pack«, flüsterte Krixxo vor sich hin, ohne jede Idee, wie er hier etwas bewirken sollte. Zunächst suchte er sich also einen Ort in den Nebenstraßen, wo er beinahe überrannt wurde. Bunte Holzperlen klapperten im Wind, zu den gewohnten Vorhängen und Traumwebern geformt, die man von den Schrecken kannte. Verschiedene Masken zierten die Gassen und Eingänge der krummen Häuser. Sie starrten Krixxo mit unterschiedlich großen und schielenden Augen an. Es waren verrückt gewordene, kunterbunte Abbilder der Götter. Krixxo fühlte sich beobachtet. Er nahm die Maske mit den gelben Backen und roten

Konturen vor sich näher in Augenschein.

»Kann ich dir helfen, Hübscher?«

Er zuckte zurück. Hatte er den Verstand verloren? Vorsichtig antwortete er dem bunten Holzgesicht vor sich.

»Was ist los?«

»Hinter dir, du Witzbold.«

Er hörte eine Frau kichern und drehte sich schnell um.

»Du!«

Im nächsten Moment zeigte die Spitze seines Rubinschwerts auf sie.

»Was hast du mit Dabii angestellt?«

»Hey, du solltest mit deiner spitzen Waffe und deinen spitzen Worten lieber aufpassen!«

Es war Illina. Sie machte ihm schöne Augen, obwohl sein Schwert unaufhörlich auf ihren Schädel zielte. Da Krixxo sie weiterhin musterte, sprach sie weiter.

»Ich sage dir, diese Okrhe ist ein ganz schön verrückter Sandbeißer. Springt einfach mitten in das riesige Heer. Wer, bei Wasser, Sand und Wind, tut so etwas?«

»Dabii, was ist mit Dabii?«

»Hey, darauf wollte ich gerade hinaus. Ihr geht es besser als Okrhe, soviel ist sicher. Sie ist fideler als eine Schlalange beim Sonnenmahl.«

Krixxo nahm sein Schwert nicht herunter. Er war mit der Antwort ebenso wenig zufrieden wie mit den Lippen, die sie gaben.

»Warum sollte ich dir glauben? Du hast uns verraten.«

»Nein, das habe ich nicht! Sieh dich doch um. Warum sollte dieser Darg Agul jetzt noch einen Verräter schicken? Hierher? Wir haben diesen Krieg doch bereits verloren.«

Krixxo sah sich Illina etwas genauer an. In ihren Worten schlummerte ein Funken Logik. Doch er zögerte mit seiner Antwort. Illina legte nach.

»Bitte, Krixxo. Wir kennen uns zwar kaum. Aber ich habe alle verloren. Nicht einmal Draggo hat mir geglaubt.«

Die Chance, Draggo in den Schatten zu stellen, reizte Krixxo mehr, als seinen Verstand zu gebrauchen. Aber er blieb vorsichtig.

»Irgendetwas verbirgst du. Es ist mir gleich aufgefallen, als wir uns das erste Mal getroffen haben. Was ist es?«

Illinas frecher Ausdruck kehrte sich zum Gegenteil. Furchen der Trauer durchzogen ihr reizendes Gesicht.

»Du bist überraschend scharfsinnig, Krixxo.«

»Also?«

»Ich hatte keine Wahl. Es war auf der Flucht von der Sandfestung. Wir liefen viele Sonnen und Monde lang durch das Sandmeer – ohne Essen, ohne Trinken.«

»Mhm ...«, untermauerte Krixxo kommentarlos und ohne den von ihm umbenannten Unpassflügel nur ein Stück zu senken.

»Mein Vater war der Erste, der sich für uns opferte. Und meine Mutter brachte es nicht übers Herz. So musste ich es tun.«

»Was musstest du tun?«

Eine Träne lief über Illinas Wangen.

»Ich habe mich in einen Sandbären verwandelt ...«

Sie legte eine kurze Pause ein und holte tief Luft.

»... und habe sie gegessen. Ich habe meine Eltern gegessen!«

Erst jetzt senkte Krixxo sein Schwert. Es war nicht weiter angemessen, mit einer scharfen Klinge auf sie zu zeigen – auf sie, die auch nur ein gebrochenes Mädchen mehr war. Das war sie nämlich: jung und verloren, aber trotzdem eine der wenigen, die überlebt hatte. Krixxo wandte sich vorsichtig an sie.

»Das wusste Draggo auch?«

Illina nickte.

»Und er hat dir trotzdem nicht geglaubt?«

Sie nickte noch einmal.

»Draggo ist ein blauäugiger Dickbauchflügler. Komm, wir verteidigen diese Stadt. Und zwar gemeinsam!«

Krixxo genoss diesen Moment. Und Illina fiel ihm um den Hals. Nach kurzem Innehalten flüsterte sie etwas.

»Es war Lorreän. Vitaiins Schwester war nie gefangen, nicht wirklich.«

Krixxo bekam es plötzlich mit großer Angst zu tun, Angst um seine weit entfernten Gefährten und besonders um Vitaiin. Doch von hier aus konnte er nichts tun. Dafür war es nun an der Zeit, das Versprechen an seine Tochter einzuhalten. Voller Tatendrang drehte er sich wieder zu der Maske um und nahm sie von der Wand.

»Ich habe einen Plan.«

»Ich bin ganz Ohr«, antwortete Illina.

»Aber vorher musst du mir sagen, wo Dabii ist.«

»Das doofer Plan«, kommentierte Kon den Dialog zwischen Draggo und Vitaiin.

Sie flogen immer noch über das Sandmeer. Das Ziel war noch nicht in Sicht. Aber sie würden es früher erreichen, als ihnen lieb war.

»Das est verreckt.«

Auch Krosanť mischte sich jetzt ein.

»Habt ihr eine bessere Idee?«, zischte Vitaiin zurück.

»He, ech mag verreckt. Alles get«, beschwichtigte sie Krosanť.

Draggo wechselte nur einen Blick mit Kon, der auf der Eule direkt hinter ihm saß.

»Vielleicht die Kleine uns helfen?«, schlug der Goldmagier vor.

Doch Vitaiin gefiel der Vorschlag ganz und gar nicht.

»Wir werden Dabii beschützen und sie nicht noch mehr in Gefahr bringen, als sie ohnehin schon ist.«

»Ich will helfen!«, korrigierte sie das Mädchen hinter ihr.

Doch Vitaiin begegnete ihr nur mit einem verständnisvollen Lächeln und beendete damit die Diskussion.

»Zeit zu landen«, stellte Draggo fest.

»Schon?«, fragte Kon.

»Sobald wir die Festung sehen, ist es zu spät. Wir müssen sie vom Boden aus erreichen.«

Ihm widersprach sonst niemand mehr. Kurz darauf verloren sie an Höhe und segelten auf das Sandmeer hinab.

Eine Holzfratze starrte auf die Schrecken hinunter. Ein Ring nach dem anderen führte ins Innere der verrückten Augen, spitz gezeichnete Zähne stützten ein überdimensional großes Maul und bunte Farben auf braunem Grund ließen die Maske aufleuchten. Aber wahrlich magisch war die Stimme, die dahinter vibrierte und sich mit dem Wind leise, aber weit, bis zu den Grenzen von Jubelstadt, tragen ließ.

Krixxo hatte sich die Maske aufgesetzt und ein Denkmal im Stadtzentrum erklommen. Es war eines der höchsten Bauwerke, das es in dieser Stadt zu finden gab. Viele der Schrecken hatten ihr wildes Getue bereits eingestellt und lauschten dem Wind, der Krixxos Worte zu ihren Ohren transportierte. Viele entdeckten die Gestalt auf ihrem Heiligtum und musterten sie bereits. Viele andere pilgerten langsam durch die Straßen und suchten noch die Quelle des Zaubers. Ganz Jubelstadt war in Krixxos Bann.

»Was hast du gesagt?«

Illina stand bucklig hinter Krixxo und versteckte sich.

»Jetzt«, antwortete er nur knapp.

»Aber …«

»Los!«

Krixxo hatte sie nicht wirklich in seinen Plan einge-weiht. Sie wusste nur, dass er sich als eine Art Windgott ausgab und sie sich auf sein Kommando hin verwandeln sollte. Ihr kam es merkwürdig vor, dass alle Völker außer ihres Götter hatten. Aber langsam kam sie auf den Ge-schmack.

»Illina!«

Jetzt reagierte sie endlich und nahm eine andere Form an. Sie verwandelte sich in den Langhornflieger und setzte sich auf seinen Arm. Das Tier krächzte aus voller Keh-ler, um die Aufmerksamkeit der Masse auf sich zu lenken. Krixxo ließ weiter seine Worte durch die Luft tanzen und überall in der Stadt erklingen. Dazu zeigte er Kunststücke wie glitzernde Staubwirbel und wabernde Wolkengestal-ten.

Sein Plan trug Früchte. Die Schrecken hielten ihn tatsächlich für einen ihrer Götter und hörten ihm zu. In ihrer Sprache verkündete Krixxo das bevorstehende Ver-derben. Er unterwies sie nach allen Regeln des Grauens, was passieren würde, wenn sie jetzt flohen und die einzi-ge Stadt aufgaben, die ihnen wirklich noch Schutz bieten konnte. Nach nur wenigen Sanduhren hatte Krixxo ganz Jubelstadt unter seine Kontrolle gebracht. Die Schrecken hingen an seinen Lippen.

»Hat es geklappt?«

Illina hatte sich geschwind zurückverwandelt und be-obachtete die Schrecken, die all ihre Arme hoben und die Hände über sich schlossen.

»Versteck dich!«, zischte Krixxo zurück. Sie ging rasch hinter Krixxo in Deckung. Dann ließ er seine nächsten

Worte klar und mit mehr Nachdruck erklingen.

»Laroť ve veta!«

Es kam Bewegung in die Menge. Aber dieses Mal war sie geordnet und die Schrecken hatten ein gemeinsames Ziel.

»Komm mit!«, forderte Krixxo Illina auf.

Im nächsten Moment flog Illina neben ihm als Langhornflieger durch die Luft und sie steuerten ihr nächstes Ziel an.

DAS DUNKEL DER FINSTERNIS

Der Mond stand hoch am Himmel und erhellte die Düsternis mit seinem weißen Schleier. Es war viel Zeit vergangen und die Ankunft der Armee ließ auf sich warten. Die Luft war trocken. Die Wolken knisterten. Es war unmöglich zu deuten, ob die grauen Wolken nur über sie hinwegzogen oder ihnen ein schrecklicher Sturm bevorstand. Und dann regte sich etwas in der Finsternis. Im Mondschein, getrübt von abwechselnden Wolkenschleiern, näherte sich eine dunkle Übermacht. Die Totlosen überzogen das saftige Grün der Täler und Hügel mit schweren Schritten. Rote Kolosse sowie andere Geschöpfe und Abscheulichkeiten waren unter ihnen. Sie waren kaum zu sehen, nicht mehr als große Schemen im schwächer werdenden Glanz des Mondes. Doch ihre bestialischen Rufe waren laut und deutlich zu hören – wie sie sich untereinander anbrüllten und ihrer Gier nach Blut Ausdruck verliehen. Und jeder ihrer Laute sowie jeder ihrer Schritte wurde von Sandkorn zu Sandkorn lauter, je näher sie der Stadt kamen, die sie vom Erdboden zu tilgen gedachten. Es war nicht die erste Stadt auf ihrem alles vernichtenden Streifzug, aber die letzte, die ihnen vor der vollkommenen Vernichtung im Wege stand. Widerstand war zwecklos, waren sie bisher nicht um einen Krieger an Zahl geschrumpft. Niemand wäre verrückt genug gewesen, sich den abertausenden von Kreaturen in den Weg zu stellen.

Dennoch: Hier waren sie! Krixxo stand auf dem unförmigen Dach eines Gebäudes. Neben ihm, aber weiterhin in Deckung, stand Illina. Die Schrecken hatten auf sein letztes Kommando hin eine Verteidigungslinie mit angespitzten Pfählen errichtet. Sie hatten seit den Zeiten der Meere und der Piraterie keine Wälle mehr gesehen. Jetzt bereuten sie es. Doch trotz allem griffen sie zu den Waffen und stellten sich ihrem Feind, anstatt zu fliehen und abgeschlachtet zu werden. Beile, Sägen, Speere, verschiedene Bögen und sogar Gewehre fanden sich in den Händen der meisten Schrecken wieder. Auch Schamanen waren unter ihnen, wenngleich es eher ältere und kümmerliche Exemplare ihres Volkes waren. Durchweg konnte man das Schlottern der dünnen Beine vernehmen. Mit jedem Schritt der nahenden Streitmacht wurden die Schrecken nervöser.

»Sie werden alle sterben«, stellte Illina fest.

Krixxo antwortete ihr nicht. Er erwartete ein Zeichen seiner geliebten Tochter, dank ihrer sie Zeit gewonnen haben mussten. Doch im Getümmel des schwarzen Horizonts war sie nicht auszumachen. Der Mut verließ auch ihn zunehmend. Illina erkannte den sorgenvollen Ausdruck in seinem Gesicht und musste etwas dagegen unternehmen.

»Die Beute muss ihren Jäger eben trotzdem bekämpfen. So war es und so wird es immer sein. Nicht wahr?«

Illina hakte sich bei Krixxo ein. Für ihn spielte es ohnehin keine Rolle. Wenn Okrhe nicht mehr am Leben war, würde er kämpfen. Und wenn Okrhe noch am Leben war, würde er erst recht kämpfen, um gnadenlos Rache zu nehmen. Krixxo drehte seinen Kopf zu Illina und nickte.

»Möchtest du die Maske jetzt eigentlich wieder abziehen?«, fragte ihn Illina.

»Das ist keine gute Idee.«

»Wieso?«

»Die Schrecken würden mich bestimmt erkennen. Und

sie mögen mich hier nicht besonders.«

»Aha ...«

»Außerdem sollten wir nichts riskieren.«

Darg Aguls Armee wurde abrupt schneller. Sie gingen rasch zum Ansturm über und waren schon fast in Schussweite. Illina verwandelte sich erneut in den Langhornflieger und setzte sich auf Krixxos Arm. Der Sandmaar ließ seinen letzten Befehl durch die Winde hallen.

»Paront' le je tan. Je maré naront' nara!«

Die Schrecken gingen in Stellung und erwarteten ihren Feind. Doch die Armee blieb plötzlich stehen.

»Was haben die vor?«, fragte Illina Krixxo.

Der Windbändiger schärfte seine Augen und blickte in die Ferne.

»Das ist nicht gut.«

Die Schrecken wurden um ein Vielfaches nervöser. Und Krixxo wusste, dass ihre Gegner etwas im Schilde führten. Er musste reagieren.

»Balont', balont'!«, rief er.

Die hinteren Schrecken rückten vor. Sie schoben alte Kanonen heran, die die Zeit als Antiquitäten überdauert hatten. Alsbald brannten die ersten Lunten. Nicht alle Kanonen feuerten, aber einige Kugeln flogen vorwärts und durchschlugen die Reihen der Totlosen. Der Erstschlag kümmerte die dunkle Armee aber nicht ein bisschen. Sie blieben weiterhin regungslos stehen und warteten. Schließlich kroch eine Wand aus dem Sand zwischen ihren Füßen hervor und richtete sich vor der Armee auf. Schon flogen die nächsten Kanonenkugeln, die hinter der beigen Erhebung verschwanden. Es war Darg Agul tatsächlich gelungen, den mutierten Sand zu zähmen. Und er entsandte ihn als erste Welle, die genauso verheerend sein sollte, wie er es geplant hatte.

Ein Tsunami aus Sand in Form von dutzenden Sandwesen hatte sich erhoben und stürmte auf Jubelstadt zu. Sie ließen sich durch kein einziges Geschoss aufhalten. Und die Pfähle im Boden zeigten ebenfalls keine Wirkung, als sie in die Linien der Schrecken brachen, um reichlich Blut zu vergießen.

Krixxo musste ihnen helfen. Er machte sich bereit und sprang von dem Gebäude. Der Langhornflieger segelte neben ihm durch die Luft, bis beide zwischen den Totlosen und den Sandwesen landeten. Illina verwandelte sich zurück.

»Was machen wir jetzt?«

Krixxo antwortete ihr mit wirbelnden Armen. Er erzeugte einen Wirbel, der so stark war, dass er alle Schrecken von den Füßen riss. Aber gleichzeitig schlugen die Windböen die Sandwesen zur Seite und lösten sie beinahe gänzlich auf. So verheerend ihr erster Angriff auch war, umso wirkungsvoller zeigte sich Krixxos Abwehrzauber. Doch jetzt standen Illina und er an vorderster Front. Und die Totlosen rasten bereits auf sie zu.

»Jetzt ist der Kampf fair.«

Krixxo lächelte entschlossen. Er hatte neuen Kampfgeist geschöpft und zog sein Rubinschwert. Illina zwinkerte ihm zu und machte sich bereit. Im nächsten Moment stand sie ihm als Sandbär zur Seite und sie rannten der Übermacht entgegen. Der Krieg hatte begonnen.

DER ORB

Groß und mehr als halbrund präsentierte sich der Mond über dem Sandmeer. Er stand tief und machte sich bereit, die Kulisse bald zu verlassen. Die Gefährten ruhten ein letztes Mal, bevor sie sich dem Akt des Sterbens stellten. Ihre Träume waren keine guten und ihre Lider zuckten, waren die Bilder dahinter nicht echt, aber war es dennoch das Echte, vor dem sie sich mehr fürchteten. Dennoch schliefen sie – alle, bis auf einen. Es war Draggo, der schlaflos dort saß und Illinas Kette in den Händen wog. Ihn beschäftigte die Frage, ob er bei Illina richtig entschieden hatte. So oder so war es aber gut, sie außer Gefahr zu wissen oder in seinem Fall zu schätzen. Wenn sie jedoch recht gehabt hatte, hatte er sie verletzt und obendrein würden sie in weit größerer Gefahr schweben, als sie ohnehin schon dachten. Draggo musterte den Schattenorb, der über dem Feuer neben Vitaiin schwebte. Er fühlte ein urzeitiges Verlangen, der Ungewissheit endlich auf den Grund zu gehen. Und obwohl er wusste, dass es unbesonnen war, stand er auf und schlich zu dem Orb. Plötzlich fühlte Draggo eine Hand an seinem Bein.

»Was tust du da?«, fragte ihn eine schläfrige Stimme.

Es war Vitaiin – ausgerechnet. Draggo fühlte sich bei einer Untat ertappt und schluckte laut. Aber er musste ihr die Wahrheit sagen.

»Ich liebe dich, weißt du das?«

Vitaiin sperrte ihre Augen etwas weiter auf. Sie betrachtete ihren Versprochenen im Schein des Feuers.

»Ja, das weiß ich.«

Draggo war nicht darüber enttäuscht, dass Vitaiin seine

Worte nicht erwiderte. Es war zu viel passiert und ohnehin konnte er niemals von Vitaiin enttäuscht sein, dafür waren seine Gefühle zu ihr zu stark. Er ging in die Hocke und streichelte ihr durch das dunkle Haar.

»Es ist nur so, ich bin mir nicht sicher, ob es richtig war, Illina zu misstrauen.«

Er breitete seine Hand flach aus und gab Vitaiin ihre Kette zurück. Sie musterte den Drachenzahn überrascht. Draggo fuhr fort.

»Sie gab mir die Kette aus freien Stücken. Was ist, wenn sie recht hatte?«

»Womit sollte sie recht gehabt haben?«

»Ich habe sie nochmal gesehen, bevor wir aufgebrochen sind. Sie hat mir gesagt, dass es Lorreän war. Sie meinte, deine Schwester war nie gefangen.«

»Du hast ihr doch nicht etwa geglaubt, oder doch?«

»Nein, aber was auch immer der Wahrheit entspricht, den Schattenorb können wir nicht mitnehmen.«

»Draggo, das hatten wir doch schon.«

»Ja, und schon damals habe ich dir geraten, über deinen Schatten zu springen. Deine Schwester ist tot.«

Vitaiin wollte ihm nicht antworten. Draggo fuhr fort.

»Selbst wenn Illina gelogen hat. Die Gefahr, dass sich deine Schwester befreit, ist zu groß. Du musst loslassen.«

Vitaiin hatte zu viel durchgemacht, um sich Draggos Worte nicht noch einmal zu verinnerlichen.

»Sie ist das Einzige, was mir geblieben ist.«

»Ist sie das?«

Draggo nahm ihre Hände und sah ihr tief in die Augen. Die Erinnerung an ihre Schwester trieb Vitaiin Tränen in die Augen. Doch es war höchste Zeit. Mit neu gewonnener Entschlossenheit erhob sie sich und stellte sich vor den Orb.

»Sollen wir die anderen wecken, falls wir sie brauchen?«, fragte Vitaiin Draggo.

»Lassen wir sie schlafen. Wir schaffen das allein. Außerdem … habe ich so ein Gefühl.«

Sie waren bereit. Vitaiin hob ihre Hände und ließ sie um den Schattenorb kreisen. Er verformte sich langsam und wurde größer. Draggo legte für alle Fälle seine Hände an den Hammer. Und schließlich löste Vitaiin das schwarze Gefängnis auf. Dabei blieb es. Darüber hinaus passierte nichts. Sie mussten beide sofort an Illina denken. Draggo sprach aus, was beiden in den Sinn gekommen war.

»Wir haben ihr Unrecht getan.«

Vitaiin bereute ihre Worte zutiefst.

»Und wir werden uns nicht einmal entschuldigen können. Weißt du, was das bedeutet?«

»Er weiß es.«

»Ja.«

»Darg Agul weiß, dass wir kommen.«

VIER ELEMENTE

Die Erde bebte. Das Grün litt unter dem Gewicht tausender Totlosen. Bärenpfoten trampelten über das Gras und zerquetschten Halm um Halm. Windböen peitschten durch die Luft und brachten die natürlichen Luftströme aus dem Gleichgewicht. Kurz bevor Illina und Krixxo mit der Armee zusammenstießen, zeigte sich am Horizont ein roter Gast. Die Sonne ging auf und bespielte den Himmel mit warmen Nuancen. Die Farben des Blutes legten sich auf die Täler und Hügel. Und inmitten dieser blitzte ein stärkeres Rot auf, ein Rubinschwert, das seinesgleichen suchte. Krixxo hielt die Waffe hoch, während er die Armee bereits mit peitschenden Windschlägen aufmischte. Sie waren nur noch 20 Schritte von ihren Feinden entfernt, dann 15, dann 10. Doch kurz bevor Krixxo und Illina auf Tausende stießen, regte sich etwas im Untergrund. Der Boden unter ihnen zitterte, weitaus stärker als zuvor. Und plötzlich schoben sich die Erdplatten vor ihnen auseinander. Zuerst waren es nur Risse zwischen dem Gras. Aber dann bildete sich eine breite Schlucht, die die vordersten Reihen der Totlosen verschluckte. Die Sandmaare hielten rechtzeitig inne. Illina verwandelte sich zurück und blickte wie Krixxo in die Tiefe vor ihnen. Dann wandten sie ihre Gesichter langsam zueinander. Und sie waren noch überraschter, als sie auf einmal eine dritte Person zwischen sich sahen, die Person, die diesen mächtigen Zauber gewirkt hatte. Es war Okrhe.

Die Schamanin hatte den Schild eines Kolosses ergattert. Er war ziemlich groß, sogar für ihre Statur. Aber sie hob ihn stolz vor ihrer Flanke. Und darüber hinaus hatte

Okrhe sich gänzlich verändert.

»Seid ihr des Wahnsinns?«, fragte sie und packte Krixxo, um ihren Rückzug einzuleiten.

»Ihr gegen eine ganze Armee, wie sollte das wohl enden?«

Die Kluft in der Erde war fast zum Bersten voll mit ihren Feinden, die nicht einmal daran dachten, anzuhalten. Die Totlosen konnten sie schon fast überqueren, als die drei Gefährten auf ihrem Rückweg schneller wurden. Okrhes Worte amüsierten Krixxo, war es doch sie gewesen, die allein ins Herz der Armee vorgestoßen war. Er war überglücklich, Okrhe zu sehen und musterte sie, während sie weitersprach.

»Du hast das bis hierhin gut gemacht. Aber wofür rufst du eine Armee zusammen, wenn du sie dann hinter dir lässt?«

Ihre Worte fanden bei Krixxo kein Gehör. Stattdessen starrte er sie weiterhin an und stellte dann die Frage, deren Antwort er fürchtete.

»Was ist passiert?«

Er wusste es bereits. Der große Schild verdeckte es zwar fast gänzlich, aber er konnte es sehen. Okrhe hatte schwarze Streifen auf ihrer Haut. Aber noch viel augenscheinlicher war die neue Farbe ihrer Iris. Hier mischten sich vier Farben, die sich stetig um ihre Pupille bewegten und größer oder kleiner wurden. Da war ein Rot, welches sich wie flüssige Lava bewegte und glühte. Da war ein goldenes Braun, das wie das Fleisch der Erde ruhte, aber langsam atmete. Da war ein Blau und es schlug winzige Wellen, wie das Wasser einer wilden See. Und da war ein helles Gelb, wie man es von grellen Blitzen kannte und welches wie diese immer wider in eine andere Richtung zuckte. Okrhes Antwort fiel dementsprechend kurz aus.

»Die Antwort darauf kennst du bereits.»

»Aber warum jetzt?«

»Das Konzept von Wünschen war mir seit jeher fremd gewesen. Nun hatte es aber diejenigen gegeben, die es mir nahe gebracht haben. Also habe ich meditiert und mir das einzige gewünscht, was mir Hoffnung gab.«

»Und das wäre?«

»Das, was unsere Götter wohl am meisten verärgern würde. Dass sie mir gehorchen müssen.«

Krixxo war überrascht. Eben Schamanen waren von demjenigen gläubigen Schlag, die ihre Götter über alles stellten. Doch wie alle Schamanen lebte Okrhe mit ihren Göttern im Zwiespalt. Sie liebte sie dafür, dass sie ihnen alles gaben und stritt sich gleichzeitig mit ihnen, wenn sie etwas verwehrten. So hatte sie sich lange und intensiv mit ihrem Wunsch auseinandergesetzt. Und jetzt brauchte sie keine magischen Artefakte mehr, um bei ihren Göttern Gehör zu finden.

Sie waren bereits weit gerannt und keiner wollte noch ein weiteres Wort wechseln. Also folgten sie Okrhe einfach, bis sie in Stellung ging. Zwischen den Pfählen vor Jubelstadt fanden sie einen taktisch günstigen Platz. Hinter ihnen war eine Schar Schrecken, die auf ihre Götter vertraute und allem voran Krixxo folgten, der weiterhin die bunte Maske ihres Windgottes Karéole trug. Und vor ihnen rannten Totlose und Kolosse auf sie zu, die dem Einen folgten, der Blut und Verderben brachte.

»Macht euch bereit, der Zusammenstoß wird grässlich«, befahl Okrhe ihren Kameraden, die links und rechts von ihr standen.

»Bringt die Kanonen in Stellung! Ven ven, je shat! Je shat! Schießt und hört nicht auf damit!«, brüllte Krixxo zu den Schrecken in seinem Rücken.

»Bögen und Gewehre nach vorn. Schamanen auf eure Stellung! Je laf, je loré. Schaven ven!«

Und nun begann es. Nun trafen die Streitkräfte in einem heillosen Scharmützel aufeinander.

Die totlosen Sandmaare ließen ihre todbringenden Zauber über sie regnen. Stinkende Nebelgeschosse schlugen in den Reihen der Schrecken ein und erschwerten ihnen das Atmen. Flüssiges Gas flog durch die Luft und übergoss sich über den gequälten Verteidigern. Rauchende Feuersäulen bahnten sich ihren Weg durch das Aufgebot der Lebenden. Die bunte Mischung der Fähigkeiten war unendlich. Aber die Schrecken erwiderten das magische Bombardement mit Bleikugeln und Sprengkörpern oder Pfeilen und Harpunen, während die Schamanen mit dem Wirken von Schutzzaubern rangen. Dann traten die Kolosse aus den Reihen und überholten die schnellende Armee. An ihrer Spitze war Sar, der die mutierten Barbaren munter ins Gemetzel führte.

»Wir die Größten. Wir die Stärksten. Wir alle töten!«

Die Schrecken wichen bereits zurück. Nur Okrhe, Krixxo und Illina blieben mutig vor ihrer Rückendeckung stehen. Pfeile und Kugeln, egal ob klein oder sehr groß, konnten die stürmenden Kolosse nicht bremsen. Also begann Okrhe einen Zauber zu wirken. Sie klopfte mit ihrem Stab auf den Boden, in ihren Augen leuchtete das goldene Braun hell auf und schon lösten sich Erd- und Steinklumpen aus der Ebene und flogen empor.

»Vater, schicke Impulse auf die Gesteinsbrocken«, trug sie Krixxo auf.

Er stellte sich hinter sie und schoss abwechselnd mit der linken und der rechten Hand Druckwellen auf die Steine, die den Kolossen nun schnell entgegen rasten. Die Brocken waren teilweise fast so groß wie die Kolosse selbst und brachten einen nach dem anderen ins Wanken oder ließen sie stürzen. Jetzt konzentrierte Krixxo sich auf Sar, der am weitesten vorgestürmt war. Er durchbrach ein Steingeschoss nach dem anderen und preschte unaufhaltsam voran. Schließlich sprang Sar in die Luft und visierte Okrhe an. Er hob seine mächtige Streitaxt über seinen Kopf, um sie mit einem Schlag zu zertrümmern.

Okrhe kanalisierte in dem Moment ihren Zauber und bemerkte den fliegenden Heerführer nicht. Aber Krixxo war zur Stelle. Er fing Sar in der Luft ab und parierte mit seinem Schwert. Sie wirbelten in der Luft herum und stürzten unsanft zwischen das nahende Heer. Jetzt waren ihre Gegner nah genug. Die ersten Kolosse und hinter ihnen zahlreiche Totlose stießen in den Schutzwall der Schrecken. Illina stand wie angewurzelt da und beobachtete, wie Horden des Bösen an ihr vorbeirannten. Okrhe hob ihren Schild im letzten Moment, um eine riesige Keule abzuwehren, während die anderen Kolosse die Schrecken überrannten.

Der Ansturm hätte nicht schlimmer sein können, raffte sich jetzt auch noch der lebende Sand zusammen, um die Verteidigungslinien der Schrecken zusätzlich zu verwüsten. Das nur wenig kampferfahrene Volk hieb um sich und wehrte sich mit Schießeisen und Bögen, Säbeln und Beilen, Händen und Füßen.

Okrhe schmetterte die Keule des Kolosses mit ihrem Schild zur Seite und attackierte ihn mit ihrem Stab. Kurz bevor ihre Waffe den roten Riesen traf, kanalisierte sie einen Zauber und löste an ihrer Stabspitze eine elektrische Explosion aus. Der Koloss flog mehr als einen Steinwurf weit durch die Luft und landete in den eigenen Reihen. Illina beobachtete die verheerenden Kräfte der Schamanin und schöpfte neuen Mut.

»Auch wenn Dickbauchflügler plötzlich fliegen lernen, der steht nicht mehr auf«, kommentierte sie Okrhe, während sie rasch an ihr vorbei flitzte und sich in einen Unpassangler verwandelte. Okrhe antwortete ihr.

»Er vielleicht nicht. Aber der lebendige Sand und die Totlosen sind weitaus reicher an Zahl und weitgehend unsterblich.«

Illina zerfetzte einige Totlose, die sich so schnell nicht mehr regenerierten, und Okrhe gab ihr mit elektrischen Stößen und kochend heißen Wasserzungen Rückendeckung. Ihre Augen blitzten immer wieder stärker in der Farbe auf, die dem eingesetzten Element entsprach.

Krixxo war inzwischen wieder auf den Beinen und kämpfte sich in den feindlichen Reihen zu seinen Gefährten durch. Er hatte sich eben einen neuen Erzfeind geschaffen, der bereits ohne Rücksicht auf die eigenen Truppen durch die eigenen Reihen trampelte. Sar hatte seine zahlreichen gelben Augen auf Krixxo gerichtet und begrub auf seinem Weg zu ihm einen Totlosen nach dem anderen unter seinen Füßen.

»Auf meinen Stab, rasch!«, befahl Okrhe Illina, als sie ihren Vater ausfindig gemacht hatte. Illina verwandelte sich zurück.

»Welche Schlalange ist dir zwischen die Beine gekrochen?«

»Mach dich klein, los!«

Illina konnte gar nicht anders, als auf die gebieterische Schamanin zu hören. Sie verwandelte sich in den Glühflügler und flog zur Spitze des weißen Stabs.

»Dein Freund hat dir etwas gegeben, benutze es!«

Illina hörte Okrhes Worte, wusste aber nicht sofort, was sie damit meinte. Dann hob Okrhe ihre Waffe und feuerte eine Wasserfontäne auf den weit entfernten

Anführer der Kolosse.

Sar kümmerte der mickrige Wasserstrahl nicht, der aus seiner Flanke auf ihn zuraste. Er hatte Krixxo fast erreicht und prügelte sich weiter durch die eigenen Scharen. In seiner blinden Wut bemerkte er auch nicht, dass die Spitze der Fontäne plötzlich enorm wuchs. Das Wasser glitzerte in der Luft und dazwischen manifestierte sich ein größer werdender Diamant.

»Das ist für Bim!«

Es war ein weiblicher Golem, wie Bim ihn sich seit Urzeiten erträumt hatte. Und schließlich war er es gewesen, der diese Verkörperung ermöglicht hatte. Illina hatte sein Herz erobert. Und nun benutzte sie es. Mit einer enormen Wucht stürzte sie auf Sar herab, der das Unheil nicht einmal kommen sah. Die Druckwelle schleuderte viele Totlose und sogar Krixxo zu Boden, der nur wenige Schritte von dem Geschehen entfernt war. Staub waberte durch die Luft und lichtete sich nur langsam. Derweilen wehrte Okrhe viele feindliche Reihen mit allerhand elementaren Zaubern ab. Und als sich der Staub wieder legte, konnten Okrhe und Krixxo die beiden ebenbürtigen Kontrahenten ausmachen. Illina, der Golem aus Diamant und Sar, der Koloss und Anführer der Barbaren, standen sich gegenüber. Krixxo nutzte nun die Ablenkung und die aufgekommene Staubwolke, um sich mit dem Unpassflügel weiter zu seiner Tochter durchzukämpfen. Sar grinste den funkelnden Golem an.

»Du echter Gegner. Wir Spaß haben.«

Illina war überrascht. Der Koloss war kaum verletzt und in keinster Weise eingeschüchtert – im Gegenteil: Er freute sich auf den Kampf und griff sofort an. Illina wurde überrumpelt und von seiner monströsen Axt erwischt. Doch das Metall zersplitterte einfach an ihrer steinernen Haut. Sar kümmerte es nicht und er griff weiter an. Die beiden Giganten, die gleichermaßen riesenhaft wie muskulös waren, kämpften mit Händen und Füßen gegeneinander und begruben alle um sich herum tief im Dreck. Krixxo hatte mittlerweile Okrhe erreicht und gab ihr Rückendeckung.

»Das war ziemlich nett, aber wir drei können nicht die ganze verdammte Armee abwehren.«

Sie lebten noch, aber das Volk der Schrecken dezimierte sich mit jedem Sandkorn um Hunderte. Sie wurden mit Zaubersalven bombardiert oder von Kolossen und Totlosen zu Brei gehauen. Krixxo entsandt eine Windsense nach der anderen oder ließ den Unpassflügel zerstörerisch durch die Luft kreisen, um die schwarzen Bestien zu vierteln, zu achteln, oder in noch mehr Einzelteile zu zerlegen. Okrhe webte in der Zwischenzeit Verteidigungszauber aus Erde, Wasser, Blitzen oder Feuer. Doch die Elemente konnten sie nicht ewig schützen.

»Es ist wahr«, antwortete Okrhe stark verspätet. »Wenn unsere Vertrauten nicht bald zuschlagen, hätten wir fliehen sollen. Dann wären womöglich einige wenige entkommen.«

Krixxo wehrte mit der Linken gerade einen giftigen Insektenschwarm ab und schlug dem Zauberwirker dann mit dem Unpassflügel den Kopf ab. Okrhes Worte wogen schwer auf ihm. Hatten sie auch die letzte Sippschaft der Schrecken ins Verderben geschickt?

IN DEN SCHATTEN

Die Sonne erreichte ihren Zenit. Es war die heißeste Zeit im Zyklus. Schweiß rann so schnell auf der Haut wie lauwarmes Nass einem Wasserfall entsprang.

Vitaiin war die Hitze zwar gewohnt, dennoch sammelten sich etliche Schweißperlen auf ihrer Stirn. Das hohe Maß an Konzentration, dass sie für ihren Zauber aufbringen musste, ließ ihr Körperwasser wie bei einem zerdrückten Schwamm nach außen treiben. Sie hatte die schwarze Festung erreicht und passierte eben die Schwelle ins feindliche Gebiet – zum Wohnsitz des absolut Bösen, dem ehemaligen König der Golem – Darg Agul.

Weitere Schatten teilten ihren Weg. Es waren Vitaiins Gefährten, verborgen in schwarzen Schleiern, die den Totlosen in Körper und Gestalt zum Verwechseln ähnlich sahen. Sie hatten sich also getarnt. Und Vitaiin hoffte mit jedem Schritt, einen weiteren machen zu können, ohne dass sie entdeckt wurden.

Vitaiin, Krosant, Draggo, Kon und Dabii mussten bereits zuvor mit Bedauern feststellen, dass Darg Agul nicht seine gesamte Armee abgezogen hatte. Hunderttausende – ja, Abertausende waren übrig geblieben und hielten im Inneren der Festung Wache. Und dennoch – trotz des regen Treibens der Totlosen – herrschte eine Totenstille, wie man sie nicht einmal von Friedhöfen kannte.

Die Schattengestalten der Gefährten sammelten sich. Vitaiin kanalisierte weiterhin ihre gemeinsame Aura. Sie bewegten sich mitten durch die Ansammlung von Totlosen. Nun war die Gefahr, entdeckt zu werden, besonders hoch. Krosant blickte zu Dabii, Dabii blickte zu Vitaiin,

Vitaiin zu Draggo und Draggo zu Kon. Sie behielten sich gegenseitig im Auge. Langsam aber sicher näherten sie sich der inneren Festungsanlage und endlich auch dem mittleren Turm, wo sie den Aufenthalt des dunklen Herrschers vermuteten. Es fühlte sich zu einfach an. Irgendetwas stimmte nicht. Darg Agul mochte zwar seine Krieger im Westen verfolgen, dennoch hätte er die Blender in seinen eigenen Reihen früher bemerken müssen. Vor allem, wenn er zuvor von Lorreän gewarnt worden war. Vitaiin sah sich misstrauisch um. Keiner der Totlosen kümmerte der Spaziergang durch ihre Mitte. Nichtsdestotrotz mussten sie weitergehen, witterten sie auch bereits den bitteren Geruch einer Falle.

Sie traten dem dunklen Schlund des Turms entgegen. Vitaiins Herz wog schwer, in Anbetracht ihrer alten Heimat und dem, was Darg Agul aus ihr gemacht hatte. Sie fasste ihren ganzen Mut und Zorn zusammen und führte ihre Kameraden in den großen Turm. Die Sandmaarin merkte allerdings nicht, dass die trostlosen Augen der Totlosen sie bereits erfasst hatten. Schließlich setzte sich das ganze Heer wie ein einziger Organismus in Bewegung. Die Totlosen trieben gesammelt auf die Gefährten zu. Von einem Sandkorn zum nächsten waren sie von totlosen Schrecken, Sandmaaren und Barbaren umzingelt, die nach totem Fleisch gierend ihre Hände nach ihnen reckten.

Draggo schwang sofort seine Walrippe und zertrümmerte die ersten Totlosen, die auf sie zurannten. Dabii blieb in ihrer Mitte in Deckung und die anderen drei kämpften sich ebenfalls mühevoll ihren Weg frei. Die totlosen Massen erschwerten ihr Vorankommen zunehmend, obwohl der Eingang des Turms nur noch den Bruchteil eines Steinwurfs entfernt lag. Vitaiin musste ihre Kräfte erneut einsetzen. Sie hielt ihren Bogen in der linken Hand zur Seite und entsandt mit der rechten einen Sturm aus schwarzen Klingen. Die manifestierten Schatten schlugen eine Schneise, durch die sie alle zum Turm gelangten. Draggo bildete die Nachhut. Er gab ihnen so lange Rückendeckung, bis er vom Rest der Gruppe abgeschnitten wurde. Vitaiin warf einen Blick zurück, während Kon und Krosanť um sich schlugen. Dann sahen sich alle um.

»Draggo!«

Vitaiin brüllte so laut sie konnte, während sich die Totlosen auf ihren Versprochenen stürzten. Er blickte tapfer zu ihr, wandte seinen Blick aber rasch wieder ab. Sein Hammer zerschmetterte im glorreichen letzten Gefecht einen Feind nach dem anderen, bis sie ihn schließlich überrannten.

Vitaiin ballte ihre Fäuste. Sie packte Kon und Dabii und lief Krosanť hinterher, der sich an ihre Spitze gekämpft und den Eingang des Turms bereits erreicht hatte. Die Totlosen schoben und drückten und quetschten sich zu ihnen in dem Turm. Krosanť hielt sie am Eingang zurück. Er erschoss einen nach dem anderen mit seinen schwarz ummantelten Pistolen. Vitaiin hatte ihren Zauber noch nicht aufgehoben. Endlich erreichten sie den großen Treppenaufgang zum prophezeiten Thron und ihrem Ende.

Doch etwas regte sich in dem dunklen Gemäuer. Es waren noch mehr Totlose, die sie bereits erwarteten und die Treppen hinunterstürzten.

»Wir sind umzingelt«, flüsterte Vitaiin.

Von beiden Seiten fielen die Massen über sie her. Ihnen blieb weiterhin nur ein Weg – der Weg zur Spitze. Gemeinsam erklommen sie Stufe für Stufe, in dem sie die Scharen der Totlosen ausdünnten. Jetzt flogen die ersten Angriffszauber auf sie zu und zerschellten knapp neben ihnen an den Wänden. Es waren elementare Geschosse, betörende Gifte oder spektrale Gebilde, die sie zu vernichten versuchten. Plötzlich sprang ein Totloser mit klingenähnlichen Gliedmaßen auf sie zu. Vitaiin sah ihn im Augenwinkel, wehrte aber bereits den nächsten Zauber hinter sich ab. Kon warf sich heldenhaft vor sie. Er fing den Angriff ab, zahlte dafür aber einen hohen Preis. Krosant und Dabii konnten im letzten Moment zur Seite springen, bevor Kon niedergerissen wurde und mit Klingen in der Brust die Treppen hinunterfiel.

Vitaiin griff eben noch nach seiner Hand, war aber zu langsam. Ihr nächster Gefährte wurde unter den Horden der Totlosen begraben.

»Bleibt zusammen!«, rief Vitaiin.

Sie setzten den unerbittlichen Kampf Richtung Turmspitze fort. Und mit letzten Kräften erreichten sie ihr Ziel. Geisterhafte, schwarz verzierte Tore bitteten sie herein und boten ihnen die Möglichkeit, die totlosen Scharen endlich hinter sich zu lassen. Die steinernen Tore fielen hinter ihnen in die schweren Angeln. Die Erschütterung hallte durch den gesamten Turm. Und als sie langsam verstummt war, wurde es still. Ein schauderhaftes Gefühl legte sich auf ihre Haut. Sie hatten den Thronsaal erreicht.

»Ha, haha. Rasch ral var. Var agar resch.«

Hinter ihnen ertönte eine tiefe Stimme. Sie klang amüsiert und gleichzeitig düster. Dabii, Krosant und Vitaiin drehten sich rasch um. Sie waren als einzige übrig geblieben. Und vor ihnen machte es sich Darg Agul auf seinem Thron mächtig bequem. Er bemühte sich nicht einmal, aufzustehen. Stattdessen blickte der schwarze Golem sie belustigt an.

»Ihr Kümmerlichen! Ich vergaß, ihr seid der gemeinen Sprache nicht mächtig. Ich habe mich schon darauf gefreut, diejenigen von euch hier zu empfangen, die nicht ganz so jämmerlich schwach sind wie der Rest von euch. Aber so sagt mir doch, was gedenkt ihr, elendiger kleiner Haufen von Fleischlingen, gegen mich, den Herrscher und König über alles und jeden, aufbringen zu können?«

Darg Agul öffnete seine Arme in einer prunkvollen Geste. Zum Fuße seines Throns standen zwei totlose Sandmaare – unscheinbar, von schwarzem Onyx umschlossen und regungslos.

»Lorreän ...«, stellte Vitaiin leise fest.

Darg Agul missfiel es offensichtlich, nicht ihre volle Aufmerksamkeit errungen zu haben.

»Rok da rak!«, ertönte der kurze Befehl aus dem gigantischen Maul aus Stein.

Der Totlose zu seiner Rechten, Grillin der Junge, Formte einen Pestzauber und schleuderte ihn sofort auf Darg Aguls Gäste. Ohne jede Möglichkeit zu reagieren, wurde Dabii von dem grünen Geschoss getroffen.

»Nein!«, schrie Vitaiin voller Verzweiflung und sah dabei zu, wie ihre kleine Gefährtin fort geschleudert wurde und liegen blieb. Krosanť verlor als erstes die Kontrolle. Wie ein schießwütiger Dickbauchflieger rannte er auf Darg Agul zu. Doch die schwarzen Kugeln prallten einfach nur an der steinernen Haut ab. Der Golem war verärgert. Kurz bevor Krosanť ihn erreicht hatte, stand er auf, hob eine Faust und schlug zu. Krosanť wurde durch die Wucht der steinernen Hand zermatscht. Daraufhin setzte sich Darg Agul wieder gemächlich auf seinen Thron.

»Du Monster!«

Zornentbrannt blickte Vitaiin Darg Agul ins Gesicht. Sie legte ihren Schattenmantel ab und zeigte ihr wahres Gesicht. Es war an der Zeit, das zu tun, wofür sie gekommen war. Aber jetzt war sie auf sich allein gestellt. Trotzdem ballte sie ihre Fäuste und trat dem dunklen Herrscher entgegen. Währenddessen reichte Darg Agul nur eine kleine Geste mit den kantigen Fingern und Lorreän stellte sich Vitaiin in den Weg. Die beiden Schwestern waren bereit, bis zum Äußersten zu gehen. Vitaiin sprach ihre verlorene Schwester direkt an.

»Es ist an der Zeit, es ein für allemal zu beenden.«

Sie schnallte den Bogen auf ihren Rücken und griff nach dem Piratensäbel aus Glasheim, der bereits mehr Blut gesehen hatte als ihm anzusehen war.

»Komm schon.«

Vitaiin forderte ihre Schwester heraus. Darg Agul ließ ein gemeines Grinsen auf ihrem versteinerten Gesicht erscheinen. Und schon verschwand Lorreän in den Schatten. Das Duell der Schattenschwestern hatte begonnen.

DIE SCHLINGE ZIEHT SICH ZU

»Lé Valeť! Lé Valeť!«

Krixxo rief den Schrecken zu, die an Kampfgeist und an Zahl gleichermaßen verloren hatten. Jetzt zogen sich die Verteidiger zurück. Ein jeder suchte das Gebäude auf, das ihm am nächsten war, um hurtig darin zu verschwinden. Es dauerte nicht lang, und jede Schrecke hatte sich verschanzt, während die Totlosen bereits an den Wänden kratzten und die Kolosse darauf einprügelten.

»Ves, ves!«, rief ihnen Krixxo von der Stadtgrenze aus zu.

Die Schrecken wussten, was sie zu tun hatten. Sie öffneten die Fenster in allen Etagen und linsten aus den krummen Häusern heraus. Anschließend ließen sie Steine, Pfeile, Bomben, Gewehr- und Kanonenkugeln auf ihre Feinde regnen. Die Vergeltung war dem sonst so harmlosen Volk geglückt. Doch die Totlosen und die Kolosse kämpften unerbittlich. Man konnte ihnen kaum schaden. Die Kolosse waren zu zäh und die Totlosen rappelten sich immer wieder auf. Ein klappriges Haus nach dem nächsten wurde attackiert und samt den Schrecken zu Fall gebracht.

Illina trug einmal selbst dazu bei, indem sie gegen eines der Häuser geschleudert wurde und es in sich zusammenfiel. Ihre Haut aus Diamant schützte sie weiterhin. Doch Sar kämpfte wie ein tollwütiges Tier. Der Koloss und Heerführer spuckte in die Hände und stampfte auf Illina zu. Sie prügelten sich nun quer durch die Stadt. Viele Gebäude gerieten bei dem Kampf der Riesen ins Wanken oder stürzten direkt ein. Als Illina das Ausmaß ihres Duells vernahm, verwandelte sie sich rasch in einen

Springfuchs und schlich sich davon. Als Sar seine Worte an die Armee richtete, merkte sie sofort, dass sie einen Fehler begangen hatte.

»Ihr Großen, ihr hauen Häuschen klein!«

Sar rannte durch die Gassen von Jubelstadt und trommelte die Kolosse zusammen.

»Du mit mir kommen. Du kommen mit. Du mit mir kommen.«

Dann konzentrierten sie ihre Kraft auf vereinzelte Häuser und schlugen sie klein.

»Ihr Kleinen, ihr tötet diese drei da.«

Sar deutete auf Illina, Krixxo und Okrhe, die nun zusammen vor den Barrikaden standen. Schließlich bebte die Erde von Neuem und die Armee der Totlosen trieb auf sie zu.

»Was jetzt?«, fragte Illina.

»Jetzt stecken wir ganz tief in Wyrmdung«, erwiderte Krixxo und fuhr fort.

»Uns gehen die Strategien aus.«

Er hob den Unpassflügel abwehrend vor sich. Okrhe mischte sich ein.

»Dein Schwert, reich es mir!«

»Was, wieso?«

Krixxo umklammerte das Rubinschwert, als wäre es sein eigen Fleisch und Blut.

»Jetzt gib es mir schon. Vertraust du deiner Tochter nicht?«

Zögerlich bot er sein Schwert an und Okrhe riss es seiner Umklammerung.

»La vi, vi brag.«

Okrhe murmelte einen Zauberspruch und hielt die Klinge flach auf ihren Händen. Plötzlich brach die untere der beiden äußeren Zacken ab. Okrhe hielt sie entschlossen fest, während Krixxo sie entgeistert anstarrte.

»Drehst du jetzt vollkommen durch? Warum machst du mein Schwert kaputt?«

Okrhe antwortete nicht. Es war verblüffend, dass sie den Rubin überhaupt brechen konnte.

»Beschützt mich«, war ihr nächster, knapper Befehl.

Krixxo nahm grimmig sein Schwert entgegen. Es blieb keine Zeit, lange zornig zu sein. Die Totlosen griffen an.

Krixxo errichtete sofort einen Windschild und hielt den Ansturm auf, während sich Illina in den Diamantgolem verwandelte und die Totlosen vor sich zerquetschte. Erneut flogen gefährliche Zauber der totlosen Sandmaare auf sie zu. Krixxo warf einen Schwarm Schwarzgelbflattern auf die Angreifer zurück und wehrte sich im nächsten Augenblick gegen lebendig gewordenen Schleim. Illina hatte derweil mit Feuerpeitschen und Wassersensen zu kämpfen, welche die ein oder andere Kerbe in ihrer vermeintlich unzerstörbaren Haut hinterließen. Schon kamen die schwarzen Schrecken in ihre Reichweite und hackten mit ihren Waffen auf sie ein. Und für jeden Gefallenen aus Jubelstadt wuchs ihre Zahl.

Während Krixxo und Illina hin und her sprangen und um ihr Leben kämpften, murmelte Okrhe in ihrer Mitte weiterhin diverse Zaubersprüche. Einen davon wiederholte sie sehr oft.

»Lavin, vi, gul, lem.«

Sie konzentrierte sich auf einen kleinen Erdhügel vor sich, wo sie zuvor die Zacke aus Rubin vergraben hatte. Meditierend hielt sie ihre Hände darüber, um etwas zu beschwören. Krixxo und Illina mussten bis zum Äußersten gehen. Krixxo beschwor einen Windzauber nach dem anderen, während Illina immer öfter ihre Gestalt wechselte. Sie konnten den anstürmenden Massen aber nicht genug entgegenwirken. Der Kreis der Gegner schloss sich immer enger um sie, wie sich eine Schlinge am Galgen um einen Hals zog.

»Wir könnten hier etwas Hilfe gebrauchen«, beschwerte sich Krixxo bei seiner abwesenden Tochter.

Doch Okrhe machte keine Anstalten, ihnen beizustehen. Stattdessen wurde sie immer lauter. Und schließlich traten die ersten Totlosen in den Kreis.

Krixxo zerriss die vordersten Angreifer eben mit entgegengesetzten Winden, da rannte Okrhe plötzlich an ihm vorbei und schoss Lava aus ihrem Stab.

»Sprich mit ihm«, trug sie Krixxo beim Vorbeigehen auf.

»Mit wem? Was?«

Krixxo blickte hinter sich, während Okrhe mit ihren elementaren Zaubern einen Kreis um sie herum freikämpfte. Sie schwemmte ein ganzes Dutzend Feinde mit flüssigem Lehm fort und warf dann viele weitere mit einem Käfig aus Blitzen zurück. Aber auch sie hatte mit der Übermacht zu kämpfen. Eine totlose Schrecke hatte es geschafft, sich hinter sie zu pirschen und hob gerade vier Säbel zum Angriff, da verbiss sich der Unpassangler in ihrem Leib und zerfetzte sie in der Luft.

»Benutze deine Golemform, jetzt!«, forderte Okrhe Illina auf.

Sie gehorchte und verwandelte sich sofort. Krixxo blickte weiterhin gebannt auf die Stelle, wo Okrhe gerade noch ein Teil seines Schwertes vergraben hatte. Die Erde regte sich! Etwas grub sich aus den Gedärmen des Untergrunds. Und auf einmal durchschlug eine rote Hand die Erdkruste. Ein riesiger Körper schaufelte sich seinen Weg aus dem Boden frei. Es war ein Golem. Seine rubinfarbene Haut glänzte im Licht der Sonne. Mürrisch richtete er sich in ihrem Kreis auf, der noch von Okrhes naturgewaltigen Zaubern geschützt wurde. Der Golem wandte sich erzürnt an sein männliches Gegenüber.

»Nagar lar resch?«, brüllte er.

Dann erkannte er Krixxo und den Unpassflügel.

»Wer wagt es, mich zu rufen?«

TANZ DER SCHATTEN

Lorreän ließ ihrer Schwester keine Zeit zu reagieren. Sie griff ohne zu zögern mit ihren Dolchen an. Wie die Klingen auf Vitaiins Kehle zurasten, merkte sie sogleich, dass ihre Schwester für immer fort war. Sie hatte lang dafür gebraucht, doch jetzt war es ihr klar. Es konnte nur noch eine von ihnen geben. Eine der Schattenschwestern musste nun ihr Ende finden.

Vitaiin konnte nicht jeden Dolch mit ihrem Säbel parieren und erlitt tiefe Schnitte, die sich immer zahlreicher auf ihrem Körper ausbreiteten. Als sich Lorreän ein weiteres Mal in den Schatten versteckte, reagierte Vitaiin sofort. Sie ließ den Schatten in die Luft steigen und versuchte erneut, ihre Schwester in ein finsteres Gefängnis zu sperren. Doch ohne jede Schwierigkeit befreite sich Lorreän aus dem schwarzen Kokon. Ein dunkler Fleck löste sich von dem Schatten und manifestierte sich. Lorreän verwandelte sich in der Luft zurück und raste mit ihren Dolchen auf Vitaiin zu. Es war also alles wahr gewesen. Lorreän konnte kein Gefängnis mehr binden, ihre Kräfte waren ins Unermessliche gestiegen.

Vitaiin schlug im letzten Moment mit ihrem Säbel zu. Lorreän verschwand aber erneut und blieb im Dunkel des Turms verschwunden. Vitaiin sah sich nervös um. Sie verbannte die Schatten und sammelte sie weit von sich entfernt auf einer Stelle. Aber ihr Zauber zeigte keine Wirkung mehr. Anstatt kleiner zu werden, wuchs der Schatten wieder und verbreitete sich an den Wänden. In Form von schwarzen Flammen wurde Vitaiin von Dunkelheit umringt. Sie konnte nicht glauben, wozu ihre

Schwester mittlerweile imstande war. Sie konnte nun sogar Gestalten nachahmen und ihr Schattenversteck ausweiten. Vitaiin warf Darg Agul einen verzweifelten Blick zu, der sorglos auf seinem Thron saß und sich unterhalten ließ. Er war an alledem schuld! Am Tod der Ihren, am Tod von nahezu allen. Vitaiin lief erneut auf den dunklen Herrscher zu. Aber wieder hielt Lorreän sie auf. Eine Klinge bohrte sich in Vitaiins Fuß. Sie ging in die Knie und hieb mit dem Säbel nach den Schatten um sich herum – ohne Erfolg. Die Schattenflammen an den Wänden wurden immer größer und beängstigender. Es konnte kein Zufall sein, dass ihre verfluchte Schwester Bilder projizierte, vor denen sie ihr halbes Leben lang weggelaufen waren. Und nun verwendete sie Lorreän gegen sie.

»Genug!«, schrie Vitaiin.

Entschlossen stellte sie sich den schwarzen Flammen. Sie hatte keine Angst mehr vor dem Feuer aus ihrer Vergangenheit. Und wie damals wehrte sie sich gegen das Unheil aus ihrer Familie – wie damals wehrte sie sich, um ihre Schwester zu befreien.

Vitaiin steckte ihren Säbel an den Gurt. Sie ließ ihre Hände durch die Luft tanzen. So verband sie die Schatten zu einem einzigen Körper und tauchte alles in totale Finsternis. Sie formte die Schatten zu einer kleinen Kuppel und schloss sich darunter ein. Darg Agul war seiner Sicht auf das Geschehen beraubt. Er konnte nicht mehr erkennen, was hinter den Schatten vor sich ging, auch nicht durch die Augen seiner Marionette. Lorreän war ihrer Schwester nun ganz nah und lauerte in den Schatten um sie herum auf den richtigen Augenblick. Darg Agul ließ sie die Schatten verlassen und in der Kuppel wild um sich schlagen. Vitaiin konnte den wirbelnden Klingen nicht entkommen, auch wenn sie blind in der Dunkelheit geführt wurden. Doch dann verlor Darg Agul die verdorbene Schattenschwester plötzlich. Sie war fort. Gebannt blickte er in das Schwarz des Schattenrunds vor sich. Der Schleier ebnete sich langsam und ließ die Schatten wieder frei. Dahinter lag Lorreän, die in die Arme ihrer Schwester gesunken war. Ihr fehlten Arme, Beine und Kopf. Die Gliedmaßen lagen verteilt um Vitaiin herum. Diese umschloss den leblosen Leib und weinte. Sie hatte gesiegt. Doch es fühlte sich nicht danach an, hatte sie zuletzt sogar ihre eigenen Schatten dazu benutzt, ihre Schwester zu zerstückeln. Darg Agul lachte.

»Ha, haha. Lasch gar rasch. Var resch. Du hast eben einen von Abertausenden bezwungen. Und nun? Möchtest du mich mit deiner Klinge kitzeln oder mir mit deinen Schattentricks etwas vorführen? Ihr kleinen Leute amüsiert mich.«

Darg Agul würde ihre Angriffe einfach aussitzen. Er hatte keinen Grund, auch nur einen Finger zu rühren. Aber Vitaiin hob ihren Kopf und erwiderte sein selbstgefälliges Lächeln.

»Das hier tut mir sehr leid. Doch es ging um meine Schwester. Was als nächstes kommt, wird mir mehr gefallen als dir.«

Darg Agul war überrascht. Sein verwirrter Blick belustigte Vitaiin. Sie stand auf und nahm Anlauf. Als nächstes beobachtete Darg Agul, wie sie ohne zu zögern aus dem Turmfenster sprang. Erst jetzt lösten sich die Schatten um ihre gefallenen Gefährten auf. Darunter verbargen sich in keinster Weise Leichen. Es waren verschiedenfarbige Reagenzien, die nun in Windeseile miteinander reagierten.

»Rasch naga!«

Der letzte Fluch des Golems hallte noch durch den Turm, als dieser in einem großen Feuerwerk explodierte.

Vitaiin spürte die Hitze der Explosion in ihrem Rücken. Die Druckwelle schleuderte sie weit durch die Luft, wo eine Gestalt aus Licht sie abfing. Es war ein leuchtender Greifenflieger, der auf sie gewartet hatte und sie mit langen Krallen packte. Jetzt explodierte auch die Mitte des Turms und kurz darauf der Sockel, wo Vitaiin die anderen Schattenwesen zurückgelassen hatte. Schwarze Onyxsplitter flogen durch die Luft und regneten auf den Greifenflieger aus Licht hernieder. Sie entkamen dem Sprengradius nur knapp und landeten im äußeren Ring der Festung.

»Oh, ech wesste, dass de Pheolen von Bem za etwas get sen werden!«

Krosanť rieb sich lachend alle vier Hände. Hier standen sie alle und erwarteten ihre Gefährtin: der Pirat, Kon, Draggo und Dabii, die ebenfalls glücklich applaudierte.

Draggo löste seine majestätische Lichtgestalt auf und umarmte Vitaiin erleichtert.

»Das war ein ganz fürchterlicher Plan. Ich werde dich so etwas nie wieder alleine machen lassen.«

Vitaiin entgegnete nichts und sah ihm einfach nur zufrieden in die gelb leuchtenden Augen.

»Wir geschafft! Wir geschafft!«, jubelte Kon hinter ihnen.

Sie genossen den Moment. Doch der Siegestaumel war nur von kurzer Dauer. Draggo musterte die Umgebung.

»Etwas stimmt nicht.«

Die ganze Gruppe verstummte abrupt und lauschte der Stille.

»Es ist noch alles da. Die Häuser, der Boden, der Sand!«

Er hatte recht. Sie hatten den Fluch des Sandes nicht gebrochen. Plötzlich bebte der Boden unter ihnen. Etwas Schreckliches erhob sich in der Ferne. Und dazu erklangen

Rufe, laut und entsetzlich wie das Gebrüll eines Gottes.

»Hasch raga nagar! Hasch raga nagar!«

Darg Agul war unversehrt – und schlimmer noch. Er bäumte sich zu seiner vollen Unermesslichkeit auf, wurde größer und größer, bis er den höchsten der beiden übrigen Türme übertraf. Der Golem visierte die Gefährten wutentbrannt an. Krosant' sprach aus, was alle dachten.

»Aber vellecht ...« Darg Agul brüllte erneut. »Vellecht haben wer ehn ach nar wetend gemacht.«

Sie stellten sich in einer Reihe auf. Ängstlich packte Dabii Vitaiins Hand. Und wieder erzitterte der Grund, während Darg Agul nach Blut lechzend auf sie zu marschierte.

TRAUERSPIEL

»Du?«, fragte Krixxo nur knapp.

Sie blickten sich verdutzt an. Raga Rodgrimm, der König der Golem, stand in voller Pracht vor ihm. Krixxo blickte kurz zu Okrhe, die eben todbringende Netze aus Feuer formte. Dann sah er wieder zu dem Golem. Dieser wartete ungeduldig auf eine Antwort.

»Ähm. Hier sterben gerade alle. Wäre der König der Golem vielleicht so gnädig ...«

Krixxo deutete auf die Schlacht und dachte, sein Anliegen wäre eindeutig genug. Aber Raga Rodgrimm starrte ihn immer noch stumm an. Also beendete er seinen Satz.

»... uns zu helfen?«

Der Golem rührte sich noch immer nicht, obwohl sich um ihn herum ein Schauspiel von Tod und Verzweiflung darbot.

»Nein«, lautete schließlich seine mürrische Antwort.

Dann setzte er sich auf den Boden und verharrte dort. Er wusste ganz genau, wer vor ihm stand, auch wenn der Windbändiger eine Maske trug. Das Schwert und die markante Stimme waren unverwechselbar. Krixxo schlug bereits die ersten Totlosen zurück, während Raga Rodgrimm die Angriffe mit Zaubern und stumpfen Waffen einfach über sich ergehen ließ. Krixxo fasste plötzlich seine Gefährtin, den Golem aus Diamant, ins Auge. Er hatte eine Idee.

»Hast du sie nicht gesehen? Der Golem der an unserer Seite kämpft? Ihr habt genau eine Göttin. Und dort ist sie. Willst du ihr nicht folgen?«

Was bei den Schrecken funktioniert hatte, sollte bei

einem gleichermaßen religiösen Volk wie den Golem auch funktionieren, dachte sich Krixxo.

»Nein«, lautete die nächste Antwort des Königs, die fast vom Kampfeslärm verschluckt wurde.

Krixxo blieb entrüstet vor dem Golem stehen. Raga Rodgrimm gab sich gar nicht erst die Mühe, Krixxo seine Antwort zu erklären. Aber tatsächlich war der König nicht so leicht zu täuschen. Er fiel nicht auf denselben Trick herein, den er durch die Vibration der Erde nicht zum ersten Mal vernommen hatte.

»Du Schlappwurf!«, schimpfte Krixxo und stürzte sich dann wieder in die Schlacht zu seiner Tochter und Illina.

Okrhe sah ihn fragend an. Krixxo schüttelte den Kopf, während er den Unpassflügel in einem Totlosen versenkte. Illina zerstampfte weiterhin viele dunkle Kreaturen in ihrer Golemgestalt. Doch sie waren lange nicht mehr Herr der Lage. Okrhe sprach einen weiteren Zauber aus.

»Le, vi, fach.«

Levitierende Lavablasen bildeten sich in der Luft. Krixxo verteilte sie mit kreisenden Winden zwischen ihren Feinden. Es waren jedoch zu viele. Krixxo wurde von einer Schrecke mit vier Säbeln attackiert und schwer verwundet. Ihm wurden diverse Schnitte zugeführt, aus denen reichlich Blut tropfte. Nach einem weiteren Schlag von einer zweiten Schrecke wurde er in die Knie gezwungen. Illina holte geschwind mit ihrem gigantischen Fuß aus und trat nach den totlosen Schrecken, kurz bevor sie ihre Klingen noch einmal in Krixxos Fleisch versenken konnte. Sie flogen viele Schritte weit durch die Luft. Dann wurde Okrhe erwischt. Ein goldener Blitz traf sie in ihre Flanke und verwandelte ihr linkes Bein in Gold. Von dem Zauber gebremst, erwischte sie ein Beil, welches sich tief in ihre Schulter grub. Krixxo schleuderte die Schrecke schnell mit einem Windstoß in die eigenen Reihen zurück.

Okrhe zog das Beil aus ihrer Schulter und rammte es dem nächsten Totlosen in den Schritt. Illina verwandelte sich zurück und stellte sich neben Okrhe. Sie hatte einen Einfall.

»Kannst du auch eine Flut beschwören? Ginge das?«

Okrhe nickte.

»Wa, lo, fla.«

Vor ihr bildete sich eine Wand aus Wasser. Illina lächelte.

»Einen Trick habe ich noch«, kündigte die Sandmaarin an.

Dann sprang sie in die Flut, die sich alsbald über ihren Gegnern ergoss. Das Wasser trieb die Totlosen nur spärlich zurück. Aber das, was sich darin befand, machte Dutzenden den Garaus. Illina hatte sich in einen Seeräuber verwandelt – ein langer, dicker Fisch mit scharfen Zähnen und glühenden Flossen. Sie zerriss ihre Feinde, während sie vom Wasser geschützt durch die gegnerischen Reihen schwamm.

Während die Gefährten und Schrecken tapfer standhielten, merkte keiner, dass Sar sich Krixxo und seinen Freunden näherte. Obwohl er riesig war, konnte er sich im Getümmel der Schlacht unauffällig heranschleichen. Er fiel den Gefährten ohne zu zögern in den Rücken. Mit seiner neuen Waffe – einem großen Stück Wand aus einem der Schreckenhäuser – hieb er nach Krixxo.

Okrhe warf sich schützend vor ihn und parierte mit ihrem Schild. Doch er wurde durch die Wucht des Schlages fortgeschleudert und ihre Armknochen zersplitterten. Schon wieder raste Sars provisorische Waffe auf sie nieder. Dieses Mal parierte Okrhe mit einem Erdzauber und ihrem Stab, der jedoch ebenfalls mehrere Schritt weit weggeschleudert wurde. Krixxo versuchte, sie eben noch mit einem Windstoß aus der Gefahrenzone zu bringen. Im selben Moment webte Okrhe einen Zauber, um sich vor den gewaltigen Angriffen zu schützen. Doch sie waren beide zu langsam. Sar packte die verletzte Schamanin und öffnete sein widerwärtiges Maul. Er biss herzhaft zu. Als nächstes hielt er Okrhes schlaffen und kopflosen Körper in den Händen. Er zerkaute den Schädel und schluckte den Kopf herunter. Den toten Leib warf der Koloss achtlos zur Seite.

Krixxo konnte seinen Augen nicht trauen. Sein Blut gefror, seine Beine schlugen wurzeln. Die Zeit verlangsamte sich. Illina brüllte plötzlich, verwandelte sich in den Golem und riss Sar von den Beinen. Wieder schlugen die Giganten aufeinander ein. Krixxo war wie in Trance und schlenderte langsam über das Feld bis zur Leiche seiner Tochter. Er sackte zu Boden, griff nach dem toten Leib. Die Luft um ihn herum knisterte. Es fühlte sich an wie die buchstäbliche Ruhe vor dem Sturm. Der Sandmaar warf seine Maske zur Seite und schrie. Er schrie so laut er konnte, sodass ihn alle weit und breit hören konnten. Dann weinte er.

»Meine Tochter! Nicht meine Tochter!«

Er erlangte Raga Rodgrimms Aufmerksamkeit. Der Golem saß weiterhin auf der Erde und beobachtete das Geschehen. Krixxo bebte vor Wut. Seine Gliedmaßen zitterten, seine Augen zuckten. Nur sehr langsam ließ er den toten Körper seiner Tochter sinken und stand wieder auf. Der erste totlose Sandmaar, der ihn mit Feuerdolchen attackierte, bekam seinen gewaltigen Zorn zu spüren. Krixxo streckte nur eine Hand aus, füllte die Lungen seines Gegners mit Luft und zerschmetterte ihn dann von innen. Schwarzes Gestein wirbelte nach der Explosion durch die Luft. Jetzt waren die Widersacher dran. Entsetzliche Wut war in Krixxos Gesicht gemeißelt. Ebenso zielgerichtet wie willkürlich schritt Krixxo voran. Beiläufig zerhackte er den einen oder anderen Angreifer mit seinem Schwert. Währenddessen zog ein unruhiger Wind auf. Wolken rafften sich zusammen. Die Eingeweide des Himmels spuckten ein tiefes Grummeln aus. Schließlich steckte Krixxo sein Schwert in den Gurt und kreiste langsam mit den Händen. Seine Haare wehten in alle Richtungen, seine Ausrüstung wankte, nur sein Gesicht blieb steinern und rührte sich nicht.

Der Wind wurde so stark, dass selbst er sich kaum noch halten konnte. Ein Wirbelsturm manifestierte sich vor ihm. Er wuchs und wuchs. Er wuchs immer weiter, bis er selbst die extrem hohen Häuser der Schrecken übertrumpfte. Es war ein Sturm, ein gigantischer, von Wolken umrankter Wirbelsturm, wie er nur der tiefsten Trauer eines Sandmaares entsprießen konnte. Krixxo hob ab und schwebte jetzt in der Luft, während er den zerstörerischen Tornado lenkte. Er sog jeden Totlosen in Sichtweite und sogar die weit entfernten Sandwesen ein, schleuderte sie viele Steinwürfe weit durch die Luft oder rieb ihre Körper aneinander und zermahlte sie zu Staub.

Sar und Illina hatten ihren Kampf unterbrochen und hielten sich mit aller Kraft am Boden fest. Raga Rodgrimm hatte sich auf die Beine bemüht und dachte nach. Sein Vater selbst hatte sich zu seiner Zeit geopfert, damit er leben konnte. Er hatte seine Seele für ihn verkauft. Und jetzt nahm er anderen Vätern ihre Töchter, Müttern ihre Söhne und Brüdern ihre Schwestern. Es war genug!

Raga Rodgrimm klopfte viermal mit der Faust auf den Boden. Das genügte. Es waren nicht einmal starke Schläge gewesen. Vier zarte Hiebe. Und sein Volk hatte den Befehl vernommen. Sar bekam es das erste Mal mit der Angst zu tun. Der Boden um sie herum fiel in sich zusammen. Scharen von Erdlöchern taten sich auf. Geysire aus Dreck, Staub und Gras stiegen empor. Und dann gruben sich riesige Hände aus der Erde. Die Unterweltler traten an die Oberwelt und stießen an die Seite ihres Königs. Die Heerschar der Golem zog in den Krieg.

Für Sar war es nur ein kurzer Moment der Angst. Er schüttelte sich einmal und grinste dann wieder.

»Darg Agul davor Angst gehabt. Aber ich sehen nur kleine Felsen. Kleine Felsen wir kaputt machen vor dem ersten Essen.«

Der Koloss sprach zu sich selbst und bewegte sich langsam auf die Golem zu. Er löste ein Horn von einem Gurt an der Hüfte und blies hinein. Der dumpfe Klang verbreitete sich weiter über die Ebenen hinweg und suchte sich den Weg durch die Stadt der Schrecken. Die übrigen Kolosse stellten ihr zerstörerisches Vorhaben ein und brachen sofort mit weiten Schritten zu ihrem Anführer auf. Schließlich setzten sich auch die Golem in Bewegung. Die beiden Heerscharen von Riesen rannten aufeinander zu. Zwischen ihnen erwarteten Illina, Krixxo und einige zähe Totlose den Aufprall. Die Begegnung war hart und brutal. Sar nahm sich sofort den König vor und sie stießen Gesicht an Gesicht aneinander. Sar freute sich.

»Wir als größte Kämpfer besungen werden. Weit und breit und überhaupt.«

»Was stimmt nicht mit dir?«, fragte ihn Raga Rodgrimm, der ihn zurückdrückte und in die andere Richtung schob.

»Ihr seid nur Haut und Knochen. Wir werden euch zermalmen!«

»Ha!«, lachte Sar und hielt plötzlich inne.

»Das hier nur erste Welle war. Sie da kommen.«

Der Golem blickte langsam hinter sich. Der gesamte Horizont war schwarz. Und vor der nahenden Armee wurden hässliche Hunde von Kolossen herangetrieben – mutierte Sonnenhunde, die den Kolossen an Größe und Blutdurst weit überlegen waren. Die Vorhut hatte sie fast ausgemerzt, ihr Untergang folgte auf unzähligen Beinen.

WIE VIELBEINER EINEM GIGANTEN UNTERLIEGEN

»Ihr Schleimkriecher. Ihr elendigen Haarfüßler. Ihr lästigen Kotreste zwischen meinen Zähnen. Rasch rel. Rasch lar. Ich werde euch zerquetschen!«

Darg Agul trampelte durch die ehemalige Sandfestung. Er zerstampfte ein Haus nach dem anderen und gewann schnell an Nähe. Von der Allmacht überwältigt, die auf sie zurückte, blieben die Gefährten regungslos stehen.

»Es hat nicht funktioniert«, stellte Vitaiin wiederholt fest.

Panik und Aussichtslosigkeit übermannte die Gruppe.

»Was sollen wer ten? Was sollen wer ten?«, fragte Krosant wirr in alle Richtungen.

Schließlich antwortete ihnen der Sandmaar, von dem sie es am wenigsten erwartet hätten.

»Wir ähm ... wir könnten ihn zum Meer locken und ... ihn ins Wasser schmeißen.«

Es war Dabii. Die Gefährten sahen sie positiv überrascht an. Das Mädchen hatte recht. Sie konnten ihn im Meer unter dem Sand versenken.

»Du wirklich klug. Klüger als wie alle Barbaren zusammen«, erwiderte Kon.

Plötzlich raste eine gewaltige, schwarze Hand an ihnen vorbei und zerschmetterte ein Viehgehege neben ihnen. Vitaiin packte Dabiis Hand.

»Los, rennt!«, befahl sie dem Rest.

Der Ausgang der Festung war weit entfernt. Darg Aguls zweite Hand stürzte auf die Gruppe nieder. Sie waren nicht schnell genug und wurden sogleich unter ihr begraben. Darg Agul war zufrieden. Doch dann hörte er die Stimme eines Sandmaars.

»Hört auf Vitaiin. Lauft!«

Es war Draggo. Er hatte eine schützende Kuppel aus Licht geformt. Einer nach dem anderen trat unter der Hand zum Vorschein und flüchtete zum Tor. Darg Agul brachte ein wütendes Grummeln hervor und drückte fester zu. Es funktionierte nicht. Dann hob er beide Hände, die so groß wie Turmspitzen waren, und dreschte auf Draggo ein. Der Sandmaar war unter seinem Schild aus Licht gefangen. Die Hiebe waren brutal. Dann endete es abrupt. Darg Agul taumelte zurück.

»He, hesslecher Stenklempen. Leg dech met jemandem en dener Größe an!«

Krosanť konzentrierte sein Feuer auf Darg Aguls Gesicht und schoss aus allen Rohren. Wie von lästigen Ekelflüglern umschwirrt, winkte Darg Agul die Kugeln zurück. Sie hinterließen keine einzige Spur.

»Oh, oh«, merkte Krosanť an, als er plötzlich selbst das Ziel von Darg Aguls wütendem Angriff wurde.

Er rannte um sein Leben, ebenso wie seine Kameraden, die weiterhin auf das Tor zur Festung zusteuerten.

Jetzt schleuderte Kon goldene Blitze auf ihren Feind. Sie prallten aber nur ab oder hinterließen nichts weiter als kleine, goldene Flecken auf der schwarzen Haut. Darg Agul jagte sie weiter. Sie konnten ihn zwar durch regelmäßige Zaubersalven bremsen, aber nicht aufhalten. Schließlich erreichten sie dank ihrer Zusammenarbeit das äußere Tor. Dort wurden sie von einem unnachgiebigen Feind überrascht. Ein Säurestrahl flog auf sie zu. Es war der Junge Grillin, der als einziger Totloser in der Festung übriggeblieben war und sie aufzuhalten versuchte. Der grüne Zauber raste auf Vitaiin zu, die eben noch, nach

Kräften ringend, letzte Schattengeschosse auf Darg Agul zurückwarf. Die Gefährten stoppten abrupt, als sich Dabii vor Vitaiin stellte und den Strahl mit einem violetten Blitz blockte.

Der Zauber des Mädchens war erstaunlich stark. Die Übrigen staunten nicht schlecht, als die violette Energie den giftigen Zauber zurückschlug. Aber Grillin war nicht so einfach zu besiegen. Der Säurestrahl gewann bereits erneut an Stärke. Nun waren sie sich ebenbürtig. In der Mitte, wo sich die Zauber trafen, passierte etwas Ungewöhnliches. Grüne, vieläugige Kreaturen entstanden in der Narbe der leuchtenden Energien. Es waren die lebenden Pestbeulen. Doch sie waren noch hässlicher und größer geworden. Und auf ihrer Haut waren lilafarbige Punkte zu sehen. Die kleinen Monster entschieden sich sofort für ein Opfer. Die Gefährten erwarteten bereits den Angriff. Aber dann fielen die Pestbeulen über Grillin her und bissen sich durch die steinerne Haut. Dabiis mutierende Kräfte waren den seinen überlegen gewesen.

»Zermatschen! Zermatschen!«, hörten die Gefährten Darg Agul erneut rufen.

Vitaiin nahm Dabiis Hand und sie ließen gemeinsam den schwarzen Boden hinter sich. Das Sandmeer lag ruhig und heimtückisch vor ihnen. Die Raubtiere und versteckten Strudel erwarteten sie. Ein Blick zurück ließ sie jedoch pausieren. Es war still geworden. Darg Agul hatte aufgehört, herumzubrüllen. Er hatte außerdem aufgehört, sie zu verfolgen. Stattdessen verharrte er an der Grenze zu seinem Reich. Er ließ die Gefährten aber nicht aus den Augen. Draggo hatte eine vage Vermutung, was eben geschehen war.

»Er ist zu klug.«

Vitaiin ging darauf ein.

»Er verlässt seine Festung nicht. Darg Agul lässt sich nicht von uns überlisten, egal was wir unternehmen.«

Niedergeschlagen erwiderten sie Darg Aguls giftigen Blick. Sie hatten es wieder und wieder versucht. Und hier endete es. Das Gefecht war aussichtslos. Sie führten einen Kampf gegen einen unbezwingbaren Gegner, gegen einen Gott, der ihnen hoffnungslos überlegen war.

»Es reichen mir. Es enden jetzt. Jetzt oder für nie!«

Kon löste sich mutig aus ihrer Reihe und ging auf den überdimensional großen Golem zu.

»Was hast du vor?«, fragte Draggo ihn verdutzt.

»Ich ihn töten.«

Draggo ging ihm zögerlich hinterher und dicht dahinter folgte der Rest. Vitaiin holte auf. Sie konnte vor Erschöpfung kaum noch gehen. Trotzdem setzte sie sich mit Kon an die Spitze.

»Er hat recht. Entweder zerstören wir Darg Agul jetzt oder wir sind für immer verloren.«

»Elles hat ens za desem Moment gefehrt«, kommentierte Krosanť.

»Zum unvermeidlichen Tod«, ergänzte Draggo, der Besonnenste von allen.

Nun waren sie bereit. Sie hatten keine Tricks mehr auf Lager und keine Idee, wie sie dem dunklen Herrscher schaden konnten. Und trotzdem liefen sie furchtlos auf ihn zu. Sogar Dabii tappte entschlossen hinter ihnen her, mutiger als es ein Dutzend tapferer Könige jemals sein konnten.

Darg Agil erwartete sie. Keineswegs feige, aber äußerst scharfsinnig, entfernte er sich ein Stück von dem Tor, um die Schlacht im Inneren der Festung fortzuführen. Er kehrte ihnen sogar bedenkenlos den Rücken zu.

Als die Gefährten das Tor erneut passierten, begann ihr

letzter Angriff, ihr letzter Versuch, Darg Agul zu Fall zu bringen.

Schon gleich begannen sie damit, alles auf den Golem zu schleudern, was sie hatten. Kometen aus Licht trafen ihn, goldene Blitze, violette Strahlen, Bleikugeln und Pfeile. Letztere trafen ihn besonders schwach, da der Bogen von Vitaiin ohne Einsatz ihrer Kräfte geführt wurde. Das alles bewegte Darg Agul nicht einmal dazu, sich umzudrehen. Er lief weiter in die Mitte der Festung, bis er keine Lust mehr hatte und bereit war, ihnen ein für allemal den Garaus zu machen. Er schlug nach ihnen. Er ließ den steinernen Boden erzittern und Kluften entstehen. Er beschwor sogar scharfe Spitzen aus Onyx, die zwischen den Gefährten empor schossen. Aber was sie auch entgegensetzten, ihre Angriffe trugen einfach keine Früchte. Alles, was die Gefährten auszurichten versuchten, zeigte keine Wirkung. Durch die dunklen Hindernisse, die Darg Agul formte, wurden die Gefährten immer weiter voneinander entfernt. Und auf einmal stand Dabii ganz allein neben dem großen Golem. Es blieb ihr nichts anderes übrig, als weiterhin ihre violetten Zauber zu wirken. Plötzlich zuckte der Golem. Er hatte etwas gespürt. Wie der rauschende Tsunami sich einer ruhigen Küste zuwandte, suchte Darg Agul nach dem kleinen Mädchen und wurde fündig. Sie ließ nicht von ihm ab, befahl ihren wackligen Beinen aber trotzdem, langsam rückwärts zu gehen. Darg Agul griff einfach zu. Er packte Dabii mit seiner riesigen Hand und hob sie vor sein Gesicht. Dabii brüllte weniger vor Angst als aus purem Kampfeswillen heraus.

»Du bist die Erste«, flüsterte Darg Agul.

Aber auf einmal kniff er die Augen zusammen und wankte.

»Schnapp!«, rief Dabii voller Freude.

Der Pelzflügler hatte sie nie aus den Augen verloren, wenngleich er leicht etwas aus den Augen verlor, da sie von dickem Flausch verdeckt waren. Die kleine, fliegende Kugel griff Darg Agul an. Sie umschwirrte ihn und schnappte immer wieder nach seinem Gesicht. Das Tier wollte seine Vertraute retten. Aber Darg Agul hatte schnell genug von den Albereien. Er erwischte Schnapp mit einem zweiten Hieb und zerquetschte das mutige Tier am Boden.

»Schnapp ...«, flüsterte Dabii kleinlaut und traurig.

»Dann bist du eben die Zweite.«

Darg Agul grinste das Mädchen an, während ihn weiterhin diverse Geschosse trafen. Er holte zu einem Wurf aus und schleuderte Dabii davon, weit über die Festungsanlage hinweg bis über die schwarze Mauer. Das konnte niemand überleben.

Es war ein Stich ins Herz. Die Kameraden wollten ihren eigenen Augen nicht trauen. Und sie hatten nichts dagegen unternehmen können. Vitaiin vergoss eine Träne nach der anderen, während sie Pfeil für Pfeil auf Darg Agul abfeuerte. Allerdings wurde ihr immer wieder schwarz vor Augen. Draggo kam ihr zur Hilfe und stützte sie. Keiner von ihnen musste etwas sagen. Ein hoffnungsloser Blick genügte.

Plötzlich brüllte Darg Agul erbost. Gold überzog seine Beine, dann seine Hüfte und verwandelte ihn schließlich ganz. Vitaiin erblickte Kon, der sich hinter den Golem geschlichen und diesem seine Hand aufgelegt hatte. Aus der Nähe war er stark genug, Darg Agul erstarren zu lassen. Hoffnung schlich sich wieder in die Herzen der Gefährten. Der Golem regte sich nicht. Und umso mehr erschraken sie, als er sich doch wieder bewegte.

»Ral rel rar. Ihr könnt mich in Gold verwandeln. Besiegen könnt ihr mich jedoch nicht. Mein schwarzes Herz wird ewig schlagen!«

Seine goldene Faust raste auf Kon hernieder. Er hatte keine Chance. Kon wurde von der Wucht zermalmt. Als Darg Agul seine Hand wieder anhob, waren ein goldener Fleck aus Metall und eine Pfütze aus Blut alles, was von dem Goldmagier übrig geblieben war. Nun waren sie nur noch zu dritt. Und nur noch Draggo und Krosanť griffen ihn aus der Verzweiflung heraus an. Der Golem bewegte sich gemütlich auf sie zu.

Während des aussichtslosen Kampfes über dem Sand, trug sich darunter etwas Merkwürdiges zu. Viele Steinwürfe entfernt trieb ein Mädchen im Wasser. Es war Dabii, die enormes Glück gehabt hatte und bei ihrem Sturz eine Stelle im Sandmeer erwischt hatte, an der sich das blaue Nass verbarg. Die enorme Wucht ihres Aufpralls hatte sie dennoch bewusstlos geschlagen. Und so sank sie nun langsam dem Meeresgrund entgegen. Hungrige Schlalangen hatten sich bereits um sie versammelt, damit sie sich am baldigen Aas laben konnten. Als die Meeresbewohner ihr jedoch zu nahe kamen, zuckten auf einmal Blitze aus ihrem Leib. Es waren violette Blitze, die immer zahlreicher und größer wurden. Auf einmal pulsierte eine mächtige Ladung durch das Meer. Und so abrupt, wie das Meer aufgerüttelt wurde, kehrte auch wieder Ruhe ein. Das Treiben unter dem Sand ging wieder seiner gewohnten Gleichgültigkeit nach.

Die Helden über dem Sand verloren derweil den Kampf. Krosanť gingen die Kugeln und Bomben aus und er warf mit allem, was er in die Finger bekam. Vitaiin stützte sich erschöpft an Draggo. Und dieser hatte große Mühe damit, sie vor Darg Aguls Angriffen in Deckung zu bringen.

Ein lauter Ruf überraschte sie. Es waren die Laute eines großen, wütenden Tiers. Dann folgte ein lautes Krachen an der hinteren Mauer, die durchbrochen wurde. Es war eine riesige Schlalange auf vier Beinen. Ihre beiden Köpfe waren enorm gewachsen und spuckten abwechselnd Feuer. Auf ihrem Rücken saß das totgeglaubte Mädchen. Es war Dabii! Laut gröhlend trieb sie die Schlalange an und rannte auf Darg Agul zu.

Der Golem blieb sorglos stehen und machte sich bereit. Noch wackelten die Beine der Schlalange unsicher, doch sie gewann mit jedem Schritt an Sicherheit und Geschwindigkeit. Schließlich stürzten sich Dabii und das Tier auf den goldenen Herrscher. Knochen brachen. Zähne zersplitterten. Gedärme wurden weich geprügelt. Es sah nicht gut aus. Dann gab Dabii den Befehl und die Schlalange spie gleichzeitig aus beiden Mäulern Feuer. Der goldene Körper Darg Aguls schmolz dahin. Und weiterhin blieb er auf den Beinen und kämpfte. Nun setzte er das heiße, flüssige Gold ein, um zurückzuschlagen.

»Ihr werdet mich niemals bezwingen. Niemals! Lesch rar Darg Agul!«

Vitaiin griff nach ihrem Köcher. Dort bekam sie ihren letzten Pfeil zu fassen. Zitternd legte sie ihn an die Sehne. Sie löste sich von Draggos stützendem Griff und stellte sich aufrecht auf die klapprigen Beine. Der Bogen wurde gespannt, sie zielte. Die letzte Schattenschwester dachte an alles, was ihr Krixxo über das Bogenschießen beigebracht hatte. Es war nicht viel gewesen, aber es musste reichen. Dann dachte sie an Lorreän, die sie stets aufgefordert hatte, ihre Trauer zu nutzen – die sich stets dafür eingesetzt hatte, dass ihre große Schwester im Antlitz des Bösen die Initiative ergriff und es tötete, bevor es sie umbrachte. Nun war es so weit. Sie durfte keine Gnade zeigen! Die Gravuren des Krakentöters leuchteten auf einmal weiß auf. Die historischen Schnitzereien erwachten zum Leben. Sie bewegten sich sogar. Dann glitt der Pfeil von der Sehne. Er surrte durch die Luft, verfehlte Darg Aguls Arm nur knapp und traf die goldene Brust. Dort versank der Pfeil. Er war fort. Alle blickten gebannt auf die Stelle, an der sich der Pfeil in das flüssige Gold gebohrt hatte. Darg Aguls Augen weiteten sich. Er regte sich nicht. Vorsichtig bauten die Gefährten Abstand auf. Im nächsten Moment verlor das Gold seine Form und sackte zu Boden. Eine riesige Welle aus geschmolzenem Metall verbreitete sich in einem Kegel um den Verschiedenen. Draggo schützte sich und Vitaiin mit einem Schild aus Licht. Krosant' kletterte auf ein halbes Haus. Und Dabii befahl ihrem Tier den Rückzug.

Das heiße Gold kühlte ab. Es erhärtete und hinterließ einen glänzenden Teppich. Den Kern der Fläche bildete ein einsames, schwarzes Herz. Und darin steckte ein leuchtender Pfeil. Er hatte Onyx und Diamant durchschlagen. Das weiße Licht, das von der Pfeilspitze auszugehen schien, wurde immer heller. Es leuchtete bereits durch einige Risse der schwarzen Hülle aus Stein. Die Strahlen erschwerten es zunehmend, hinzusehen, bis das dunkle Herz in einer großen Lichtexplosion zersplitterte. Eine Druckwelle warf die Gefährten von den Beinen. Dabii hielt sich mit letzter Kraft an der Finne ihrer mutierten Schlalange fest. Krosant' stürzte von dem Dach des Hauses. Schließlich war ein Faden aus Rauch das letzte, was von Darg Agul übrig blieb.

Vitaiin lächelte. Sie konnte endlich wieder lächeln. Es war vorbei. Und sie hatten das Unmögliche vollbracht. Aber als sie wieder aufstehen wollte, sackte sie zusammen. Draggo bekam sie im letzten Moment zu fassen.

Sie war ohnmächtig. Allerdings war das ihre geringste Sorge.

Es geschah. Der Fluch des Sandes war gebrochen. Für das Meer war die Zeit gekommen, wieder an die Oberfläche zu treten. Es forderte seinen rechtmäßigen Platz zurück. Mit weißer Gischt brodelnd, erhob sich das blaue Element, verschluckte den Sand und versenkte das ehemalige Land der Sandmaare. Die Natur war bereit, endlich wieder ihr wahres Gesicht zu zeigen.

EPILOG

»End dann, wesch, tachte deses zweköpfige Vech as dem Wasser. Man kann wohl sagen, dass wer ohne de Klene alle ertranken wären. Ech sage der, dese Geschechte werd en de Annalen engehen, en de ganz großen. End we war das be ech? Was est as den Kolossen geworden, nachdem de Totlosen erstarrt send?«

Krosanť blickte neugierig zu Illina, die seinen Blick wissbegierig teilte.

»Die sind abgehauen, wie kopflose Dickbauchflieger in alle Richtungen gerannt. Sie werden sich sobald nicht mehr zeigen.«

Illina griff Krosanť an die Brust und stoppte ihn. Sie symbolisierte ihm das Gebot zur Ruhe. Dann näherten sie sich langsam dem kleinen Rest ihrer Gruppe.

Dabii weinte. Sie alle hatten entsetzliche Verluste erlitten. Und in einer kleinen Zeremonie wollten sie die Gefallenen ihrer heldenhaften Gruppe ehren. Dabii hielt eine kleine Holzkiste in den Händen und ließ sie in das Wasser gleiten. Es war eine besondere Bestattung, angepasst an ihre neue Heimat. Die Kiste schwamm fort und entfernte sich. Beinahe alle Gefährten schwiegen. Nur eine wiederholte im Flüsterton einige Worte.

»Der Schlüssel wird gewähren, das Gräuel der Welt bescheren ...«

Draggo merkte, dass Vitaiin etwas beschäftigte, mehr als nur die Trauer um ihre verstorbenen Kameraden.

»Was murmelst du da?«, fragte er.

»Es ist nur ... Ich bin alles noch einmal durchgegangen. Was Dabii in den Fängen von Darg Agul erlebt hat.

Wie es begonnen hatte und alles, was davor passiert sein musste. Warum besaß unser Volk diesen Schlüssel, woher hatten wir ihn? Es wäre alles nicht so weit gekommen, wenn ...«

»Ist das noch wichtig?«, unterbrach Draggo sie und fuhr fort.

»Es ist vorbei. Das ist nun alles, was zählt, Liebes.«

Draggo versuchte, ein wenig zu lächeln und Vitaiins dunkle Gedanken zu vertreiben. Diese waren jetzt nicht weniger düster, aber sie versuchte, ihre Trauer mit den anderen, und allen voran Dabii, zu teilen.

Für das Mädchen war der Abschied von Schnapp besonders schmerzhaft, da der Pelzflügler nicht nur für Dabii gekämpft, sondern auch gezeigt hatte, was ihre Kräfte tatsächlich bewirkten. Er hatte sie auf den richtigen Pfad geführt. Nun lagen Schnapps Überreste in einer Kiste. Darauf brannte eine winzige Kerze. Das Licht sollte Schnapp in die Weite des Meeres hinausführen.

Vitaiin nahm Dabii in den Arm. Schnapp war nur einer von vielen gewesen, von denen sie sich verabschieden mussten. Am Ufer von Buchtstadt trieben drei weitere Särge aus Holz. Sie wurden von vielen weiteren Kerzen geziert. Dadurch leuchteten sie noch heller und majestätischer als die kleine Kiste, die immer weiter davon trieb. Es war ein besonderes Feuer. Die Kerzen waren magisch und konkurrierten problemlos mit dem Licht der Sonne.

Draggo legte seine Hände auf das Grab von Kon. Vitaiin trat an das Grab ihrer Schwester, die sie auch ohne Leiche bestatten wollte. Und schließlich warteten sie auf den letzten in ihrer Runde. Vitaiin und Draggo blickten zurück in Richtung der Stadt. Auch Dabii, Krosanť und Illina sahen sich um. Er war nicht gekommen. Krixxo war zu der Bestattung seiner eigenen Tochter nicht erschienen.

Krosanť krempelte seine vier Ärmel hoch und trat neben die beiden Sandmaare. Er griff nach dem Holzgrab von Okrhe und warf einen letzten Blick darauf.

Der Pirat hatte die Schamanin kaum weniger geliebt, als ihr Vater. Und er war hier, um sich zu verabschieden. Die Größe ihrer gemeinsamen Trauer war Steinwürfe weit zu spüren. Draggo, Vitaiin und Krosanť nickten sich mit gläsernen Augen zu. Dann schoben auch sie die Gräber hinaus aufs Meer – hinaus in die Ferne. Und obwohl es Tag war, ließen die besonderen Kerzen die Sonne im Schatten stehen.

Dort standen sie nun. Fünf Heldinnen und Helden, die um das Ende einer Ära trauerten. Es vergingen viele Sanduhren der Rührseligkeit, bis Krosanť plötzlich mit beiden Handpaaren schnippte und eilig davonlief. Die Sandmaare sahen ihm verwirrt hinterher.

Krosanť rannte durch die Gassen von Buchtstadt. Es war erstaunlich, was für ein reges Treiben hier herrschte. Die meisten der überlebenden Schrecken waren mit der Ankunft des Meeres und nach dem Fall von Jubelstadt zurückgekehrt, um die Stadt wieder aufzubauen. Das erste Gebäude, das wieder betriebsbereit war, war natürlich eine Kneipe gewesen: *Zum eisernen Wirbelsturm*, benannt nach dem Retter ihrer Sippe und in zwei Sprachen übersetzt.

Krosanť stürmte in die Bar. Wie von ihm erwartet, lungerte Krixxo auf einem der wackligen Stühle am Tresen herum. Es war sturzbetrunken. Es kümmerte ihn nicht im Geringsten, was um ihn herum geschah. Er drehte sich nicht einmal zu Krosanť um, als dieser laut plappernd auf ihn zu kam.

»He de Schnapsleche. De verpasst de Bestattung dener Tochter!«

Krixxo trank einen weiteren Kaktusschnaps und rührte

sich darüber hinaus immer noch nicht.

»Das est ja necht za glaben.«

Krosanť war wütend und packte ihn. Krixxo war viel zu betrunken und zu schlapp, um auch nur ein wenig Gegenwehr zu leisten. Er versuchte es, gab aber auf, als er von allein umfiel und Krosanť ihn über den Boden zog.

»Komm jetzt met. Ech mess der etwas zegen.«

Krosanť zog Krixxo durch halb Buchtstadt hinter sich her. Der alkoholisierte Sandmaar ließ die Prozedur über sich ergehen, da er weiterhin an einem halbvollen Krug mit verdünntem Kaktusschnaps nippen konnte, den er mehr als sich selbst vor möglichen Gefahren bewahrte.

Schließlich gelangten sie zur Bucht und zum Rohbau eines Stegs.

»Tada!«

Krosanť öffnete seine vier Arme und deutete auf das Meer. Aber Krixxo ließ seinen Kopf einfach im Staub liegen und starrte mit leeren Augen in den Himmel.

»De störrescher Keck.«

Krosanť hob den schlaffen Oberkörper auf und hielt das Gesicht des Betrunkenen aufrecht. Krixxo hatte sogar Mühe damit, die Augenlider geöffnet zu halten. Aber dann sah er das, wofür Krosanť ihn Steinwürfe weit über den Boden geschleift hatte.

»Ein Schiff?«, lallte er.

»En Scheff, ganz recht, Herr Trenkenbold.«

Langsam erhob sich Krixxo aus dem Dreck und ging auf das Wasserfahrzeug zu. Ihre anderen Gefährten näherten sich von hinten und gesellten sich zu Krosanť.

»Ech nenne se Stermschwenge. Za Ehren enserer gelebten ...«

»Okrhe Sturmschwinge«, flüsterte Krixxo und beendete damit den Satz.

Er torkelte langsam auf das Schiff zu, bis er es berühren konnte. Es war einfach gebaut, eher klein und kaum besonders. Doch es war der Name, der es bedeutsam machte.

»End de best der Kapetän«, verkündete Krosanť feierlich.

Krixxo drehte sich überrascht um. Erst jetzt sah er den Rest der Gruppe, der das Schiff ebenfalls genau musterte. So etwas hatten sie noch nie gesehen. Krixxo ignorierte das leise Gemurmel und wandte sich an Krosanť.

»Das ist doch Schlangenpisse. Als ob ein Schiff meine Tochter ersetzen kann.«

»Das kann es wohl kam. Aber wer können ehr gedenken, wenn wer da ras gehen end en besschen Chaos verbreten. End vellecht sogar en besschen Getes ten.«

Krosanť lächelte schief. Krixxo nahm seinen Krug und schleuderte ihn auf einmal mit voller Wucht auf das Schiff. Seine Gefährten zuckten zusammen. Sie bekamen Angst vor ihm. Doch dann besserte sich seine Laune und er war viel weniger zornig als euphorisch.

»Dann ist es jetzt offiziell. Lasst uns mit Sturmschwinge in See stechen.«

Seine Stimmung konnte sich schneller wenden, als der Wind seine Richtung änderte. Krosanť freute sich, hatte er selbst viel darüber spekuliert, wie Krixxo reagieren würde. Er war an Bord! Es blieb nur noch eine Frage offen.

»Vetaen, best de beret?«

Der Pirat wandte sich mit den Händen an der Hüfte an die Sandmaarin. Ihre Freunde und allen voran Draggo sahen sie verdutzt an. Sie war selbst überrascht.

»Ich?«

»Na klar, fer das Scheff brachen wer dre Lete. Sonst kann man das vergessen.«

Vitaiin fühlte sich überrumpelt. Sie hatte eben erst mit

Draggo darüber gesprochen, dass sie in Buchtstadt bleiben sollten, um hier ihr neues Leben aufzubauen. Auch Illina und ganz besonders Dabii brauchten ein neues Zuhause. Genau dafür hatten sie gekämpft. Dafür waren ihre Freunde gestorben. Sie blickte auf das Wasser hinaus. Hinter dem Schiff schwammen die Särge und das Feuer der Kerzen glimmte ruhig in der Ferne. Vitaiins und Krixxos Blicke kreuzten sich. Er schien überhaupt nicht mehr abwesend. Stattdessen wagte er zu hoffen.

»Wer brechen am besten glech af. Das Meer est stell end der Wend kann ens soweso nechts anhaben.«

Krosant' nickte Krixxo kurz zu. Dann reichte er Vitaiin seine beiden rechten Hände. Und als sie sich entschied, raste ihr Herz schneller, als jemals zuvor.

ZAUBERROLLE DER SCHAMANEN

Kraft des Sturms einflößen	*Blazza, vi, "Totem"*
Kettenblitz	*Bizz, verde*
Wetterkontrolle	*Vi, bizz, blazza*
Gewittervogel rufen	*Blazza, vi, an, ima*
Blitze formen	*Vi, bizz, fa, chu*
Kraft des Vulkans einflößen	*Fachur, vi, "Totem"*
Magmarüberzug	*La, vo, mag, mar*
Levitierende Lava	*Le, vi, fach*
Vulkan beschwören	*Lovo, es, fachur*
Feuer formen	*La, vo, fa, chu*
Kraft der See einflößen	*Lavin, vi, "Totem"*
Wogen verstärken	*La, vi, lavin*
Wogen lindern	*Sto, pi, lavin*
Quellwasser rufen	*Wa, lo, mundo*
Wasser formen	*Vi, li, fa, chu*
Fluten beschwören	*Wa, lo, fla*
Kraft der Erde einflößen	*Brogg, vi, "Totem"*
Segen der Erde	*Vi, lavo*
Eruption	*La, vi, erupto*
Steinwand	*Vi, erupto*
Geistertiere beschwören	*Lavin, vi, an, ima*
Lehm formen	*La, vi, fa, chu*
Steinschlag	*La, bro, vogg*
Golem beschwören	*Lavin, vi, gul, lem*
Seine spalten	*La vi, vi brag*

Hier ist die Rolle zerrissen. Viele Zauber sind seit jeher verschollen.

Leseprobe
Oh, Johnny
Verrückt, wahnsinnig und total durchgeknallt

Akt 1
Wenn der Traumgeist stirbt,
stirbt man dann nicht selbst,
um nochmal lebend aufzuwachen
und erneut zu sterben?

TICKS

Es war einmal … vor langer Zeit … ein Auge … das juckte.

Abwechselnd kratzte er seinen linken Tränensack und das rechte Ei, bis seine geteilte Aufmerksamkeit wieder das Vorstellungsgespräch erreichte.

„Nein … nein, nein, nein, wir brauchen Sie wirklich nicht!" Ihr Entschluss stand fest. Er fing an, sie zu nerven. Der Auftritt eines Wahnsinnigen, dicht gefolgt von großem Ekel, ließen eine Lüge auch über die entzückendsten Lippen gleiten.

„Die Stelle ist schon vergeben." John trug seinen dunkelgrünen Strickpullover. Ein weißer Kragen quetschte sich daraus hervor – vermutlich Second Hand. Bei jedem Vorstellungsgespräch trug er das Gleiche. Nur mit den Poloshirts wechselte er sich hin und wieder ab. Er besaß zwei. Seine Haare waren abstoßend. John schwitzte schnell. Schweiß und Fett bildeten sofort einen glänzenden Film auf seiner ungekämmten Frisur. Überall hielten die Leute Abstand von John. Dabei bemühte er sich lediglich, einen Job zu finden.

„Sie haben also schon jemanden eingestellt? Mir wurde erzählt, dass ich der erste Bewerber war, und den ersten Termin bekommen habe." John sprach seinen Satz mit einem misstrauischen Tonfall aus. Und sie erwiderte nur: „Die Stelle ist schon vergeben." Vergeben, vergeben, Sie sind nicht gut genug, wir suchen jemand anderen, immer das Gleiche, dachte sich John. Seine trockenen Lippen hingen an den Seiten herunter und bildeten einen beleidigten Bogen. Er hatte ein juckendes Stechen in den Augen, welches in unangenehmen Lebenslagen immer unerträglich wurde. Daher rieb er sich krampfhaft sein linkes Auge, auch in Situationen, in welchen er sehr klar bei Verstand war. Immer wieder rieb er sich das linke Auge mit der rechten Hand. „Auf Wiedersehen Herr Stephom."

>> „Tschüss." <<

Tapp … Tapp … Tapp, tapp, tapp. Wieder rieb sich John sein linkes Auge. Die wunde Haut leuchtete sonst immer erst nach dem üblichen Anfall beim Mittagessen hell rot – zwei verkohlte Toasts mit Butter bestrichen und einem Glas scharfem Senf, welcher als Dipp herhalten musste. John hatte eine abartige Vorstellung von einem guten Speiseplan. Dieses Mal war es noch Vormittag. „Stufen rauf, Stufen wieder runter." Er spuckte sich, wie so oft während seinen Selbstgesprächen, in seinen feuchten Kragen. Das gläserne Büro musste schließlich im 19. Stock des 20 stöckigen Callcenters thronen.

Aufzüge außer Betrieb. Für jeden Stock, den John hinter sich brachte, wurde er von den gleichen, breiten Schildern an den Aufzugstüren verspottet. Die Schilder leuchteten alle in einem kräftigeren Rotton als sein Auge, welches inzwischen stark gereizt war. Die fett gedruckten Buchstaben sollten für jeden Arbeiter in jedem Stock eines ganz deutlich machen.

Aufzüge außer Betrieb. Die Treppen waren John schon sympathischer, als er das Schild zum ersten Mal im Erdgeschoss wahrgenommen hatte. Fünfundzwanzig

Stockwerke später könnte er gut darauf verzichten, die Beschriftung immer wieder auf ein Neues zu lesen.

Aufzüge außer Betrieb. Eigentlich klebte das Schild aus dem selben Grund an den Aufzugstüren fest, aus dem er die Treppen erst erklimmen musste. Das in die Wolken ragende Gebäude, mit den sechs, stets auf Hochglanz polierten Glasfronten, benötigte einen neuen Hausmeister. John hätte die Aufzüge vom 20. Stock aus reparieren können, nun spielte er mit dem Gedanken, von dort herunter zu springen. Nein … Nein, nein. Die Treppen waren ihm sowieso sympathischer.

Neunter Stock. Die Hälfte des Rückwegs oder auch schon ein Drittel des gesamten Marsches lagen nun hinter John. Auch das Gehänge der ausländischen Fensterputzerin sowie das tragende Gerüst wippten nun wieder über seinem Kopf fröhlich hin und her. Das Treppengerüst war aus edlem Metall und die Stufen aus weißem Marmor. Beim hinunter trampeln stach die Sonne durch die riesigen Fenster in Johns linkes Auge, welches immer roter zu werden schien. Sie blendete ihn. Und obwohl sich die Sonnenstrahlen an diesem wunderschönen Tag auf der Haut wie mehrere Fetzen Schleifpapier rieben, linsten nur noch die Augen aus den Klamotten der stark bedeckten Fensterputzerin. Sie freute sich, dass sie sehen durfte.

Achter Stock. John wunderte sich. Seine Füße brannten von den unzähligen Stufen, die er seit dem Betreten dieses Gebäudes gehen musste. Doch die Ausländerin wischte allem Anschein nach immer noch die gleiche Stelle der Glasverkleidung, wie bei seiner Ankunft. Und das Glas glänzte. Das Glas musste glänzen.

>> Klirr. <<

Ein durch Scherben aufgespießtes Gesicht brach mit voller Wucht durch das Fenster unmittelbar in Johns Sichtfeld. Rasend zog sich das blutige Geschehen vor seinen Augen ab. Sein Körper verfiel in Millisekunden in einen lähmenden Zustand – zu einem kleineren Teil hervorgerufen durch sein Entsetzen und zu einem größeren Teil hervorgerufen durch seine Faszination von Horrorszenarien. Etwas langsamer wie die Fensterputzerin hereingestürmt kam, zog sie ihr gewichtiger Körper und der, noch am Gerüst befestigte Sicherheitsgurt, in den Abgrund. Dort erklang ein lautes, metallisches Hallen, welches nach ihr zu schreien schien. Nach Rettung ringend, hinterließen ihre Nägel auf dem harten Boden des Treppengeländers schrille Geräusche, die an quietschende Kreide auf einer Tafel erinnerten. Durch den Versuch, sich dort festzukrallen, würden ihre Hände diese Höllenfahrt nicht mehr aufhalten können. John war immer noch wie erstarrt. Wäre er nicht so erpicht darauf gewesen, ein Zuschauer zu sein, hätte er der Frau eine seiner zwei knochigen Hände reichen können, um ihr Dasein noch etwas zu verlängern.

>> Oh, Johnny. <<

Joel Müseler

Über den Autor:
Joel Müseler, geboren 1992 in Stuttgart, studierte Informationsdesign und arbeitete anschließend im Bereich Koordination und Produktion Video sowie Produktmanagement Video, Rätsel und Buch. Ist zufällig beim Schreiben gelandet und kann jetzt nicht mehr damit aufhören, Unsinn zu produzieren oder nebenbei unter dem Alias „Illina Grünwald" Rätsel zu entwickeln. Er lebt und arbeitet für immer in Stuttgart?